猛禽の宴

楡 周平

角川文庫
15471

Special Thanks to

As I was telling inspector David Tambara and
Officer David Yukio Kamita of San Francisco Police
Department
the other day, who are dedicated to fighting
against crimes 24 hours a day,
this book is purely fictional and does not depict actual events.
However, your very interesting stories and information
about the actual crimes provided me tremendous inspiration
and insights into
what street crimes are all about.

To the CBS "60 Minutes" field crews, staffs and journalists,
I thank you very much for the wonderful programes
that always teach me about totally unknown world
in the US as well as on this planet.

いつも辛抱強く銃器に関するアドバイスに惜しみない労力を
さいてくれるT.S.に。
米国サイドでの取材コーディネート、資料調査、
いつも気まぐれで突然やってくる私の要求に、忠実に
答えてくれるJ.C.H.Lに。
むずかしい質問に丁寧に答えて下さったGary Kussman氏に。

登場人物

朝倉恭介……………………………主人公。日本の通関システムの盲点をつき、コカインを大量に密輸し、インターネットを通じて販売している
ロバート（ボブ）・ファルージオ……全米にネットワークを持つ犯罪組織の頂点に立つ男。朝倉恭介の卓越した頭脳を賞賛し、我が子のように思っている
ヴィンセント・カルーソ…………ファルージオの組織の相談役
ジョセフ・アゴーニ………………ファルージオの組織のアンダー・ボス
フランク・コジモ…………………ニューヨークのブルックリン、ブロンクスを縄張りにするボス。ファルージオの組織の一員
マグニ・アレサンドロ……………コジモの部下
バグ………………………………ニューヨーク、サウス・ブロンクスのラテン系犯罪組織のボス
アンドリュー・チャン……………ニューヨークに進出した香港系新興マフィアのボス
アラン・ギャレット………………元合衆国海兵隊戦闘ヘリ〈コブラ〉のパイロット。現在は軍の廃棄物処理センター（DRMO）で働く
ミカエル・シャーウッド…………人体加工、あるいは異常殺人に快感を覚える男。コジモの組織の死体処分屋
ナンシー…………………………ニューヨークの超高級コール・ガール

1

街路灯に灯《あかり》が点《とも》り、夜の帳《とばり》が下り始めると、ストリートはその貌《かお》を一変させる。

昼の長いニューヨークの八月。太陽がようやく沈むのは、八時を回ったあたりのことだが、それよりも早く、廃墟《はいきょ》と化したビルが立ち並ぶこの一帯には、沈鬱《ちんうつ》に淀《よど》んだ空気をたっぷりと含んだ闇が漂い始める。三〇度を超えた暑い日中に路肩の消火栓から撒《ま》きちらされた水が、まだ乾き切らないままアスファルトの路面を黒々と濡《ぬ》らし、整備されないまま放置され荒れはてた路面のあちらこちらに黒い不定形の水溜《みずた》まりをつくっている。

サウス・ブロンクス――琥珀《こはく》色の光に彩られた世界。しかしその輝きは同時に、光に吸い寄せられる羽虫の群れのように、危険な香りに満ちた社会の底辺で蠢《うごめ》く虫たちが動き始める時間がやってきたことを意味した。虫たちは、はるか太古の昔に琥珀の中に閉じ込められて化石となった昆虫のように、この光の中で行動し、そしてこの限られたエリアを守ることに固執する。

夜一〇時。安っぽいナイロン製の薄汚れたショッピング・バッグを手に、古ぼけた紙袋と縦に巻いた毛布を括《くく》りつけたカートを押しながら、おぼつかない足取りで歩道を歩くその白人の男は、どう見ても、一夜の宿を探し求めてこの危険な街に迷い込んだホームレスに見えた。生気を失ったように淀んだ眼。夏だというのに垢《あか》と汗をたっぷりと吸い込んだ長袖《ながそで》のシャツを身につけている。いまにも擦り切れそうな紐《ひも》のようになったベルトでかろうじて腰のあたりで止められたダブダブのパンツは、脱ぎ捨てられればそのままの形で立つのではないかと思われるほど、汚れ、暗く変色し、股間《こかん》のあたりには黒く湿った染《し》みが浮いている。まだ昼の熱気と湿度をそのままに残す空気の中で、見ているだけでもすえた臭いが漂ってきそうだ。

ストリートに面した古ぼけたビルの入口に続く階段では、ラジオから流れる破滅的なラップのリズムに扇動されるようにスパニッシュで会話を交わす七、八人のラティーノの虫たちがたむろしている。ビールやテキーラを紙袋の中の瓶から直接呷《あお》ってはひっきりなしに煙草をふかす。それはやがてマリファナやクラックといったドラッグになり、気まぐれからの犯罪を呼ぶものへと変わっていく。目標や生きがいといった、一般社会ではごく当たり前の人生の指針を示す言葉とは無縁な世界で生きる——それが虫たちの日々の生活だった。

「マザー・ファッキング・シーット……」

階段の中央に座った男が、近づいてくるホームレスの男を見るなり、口に含んだビールを路面に吐き捨てながら、頻繁に使う数少ない英語のワン・フレーズを、ゲップをするかのように搾《しぼ》り出すと、顔をしかめた。

「こ汚い野郎が来やがったぜ……」

ハイティーンとおぼしき男が、怪訝《けげん》な表情の中にわずかに凶暴な光を宿す視線を向けながら、一人前に悪ぶった口調で言うと、無意識のうちに値踏みを始めた。多少なりとも金目のものを持っていそうならば、たちまちのうちに彼らが次の行動に走ることは明白だった。

しかしホームレスの男は、そうした虫たちの存在など眼に入らないのか、重い足を引きずるようにおぼつかない足取りで、目の前を通りすぎて行く。持ち物、そして財産のすべてを入れたと思われる廃物に近いカートが、一つ歩を進める度に耳障りな軋《きし》み音を上げる。

「しけた野郎だぜ」

階段に座った男は、傍《かたわ》らに座った女の頰に鼻を押しつけたまま顔をしかめて吐き捨てるように言うと、一気に瓶の中身を呷り、次の瞬間、空になったそれを紙袋ごとホームレスの男めがけてオーバースローで投げつけた。薄茶色の瓶は放物線を描き、垢に塗《まみ》れた頭をかすめるように飛び去ると、アスファルトの路面に落下し、砕け散った。

しかしそれでもホームレスの男は、何事もなかったかのように、足を引きずりながら黙々と歩を進める。車輪の軋むキーキーという音が、ことさらにその男の無関心さを印象づける役割をした。

「チッ……いかれてやがる……」

ビール瓶を投げつけた男はそう言うと、女の肩にまわしていた手を、今度は腋《わき》の下から差し込み、早熟な胸を薄手のTシャツの上からおもむろに摑《つか》んだ。嬌声《きょうせい》が上がった。それは同時に、虫たちがホームレスの男への関心をなくしたことを意味した。

男はその嬌声を背で聞きながらコーナーを曲がる。

そこは廃墟のようなビルが立ち並ぶ中にあってさらに人気《ひとけ》のない路地で、コーナーに面した建物が撤去された一角は、瓦礫《がれき》が散乱する空き地となっていた。かろうじて外形だけを残す廃屋に点る灯などあろうはずもなく、窓という窓のガラスはとうの昔に破壊され、ぽっかりと黒い口を開けている。その縁《ふち》の多くが黒く煤《すす》けているのは、虫たちが一時の気まぐれで行なった放火によるものだ。崩れかけた壁面には、猥雑《わいざつ》な言葉や意味もない言葉、あるいはこの地域にはびこるチンピラたちの勢力誇示の印がスプレーでなぐり書きされている。

それまで一定のリズムで歩を進めていたホームレスの男の動きが変わった。虚《うつ》ろさからは一変した鋭い視線であたりを窺《うかが》うと、驚くほどの素早さでビルの一つに身を滑り込ませた。

中はさらにひどい廃墟の様相を呈しており、崩れた瓦礫が散らばる床には、大量のゴミに混じって、クラックの吸引具や、ヘロインを打つのに使われた注射器が散乱していた。男はカートのフレームを右の手で軽々と持ち上げた。明かり一つない室内の奥に、通りから漏れてくる街路灯の光がぼんやりと差している。男は打って変わったしっかりした足取りで、さらに奥へと向かうと、迷うことなくストリートに面した角の部屋に向かった。

男は壁際に身を寄せ、カートに括りつけた荷物を解き始めた。最初に縦に巻いた毛布を外して広げると、次にショッピング・バッグ上部のファスナーを開ける。そこから覗《のぞ》くボロ屑《くず》のような衣服を鷲摑《わしづか》みにして傍らに放り投げると、中からきれいな布の包みを取り出した。丁寧な手つきで包みを開ける。

布の上に置かれた鋼鉄の肌が、窓から差し込む街路灯の明かりに鈍い光を放った。ヘッケラー《H》&コッホ《K》ＭＰ—５ＳＤ３。全長わずか六一〇ミリ、折りたたみ式のプラスチック製テレスコーピック・ショルダー・ストックを引き出しても七八〇ミリにしかならないこのサイレンサー付きのサブ《S》・マシン《M》ガン《G》は、装弾数三〇発、毎分八〇〇発の発射速度を持つ。九ミリのピストル弾を使用するサブ・マシンガンにもかかわらず、高い命中精度に抜群の信頼性を持つこの銃は、距離によっては、狙撃《そげき》銃としても十分にその役割をはたしうる性能を持っていた。

男は再びバッグの中に手を入れると、別の包みを取り出した。すでに三〇発の弾丸が装《そう》塡《てん》されたマガジンが二つ姿を現わす。男はそれを毛布の上に並べると、本体の稼働部が間違いなく作動するかどうかを手慣れた仕草で確認した。そしておもむろにマガジンの一つを手に取り、ＭＰ—５の本体に差し込んだ。

遠く聞こえてくるラップのリズムに乗るように、作業は一定のリズムで淀みなく進み、そこから、この男が銃に関してかなりのエキスパートであることが分かった。

日頃ジョージア州アトランタに居を構えるこの男がラグァーディアに降り立ったのは、

この日の昼すぎのことだ。不精髭《ひげ》が顔の半分を覆ってこそいたが、短く刈り込まれた頭髪は清潔に手入れされ、仕立のいいスーツに身を固めた男の姿は、商談で疲れはて、たった今ニューヨークに帰着したビジネスマンといった風情で、人目を引くような存在ではなかった。迎えに出た男たちもまた、髭こそ生やしてはいなかったが同じ身なりをしていた。それはこの空港で日に何度となく繰り返されるビジネスマンの邂逅《かいこう》風景そのもので、これもまた誰の注意を引くものでもなかった。

金で殺しを請け負う……それがこの男の仕事だった。

殺し屋――それは闇の世界とは切っても切れない存在として、その背後につきまとう影のようなものだが、実際の殺しは必ずしも当事者である組織の人間が行なうとは限らず、むしろ雇われたよそ者によって行なわれることが圧倒的に多い。実行者は単に殺しを行なうためにその地に向かい、仕事が終わればたちどころにその地を離れる。初めての接触は被害者に死をもたらし、そしてそれは同時に永遠の訣別《けつべつ》である。その瞬間以外に何一つ被害者と加害者が接点を持たない殺人は、形の上では通り魔的犯行であり、事件を管轄する警察の捜査を絶望的なまでに困難なものにする。もちろん州の管轄を越え全米に捜査網を持つＦＢＩという組織も存在するが、それとてすべての犯罪者の動向を把握しているわけではなく、こうした殺人事件の背後関係を明らかにすることなど、およそ不可能なことなのだ。

男はすべての部品を組み立て終わったことを確認すると、パンツのポケットから時計を取り出した。蛍光塗料の塗られた文字盤の上で、二つの針がおおよそ一一時を差している。男はサブ・マシンガンを膝《ひざ》の上に抱えると、ゆっくりと汚れた壁に背をもたせかけた。

予定の時刻まで、まだ一時間ばかりあった。

＊

マンハッタンのイーストサイドにあるロバート・ファルージオのマンションの書斎で、朝倉恭介は食後酒のリキュール、グラン・マニエの入ったグラスを傾け、甘い琥珀《こはく》色の液体を静かにすすった。

粘度のある液体が舌の上を滑らかに覆うと、喉《のど》から鼻孔にかけて独特の香りが仄《ほの》かに駆け抜けていく。恭介の手の中で、大きさの割には持ち重りのするバカラのリキュール・グラスの下部に施された細かなカットが、柔らかな間接照明の中で、クリスタル特有の優雅な光を放つ。

グラン・マニエの香りに混じって、ファルージオがくわえた葉巻から漂ってくるハバナ葉の芳香が恭介の嗅覚《きゆうかく》を優しく刺激する。

旅の疲労は、時間ではなくその移動距離に比例するとはよく言ったものだ。それがたとえファースト・クラスのものであったにせよ、一三時間、八〇〇〇マイルの長旅はそれなりに恭介の体を疲れさせていた。しかしそれも、ファルージオ専属のシェフが精魂を傾けて作ったイタリアンのフルコースを極上のワインとともに平らげた体には、いまや心地よいものとして感じられこそすれ、決して不愉快なものではなかった。

はしりのペアーにプロシュートを添えたアントレ。オーブンの余熱で中心の脂がしっとりと染みだした鳩のローストに、ローズマリーのソースが添えられたクスクスのサラダ。そして、シンプルでありながら太陽の味そのもののような芳醇《ほうじゅん》な香りと色彩のトマトソースがたっぷりとかかったパスタ……。見事な料理には最高のワインをとばかりに、オークションものの逸品である四五年のシャトー・ムートン・ロートシルトやシャトー・ラフィット・ロートシルト六一年というヴィンテージが、長い晩餐《ばんさん》の間に絶えずグラスを満たすべく惜しげもなく抜かれた。もちろん、こむずかしい講釈など一切なしでだ。メドックの格付けを変えたとまで言われるシャトー・ムートン・ロートシルトの一本だけでも、ファースト・クラスで東京とニューヨークを往復できるだけの値段になるだろう。その一つを取ってみても、ファルージオが恭介に抱く思いの深さが窺い知れた。

晩餐の席にはファルージオとその妻ノーマの他に、組織のコンシリエーリ《相談役》を務めるヴィンセント・カルーソとアンダー・ボスのジョセフ・アゴーニの二人の男がいた。

ニューヨークに君臨する組織《ファミリー》は、完全な階級社会である。ボスであるファルージオを頂点に、その代理を務めるアンダー・ボス、それと同格の地位にボスの相談役のコンシリエーリがいて、この三人が最上位を形成する。その下にはカポリジニと呼ばれる何人かのキャプテンがおり、彼らはそれぞれ三人程度の自分の兵隊を持つ。もっとも兵隊といっても、人数からも分かるようにけちなチンピラの類《たぐい》をいうのではない。それは彼らの地位を、ボスを社長、アンダー・ボスを副社長というように、そのまま普通の社会の企業の役職に当てはめて考えればより鮮明になる。たとえばカポリジニは普通の企業の取締役、そして兵隊は部長といった地位に該当するといえるだろう。つまり役のついた幹部に当たるわけで、ここまでの人間たちをメイド・メンバーと呼び、ただの構成員とは一線を画す。当然のことながらメイド・メンバーになるためには、それ相応の実績を組織の中で上げることを要求される。

実績とはずばり金である。メイド・メンバーになるためには、年間一〇〇万ドル単位の金を組織に上納しなければならない。メンバーの見直しはほぼ五年毎に行なわれるが、新メンバーの人選は、基本的に欠員があってのことである。それゆえ、いったんメイド・メンバーに選ばれた者には最高の敬意が払われ、想像もつかないような恩恵が与えられる。メイド・メンバーであるか、そうでないかでは、まさに天と地ほどの違いがあるのだ。

その意味ではいまここにいるカルーソとアゴーニの二人は、ファルージオと並んでニューヨーク、いや全米の組織の頂点に立つといっても過言ではない男たちであった。

「さて、ここからはビジネスの話だ」

ディナーに同席していた妻のノーマがいなくなったところで、ファルージオがおもむろに口を開いた。長年連れ添ってきた妻が、夫の生業がどういうものであるか知らないはずはなかったが、生臭い話を家族の前でするほど、彼は無粋な男ではなかった。

「君たちにキョウスケを引き合わせるのは今日が初めてのことになる。最初に言ったように、彼が私の息子のリチャードの親友だったことには違いないが、実はそれだけではない。私にとっても特別な友人と呼ぶべき人間なのだ。今日のディナーに君たち二人を呼んだのは、それを知っておいてもらいたかったからでな」

和《なご》んでいた空気が一変した。笑い声が止み、適度に緊張した空気が漂い始める。二人の目がそれまでの寛《くつろ》いだものから一変し、一瞬の間にファルージオと恭介の間を往復する。

「彼が、日本でコカインを捌《さば》いて莫大《ばくだい》な利益をもたらしている例の男だ」

二人の頭がゆっくりと恭介に向けられ、賞賛の視線が注がれた。

――ファルージオの命によって、日本に新たなコカインのマーケットを開拓するために、船積み情報《シッピング・インフォメーション》を組織にもたらす『鸚鵡《おうむ》』と、日本国内でのコカインの卸し元となる『ひよこ』をリクルートすべく組織が一斉に動いたのは七年ほど前のことだった。全米に散らばる手下たちが、白い粉の味を米国に来た日本人に覚えさせ、いったんその魔力にはまったと見るや、帰国の後もコカインを入手できるインターネットのボックス番号と、その代金の振込先となる香港の銀行口座を、沈黙の誓いと引き換えに教えたのである。当然のことながらこうした働きをしたメンバーは、組織の中でははるか底辺に蠢《うごめ》く下っぱたちで、からくりの全体像は極秘とされた。情報は分断され、個々の役割のみが与えられたのである。全体を知るものは発案者の恭介、そしてファルージオ、その片腕となるこの二人の最高幹部だけだった。

暴力に裏付けられた恐怖の力を前面に押し出して、組織が利益を貪《むさぼ》ったのは過去のことである。もちろんいざとなれば、いまでも恐怖の力をもって相対することを忘れたわけではないが、マフィア壊滅を目指した国家権力の前に、組織は地下に潜り、ビジネスははるかにソフィスティケートされたものに進化したのである。当局の厳しい取り締まりが、犯罪組織をさらに巧妙かつ強力なものに育て上げたという皮肉な現実だった。

しかし、こと組織という点に限ってみると、それを支配する上での絶対的要素には何の変化もなかった。組織を支配する力とは、すなわち資金力である。頂点に君臨する者が一方的に金を吸い上げたのでは組織は成り立たない。従う者が払う以上の利益をもたらすことで初めて、そこに主従の関係が成立するのだ。一方で、決められたテリトリーの中で生じるビジネス・チャンスには自《おの》ずと限界があるのも、また事実である。そのパイを猛禽《もうきん》のような人間が奪い合えばどういうことになるか、火を見るよりも明らかだ。ある時は鞭《むち》を振るい、またある時は飴《あめ》をやる。それを使い分けるのがボスの役目であり、それは何よりも他のメンバーを凌《しの》ぐ圧倒的資金力の裏打ちがあって初めて可能になることだった。

そうした観点から見れば、恭介による日本市場の開拓は、長い組織の歴史においてもまさに革命的な出来事だった。かつて恭介がファルージオに言ったように、日本は組織にとって処女地そのものであり、どの組織ともコンフリクトを起こさない、新しく、そして何よりも豊饒《ほうじょう》な市場だった。そこから上がる莫大な利益はファルージオの力に直結するものであり、それゆえに恭介の存在やそのからくりは秘密とされたのである――。

「君の働きは、ことあるごとにボスから聞いている。ビジネスは順調なようだな」

アゴーニがコニャックの入ったグラスを口に運びながら言った。

「ええ……」

恭介は曖昧《あいまい》な返事を返しながら、瞳《ひとみ》の中に困惑の色を浮かべてファルージオを見た。

マホガニーでできた机の引き出しを開け、中から黒い革張りのファイルを取り出しながら、

「キョウスケ……この二人は大丈夫だ。すべてを知っている」

そう言うと、ファルージオは縁なしの老眼鏡をかけ、ファイルのペーパーを見た。

「この一年で四〇〇〇万ドル……か、悪くない数字だ」

「手が一人増えましたからね。その分稼ぎも上がっています」

恭介の言葉に、ファルージオの顔に満足の色が浮かぶ。もちろん利益を上げているのはファルージオだけではない。純益は等分され、やはりオーストリアにあるファルージオの番号口座に入った額だ。四〇〇〇万ドルはオーストリアの銀行に開設された恭介の番号口座には、この一年だけでも五〇〇〇万ドルの金が入っていた。

ファルージオの言葉にカルーソが眉《まゆ》を吊《つ》り上げた。

「ヴィンス、問題は取引の絶対額じゃない」

ファルージオが、カルーソの表情の裏側に秘められた意味を察して言った。

「たしかに絶対額からは、まだ大きなものとは言えないが、ビジネスで大切なのは、そこから上がる利益とコストの相対比較の結果だ。つまり効率性こそが問題なのだ」

カルーソ、アゴーニの二人の頭がゆっくりと縦に動く。

「キョウスケの稼ぎにくらべ、我々がここでやっているドラッグの取引から上がる利益は、額で見ればはるかに大きなものには違いないが、それとて原産地から我々の手に渡るまでには、それに見合った莫大なコストがかかっていることを忘れてはならない。コークが南米からアメリカに運ばれてくるルートを維持するために、俺たちが、そしてメデジンやカリの連中が、どれだけの中間コストをかけているか考えてもみろ」

「たしかに……メキシコとの国境で税関の役人を買収するだけでも、一回一〇〇万ドルのコストがかかります」

アゴーニがファルージオの言葉を継いだ。

「それだけじゃない。南米の連中が身元がばれてもなぜ捕まらないのか、たとえ捕まったにしても、豪華な別荘に軟禁されるだけで何一つ不自由することなく、それまでと変わらぬ生活を続けられるのか……業を煮やしたアメリカ政府からの度重なる身柄引き渡し要求も、なぜ頑として受け入れないのか、そこに莫大な金が投下されているからじゃないか。これらすべてが我々の取引の中にコストとして含まれているのだ」

「それでも全体の取引額からいえば、必要経費と考えられる範囲のものだと思いますが」

カルーソが言った。

「必要経費?……」

ファルージオの眉がわずかに動いた。

「一年間にアメリカに流入しているブツの量は、多分一〇〇〇トンから一二〇〇トン。これは麻薬取締局《DEA》の推測ですが、この数字は連中のほうが正しく把握しているでしょう。金額にすれば二〇〇億ドル……コストが高いと言われれば、おっしゃる通りかもしれませんが、それに見合った利益が十分に上がっていますからね」

「ちょいと片手を振って国境を越えるトラックを通してやるだけの連中に、一回に一〇〇万ドルの金を払ってるんだぞ。何の危険も冒しちゃいない、せいぜい年収が四万から五万の連中にだ。やつらは一人数十万ドルの無税の金を手にすることになる。それも年に一度や二度の話ではない。何十回もだ。たしかに北米自由貿易協定《NAFTA》の締結以降、以前のように飛行機を一機丸々駄目にすることを前提に、一か八かの賭《かけ》にでるようなリスクを冒すことはなくなった。ライン・リリースの適用を受けた車両は、自由に国境を出入りできるおかげで、一度に二トンから四トンのブツを持ち込めるようになったからな。額にすればそれだけでも六七〇〇万ドル。そのブツを安全に運び込むのに一〇〇万ドルのコストはたしかに安いという見方もできるかもしれない。私もそうした現状を必ずしも否定はしない。しかし、だ」

ファルージオはそこで声に力を込めると、

「私が言いたいのは、その方法と将来の可能性だ。コストをかければどんな馬鹿でも仕事はできる。キョウスケのビジネスは、ここで我々がやっている規模にくらべれば、いまは小さなものかもしれない。だがな、彼の四〇〇〇万ドルの商売にかけたコストは、限りなくゼロに近い。密輸の実体が日本の当局に知られることもなければ、賄賂を支払っているわけでもない。そして輸送費さえもだ……まったく信じられんよ。無駄金は一セントも使わず、一グラムのロスもない」

鳶色《とびいろ》の目を細めながら、満足と賞賛の入り交じった言葉を恭介に捧《ささ》げた。

「たしかにおっしゃる通りですな」

アゴーニがファルージオの言葉に頷《うなず》きながら、静かに話し始めた。

「アメリカから輸送されるコンテナの貨物が途中荷抜きにあったと見せかけて、コカインの入った荷物とすり替え、わざと誤送を発生させる。日本到着後『通関保留』となった貨物を密《ひそ》かに同じ貨物とすり替える……。輸送も仕分けも、あとはすべて律儀な日本人がやってくれる」

「そしてブツのオーダーはインターネット、代金決済は小口の外国送金として直接香港の幽霊会社に振り込ませ、その後はタックス・ヘヴンを経てオーストリアの番号口座……。マネー・ロンダリングの方法も完璧《かんぺき》というわけですな……」

カルーソが続けて言った。

「例の台湾マフィアの一件以来、この方法にも少しは影響が出るかと思いましたが、どうやら杞憂《きゆう》に終わったようです。つきがあったんですよ」

「事件そのものはその後どうなったんだ」

派手な事件の顛末《てんまつ》をこともなげに言い切る恭介に、アゴーニがコニャックを舐《な》めながら聞いた。

「警察が受けた衝撃は大変なものでした。それはそうでしょう、サブ・マシンガンで五人の人間が殺されたなんて、日本の犯罪史上初めてのことですからね。もっとも国内のどこを突《つ》いても、武器の出所はおろか、私との関連性など出てくるわけがない。私と接点を持つ者など国内には存在しないのだから当然のことです」

すべて、予《あらかじ》め計算していた通りに事が運んだだけで、別に自慢するほどのことでもないといった顔で、恭介は穏やかに話した。

「事件は迷宮入りというわけか」

「まあ、そういうことです。もっともあとで知ったところによると、台湾マフィアのボス、朱長城という男の存在は、警察はすぐに摑《つか》みましたが」

「で、そいつは捕まったのか」

「いや、台湾に逃亡しました。その後捕まっていないところをみると、すでに台湾から香港あたりへ、あるいは他の国へ逃亡しているのかもしれません」

「ファッキング中国《チンクス》野郎……」

カルーソが苦々し気に、吐き捨てるように言った。

「どこにでも出てきやがる」

それに相槌《あいづち》を打って、アゴーニが続けた。

「この街も、返還が決まって以来、香港の連中が押し寄せてきて、いまやリトル・イタリーの一角が、膨張したチャイナ・タウンに取って代わられている」

「やつらには節操ってもんがない。ニグロやラティーノは縄張り争いにうつつを抜かしているだけの頭の足りない連中だが、チンクスは違う。金になることなら何でもやりやがる」

二人の大幹部が苦々し気に言うのも道理で、ニューヨークにおけるチャイニーズ・マフィアは、流入する中国人人口の増加に伴って、いまや一大勢力といえる規模に成長していた。

ファルージオを頂点とする組織の活動は、長い歴史の中でそれなりに進化し、巧妙になってきたとはいえ、一方で旧来型のビジネス、つまり売春や麻薬の密売、闇賭博《とばく》、みかじめ料といったものから上がる収益も決して無視できない規模で存在していた。いやむしろ組織の底辺に蠢《うごめ》く人間たちの生業は、相変らず旧来型のビジネスに依存する部分が多かったのである。新たに進出してきたチャイニーズ・マフィアが収益を求めて始めたビジネスは、まさにそうした旧来型のビジネスで、彼らの活動範囲が広がるにつれ、それは確実に組織のビジネスを侵食して行くことになった。

「実際、最近下から上がってくる金が目に見えて減ってきている。大分頭に血が上ってきている若いのも多いからな。いつ爆発するか分かったものじゃない」

「それを押さえるのが、お前たちの仕事だ」

アゴーニの言葉にファルージオが反応した。

「血を流すような抗争は断じてならん。かつて我々の組織が抗争を繰り返したあげくにどういう目にあったか、思い出してみろ。警察が、FBIが、徹底的に組織の壊滅に乗り出した。組織を維持しながら表舞台から身を隠すのにどれだけの苦労をしたか。もっと頭を使え。時代が違うんだ。昔からのビジネスなど、チンクスどもにくれてやれ。もっとコスト・パフォーマンスのいいビジネスを考え出すんだ。その頭に錐《きり》を差し込んで、知恵を絞り出すんだ」

ファルージオは嗄《しゃが》れた声を荒らげて言うと、恭介を見やった。

返すがえすも惜しい男だとファルージオは思った。図抜けた知恵と恐怖の力の双方を行使する能力を持つこの男は、本来ならばすぐにでもメイド・メンバーに推挙されてしかるべき人間だった。しかしメイド・メンバーになるには、イタリア人、もしくはその血筋でなければならない。それが組織の掟《おきて》だった。もっとも、仮に血の繋《つな》がりという厄介な問題をクリアしたとしても、当の恭介がメイド・メンバーになることを決して受けはしないことをファルージオは知っていた。まったく人生とは思い通りに行かないものだ。息子のリチャードが生きていれば、こんな思いは抱かなかっただろうに。アンダー・ボスのアゴーニは、いまでこそ自分の片腕として十分な働きをしてはいるが、自分になり代わってニューヨークを仕切るほどのたまではない。組織のどこを見渡しても、自分のあとがまに据えるに相応《ふさわ》しい人材はいやしない。知恵のある者には絶対的な力がなく、力がある者には知恵がない。このままでは、我が亡きあと、その地位を巡って何らかの抗争が勃発《ぼっぱつ》しないとも限らない。

ふと、ファルージオの脳裏に漠然とした不吉な影が走る。

「しかし、ボス」

アゴーニは一瞬ファルージオの口調に気圧《けお》されたふうだったが、「チンクスどもには我慢がならねえ、っていうようなことを言いだす連中もいましてね。不満が溜《た》まって爆発寸前の連中がいることも事実です。たとえばブロンクスとブルックリンを束ねてるコジモなんかは、かなり頭にきているようですからね」

「コジモだと？」

「ええ、どうもチンクスども、ブロンクスのラティーノにヘロインを流し始めているらしいんです。コジモのやつ、シマを荒らされたって相当熱くなってます」

ファルージオは短く舌打ちをすると、椅子に体を預け、老眼鏡を外してしばらく考えているふうだったが、

「とにかく軽はずみな行動はとるんじゃない。いま一番警察やFBIの注意を引いているのはチンクスどもだ。ここで我々が派手に動けば、自らその真只中《まっただなか》に身を晒《さら》すことになる。落ちぶれた役者じゃあるまいし、実力を行使するのは最後の手段だ」

有無を言わせぬ口調で言った。

最高権力者のボスの言葉は絶対である。それ以上の反論は許されるものではなく、後味の悪い沈黙が部屋の中に漂う。

「ところでボブ」

気まずい空気を変えようとするかのように、恭介が言った。

「例の新しい『鸚鵡《おうむ》』がそろそろ日本に帰国するらしいと言ってましたね」

その言葉にファルージオの目がアゴーニのほうを向いた。

アメリカから日本に向かうコンテナに荷抜きがあったと見せかけ、コカインの入ったカートンと差し替える。そのシッピング・インフォメーションを知らせる役割をはたす『鸚鵡』をリクルートし、組織の意のままに動くようコカイン依存症に仕立上げるのはアゴーニの役割だった。

「ジョン・チアーザによると、最後の仕上げを残すだけで、あとは完璧に仕上がったようです」

「最後の仕上げ？」

恭介が、グラン・マニエを静かにすすりながら聞いた。

「バーターの件だよ、キョウスケ。シッピング・インフォメーションと引き換えにコカインを渡すというな。それもここまでくれば、もう問題はないだろう」

「なるほど。で、どんな男なのです、今度は」

「商社員だよ。例によってな」

アゴーニが半ば呆《あき》れたような口調で言った。

「実際よく引っかかってくれるもんだ。チアーザが目をつけ、ちょいといい女を差し向ければどいつもこいつも一ころさ。これでいったい何人目だと思う。日本人ってのは、クスリや女に関してはまったく無防備でいやがる」

そう言うと、言いすぎたと思ったのか、アゴーニはバツの悪そうな表情を浮かべ、

「失礼……」

恭介を見て最後の言葉を訂正した。

「いいんですよ」

恭介は苦笑いを口の端に浮かべると、軽く片手を振り、

「商社員というのは、日本人のビジネスマンの中でも一際《ひときわ》エネルギッシュで、好奇心に満ちあふれた連中なんですよ。そうでなければ、世界を股《また》にかけて何千億ドルもの商売をすることなんかできやしません」

「で、いま日本で使っている『鸚鵡』はどうなんだ。まだ使い始めて一年しか経っていないはずだが」

ファルージオが聞いた。

「今度の『鸚鵡』は思ったよりも疲弊していません。使う気になれば、あと一年くらいはもつでしょう」

「すると、交換は少し早いというわけか……」

「いや、準備ができているなら、新品に代えてしまったほうがいいでしょう。次の『鸚鵡』がタイミングよく準備できるとは限りませんからね。今回の『鸚鵡』が扱うブツ、そ

れに荷揚げ倉庫が、こちらの仕事に適しているかどうか事前に確認しなければなりません。早々に仕上げにかかっていただいて結構です」

「分かった。すぐに仕上げにかからせよう」

アゴーニが心得たとばかりに頷《うなず》いた。

「条件が整っていれば、いま使っている『鸚鵡』を始末しにかかります。例の方法でね」

始末する……それは一人の男をこの世から消し去ってしまうことを意味したが、恭介は、まるでいらなくなった家財道具を粗大ゴミにして捨て去るような口調で、こともなげに言うと、物憂げな視線で手にしたバカラのグラスを見つめた。

「ところでキョウスケ……」

ファルージオの言葉に恭介がわずかに顔を向けた。

「明日からはレキシントンに行くのだったな」

「ええ、明日の昼の便《フライト》です」

「レキシントン？　ケンタッキーの？」

アゴーニが意外な地名に聞き返した。

「ターキー・ハンティングに出かけるんだとさ」

ファルージオは目を細めながら言った。

「ターキー・ハンティングね。山の中を歩き回る、あれですか」

アゴーニが、さも物好きだといわんばかりの声を上げた。

「山荘の準備はしてある。車もレキシントンの空港に準備させるよう手配した。せいぜいヴァケーションをたのしむことだな」

ファルージオはアゴーニの問いかけに答えず、恭介を見たまま言った。

「何もかも、恐れ入ります」

サイド・ボードに置かれた置き時計の針が、午前〇時五分前を指している。ジェット・ラグがある上に、上質のアルコールをたっぷりと入れた体には、それなりに眠気がさしてくる。

「いい時間になりました、私はそろそろこの辺でホテルに戻ります」

「ホテルはどこに」

カルーソが聞いた。

「ウォルドーフ・アストリアです」

「ならば私が送って行こう」

そう言うとカルーソはグラスに入ったコニャックを一気に飲み干し、立ち上がった。

「ありがとうございます」

恭介はカルーソに言い、ファルージオに向き直るとわずかに頭を下げ、ドアに向かって歩き始めた。

「キョウスケ……」

その背中に向かってファルージオが呼び止めた。

「ノーマは明日から、私は五、六日してからマーブル・ヘッドで二週間ほど休暇を取るが、あとで君もどうだね」

恭介は振り向くと、少しばかり考えるふうを見せたが、

「マーブル・ヘッドですか。悪くありませんね。狩の具合を見て連絡しますよ」

爽《さわ》やかな口調で答えた。

「ぜひそうしてくれ。ノーマも久々に君と過ごすことをたのしみにしている」

ファルージオの背後、夜のニューヨークの空に、楼閣のようにライト・アップされたエンパイア・ステート・ビルディングが浮かんでいた。その一幅の絵のような光景を見ながら、恭介は口元に笑みを浮かべると軽く頷いた。

＊

そのオールズ・モビルは人気のないストリートをゆっくりと下ってくると、路肩に積もる濡《ぬ》れた微細な砂を踏みしめるタイヤの鈍い音を残しながら、交差点の手前で静かに停まった。サンドペーパーで全体を雑に擦《こす》り上げたように艶《つや》を失ったグレーのボディ。その下縁は、冬の間に撒《ま》かれる滑り止めの岩塩によって侵食され腐食し、赤茶色の錆《さび》にくまなく覆われている。

中にはラティーノの男が二人乗っていた。カールのかかった髪。その下にある四つの眼が忙《せわ》しく動き、素早く周囲を窺《うかが》う。廃墟《はいきょ》のようなビルが立ち並ぶ見慣れた通りに、人影は

なかった。運転席の男チコは、そこで初めてエンジンを切った。イースト・リバーのブロンクス側に沿って走るディーガン・エクスプレス・ウェイをひっきりなしに行き交う車の音が、開け放った窓から遠く潮騒のように聞こえてくる。

チコはヘッド・レストに頭をもたせかけながら、皺《しわ》のよったパッケージから一本のキャメルを取り出すと火をつけ、瘦《や》せて尖《とが》った顎《あご》を突き出すようにしながら煙を吐き出した。まだ二〇代前半といった若い見かけとは裏腹に、貧相に落ち窪《くぼ》んだ眼窩《がんか》の中にある眼には、どこか不遜《ふそん》で、見ようによっては投げやりとも思える表情がある。それはだらしなく伸びた不精髭《ひげ》のせいでもなければ、薄汚れた白いTシャツから覗《のぞ》く二の腕に刻まれたタトゥーのせいでもなかった。生きることに何の希望も見出《みいだ》せず、気の赴《おもむ》くままに犯罪を繰り返すストリート・ギャングの荒《すさ》んだ生活のすべてがそこに凝縮されているのだ。

「あと五分か……」

助手席に座ったもう一人の男ルイスが、一一時五五分を示す腕時計に虚《うつ》ろな視線をやると、乾いた声で言った。

「心配するな。時間通りにやってくるに決まってるさ。商売となりゃ、やつら嫌になるほど正確だ。何もかも、だ。まったく融通ってもんの一つもありゃしねえ」

チコが口の中のガムを下品に鳴らしながら、再び煙を吐き出した。

「やつらが気にくわねえのか」

注意深い視線を万遍なく周囲に向けながら、ルイスが低い声で聞いた。

ストリートに人影はなく、右前方の遠くにはマンハッタンの摩天楼のシルエットの中、天空に浮かぶ城のように、赤紫と白銀の二色にライト・アップされたエンパイア・ステート・ビルディングの上部が浮かび上がって見える。

「気にくわねえのかって……、その通りさ。俺は、たとえ髪の毛だろうと黒が嫌《きれ》えなんだよ。そりゃ俺たちの中にも黒い髪のやつはいるがな。あの黒漆《ラッカー》で塗ったような髪はニガーの肌の色を思い出させてどうもいけねえ。そりゃバグが決めたことだからしょうがねえが、何がおもしろくて、あんなチンクスどもとつき合わなけりゃならねえんだ」

チコはいまいまし気《げ》に言うと、口の中のガムを歩道に向けて吐きだした。

黒が嫌いなのは、日頃このサウス・ブロンクスでの直接的な抗争が主に黒人のギャング組織との間で繰り広げられていることを意味していた。この世の栄光と富のすべてが集まるニューヨークはまた、この世の絶望と退廃のすべてが結集する街でもある。そしてこのサウス・ブロンクスはその後者の吹き溜《だ》まりともいうべき地域で、ここでは命をかけた虫たちの抗争が十年一日のごとく繰り返されてきた。それは人種の坩堝《メルティングポット》と呼ばれるニューヨークにあって、決して混じり合うことのない人種間の抗争そのものであった。

「だけどチンクスはパートナーさ……その頭に〝ビジネス〟のつく、な」

ルイスはおもむろにダッシュ・ボードを開けると、中から二二口径のリボルバーを取り出した。フレームに刻まれているはずの製造番号は削り落とされており、そこからその銃が不正な方法で彼らの手に渡ったものであることが分かった。およそ犯罪と呼ばれるものすべてを行なって生きていく彼らにとって、強盗、空巣の類《たぐい》は朝食前に「オレンジ・ジュース」を口にするようなもので、いったん悪行に及び、金目のものを見つければもちろんのこと、そこに拳銃《けんじゅう》などの武器を見つければ間違いなく頂戴《ちょうだい》する。その時点で、護身の武器は、犯罪者の凶器へと変貌《へんぼう》を遂げるのだ。

ルイスは弾倉を慣れた手つきで引き出し、中に弾丸が装塡《そうてん》されているのを確認すると再び元に戻し、上体を左に傾けてジーンズの腰の部分に捩《ね》じ込み、Tシャツの裾《すそ》でそれを覆った。

「チンクスが気にくわねえのは分かるが、やつらから仕入れるブツが俺たちの商売ネタなのは違いねえ。この街で生きていく限りネタは必要なんだよ。それと力がな。力は金だ。それを持たねえチームがどんなことになるか、そのくらいはおめえにも分かるだろう」

「そりゃあ、分かってるさ」

チコは一応は同意しながらも、腹に一物ある口調で言い返した。

「バグ……いや、兄貴が言うのはそこさ。ここじゃ、いままでにそれこそ星の数ほどの組織が生まれたが、一つとして五年ともった組織はありゃしねえ。どいつもこいつも、ニガーとのつまらねえ縄張り争いにうつつを抜かしたあげくに一人減り二人減り……気がついた時には自然消滅、新しい組織に取って代わられるって寸法さ。だがな、同じやばい橋を渡る連中にしても、マカロニ野郎やチンクスは違う。俺たちが血を流して擦り減っていく間に、その後ろでしっかりと儲《もう》けてやがるじゃねえか。どっちが賢い生き方か、兄貴じゃなくとも、おめえにだって簡単に判断がつくだろうってことよ」

「だけど、同じブツを仕入れるにしても、何もチンクスからじゃなくてもいいじゃねえか」

「チンクスから仕入れるか、マカロニ野郎からか、いずれにしたところでそう変わりはねえ。どうせ仕入れるなら、分のいいほうから仕入れるに越したことはねえさ」

ルイスは鼻を小さく鳴らしながら言った。

「しかし、大丈夫かな」

チコは今度は一変して、その奥に明らかに不安が混じった口調で言った。

「何が」

「いや……取引をマカロニ野郎からチンクスに変えたことがさ。もしこれがバレたら、マカロニ野郎どもだって黙っちゃいねえだろうが」

「ショバ荒らしはチンクスとマカロニ野郎の問題さ。トラブルが起きるなら、俺たちとより前に、連中との間でだ」

「ならいいんだが……」

「何を気にしてるんだ」

「いや……」

ルイスの問いかけにチコは一瞬口ごもった。

「ティトのことか……」

「ああ。どうもあいつのことが気になってしょうがねえ。あいつが消えてからもう二週間だ。ニガーは俺たちを狙うにしても、もっと直接的で単純なやり方だよな。これまで仲間が殺されたことはあっても、行方知れずは出たためしがねえ。やつらは、かっさらうような手の込んだことなんかしやしねえ」

「さらわれたかどうか、まだ決まったわけじゃねえ」

「なあルイス、考えてもみろよ……二週間だぜ。やつにこの街を出て行くような理由なんてありゃしねえんだ。どうもいけねえ。俺にはこいつはニガーの仕業じゃねえような気がして仕方がねえんだ」

その時、ルーム・ミラーの中に後方の角をゆっくりと左折してくる一台の車のヘッドライトが映った。

「おっと、来たぜ」

「チッ……まったく、いつもながらどんピシャでやがる」

チコはいまいまし気に言うと、シート越しに後方を振り返った。

一台のビュイックがゆっくりと近づくと、二人の乗ったオールズ・モビルの後方にピタリとつける形で停まった。エンジンが切られると同時に助手席のドアが開き、中から一人の男がバッグを手にゆっくりと路上に降り立った。

一七〇センチほどの痩《や》せぎすの男で、オールバックにしたストレートの黒髪が頭部の輪郭にへばりつくように撫《な》でつけられている。ルイスやチコたちがチンクスと蔑称《べっしょう》で呼ぶ中国人の男だ。縒《よ》れたコットン・パンツの上にだらしなく裾を出した、くたびれた緑色のポロシャツ。その右の腰のあたりが不自然に膨らんでいるのは、彼もまたそこに、凶暴な鉄の塊を潜ませていることの証《あかし》だった。

ルイスはそれをサイド・ミラーで確認すると、ゆっくりとドアを開け、路上に降り立った。その手には、それまで助手席の床に置かれていた古ぼけたバッグがあった。

二人は無言のまま、ゆっくりと距離を詰めていく。

「五キロだ……」

先に口を開いたのは中国人の男だった。

「金だ……」

ルイスは短く言うと、手にしたバッグを差し出した。その視線が一瞬、前に停まっているビュイックの運転席に向けられた。運転席の男は、その視線など意に介さないかのように遠くマンハッタンの方向を見ている。しかしそれはあくまでもそうした振りをしているだけのことで、その視線の端でルイスの一挙一動を洩《も》らすことなく捉《とら》えていることは間違いなかった。

「あらためさせてもらうぜ……」

中国人の男は、受け取ったバッグの口金を開けにかかった。

「間違いはねえさ」

「一応の確認さ……あとで揉《も》めねえための」

中国人の男はそう言いながら、手を止めることなく作業を続けた。ルイスもまた、受け取ったバッグを左手で抱えるようにして持つと、右手でそのファスナーを開けにかかる。

「分かってるさ」

ナイロン製のバッグの口が開くと、そこからプラスチックで梱包《こんぽう》された長方形の白い塊が姿を現わした。ヘロインだった。一キロごとに長方形に成型された白い塊が五個、街路灯の黄色い光の中で確認できた。

中国人の男もまた、素早くバッグの中の札束を目で計ると、満足したようにルイスを見、小さく頷《うなず》きを返した。それが取引の終了の合図だった。

踵《きびす》を返してチコの待つオールズ・モビルに戻ろうとした瞬間、淀《よど》んだ夏の夜の空気を細く切り裂く唸《うな》りをルイスは聞いた。目の前で車の中のチコの頭部が激しく右に振れ、カールのかかった頭髪が大きく波打つ。肉の中で骨が砕け散る音と、破壊された湿った内容物が噴き出しながら飛沫《ひまつ》となってフロントガラスに飛び散る音に混じって、糸を引くような死の咆哮《ほうこう》の微《かす》かな息吹がルイスの鼓膜を震わせた。

廃墟《はいきょ》と化したビルの一階で、その時を待っていた男が、最初の一発を発射したのだ。男はMP—5をわずかに右に振ると、クォーツの秒針が時を刻むような正確さで、ビュイックの傍らにナイロンバッグを手にして立つ中国人に狙いを定めた。

照準器の中でその男は、前方に停まるオールズ・モビルの中で何が起こったのか、にわかに判断がつきかねるといった表情を浮かべながらも、サイレンサーから洩れる発射音を耳にして、反射的に腰に隠し持った銃に手を伸ばした。しかしその動作も、男の手が拳銃に触れるか触れないかのところで中断されることになった。

ドット・サイトの中に浮かび上がった発光ダイオードの小さな赤い点が、鮮やかに照準の在りかを告げている。その小さな光点に捉えられた男の頭に、二発目の銃弾がヒットしたのだ。強烈な衝撃を頭部に受けた男は、一瞬、その場に硬直したように体を直立させると、次の瞬間その場に膝《ひざ》からだらしなく崩れ落ちた。運転席の男が驚愕《きょうがく》した表情で、窮屈な姿勢のまま、銃を取り出すか車を発進させるか、その判断がつかずに狼狽《ろうばい》し、無意味な動きをした。再び死神の息吹が聞こえると三発目の銃弾は、ほぼ水平に近い状態からその男の頬のあたりを捉えた。衝撃を吸収した男の顔が歪《ゆが》み、頭蓋《ずがい》の中を駆け回った銃弾は頭頂部に抜けると天井の内張りを突き破り、ルーフの鉄板に当たり、ひしゃげて止まった。

ルイスは、最初の銃撃が起きると反射的に身を屈《かが》め、腰のリボルバーを手にして微かな咆哮のするほうを見ようとした。しかしその途中で後方の男が崩れ落ちた。

虚をつかれたルイスは混乱していた。すでに路上に転がっているチンクスが取引の過程で裏切る可能性は想定の中にあったが、それがチコに続いて倒されたとなれば別のやつらに違いない。対立するニガーか、あるいは自分たちと同じラティーノの組織か、それにしても狙撃《そげき》は正確を極め、明らかに自分たちがこれまで直面したことのない強大な脅威に直面していることを、ルイスは瞬間的に悟った。すぐに三つ目の発射音が聞こえ、そこで初めて、自分と狙撃者がいる方向との間に遮蔽物《しゃへい》となるものが何もないことに気がついた。

体が硬直し、焦る意思とは裏腹に、体の自由がままならなかった。心臓が波打ち、血流がそのまま汗となり、毛穴から噴き出さんばかりのプレッシャーとなって流れ出すのが分かった。本来ならば熱く煮えたぎるような熱を放つであろうそれは、不思議なことに逆に体の熱を奪わんばかりに冷たく、ルイスの行動を、さらにもどかしいほど緩慢なものにした。

それでもルイスは、とりあえずオールズ・モビルの車体を盾《たて》にすべく、反対側に回り込もうとフロントグリルの方向に駆けた。

衝撃は音よりも先にきた。右の肩胛骨《けんこうこつ》のあたりにパイルを打ち込まれたような衝撃が襲った。体の右半分の感覚が瞬間的に喪失し、まるで左半分と違う物質で繋《つな》ぎ合わされたかのような奇妙な感覚に襲われた。リボルバーはすでに右手から離れ、同時に、左手に握っていたバッグが歩道の上に弾き飛ばされ、大きさの割には重量のある鈍い音を立てた。ルイスはその衝撃の方向に、まるで見えない手によって突き飛ばされたような形で、歩道に前のめりになって転がった。

感覚はすぐには戻らず、そこで初めて自分が撃たれたことが分かった。物心ついてこのかた、二二になる歳まで、およそ犯罪というものすべてを行なってきた男にしても、実際に我が身が銃弾によってダメージを受けたのは初めての経験だった。死への恐怖。それが急速に現実のものとなったルイスは、まだ自由の効く足だけで匍匐《ほふく》すると、ようやくオールズ・モビルの陰に回り、叫んだ。

「ドン・シュー！」

生への執着が肉体の反応となって現われ、彼の両眼から涙が溢《あふ》れだした。

その時、ストリートを一台のフォード・ワゴンが猛スピードで近づいてくると、路肩に寄せて停車していた二台の車の傍らで停まった。すぐにスライド式の後部ドアが開き、中から二人の若い白人の男が降りると、金とヘロインの入ったバッグとともに、泣き叫ぶルイスを無言のまま車の中に引きずりこんだ。

「ドン・シュー！　ヘルプ・ミー！」

錯乱状態に陥ったルイスは、再び情けない言葉を吐いた。それも今度は、これまで口にしたことのない最上級の一言をつけてだ。

「プリーズ……」

フォード・ワゴンは、三つの死体になど最初から何の興味もなかったかのように、ルイスを乗せると、すぐにその場から走り去った。

狙撃した男は、それよりも早くフォードが路上に停まった時点で、MP—5を手に、すぐにその場を離れた。床に広げた毛布も、ショッピング・バッグも、そしてカートもすべてそこに残したままだ。四つの薬莢《やっきょう》もこの薄暗い部屋のどこかに転がったままだが、それにしたところで銃のタイプが推測されるくらいのことだろう。その程度ならば死体となった男たちの体内、あるいは周辺のどこかにある銃弾からでも十分に調べはつく。いずれにしてもそれらの残留品が自分に結びつくはずもないことを、男はよく知っていた。

瓦礫《がれき》とゴミが散乱する廊下を一気に駆け抜け、出口へと向かう。いつの間にかそこには一台の古ぼけたシヴィーが停まっており、男が後部座席に乗り込むとすぐに、静かに、そして何事もなかったかのように、ゆっくりと走りだした。

「うまくいったな」

ハンドルを握る男が、ルーム・ミラーで後部座席の男を見ながら声をかけた。

「ああ……殺すのは簡単だが、生かして捕えるのはむずかしい……」

男がニューヨークからあとかたもなく消え去るまで、あとほんのわずかの時間しかなかった。

2

夏のテキサスの強い日差しが容赦なく照りつける中で、アラン・ギャレットは黙々と作業を続けていた。まだ今日の作業が始まって一時間しか経っていないというのに、すでに汗をたっぷりと吸い込んだ色褪《いろあ》せたTシャツが広い背に重くへばりついてくる。エアコンの利いた快適な室内から見れば『ゴージャス』と表現されるであろう快晴の天気も、この地特有の高い湿度でまとわりつくような大気に覆われた戸外での作業ともなれば、それはまったく別の次元の言葉でしかなかった。

ギャレットの背後では大きなショベルを付けたフォークリフトが絶え間なく動き、文字通り小山のように積み上げられたOA機器の山を無造作に崩しては、所定の位置に運び込んでくる。別の山では巨大なクレーンの先に付いた鋼鉄の爪《つめ》が、部品を取り外したヘリコプターの外殻を次々に破壊し、鉄のスクラップへと変えていく。金属が切り裂かれ潰《つぶ》れていく甲高い騒音が、ただでさえ鬱陶《うっとう》しい濃密な大気を振動させる。

可能な限り多くの軍事物資を処理し、投入した国民の血税を取り戻す——それは冷戦終結後、国防総省が明確にした一つの指針だった。テキサス州サン・アントニオの郊外にある広大な敷地を金網で囲ったこの施設は、防衛機器再利用販売センター《DRMO》（Defence Reutilization and Marketing Office）と呼ばれる全米一七〇か所にある軍の放出品センターの一つで、近隣の基地で廃棄処分になった大量の機器や武器が定期的に運び込まれてくる。その種類は軍で使われるすべてのもの、すなわち机や椅子といったものから、ＯＡ機器、ヘリコプター、レーダーシステムといったものまでもが対象になる。

　その一つ一つに付けられた処理の方法を記したタグの指示に従ってそれを解体処理していくのが、ギャレットの仕事だった。

　いま、一つのパーソナル・コンピュータのハードディスクの解体を終えたギャレットは、白い樹脂でできた次の一つを厚い革のグローブで覆われた手で無造作に持ち上げると、作業台の上に据えつけ、ドライバーとニッパーを交互に使いながらこじ開け始めた。中に組み込まれたボードにセットされているＩＣやＣＰＵを取り外し、傍らの箱の中に分類しながら放り込む。それは、最先端技術の粋をミクロの世界に閉じ込めた機器を解体するには、あまりに粗暴で、技術とか科学といった洗練された言葉とはほど遠い行為だった。

　しかし、いまでこそ一介の解体作業員にすぎないこの男にも、最先端の機器を文字通り自分の手足のように操っていた時期があった。海兵隊の対戦車攻撃ヘリコプター〈コブラ〉のパイロット。それがこの男の前歴だった。中尉の地位にあったこの男に思いもかけない転機が訪れたのは六年前、湾岸戦争が終結し、祖国に凱旋《がいせん》をとげた半年後のことだ。いや正確に言えば、その予兆があったのはそれよりさらに半年前、あの砂漠に覆われた大地で戦闘が始まった直後のことだった。

イラクとの戦争が始まり、前線に出るとすぐに、従軍した兵士には洩《も》れなく銀色のホイルにパックされた白い錠剤が渡された。対峙《たいじ》したイラクは化学兵器を擁《よう》しており、特にサリンを実戦に使用する公算が強いと考えられた。化学兵器の存在は湾岸戦争に際して、米軍が最も懸念していたことで、それは従軍した兵士にとっても同じだった。錠剤はサリンに対して効力を発揮するものだという説明があり、八時間毎に服用することが命令として義務づけられた。ピリドスチルウィン・ブロマイド、通称PBと呼ばれるその錠剤を服用することに、ギャレットは何の疑いも抱かなかった。

白い小さな錠剤――それは、ふだん当たり前に服用しているアスピリンと外見上は変わらないものだった――を飲み下した直後、両の目から涙が溢れ始め、目がかすみ始めた。体中の筋肉が痛み、慢性の下痢が続くようになった。

砂漠の気候は特異なもので、日中と夜とでは三〇度以上の温度差がある。加えて、いつ命を失うとも限らない戦地……体の変調は、攻撃ヘリコプターのパイロットという、先陣を切って戦闘に赴《おもむ》かなければならない極限に近い精神状態を強いられるストレスからくるものと考えられなくもなかった。しかし同様の症状を訴える者が続出するにいたって、その原因が八時間毎に服用するPBのせいだと確信するまで、そう長い時間はかからなかった。

服用の中止を訴えるギャレットたちを軍は許さなかった。化学兵器から身を守る手段はいくつかあったが、いずれの場合も物理的な装備の着用が必要であり、ＰＢの服用は最も効果的、かつ合理的な方法と、軍は疑っていなかったからである。

　ギャレットは戦闘が終結するまで一か月の間服用を続けた。絶え間なく襲う筋肉痛、吐気、涙目、そして最後には血尿……。戦闘そのものは、圧倒的な戦力を持つアメリカ軍の前にイラク軍がいとも容易《たやす》く敗退して終わったが、ギャレットの体は肉体、精神の両面から痛めつけられた。

　戦闘の終結とともにギャレットはＰＢの服用を止めた。しかし、たった一か月の使用にもかかわらず、ＰＢはギャレットの体に深刻な影響を残した。体中の筋肉をきしませるように襲う激痛、そして顔面の皮膚に触れられてもまったく感じない感覚障害。それらが湾岸戦争症候群として大きな社会問題となったのは、帰国してしばらく経ってからのことだ。

　パイロットにとって健全な体は最低限の条件だ。視覚、知覚に障害を生じ、発作的に襲う筋肉への激痛……健康体とはとても言えない人間がその職務を続けられないのは明白だった。

　ギャレットは空を飛ぶという特権を剝奪《はくだつ》された。それはパイロットという厳しい世界に生きる者にとっては、誰しもが熟知しているルールの下に下された結論には違いなかったが、何よりも飛ぶことが人生そのものであったギャレットにとって、そう簡単に割り切れるものではなかった。そもそも戦闘機《ファイター》パイロットではなくヘリコプターのパイロットを選んだのも、長く現役で空を飛びたいという気持ちがあったからに外ならない。空のＦ―1

と称されるファイターは、空を飛ぶ者にとっては文字通り最高峰に位置するものだが、その分パイロットとしての寿命は短いという宿命を持つ。その点コブラは普通のヘリとは違い、戦闘的なスピードと素晴らしい操縦性、そして機能美を持った最高のマシーンだった。パイロットの寿命もファイター・パイロットとは比較にならないほど長い。

　翼をもぎ取られたパイロットの辿《たど》る道は惨めである。それはポジション的なものではなく、空を飛べないという現実が、常人には想像もできないようなダメージを、精神に与えるのだ。

　もちろん軍は、地上勤務に当たってギャレットにそれなりのポジションを用意したが、毎日聞こえてくるヘリの爆音を耳にしながら平気でいられるほど、彼は自分を襲った運命に従順でいられなかった。少なくとも自分の落ち度でこうなったわけではない。そうした思いを抱きながら過ごす日々は、確実にギャレットの心を荒廃させていった。

　ギャレットには三七になる妻と、一〇歳と七歳の子供がいた。翼をもぎ取られた現実と時折り襲う激痛、そして感覚障害……それらのストレスは、本来ならば唯一安らぎを覚えるであろう家庭で爆発することになった。心を開放できる場。自分に正直になれる場。それが逆にギャレットの心に日々蓄積されていく澱《おり》のような負の感情の発散の場になったのである。

　酒に溺《おぼ》れ正体をなくし、そして記憶のないままに暴力を振るった。最初は夫の心中を察し、いたわりの気持ちをもって接していた妻も、やがて家を出て行ってしまった。そしてお決まりの結末……離婚……。凱旋からわずか一年を経ずして、ギャレットはこの世で最も大切に考えていたすべての物を失ってしまった。

ギャレットはそれからすぐに軍を退役した。次の仕事のあてがあったわけではなかったが、とにかく自分の愛するもの、過去を引きずるものの傍《そば》から離れたかった。

そして数少ない選択肢から選び出した次の職業が、このDRMOだった。もっともここにはコブラもあるが、それはもう飛べないただの鉄の塊だ。翼をもぎ取られたパイロット、飛べないコブラ……この墓場のような場所こそ、自分のこれからの人生に相応《ふさわ》しい……。ギャレットはそう考えていた。

そしてまた一つ解体が終わった。ギャレットは流れ出る汗を腕で拭《ぬぐ》うと、次の一つを作業台に上げた。

ハードディスクの本体をひっくり返し、裏蓋《うらぶた》のネジをドライバーで開けにかかる。八つのネジをすべて取り去ると、裏蓋が外れ、中の機構が露《あらわ》になる。ICのチップを外し、CPUを外しにかかる。それは機械的なリズムで進められる手慣れた作業だった。

『おや……なんだ、これは……』

ギャレットの手が止まり、ある一点に注意が集中した。フロッピーの差し入れ口だ。そこには一枚のフロッピーディスクが差し込まれたままの状態になっていた。

ギャレットはディスクを覆うようにして組み込まれているボードや周辺の部品をグローブをはめた手でむしり取ると、それを脱ぎ捨て、汗ばんだ手でディスクを取り出した。

三・五インチの黒いプラスチックで覆われたディスクの表面には『CLASSIFIED. TOP SECRET. CONTAINTS SPECIAL INTELLIGENCE.』の文字が手書きで記載されていた。

ギャレットの口から怒りと絶望、そして割り切れなさの混じった複雑な呻《うめ》き声が洩れた。

「なんてこった《ホーリー・シット》……」

こりゃ最高機密のディスクじゃないか。あの馬鹿どもめ、またやりやがったのか。

ギャレットはすぐに、ハードディスクのカバーに付けられた廃棄処分の方法を記載したタグを見た。

ケリー空軍基地……こいつぁやばい代物だぜ……。

サン・アントニオにあるこの基地で核兵器の開発が行なわれていることは、このあたりの軍にいた者なら、おおよその者が知っていることだった。このディスクがそうした類《たぐい》のものだと即断はできないが、いずれにせよこの文字の意味するところは、そうした最高機密に属するものである、ということだった。

信じがたいことだが、こうした最高機密を記録したアメリカ軍のディスクが処理場で発見されるのは、いまや「まれ」とは言えない頻度で起こっていることなのだ。その証拠に、ここに集められたスクラップの中には、殆《ほとん》ど解体されずに原形をとどめたまま一山数セントで買い取られるものも多いが、それを買い取っていくのがスクラップ屋とは名ばかりの、実のところ兵器商と化した人間たちなのだ。それもこれも、それぞれのタグに記載された廃棄方法の八〇パーセント近くが間違っており、中にはとてつもない金額で取引される機密情報や部品が使用可能な状態で数多く入っていたりするからだ。しかも国防総省はそれを知りながら何の手立ても講じず、それを放置している。冷戦終結後、彼ら官僚軍人が最も優先しているのは『利益』であり、納税者が支払った税金を取り戻すことであるからだった。

祖国のために命を賭《か》けて湾岸戦争に従軍したギャレットにしてみれば、これはとうてい理解できない現実だった。だがそれは紛れもない事実で、しかも、いま手の中にそれは実際に存在しているのだ。

ギャレットは生まれて初めて覚える複雑な感情を感じていた。怒り、絶望、嫌悪……それはこれまでの自分の価値観、人生観の破壊であり、それらすべての否定でもあった。前線で多くの兵士が命がけで戦っているのに、オフィスでのうのうと出世競争にうつつを抜かしているエリートどもはこの有様だ。やつらの命令に従って俺はあの砂漠に行き、健康を奪われ、空を飛ぶことを奪われ、そして家族を失った。俺はいままでこんなやつらのために働いてきたのか。俺はこんなやつらのためにすべてを失ったのか……。

ギャレットの瞳《ひとみ》に、明らかにそれまでとは違う、危険に満ちた光が宿った。

ギャレットは、ディスクの表面に書かれた〝機密〟という文字を再び見ると、それを傍らの道具箱の中にしまいこんだ。

彼はグローブを塡《は》めると、ニッパーを持ち、再び解体の作業を始めた。

＊

ジョージ・フロストは、その日初めての遅い朝食と昼食を兼ねる食事を摂《と》っていた。プラスチックのやわなフォークを無骨な手で器用に操りながら、紙容器の中のチャウ・メン《そば》をすくいながら口に運ぶ。麵《めん》がうまくほぐれないのは、テイクアウトしてから実際にそれを口にするまで、時間が経ってしまい、すっかりのび切ってしまったせいだ。

担当するエリアで殺しが起きるのは毎度のことだが、昨夜のサウス・ブロンクスの事件は少しばかり様子が違っていた。一度に三人……。もっともギャング間の抗争ともなれば、その程度の殺し合いは珍しくもないが、そのうちの二人がチャイニーズとなれば話は別だ。サウス・ブロンクスを構成するのは、プエルトリカンやチカノといったラティーノと黒人が主で、チャイニーズが紛れ込むことは、そう滅多にない。そこからも、殺された二人が少なくともまともな部類の人間でないことは明白だった。

夜中に電話で叩《たた》き起こされ、現場検証から検視局、そしてチャイナ・タウンを管轄する署の刑事との情報交換へと駆けだした時には、もう朝の一〇時を回っていた。時間通りにまともな食事が摂れないのは毎度のことだが、それにしてもこの街には事件が途切れる暇《いとま》がない。日々のストレスは、気がつかないうちに神経の影響を受けやすい部分を直撃する。ならば少しは胃にやさしい食事を選べばよさそうなものだが、いったん事件となればいつ食事が摂れるか分からない身の上とあっては、カロリーの高いものを腹に入れておかなければ体がもたない。机の上にはアルカセルツァー《胃薬》の袋と、エビアンのボトルがすでに用意されていた。その傍らには先ほど腰から外した四五口径のコルト・ガバメントが無造作に放り投げられている。

まったく因果な商売だ。フロストは罵《のの》りの言葉を、頬張ったチャウ・メンとともに飲み込んだ。そして再び容器の中の麵をほぐしにかかった時、机の上の電話が無遠慮に鳴った。

「……デム！」

左の手で受話器を取ると、汗がまだ乾き切っていない首と肩の間でそれを固定した。

「インスペクター・フロスト！」

フロストは、早口で不機嫌な声をそこに叩きつけた。

「ブルックリンのハームズだが」

「やあポール。久しぶりだな」

相手はブルックリンの分署にいる刑事で、これまでにも何度か会ったことのある男だった。

「いま食事をしているところでね、このままで失礼するよ」

せわしない時にはお互いさまだが、フロストはそれでも一応相手にそう断ると、再び麵を口に入れた。

「ティト・フェルナンデスって名前に覚えがあるか」

ハームズはさっそく用件を切り出した。

「ああ、やつならよく知っている。ラティーノのギャングの一味で、この街じゃちょっとした顔だ。ボスを張るほどの玉じゃねえが、そこそこの悪党さ。前に強盗で四年ほど食らいこんだことがあったな」

フロストは即座に答えると、

「で、やつが何かしたのか」

と聞き返した。

「殺された」

「何だって？　いつの話だ」

「死体が見つかったのは今朝、六時だ」

「ブルックリンでか？」

「正確にはコニー・アイランドのマンハッタン・ビーチでだ」

「そりゃまた、ずいぶん離れた所で殺《や》られたもんだな」

「いや、殺しの現場は他所《よそ》だ」

「ほう……」

さして驚くほどではないといった口調で、フロストはもう一口チャウ・メンを頬張った。

「まだ正確な殺害日時は特定されていないが、検視官の話だと死後最低二週間前後、とにかく腐敗がひどくてな」

「ちょっと待ってくれ……ティト・フェルナンデス？」

フロストはハームズの言葉を遮《さえぎ》ると、口の中のヌードルを無理に飲み込み、「昨夜そいつの一味の一人が、こっちでも射殺されてるんだ」

チコの一件を持ち出した。

「何だって？」

「それにチャイニーズの男が二人一緒に射殺されてな。どうも何かの取引があったらしいんだが……それでこっちは昨夜から出ずっぱりってわけさ」

「で、何か摑《つか》めたのか？」

「いや、いまのところは何も……しかし前後して同じ組織のやつが二人も殺されるとあっちゃ、ちょいと穏やかじゃないな」

「穏やかじゃないと言えば、そのフェルナンデスの殺され方ってのが普通じゃないんだ」

受話器を通して聞こえてくるハームズの声が低くなった。

「二週間もこの夏の暑い盛りにどこかに放置されていたんだ。腐敗の酷《ひど》いのは分かるんだが……その中に完全な形で残っている部分があってな」

「部分？」

「血管だ……どうも水銀をたっぷりと注射されたらしい。それが直接の死因かどうかは分からんのだがね」

「……ジーザス・クライスト……」

フロストは低い呻き声を上げた。

「溶け出した死体の上を血管が網の目のように覆い尽くしてるんだ。毛細血管までもがね、きれいに残っていやがるんだよ。俺もずいぶん酷い死体を見てきたが、こいつにはたまげたよ。発見したのは、散歩に出てた七〇になる婆《ばあ》さんだったんだが、かわいそうにすっかり気が動転して病院行きさ」

フロストは左手に持ったチャウ・メンの紙パックを机の上にゆっくりと置くと、半分ほど残った中身に、右手に持ったフォークをいまいまし気に突き立て、一つ大きく息をした。

――もう食えない――。

「信じられるか？　こいつぁどうもギャングどもの仕業じゃないな。一発ズドンとやって、早々にその場を立ち去る――連中、殺すのならこんな手間暇かけた仕事をしたりしないからな」

フロストはハームズの話を聞きながら、アルカセルツァーの包みを歯で食い破った。胸がむかつくのは冷めたグリーシーなチャウ・メンのせいばかりではなかった。胃薬でも飲まないことにはどうしようもない。

「で……その死体がどうしてフェルナンデスだって分かったんだ」

アルカセルツァーの顆粒《かりゅう》をコップにぶちまけ、エビアンを注ぐ。コップの中が派手に泡立ち、透明な発泡水で満たされた。

「ご丁寧に足の親指に名前を記したタグがつけてあってね……」

「ガーッシュ《神様》……」

　フロストはコップの中の液体を一気に呷《あお》った。酸味を帯びた発泡水が喉《のど》を通り、胃の中に転げ落ちていく。たちまち胃の中が膨張し、こみ上げてくるゲップを彼はすんでのところでこらえた。

「こいつぁサイコ野郎の仕業だな。それも飛び切りのな」

　ブロンクスでの殺人事件は日常茶飯のことには違いないが、ギャング同士の抗争にしても、行きずりのものにしてもその目的は相手を殺す、あるいは無抵抗にしようとすることにある。勢い、手口はどうしても射殺、あるいは刺殺といった極めて単純なものが多くなる。効率と効果を最大限に追い求めれば、ワン・ショット……これに勝るものなどありはしない。従ってこうした手の込んだケースのものは、都市生活につきものの精神を病んだ人間の仕業であることが多く、それは犯罪者の集団に属さず、単独で行なわれることが多い。

「ああ。しかし、どうも分からん」

「何が？」

　ハームズの言葉に、フロストは聞き返した。

「いや。どうしてこのチンピラが被害者になったかってことさ。サイコ野郎の被害に遭うのは、たいてい抵抗力のない女性か子供といったケースが多い。連中にはそれなりの美学ってもんがあるらしくてね、作品になる素材には、それなりにこだわりがある」

「第一に仕事がしやすい。つまり無抵抗であること。第二に素材が美しければ美しいほどああいったいってわけだな」

「そうだ。だがこのフェルナンデスの場合はそのどちらにもあてはまらない」

「そうは言っても、それがサイコ野郎の絶対的法則ってわけでもないだろう。ああいった連中の心理は、常人にはとうてい理解不能なところがあるからな」

「もちろんそうには違いないが……」

フロストはそこでいったん言葉を区切ると、

「実はな、昨夜殺されたのはチャイニーズが二人にラティーノが一人ってのはさっき言った通りなんだが……どうも、少なくとももう一人現場に居あわせたことは間違いないんだ」

「もう一人？」

「ああ。どうやらもう一人ラティーノがいたらしい形跡がある」

「取引がもつれた末の銃撃戦ってわけか」

「いや、そうじゃない。どいつも拳銃を所持してはいたが、一発も撃っちゃいないんだ。銃撃は廃屋になったビルからだ。狙撃《そげき》されているんだ」

「ってことは別の組織の仕業か」

「ああ、それもかなりのプロの仕業だな。使われたのは九ミリ弾で、四発発射されている。全弾命中さ。それも夜間、二五メートルの距離からだ。弾のサイズは拳銃《けんじゅう》と同じだが、そうじゃないな。おそらくサブ・マシンガンだろう」

「それだけの精度となるとMP―5……か。しかし一人は撃ち損じてるんだろう」

「ああ、運よく逃れたとも考えられないことはないが……なにしろ死んだ三人はものの見事に一発で脳天を撃ち抜かれているんだ。もしかすると目的があって手傷を負わせることにしたのかもしれないな」

「おいおい、いったい何が始まろうってんだ」

「分からない……だがもしそうだとしたら、ポール……こいつぁただの抗争じゃないな。もっと複雑な背景が裏にあるな」

「何か思い当たることでもあるのか」

「いや確たる根拠があるわけじゃないが、ブロンクスの抗争にしちゃ、手が込みすぎてる気がする……」

「……それも、そうだな……」

　フロストは考え込むように言葉を切った。

　受話器の向こうでハームズも考えを巡らしているらしく、しばしの沈黙があった。

「とにかく現場からいなくなった男が誰か、こいつを突き止めることだな。それとチャイニーズの二人が何者か、それもだ」

「バグをしょっ引くか」

「ああ。そいつが一番早いだろう。もっとも本当のところを簡単に話すようなやつじゃないが、それでも何か分かるだろう」

「そうか……とにかく何か分かったらこっちにもすぐに知らせてくれ」

「分かった」

フロストは電話を切ると、机の上に放り出した食べかけのチャウ・メンの入った紙パックに、握り潰《つぶ》したペーパー・ナプキンを突っ込み、返す手で傍らに置かれたコルト・四五オートをホルスターごと鷲掴《わしづか》みにすると、立ち上がり、腰のベルトに装着した。フェルナンデスの無残な死にざまを聞かされた後に、平気でグリーシーな食事を摂《と》れるほどタフな神経は持ち合わせていなかった。

こうなれば、とにかくバグを捕まえて話を聞くことだ。

彼はハンガーに掛けた上着を手に大股《おおまた》で歩きだすと、オフィスのドアを開け、無遠慮に叫んだ。

「アンディ！　いつまで飯を食ってるんだ！　出かけるぞ！」

3

ニューヨークには、マンハッタンを中心とする巨大都市《メトロポリタン》『シティ』と、カナダとの間に横たわるオンタリオ湖畔にまで至る広大な『ステイト』《州》の二つの顔がある。

そのシティから車で二時間ほど北の小さな街の外れにある農場の納屋で、ルイスは襲いかかる恐怖に脅《おび》えていた。拉致《らち》された自分の身の上も、肩に食い込んだ銃弾の痛みさえも、迫りくる恐怖の前には考える余裕などなかった。

ルイスを拉致した男たちは走り出すとすぐに彼の両腕と両足をガムテープで固定し、フォードの荷台に転がしたまま、まっすぐここにやってきた。途中で口にもガムテープが貼られたが、それはルイスが騒ぎ始めたからに過ぎない。それ以外の部分、つまり両目は開けられたままだった。

ワゴンの中にいる三人の男たちは、いずれも若いイタリア系の男で、そこから彼らが何者か、おおよその見当はついた。彼らはルイスが騒いだ時にこそ罵《ののし》りの言葉を吐いたが、それ以外はまったくの無言で二時間余りのドライブを続けた。

もしもこの男たちが後の復讐《ふくしゅう》を懸念しているのなら、顔を見られたくないはずだ。つまり連中は、そうした心配を少しも抱いていない。それはなぜか。ルイスは肩の痛みと呼吸手段が鼻だけとなった息苦しさの中で必死に考えていた。

連中が自分を拉致したのは、コカインの仕入れルートをイタ公からチンクスに変えたことに起因していることは間違いあるまい。つまり報復というわけだ。そして取引の場にいた二人のチンクスとチコを殺《や》り、自分を生かしたのは、俺がボスのバグの弟だと知っていたからに違いない。それならばこの場合の答は二つある。一つは自分を痛めつけ、彼らの組織の恐ろしさを十分に思い知らせ、元通り彼らの下で働かなければどうなるか、その見せしめとすること。そしてもう一つは……。

それはルイスにとって考えたくもない答だった。とにかく車が停まり、口が利けるようになったところで命乞《いのちご》いをしよう。自分もバグも連中を甘く見すぎていた。とにかく二度と連中に逆らうなんて気は起こさないことだ……。そうさ、連中にとってもまだまだ俺たちの使い道がなくなったわけじゃないだろう。

しかしルイスを待ち受けていたのは、彼の想像を絶する苛酷《かこく》な現実だった。

ルイスの位置からはワゴンの窓越しに闇に覆われた空が見えるだけだったが、同じ闇にも表情がある。その闇の表情の違いから、ワゴンはかなりの田舎に向かっていることがわかる。やがて車は舗装されていない道をしばらく走ったところで停まった。すぐに男たちが降り、ワゴンの後部ドアが開いた。屈強な男が二人、無言のままルイスを肩と足で持ち上げ、運び出した。

ルイスはそこで初めて周囲を窺《うかが》った。周囲は闇に包まれ、車から漏れる光に浮かんだ廃屋のような納屋、それがルイスの目に見えるすべてだった。

二人の男は、ルイスをその入口の地面に乱暴に放り投げるようにして置くと、

「ほらよ、あとは好きにするんだな」

初めてにして最後の言葉を闇の中に向かって短く言うと、再びワゴンに乗っていま来た道を走り去っていった。

不規則に揺れるヘッドライトの両側には鬱蒼《うっそう》と繁《しげ》る木々がシルエットとなって浮かび上がった。その光と赤いテイルライトが見えなくなると、周囲の状況がおぼろげに見え始め、ルイスは自分がどこかの農場にいるらしいことを知った。か細く周囲の空気を震わせる虫の音が、静寂をいやが上にも強調する。

何だってんだ。いったい俺をこんな所に放置しやがって。どうしようってんだ。

ルイスは初めてゆっくりと自由を奪われた体を捩《ねじ》った。ガムテープはびくともせずに、地面とルイスの衣服が擦《こす》れあう鈍い音だけが空しく響いた。

その時、闇の一角に蠢《うごめ》く黒い塊があるのを、ルイスは視界の端で捉《とら》えた。

「何だ……」

ルイスは、ガムテープで塞《ふさ》がれた口の中で言葉にならない呻《うめ》き声を上げながら、身構えた。

薄明かりの中に人の影があった。

影は黒いシルエットとなって、ゆっくりとルイスに近づいてきた。そのシルエットの動きから、それが男、それもそう若くない男であることが分かった。影はゆっくりと近づくと、意外なほど強靭《きょうじん》な力でルイスの足を摑み、納屋に向かって引きずり始めた。

その影から異常なほど荒い鼻息が聞こえる。それは力の入る作業を行なっているせいばかりではなく、むしろ込み上げてくる精神の高ぶりからくるように感じた時、背筋に戦慄《せんりつ》が走り、全身の皮膚が泡立つような感覚をルイスは覚えた。

納屋のドアが軋《きし》みを立てて開いた。その瞬間、酷《ひど》い臭いがルイスの嗅覚《きゅうかく》を襲った。動物の腐敗臭にも似たその臭いに、ルイスは込み上げるものをこらえながら、唯一呼吸が自由な鼻孔から激しい息を吐いた。納屋の中ほどに運び込まれ、足が再び地面に放り投げられた次の瞬間、天井に吊《つ》るされた裸電球が点《とも》った。光はさほど強いものではなく、それはかえって納屋の中に置かれた備品を、不気味な陰翳《いんえい》をもって浮かび上がらせる役割をした。

まず最初にルイスの目に飛び込んできたものは、部屋の一番奥の板壁に飾られた一枚の写真だった。

チェック模様のキャップを斜《はす》に被《かぶ》り、はにかんだ微笑を口元に湛《たた》える初老の男の顔。やや弛《ゆる》んだ頬は不精髭《ひげ》に覆われている。正面を見すえた大きな眼は異常なほどに澄み、いささかの濁りさえなく、かえってそこに潜む狂気を見る者に感じさせた。

もしもこの写真の男が五〇年代に『人体標本を作る男』として全米を恐怖のどん底に陥れたエドワード・ゲインだとルイスが知ったなら、いっそのことサウス・ブロンクスの路上で骸《むくろ》と化していたほうがはるかにましだったと思ったに違いない。

その写真の下で、まるで祭壇のようにしつらえられた調度品の前にこちらに背を向けて立つ男、ミカエル・シャーウッドにとって、写真の男ゲインは、まさに神に違いなかった。

シャーウッドは祭壇の引き出しの中から仕事道具を取り出すと、静かに振り向いた。初めて見る男の顔は壁に貼られた写真の中の男とどこか似ていた。目だ。一点の曇りもなく、澄み切った目。どこか無邪気な幼児性すら感じさせるその目と視線があった時、ルイスは無意識のうちに不自由な体を捩《ねじ》り、シャーウッドから少しでも身を遠くに置こうと絶望的な努力をした。

シャーウッドは不精髭に覆われた頰をわずかに弛ませ、穏やかな笑みを浮かべた。その手には研ぎすまされたナイフが握られており、薄暗い裸電球の中で冷徹な光を反射した。

ルイスの額にぬめりを帯びた汗が吹き出し、彼は小刻みに鼻で息を繰り返し、喘《あえ》いだ。

部屋の中央には、木製の寝台が置かれていた。シャーウッドはそこにナイフを置くと、床に転がされたルイスの体を両の手を使って腹ばいの状態にした。

天井の梁《はり》には横に一つさらに太い角材が渡してあり、そこに滑車と、ものを吊り下げるためのロープが通してある。シャーウッドの手がそのロープの端を摑むと一気に引き下ろし、ルイスの腕を後ろ手に固定したガムテープの上から巻きつけた。

それは瘦《や》せぎすの病的な外観の印象からすると、驚くほど強靭な力だった。次の瞬間ルイスの体は後ろ手に縛られたまま軽々と空中に持ち上げられた。たちまちのうちにルイスの全体重が肩にかかり、それを支え切れない関節が鈍い音を立てて外れた。体が少しばかりガクリと下がり、ガムテープで塞がれたルイスの口から壮絶な呻き声が上がる。瞬間的に肩から全身を駆け抜ける激痛に、遠のきそうになる意識をやっとの思いでこらえたルイスの目に飛び込んできたものは、宙に浮いた自分の足元にある寝台一面にこびり付いた黒い染みの広がりだった。簀子《すのこ》状に寝台の表面に張られた板の表面のそれは、血液でできたものに違いなかった。ここでどういうことが行なわれてきたか、もはや何の説明もいらなかった。

ルイスは激痛と襲いくる恐怖に耐えながらシャーウッドを見た。彼の表情は一変していた。獲物を前にしたシャーウッドの目は狂気と歓喜が入り交じった輝きに溢《あふ》れ、わずかに開いた口元からは、いまにも舌舐《な》めずりしそうな赤い肉の先端がのぞいている。ルイスは反射的に宙に浮いた身を捩ろうとしたが、外れた関節の激痛の前に、それもかなわない。再び悲鳴と喘ぎが洩《も》れ、両の目から溢れた涙が顔面を覆っていた脂汗に混じってルイスの頬を伝って落ちた。

シャーウッドはそうしたルイスの状態に満足したかのように静かに頷《うなず》くと、再びナイフを手にし、空いた左の手で吊り下げられた獲物の右の腕を固定した。

「お前さんの証拠になるものを残しておけっていうんでな……」

体つきからは想像もつかない高いキーの声で、初めてシャーウッドは言った。

その言葉が終わると同時に、彼の右手が素早く動いた。

ルイスの右の腕に彫られた蜘蛛《くも》のタトゥーの周囲を、鋭敏に研《と》がれたナイフがまるでカマンベール・チーズを切るかのような滑らかさと、少しばかりの抵抗感をもって切り裂いていく。弾《はじ》かれたように広がった皮膚から腕の肉がのぞき、そこからたちまちのうちに赤い鮮血が噴き出した。

ルイスは新たな激痛に再び悲鳴を上げた。それに合わせるかのようにシャーウッドもまた奇声を上げると、今度は口を空けた赤い肉の部分に水平にナイフの切っ先を差し込むと、ゆっくりと引き、そして押しながらタトゥーを皮膚ごと腕からはがしにかかった。

五センチ四方のその部分が腕から切り離された時、ルイスは激痛にがっくりと頭《こうべ》を垂れた。

畜生め！　どうせ殺すなら、いっそ一息に殺《や》りやがれ！　生きたままなぶり殺しにされるより、そのほうがまだずっとましだ！　たのむから……。

ルイスは、子供の頃から久しく忘れていた神への祈りの言葉を、不自由な口の中で唱え始めた。

「何も怖がることはないんだよ。マイ・スイート・ボーイ」

まるでルイスの願いを察したかのように、シャーウッドは再び高いキーの声で言うと、切り取った皮膚とナイフを寝台の上に置き、今度は横方向に動くロープを操作し、獲物の位置を移動させにかかった。

宙に浮いたルイスの体がゆっくりと部屋の端に向かって移動し始める。その行く手の暗がりの中に、大きな農機具のような機械が置かれていた。その機械の作動部と覚しきユニットの上部は、漏斗《じょうご》のように広く口を空けた構造になっている。そして作動部から水平に伸びたパイプのような口……。

その機械の全貌《ぜんぼう》が明らかになった時、ルイスはこれまでに感じた恐怖のいずれよりもさらに深い恐怖を感じ、ありったけの力を振り絞ってもがき始めた。

「だから怖がることはないって言ったろう。こいつぁ中古だが、手入れは十分にしてある」

もはや肩の痛みも、皮膚をそぎ落とされた痛みも、目前の恐怖の前に感ずる暇もなかった。

やめろ！　俺を生きたままミンチにするのか！　それだけは勘弁してくれ！　神様、一息に殺ってくれとは言ったが、これだけはいやだ！

しかし自由を奪われたルイスに逃れる術《すべ》など残されていようもなかった。神は彼の願いを叶《かな》えたのだ。そして、この場を支配する男の手によって、その機械のスイッチが入れられた……。

ルイスが最後に耳にしたものは、動き始めた機械の重い音に混じる、この世のものとは思えない甲高く引き攣《つ》ったようなシャーウッドの笑い声だった。

*

サウス・ブロンクスに再び夜が訪れた。

赤く塗られたペンキがはげ落ちた鉄の扉の上には、申しわけ程度に名前を記した貧弱なネオンが点っている。初めて目にする者には、これが何の店かとうてい分かるような代物ではなかったが、いかに好奇心の塊のようなニューヨーカーといえども、ここを訪れる物好きなどいやしない。飾り程度でも出ているだけまだましというものだった。

店の中は、入るとすぐ右手がカウンターのバーになっており、左側の壁に沿って五つばかりのボックス席が設けられていた。

奥は壁面一杯に鏡が貼られたステージになっている。その中央には床から天井に伸びる一本の鉄のポールが立てられ、店の中に充満するもはや音楽とは言えない騒音に合わせてラテン系の女が身をくねらせている。淫猥《いんわい》なサックスと、単調なリズムを拾うドラムとベースに合わせて、女は派手な色に彩られた薄い衣服を、見ている男たちの欲望を煽《あお》るかのように脱ぎ捨てていく。

小麦色の肌が露《あらわ》になっていく度に男たちの間から卑猥な言葉と歓声が上がり、女はポールにしがみつくと器用に肢体をくねらせ、さらに挑発的なポーズを取る。男たちの視線が、流れるような動きの合間にレースのパンティの隙間にのぞく黒い茂みに集中する。そうした気配を十分に意識しながら女はポールから離れ、ステップを繰り返しながら両の腕を後ろに回し、次の一枚をゆっくりと取り去る。豊満な乳房がスポットライトの中に浮かび上がると、ステップに共鳴してたわわに揺れ、その瑞々《みずみず》しい量感に、男たちから本能の叫びが沸き上がった。

そのステージの裏にある奥の部屋で、バグは血走った目で壁の一点を睨《にら》みながら受話器に向かって話を続けていた。

「丸一日経ったってのに、そっちもまだ何も掴《つか》んじゃいねえってのか」

壁の向こうから聞こえてくる歓声と騒音が、ただでさえも苛立《いらだ》った神経を刺激し、バグの言葉は無意識のうちに詰問調になった。

「ああ。コップの連中が珍しく徹底的に嗅《か》ぎ回っているんでな。こっちも下手に動けねえんだ」

冷静な口調の返事が受話器を通して返ってくる。昨夜のヘロインの取引相手のチャイニーズ・マフィアのボス、アンドリュー・チャンだった。

「おめえ、よくもそんなに冷静でいられるな。こっちは大枚の金を取られた上に一人が殺られ、もう一人は行方が知れねえんだ」

「こっちは二人だ……。ヘロインも行方知れずだ」

「いいか、行方不明になったのは俺の弟だ。弟分じゃねえぞ。実の弟だ」

「心中は察するがね、バグ……。とにかくいまは下手に動けねえ。殺られた二人は俺たちのメンバーだ。コップにも面は割れている。遅かれ早かれ俺たちとお前たちに何らかの関係があったと結びつけて考えるだろう。しかし、ブツと金はコップの手に渡ってはいない。これだけははっきりしている」

「だから何だってんだ」

「現物を押さえられていねえ以上、少なくともコップにはしらをきり通せるってことさ。やつらにしてもそういつまでもこの捜査にかかりきりってわけにはいかねえだろう。事件は次から次へと起こるからな。連中を殺ったのは誰か……それを突き止めるのは、それからでも遅くねえ」

それからでも遅くねえだと？　何を言っていやがる。俺たちにはそんな悠長なことを言ってる余裕なんかありゃしねえんだよ。

金を奪われたあげくチコを殺され、さらに弟のルイスが行方不明になったバグにしてみると、チャンの受け答えはいやに余裕のあるものに感じられ、それが彼の苛立ちを増幅させた。

「まさかおめえ、俺たちをハメやがったんじゃねえだろうな」

冷静に考えれば分かりそうなものだったが、バグはとっさに思いつきの疑問を口にした。

「お前らしくねえな……バグ。仲間を殺られ、弟がかっさらわれたんで気が動転しちまってるんだろうが……まあいいさ、いまのは聞かなかったことにしてやる……だがな、考えてもみろ」

チャンはそれまでと変わらず冷静な口調で続けた。

「さっきも言ったが、俺たちも二人殺られてるんだ。それにブツも消えたまんまだ。おめえは知らねえだろうが、あの二人は俺たちの組織じゃそれなりの地位のあるやつだ。まったくのチンピラじゃねえ。その二人を俺が殺ったとなったら、たとえリーダーの決めたことだとしても、他のやつらが黙っちゃいねえ。それはおめえのとこでも同じだろう」

「じゃあ、いったい誰がやったってんだ。連中を殺したやつらは取引の場所も、時間も正確に知っていた。そうじゃなきゃ、あれだけ手際よく事を運べるわけがねえ」

「誰かが洩《も》らした……それは間違いない」

チャンはそこで黙り、何かを考えているようだったが、

「いま、おまえらと事を構えている組織はあるのか」

短い質問をした。

「ここじゃ争いは日常茶飯事だ。そうさな、ラティーノの中には俺に歯向かう性根の座ったやつはいねえ。歯向かうとしたらニグロどもかな」

「連中が、こんな気の利いたことをすると思うか」

「それはねえな。連中にはそんな頭もなけりゃ、やるにしてもこんな手の込んだことはしねえ。せいぜいが正面からきてズドン……それで終わりだ」

「……すると、やはり連中の仕業か……」

チャンの声のトーンが低くなった。

「イタ公か……」

「ああ、多分……」

「しかし、どうやって取引を知ったんだ」

バグは、椅子の背もたれに身を預けると、左の手でカールのかかった頭髪を掻《か》き上げた。

取引の概要を知る者は、組織の中でもそう多くはない。いずれのメンバーも自分に忠誠を誓ったやつばかりで、そう簡単に寝返るとは思えなかった。それに、万が一にでも組織を裏切れば、それはこの街で生きていけないどころか、即座にこの世から消え去ることを意味した。

「少なくとも俺の組織にそんなやつは……」

そう言いかけた時、バグの脳裏に一人の男の名前が浮かび、心臓が一つ大きく脈を打った。

ティト・フェルナンデス！　そういえば二週間前から居場所が分からなくなっているあいつ。畜生、どうしていままで気がつかなかったんだ！

取引を台無しにされた上に、手下を殺され、実の弟の行方が知れない状況がバグの判断力を確実に鈍らせていた。しかしその名前が閃《ひらめ》いた瞬間から、それまで絡《から》まっていた糸が解けるように、一本の筋書きが彼の脳裏に出来上がった。

「どうした、バグ。何か思い当たることがあるのか」

「いや……とにかくこっちでも少し調べてみる。何か分かったら教えてくれ」

「分かった」

バグはチャンの返事を聞くとすぐに、受話器を叩《たた》きつけるように置いた。

畜生め！　こいつぁかなり周到に用意されていやがる。やつらティトをかっさらって口を割らせやがったな。そうに違いねえ。こんなことをしやがるのは連中を置いて他にいやしねえ。あいつだ。

バグの頭の中にはすでに一つの名前しかなかった。フランク・コジモ……。

その時、バーと部屋を仕切る扉が開くと、部下の一人が入ってきた。血の気を失った顔色。据《す》わった目。そしておそらくはここまで駆けてきたのだろう、肩で大きな息をしている。

「どうした……」

バグは静かに聞いた。

「ティトが……」

「ティトが……どうした」

「……殺された」

「殺された？」

やはりそうか。バグの推測は確信へと変わった。目が据わり、濃い茶色の瞳《ひとみ》に、沈鬱《ちんうつ》な中にもある意味で覚悟を帯びた光が走った。

「どこで」

「マンハッタン・ビーチで……。バグ、こいつぁやべえぜ。俺たちを狙ってるやつらがいる」

バグはそれに答えずに、

「おめえ、それをどこで聞いた」

「ついさっき、コップからさ。連中おめえを捜しているぜ。何か知ってるんじゃねえかってな」

バグの目が細くなった。口の端が強張《こわば》り、薄い唇がさらに細くなった。

「それで、ここにまっすぐやってきたってのか。わざわざそれを知らせに」

「すぐに知らせなくちゃいけねえと思ってさ。俺は何も……」

肩で息をしていた動きが一瞬止まり、いままでとは違った喘《あえ》ぎを上げながら男は弁解を始めた。

バーの中の音楽がまだ続いているにもかかわらず、突然歓声だけが止んだ。それは、本来ならば来るはずもない侵入者の到来を告げていた。それが誰であるか、見るまでもなかった。

「くそったれ《ホーリー・シット》め……」

バグは罵《ののし》りの言葉を吐くと、再び深く椅子に体を沈めた。

ノックもなしに扉が開くと、二人の男が入ってきた。案の定、どちらも見知った顔だった。

「捜したぜ、バグ。お前に聞きたいことがある」

ジョージ・フロストが不敵な笑みを口元に浮かべながら言った。

4

フランク・コジモは、エクストラ・ヴァージン・オイルがたっぷりと効いたカルパッチョをまた一口頰張りながら、満足気な笑いを口元に浮かべた。

甘い生肉に入念に叩き込まれた酢漬けピーマンやケイパーのスパイスが溶け合い、シンプルな見かけからは想像もつかない芳醇《ほうじゅん》、かつ濃厚な味を殊更《ことさら》のものにしたのは、今朝入った知らせのせいだ。

ファルージオのメイド・メンバーの一人として、ブルックリンとブロンクスをテリトリーとするコジモにとって、自らの領域を侵す侵略者をそのままにしておくことなど、とうてい許せるものではなかった。

コジモは始末された男たちの名前は知らなかったし、知りたいとも思わなかった。自分に逆らった人間が、誰が聞いても恐怖を覚えるような方法で始末された。それが大切なことだった。コジモにとって、力は常に恐怖をもってなされるものであり、それ以外の何物でもなかった。金や知恵の力は、恐怖の下では何の支えにもならない。

大方の人間は恐怖を知ってはいても実際にそれに直面するまで理解できないものだ。そして一度その恐怖を味わった者は二度と逆らわない。それが長い年月組織に身を置いたコジモの哲学だった。

たしかにアメリカが国を上げてマフィアの撲滅を叫びだした七〇年代を境にして、組織のありかたは大きく変わった。

その過程においてコジモのボス、ファルージオのはたした役割に大きなものがあったことは紛れもない事実だった。卓越した頭脳、強大なコネクション、そして指導力。それが新しい組織の形態を確立していく上で強烈な抑止力となり、組織の体質を変えていったのだった。

しかしそれはまた時代の変化——正確には世界情勢の変化——の中で、新たな問題を生むことになった。チャイニーズ・マフィアの台頭である。

香港返還決定後、フリーポート香港の将来に危俱《きぐ》の念を抱いたのは、何も一般の市民ばかりではなかった。資本主義体制の中で、裏のビジネスで利益を貪《むさぼ》り繁栄を極めた裏組織の人間たちにとって、先の読めない体制の変化は同じように彼らの不安をかきたて、それは体制が確立した国へ新たな活動の場を求めての移動を促すことになった。元々、ビジネスとあれば華僑《かきよう》として海外に出て生きることに抵抗のない国民性を持つ人々である。返還決定と同時に多くの組織のメンバーが新たな活動の拠点を設けるべく、香港を捨て、目星をつけた国へと散っていった。

日本、英国、カナダ……そして最も多くの香港マフィアが流入したのが米国である。中でも西海岸のロス・アンゼルス、東海岸のニューヨークの二大都市には、多くの香港マフィアが流れ込んだ。

流入したチャイニーズ人口の増加に伴って、チャイナ・タウンに隣接するリトル・イタリーは次第に侵食され、粋《いき》な店構えの周囲に、派手な色彩と漢字の看板が林立する有様だ。

この街で生まれ育ち、いわば聖地とも言うべきこの街が汚《けが》らわしい東洋人の血で汚されることなど、コジモにとって、あってはならないことだった。

逆らう者はすべて消す。聖地を汚す者もだ。

コジモはタルタル・ステーキの最後の一口を口に入れると、ゆっくりとフォークを置いた。

チンクスやラティーノに何ができる……。

彼はまだ敵の力を甘く見ていた。

＊

頼りなげなバウンドがすぐに安定したものになると、逆噴射《リバース》のエンジン音が一際《ひときわ》高く機体を震わせ、恭介を乗せたTWAの727は急速に速度を落とし、そのままタキシングを始めた。気の早い乗客が外すシートベルトの金属音が機内のあちらこちらで起こり、お決まりの機内アナウンスが早口で流れる。

その前部に設けられた一二席ばかりのファースト・クラスのシートで、恭介もまたベルトを外した。

スポット・インした機内を出て、夏のケンタッキーの大気に包まれた時、恭介はこれから始まるヴァケーションの開放感を初めて肌に感じた気がした。レキシントンの郊外にあるファルージオの山荘は、ターキーの絶好の猟場の中にあり、恭介はこれから二週間、思う存分狩をたのしむのだ。狩といってもありきたりの銃を使ったものではない。ボウ・ハンティング、つまり狩の中でも最もむずかしいとされる弓を使うのだ。

日本でコカインを売り捌《さば》く恭介のビジネスは順調に推移していた。こうして優雅にハンティングを決め込むことができるようになったのも、ファルージオが送り込んだカタオカという有能な片腕を得たからに外ならない。しかしそうはいっても、日本で始めたビジネスはまだその入り口に差しかかったばかりで、現状は恭介にとって満足とはほど遠いものだった。いみじくも昨夜ファルージオのマンションで交わされた会話の中でアゴーニが言ったように、アメリカに流入する麻薬の総額は、年間二〇〇億ドル。邦貨に換算すれば二兆四千億円にも上る巨額なものだ。人口比にしてほぼ倍の開きがあるとはいえ、恭介が創り出した四〇〇〇万ドルの数字とは格段の開きがあることは事実だった。もちろんたった一人でこれだけのビジネスを作り上げたことは驚嘆に価するが、マーケットの持つ潜在的可能性《ポテンシャリティ》ということを考えれば、大鉱脈のほんの一端を掘り始めたに過ぎない。

インターネットという最先端の技術と、世界を股《また》にかけるマネー・ロンダリングのシステム……。知恵を使い、そして社会の中で当たり前のように使われているシステムを逆手に取って、誰にも気づかれないうちに、考えられないような小人数で莫大《ばくだい》な利益を上げる。

どこまでこのビジネスを大きくできるか。それはまさに恭介の能力の証明そのものだった。

野生のターキーはずいぶんと神経質な鳥で、それを狩るハンターには、技術と同時に大変な忍耐力と体力が要求される。ターキーの習性を理解し、原野の中を、その姿を追い求めて彷徨《さまよ》うのだ。足跡を追い、呼笛を鳴らし、耳をそばだて、反応があればデコイをセットする。カムフラージュを施した衣類を身にまとい、周囲に完全に同化し、密《ひそ》かに目標の出現を待ち受ける。学習……単に目標の習性ばかりではなく、土地土地の自然特性、天候……すべての知識を身につけた上に、ハンティングの技術、運、そして忍耐力と体力があって初めて可能になるのだ。それは考えようによっては、恭介の生き方そのものを見事なまでに象徴しているような狩だった。

獲物を狩ることのみに集中する時間と空間に自分を埋没させながら、思考を極限まで働かせ、ビジネスのさらなる飛躍の可能性を模索する……そのためにはターキーを狩る場となるケンタッキーの原野は最良の空間であるはずだった。恭介がケンタッキーまでわざわざこの時期にターキー・ハンティングに出かける気になったのも、実はそれなりの考えがあったからである。

空港の長い通路を通りバゲッジ・クレームに出ると、まだ動いていない楕円《だえん》形のキュラソーの前に群れている人の輪の中から、一人の女がゆっくりと恭介に向かって歩いてきた。

二〇代半ばぐらいだろうか、肩まで伸びた栗色の髪、裾《すそ》を外に出した薄いピンクのオックスフォード生地のシャツに白いコットン・パンツをラフに着こなしたファッションは、ケンタッキーのような田舎の女にしてはずいぶんと垢抜《あか》けている。

「ミスター・アサクラ？」

女は恭介の前で立ち止ると、口元に笑みを浮かべながら言った。額にかかった流れるようなウエーブの下で、サファイア・ブルーの瞳が値踏みをするように素早く上下する。

「そうだが……君は？」

恭介は怪訝《けげん》な声で聞いた。

「ナンシー……でいいわ。ファミリー・ネームは必要ないでしょう」

「どうして僕を知っている。少なくとも君に覚えはないが」

「待っていたわ。ヴァケーションの間あなたのお世話をするようにってね、リクエストがあったの」

「誰から？」

依頼主はあらかた推測がついたが、恭介はとぼけた質問を繰り返す。

「あなたのボスよ」

「ボス？」

「ミスター・ファルージオ……そう言ったら分かるかしら」

ナンシーは値踏みが終わった瞳を恭介に向けたまま言った。

「俺がここに何をしに来たか、知っているのかい」

何とも気の利いた贈り物には違いないが、この魅惑的な女を連れて、ケンタッキーの山の中にこもるのは、少しばかり抵抗があった。

「ターキー・ハンティング。何がおもしろいのか知らないけれど」

「そう。どう考えても君には向きそうにないことをしに来たってわけさ」

「でも二週間もの間、ずっとキャンプを張って、そこで生活するわけじゃないでしょ」

「もちろんそうだが」

「じゃあ、私を連れて行くことね。そんな禁欲的なヴァケーションより格段にたのしいものになってよ」

たしかにこのまま帰すには惜しい女だった。それに彼女が言うように、二週間もの間テント生活を過ごすわけでもない。ファルージオが構える別荘のことだ、すべての点においても超一級の設備が整っているに決まっている。原野を彷徨い、ターキーを狩った後に、冷たいプールに浸《つ》かり、そしてジャグジーで疲れを癒《いや》す。地下のワインセラーには膨大な量のシャンペンとワインが保管されているはずで、超一級の食材も用意されているはずだった。考えうる限りの贅《ぜい》に埋もれた時間を過ごすのだ。そこに添えるもう一つの華をファルージオは用意してくれたというわけか……。

恭介はあらためてナンシーを見た。

かなりゆったりとしたシャツ、それも裾を外に出しているせいで体の線ははっきりとは分からないが、大きく開いた胸元から覗く蜜蠟《みつろう》のように白い肌、そして陰りになった谷間の陰翳《いんえい》が恭介の心に漣《さざなみ》を起こした。

「いいわね？」ナンシーは再び魅惑的な微笑を口元に浮かべた。

どうして文句がある。恭介は肩をすくめると、無言のままそれに同意した。

キュラソーが鈍い軋《きし》みを上げながら回転を始めると、次々に乗客の荷物を流し始めた。

ファースト・クラスの乗客の荷物が最初に流され、恭介が預けておいた二つのバッグはその中に混じっていた。テントを始めとするキャンプ用品とともに、衣類が詰め込まれた大ぶりのバックパックと、分解したボウ・ガンを収納したハード・ケースの二つだ。

恭介はそれを軽々と持ち上げる。鍛えられた腕の筋肉が、瘤《こぶ》のようになって露《あらわ》になる。

ナンシーの視線がそこに一瞬釘《くぎ》付けになると、サファイア・ブルーの瞳《ひとみ》に煽情《せんじょう》的な光が満ちた。

「荷物はそれで全部？」

ナンシーの口調がそれまでと異なり、少しかすれたものになった。

「ああ」

「じゃあ、行きましょう」

ナンシーは恭介の前に立って、駐車場への通路に向かって歩き始めた。

薄暗い蛍光灯の光に照らされた駐車場に一台のＢＭＷが停めてあった。ケンタッキー・ナンバーで、それは予《あらかじ》め恭介が知らされていたものと同じだった。ファルージオの依頼を受けたケンタッキーの組織が用意したもので、後部のバンパーの中にはマグネットのケースに入れられたキーがあるはずだった。後部に回ろうとする恭介に向かって、

「これでしょう？」

ナンシーはパンツのポケットからキーを取り出すと目の前で振り、恭介を押し退《の》けるようにしながらトランクを開けた。

中にはすでに、ナンシーの身の回りの品を詰めたバッグが入れてある。大きな断熱材のケースには、この地では調達できない高価な食材と珍味が入っているに違いない。

「ところで料理の腕は確かなんだろうな」

そこに自分の荷物を投げ入れながら、恭介は聞いた。

「どっちの料理？」

ナンシーは言葉を返した。ロビーを出た所でかけた薄いパープルのサングラスの下で、うっすらと見える瞳が濡《ぬ》れた輝きを放つ。

「男の料理、それともそのケースの中の物を使った料理。どっちにしても失望させやしないわ」

ナンシーは、形のいい口元に笑いを浮かべ、

「で、運転は？」

続けて聞いた。

「そこまで甘えるわけにはいかないな」

恭介は優雅な仕草でキーをナンシーの手からつまみ上げると、まず最初に助手席のドアを開け、彼女をそこに乗せた。

運転席に乗り込んだ恭介がエンジンをスタートさせる。テンションの高いBMW独特のエンジン音が一定のリズムを奏で始めたところで、緩《ゆる》やかにアクセルを踏み込む。

駐車場を出ると西に向かうインターステイト六〇に入る。夏の夕暮れの薄明かりの中に、中部特有の丘陵地帯の風景がシルエットとなって浮かび上がる。車の流れが一定したところで、恭介は乱暴にアクセルを踏み込んだ。たちまちBMWはスピードを上げていく。マニュアルでないのが残念だが、それでもアクセルを巧みに使いながら週末の夕刻、郊外へ向かう車の流れを縫うように駆け抜ける。

「で、いったい君は何者なんだ」

恭介は視線を前に向けたまま聞いた。

「普段の仕事はニューヨーク。そこで一日、正確には一晩三〇〇〇ドルで雇われる女……」

「なるほど」

世界のどこを探しても一晩三〇〇〇ドルもの金を取る雇われコックがいるわけがない。となればその値段はもう一つ、男の料理に関しての値段だ。

もちろんファルージオの組織においても売春は大きなビジネスの一つで、莫大《ばくだい》な収入を組織にもたらす。いや収入だけではない。ストリートに立つような女とは違い、こうした頭に「高級」がつくようなコール・ガールからは、時として金をかすめ取る以上に価値のある情報がもたらされるのだ。一晩三〇〇ドルも払える相手となれば、それ相応の地位を持ち、ニューヨークでこうした女たちを買ったというだけでもスキャンダルになるような連中ばかりである。その中には人前で言うのもはばかられるような嗜好《しこう》を持つ人間も少なくはない。男というものは実に奇妙な性癖を持つもので、行為に入る最初のうちこそ警戒心を抱くものだが、いったん射精という行為を行なった女には、打って変わった親近感を抱くものだ。ピロー・トークの間に交わされる会話の中には、組織にとって新たな金蔓《かねづる》となるものも少なくない。つまり女を金で買ったという弱みを握った上に、情報という新たなビジネス・チャンスに繋《つな》がる糧をも手にするのだ。

もちろん、恭介がアメリカと日本を結ぶコカインの密輸ルートを維持する上で欠くことができない『鸚鵡《おうむ》』をリクルートする際にも、こうした女たちが使われる。

それにしても三〇〇ドルとは、たいした値段だ。

恭介は前方に差し迫った車がいないことを確認すると、チラリと目の端でナンシーを見た。

肩まで伸びた優雅なウエーブのかかった栗色の髪。ラテン系にしては控えめだが形よく通った鼻筋。ピンクのルージュで形どられた唇は、煽情的でありながらも決して下卑たものではなく、むしろ気品さえ感じさせる。そこにコール・ガールなどという荒《すさ》んだ仕事に生きる女の影は微塵《みじん》もなかった。

「生まれは？」

　無意識のうちにそんな言葉が出たのも、イメージからあまりにかけ離れたナンシーの容姿がさせたことだったのかもしれない。

「そんなこと聞いてどうするの」

　ナンシーは恭介を見ると、口の端に笑いを浮かべながら言い、

「二週間経てばまた赤の他人に戻るのよ。お互いに詳しいことを話すのはやめましょう」

「二週間も、だ……最低限必要なことを知っておいても悪くはないだろう。それに少なくとも君は俺のことを少しは知っている」

「知っている？　何を」

「僕の名前がキョウスケ・アサクラで、日本人だってことをさ」

　ナンシーは手入れの行き届いた白い歯を見せて笑った。

「分かったわ。名前はナンシー・シャーウッド。生まれはL.A.」

「ニューヨークは、どこに住んでるんだい」

「もうそれ以上はいいでしょう」

　ナンシーは少し体をずらして恭介のほうに向き直ると、左の手をおもむろに恭介の股間《こかん》に差し込んできた。

　股間に置かれたナンシーの手をそっと握った。その柔らかな感触を覚えた刹那《せつな》、恭介は自分の中に男としての変化が起き始めたのをはっきりと感じた。

＊

それはドライブというよりも旅といったほうが当たっているかもしれない。テキサスからケンタッキーまで丸二日がかりの道のりを、アラン・ギャレットは一人でハンドルを握っていた。テキサスの茫漠《ぼうばく》とした砂漠地帯を抜け、ミシシッピ川を渡る。ウエスト・ケンタッキー・パークウェイに入る頃になると、ブルー・グラスの名の通り、緑の草原に豊かな森が散在する広大な風景に包まれる。

長年使用しているダッジのピックアップ・バンの荷台は、ちょっとしたキャンプができるように改造され、テントを張らずとも大の大人が一人泊まるには十分な機能を持っていた。

家族連れでケンタッキーの山にテントを張り、キャンプをしながらその合間にギャレットの唯一の趣味であるターキーを狩る二週間のヴァケーション、一年のうちでも最もたのしく、安らぎを覚える時だった。しかしそれも四年前までのことで、いま車内にいるのはハンドルを握るギャレットただ一人だった。

聞こえるのは単調なエンジンの音だけで、かつては眠っている時以外車内に充満していた、二人の子供たちの歓声もなければ、妻との会話もなかった。

その原因となった忌まわしいPBは以前のパイロットとしての職を奪っただけでなく、もう一つギャレットの体に深刻な障害を残した。男性機能の喪失である。

湾岸戦争を終えて我が家に帰還した最初の夜、半年ぶりの営みにもかかわらず、気が狂いそうに熱くなる感情の高ぶりとは別に、ギャレットの部分はまるで自分の身体の一部とは思えないほどに冷たく、機能しなかった。思いもかけない現象だった。戦地で迎える朝に、いつの間にか男であることの自然の兆候を自覚しなくなったことに気づいてはいたが、それはいつ襲いくるかも知れない死の恐怖が欲望に勝っているせいだと思っていた。だが、そこはもう戦地ではなかった。いま自分と肌を密着させているのは妻であり、敵のミサイルが飛んでくる心配もなければ、密《ひそ》かに忍び寄る化学兵器の恐怖もない最も安全な場所、そして最高の心の安らぎを覚える場所だった。

妻のリンダは優しく、そして情熱的に、およそ二人が知るあらゆる手立てを使って、そのものを奮い立たせようとしたが、徒労に終わった。

献身的な時間が空しく流れ、双方が報われない思いに満たされた時、

「済まないリンダ……今夜は駄目だ」

ギャレットの言葉に、リンダは埋《うず》めていた股間から顔を上げ、

「疲れているのよ、アル……。こんなことだってあるわ。気にしないで……」

優しく笑った。

しかし事態はリンダが考えているほど単純なものではなかった。二人はそれから毎夜のように失われた機能を取り戻そうと努力した。今夜こそはという期待はその都度裏切られ、報われない努力はギャレットの焦りを、そしてリンダの失望をより深いものにしていった。

ただでさえも不安定な精神状態に追い打ちをかけるように、飛行停止命令が下ったのはそれから間もなくのことだった。医者は時折り襲う痛みは原因不明、そして不能は多分に精神的なものだと言ったが、曖昧《あいまい》な診断はギャレットの心をさらに不安定にこそすれ、これっぽっちの支えにもならなかった。

ギャレットは落ち込むばかりの気持ちのはけ口を酒に求めた。日中の退屈なデスクワーク、飛べる目処《めど》などどこにもない絶望の日々。酒の量は日増しに増え、それはやがて最も身近な存在の妻への暴力を伴うものに変わっていった。

酷《ひど》く泥酔したある朝、荒れはてた胃から込み上げる吐き気と、鬱陶《うっとう》しい頭痛。視点が定まらない目に最初に飛び込んできたのは、物が散乱する部屋の中、ソファーに横たわる自分のすぐ傍《かたわ》らに投げ捨てられた血のついたタオルだった。

家の中に人の気配はなく、ガレージにあったリンダのフォード・トーラスも消えていた。慌てて二階の寝室に駆け上がると、クローゼットは空き巣にでもあったかのように開け放たれたままで、めぼしい衣類は姿を消し、隣り合う子供部屋からも衣類や教科書がなくなっていた。

リンダが二人の子供を連れ、家を出ていったのは明白だった。

非が自分にあることはギャレットにも分かっていた。誇り高い仕事、献身的な妻、そしてかわいい子供たち、笑いに溢《あふ》れた幸福な家庭……。離婚に合意した時、およそ人生で望めるもののすべてを手に入れ、後はそれを守り育《はぐく》むだけだと考えていた自分の将来がことごとく失われたことをギャレットは知った。

家族を守るため、そして国のために命を張って戦った人間たちに、ペンタゴンの官僚どもがしてくれたことはこれか。自分から翼を奪い、家族を奪い、家庭を崩壊させ……そして未来を奪った……。そして今度は国を守るために莫大《ばくだい》な血税を投じて開発した膨大な量の兵器や機密情報が、杜撰《ずさん》なペンタゴンのオペレーションのお陰で、いとも簡単に海外に流出していく。それは自分たちが開発した兵器が、次に事が起きれば自分たちに向けて牙《きば》を剝《む》いてくることを意味するのだ。

「もう、まっぴらだ」

ギャレットは、草原の中をなだらかに波打ちながら地平線の彼方《かなた》にまで伸びる直線道路を見据えながら、吐き捨てるように言った。

フロッピーディスクの中身に何が記録されているかは知らないが、もう国に忠誠を尽くすのは止《や》めだ。裏切りには裏切りをもって応《こた》える。そしてその代償は高くつくことをあいつらに思い知らせてやる。そして俺は国を捨てる。

すでにギャレットの心は決まっていた。

問題はただ一つ。あのディスクをどうするかだ……。

決意は堅かったが、ギャレットにはその当てもなければ、方法すらも思いつかなかった。

＊

深夜、サウス・ブロンクスの人気《ひとけ》のないストリートに一台の古ぼけたフォード・ワゴンが姿を現わした。ワゴンはストリートに面した一軒のアパートの前に差しかかると、赤いストップ・ランプを点滅させ一段と速度を落とした。ワゴンが完全に停止しないうちにサイドのスライド式のドアが開き、そこから三個のファイバー・カートンが歩道に投げ出された。

バウンドすることもなく、その場に湿った音を立てて転げ落ちたところを見ると、そのカートンの中身がかなりの重量を持っていることが分かった。三個のカートンをドロップしたワゴンは、急激に上がったエンジンの回転音と、軋《きし》みを上げるタイヤの摩擦音を残しながら、再び闇の中に消えていった。

すぐにアパートのドアが開き、中から二人のラティーノの若者が飛び出してくる。そこはバグが住むアパートで、二人は彼のボディガードだった。

二人は周囲にとりあえずの脅威がないことを確認すると、路上に残された三個のカートンを注意深く調べにかかった。

「何だ、これはいったい……」

一人の男が彫りの深い目の底から注意深い視線で、舐《な》めるようにカートンの外観をチェックする。徐行する車から落とされたカートンは、必ずしも正しい形で路上に転がっているわけでなく、ガムテープで封印された開口部がちょうど裏返しになっているものもあった。男はそれを注意深く足で反転させにかかった。カートンの上部、ちょうど角のあたりに足を当て、力を込める。しかしカートンには一杯に内容物が詰まっているらしく、位置がわずかにずれるだけで、容易に転がることはなかった。

「シット！」

男は短く舌打ちして、もう一度体勢を立て直すと、今度はさらに力をいれてカートンを反転させにかかった。

ちょうど横倒しになったカートンの開口部に、何かマジックで文字が書いてあるのが分かった。

「……」

二人の視線がその一点に集中した。

『L・O・U・I・S……ルイス、R・A・M……ラミーレス……ルイス・ラミーレス！』

その文字をほぼ同時に読み終えた二人は、恐怖に引き攣《つ》った顔を見合わせた。その顔から急速に血の気が引き、眩暈《めまい》がしそうなほどの恐怖にかられているのが分かった。こめかみが大きく脈打ち、粟立《あわだ》つような冷たい波紋が頭部に向けて広がり、髪の毛が逆立つような感覚が走る。それは同時に体の側線に沿って走りながら全身の皮膚に鳥肌を生じさせ、膝《ひざ》からふくらはぎのあたりで、砂浜に打ち上げられた波のような余韻を残しながら一気に弾《はじ》けた。無意識のうちに刺激された涙腺《るいせん》からは微量の涙が放出され、二人の視線は自然と潤んだものになった。

「まさか……これがルイス……」

「そんな馬鹿な……」

一人が意を決したように、カートンを封印したガムテープを剝《は》がしにかかった。それを見守るもう一人の男は、視線をそこに固定しながらも無意識のうちにわずかに後ずさりをする。

布地の上にコーティング加工が施されたガムテープが、音を立てて剝がされていく。完全に剝がれたところで、男はそれを路上に投げ捨てた。

フラップの片方を左の手で静かに持ち上げる。

路上を照らす街路灯の琥珀《こはく》色の光の中に、透明なプラスチック・バッグの中一杯に詰められた内容物が徐々に明らかになり始めた。

最初に目に入ったものは、その中央部に置かれた白い断片だった。大きさにして八×六センチほどのその断片の上には、黒い輪郭に赤で彩色された蜘蛛《くも》が書かれている。そしてその袋一杯に詰められているものは、赤く濡《ぬ》れた物体だった。男たちはその蜘蛛が意味するところを瞬時にして悟った。そしてルイスがどういう運命を迎えたのか、そのすべてを知った。

「ジーザス!」

カートンを開けた男が、後ろに飛びのくような姿勢で路上に転がった。その様を見守っていた男が、ほぼ反射的にその場に嘔吐《おうと》した。

路上に転がった男は、恐怖のあまり空しく宙を掻《か》くように足をばたつかせながら、上ずった声で叫んだ。

「バグに……！　早くバグに知らせるんだ！」

＊

マンハッタンのダウンタウン、キャナル・ストリートを隔てて南側に広がるチャイナ・タウンは、東部最大の華僑《かきょう》の街だ。彼らが福を呼ぶ色と信ずる赤を基調に、黄色や金といった派手な色の看板が通りにせりだすようにひしめく様は、東部、いや世界のエスタブリッシュメントが覇権を争うニューヨークにあって、この一帯がまるで独立国であるかのような様相を呈している。

一九八四年、時の英国首相サッチャーが香港返還に合意、さほどの間を置かず香港マフィアの流入が始まると、ニューヨークは、この街の裏社会始まって以来の混乱に陥った。チャイナ・タウンという限られた領域、そしてビジネスのパイの、力による再分配が始まったのである。

当然のごとくに、チャイニーズ同士の抗争が勃発《ぼっぱつ》し、多くの血が流れた。

そうした香港移民マフィアの中で、最もアグレッシヴに勢力を拡大してきたのが、アンドリュー・チャン率いるドラゴン・フィストだった。

闇賭博《とばく》、恐喝、管理売春、みかじめ料の徴収、そしてドラッグ・ディーリング。基盤となるこの街の利権を、既存の組織と争い、一つ一つものにしてきたのだ。

一口に力といってもさまざまだが、大きな要因の一つは数である。新しい同胞の流入は、街が持つ物理的な要因、つまりテリトリーにも大きな変化を及ぼしつつあった。急速に増大する人口を吸収することができなくなったチャイナ・タウンは、いまや隣接するリトル・イタリーを確実に侵食し始めた。

チャイニーズは、そもそもが風に飛ばされる種子のように世界中に散らばり、その地に根付く華僑の血を持つ人間たちである。その行動原理はずばり金であり、テリトリーなどといった概念は極めて希薄だ。金になることならば、それが他人の領域であろうともお構いなしなのだ。そうした民族的特性は、ここにおいて一気に爆発し、いまやテリトリーという物理的垣根を越え、イタリアン・マフィアのビジネスを確実に侵食し始めていた。彼らはリトル・イタリーに限らず、それまでまったく手つかずであったブロンクスやクイーンズ、ブルックリンといった、イタリアンはもちろん、黒人やラティーノのテリトリーにまでも活動の範囲を広げていったのだった。

そこに至る過程でドラゴン・フィストのリーダーであるチャンのはたした役割は、極めて大きいものがあった。四〇という人生で最も脂の乗り切った年齢のこの男は、香港にいた当時はいくつかある有力な犯罪組織の中堅幹部に過ぎなかった。しかし、序列の下で活動せざるを得なかった香港に比べれば、ここはそうした煩わしさから解き放たれた、まさに新天地そのものだった。もちろん母体となる香港組織との縁が完全に切れたわけではないが、かつての状況を考えれば、それもないに等しいものだった。いまや望郷の念など抱こうはずもなく、彼の関心はこの地に自分の帝国を築くこと。その一点に絞られていた。

「O．K．バグ、落ち着いて話すんだ」

薄い唇がわずかに動くと、早口なピジョン・イングリッシュが飛び出した。

「アンドリュー、これが落ち着いていられるか。弟が……ルイスが殺《や》られちまったんだ」

バグの搾《しぼ》り出すような声が受話器を通して聞こえてくる。

「連中、ルイスをミンチにしやがった」

「ミンチ？　しかしそれが何でルイスだと分かった」

「ミンチ・ミートがつまった袋の上に、ルイスの腕のタトゥーが切り取られて置いてあった」

「そいつぁひでえな……しかしそのミンチが、ルイスだとも限らんだろう」

チャンは、その可能性が皆無であることを知りつつも、形式的な慰めの言葉を吐いた。

「じゃあ、あれが誰のものだってんだ。ミンチ・ミートの中には細切れの髪の毛や骨まで入ってやがった。それにボロボロになった衣類や、ルイスが付けていたネックレスの欠片《かけら》もな」

「すべてをチェックしたってのか」

チャンは驚きの声を上げた。

「当たり前だ」

バグの声が低く震えた。

「弟だぜ……実のな……」

人間のミンチ・ミートなど見たくもない。そこまで確認するのはおよそ常軌を逸した行為に外ならない。それだけでもバグがいかに拉致《らち》された弟を案じていたか、そしてわずかに抱いていたであろう生存への望みが断たれたことへの怒りの深さが知れた。

「……気の毒なことをした……弔意を表わすよ、バグ……心からな」

チャンは静かに言った。

「弔意？　そんなものが何になる。チコ、ティトそれに大枚五万ドルのキャッシュを奪われた上に、今度はルイスだ」

「殺られたのは二人じゃないのか」

「二人じゃねえ。三人だ……ティト・フェルナンデス。二週間前から行方不明になっていた野郎が一昨日《おととい》死体で見つかったんだよ。それも水銀を血管にたっぷり注射されてな」

「水銀を？」

「ああ、……水銀をたっぷり注射された死体がどんなもんになるか、考えてみたことがあるか、チャン」

「いいや……」

「骨が見えるほどに腐った体に、網をかけたように血管だけが残っているんだ……ひでえもんさ。お陰でこっちはコップにしょっぴかれ、一晩中痛くもねえ腹をさんざん探られる始末さ」

「警察に？」

「ああ。ティトが殺され、それにあの銃撃だ……コップの野郎ども、一連の今回の事件に何か裏があるんじゃねえかと探ってるのさ。もちろんしらをきり通したがな……くそ！もう我慢できねえ。あの野郎ども生かしちゃおかねえ」

バグの声が再び大きくなった。荒い口調から興奮しているのが分かる。

「あの野郎ども？　バグお前、誰がやったか分かっているのか」

あえてチャンは聞いた。バグの口から言わせることが肝要なのだ。

「誰か分かっているかだって？　当たり前じゃねえか。手口からみても、こいつぁ連中のしわざだ。イタ公のな。コジモのとこのやつらに決まってる」

期待した通りの答だった。こいつぁおもしろいことになったとチャンは思った。

このままニューヨークで活動を続けていけば、遅かれ早かれイタリア野郎と軋轢《あつれき》を起こすのは時間の問題だ。もっとも連中は馬鹿じゃない。ラティーノやブラックの連中のようにはいかない。どちらかが潰《つぶ》れる前に何らかの手打ちが行なわれ、その時の状況に応じてテリトリーが決まることになるだろう。その時点で有利に事を運べるか否かは、抗争の間にどれだけ、より大きなダメージをやつらに与えておけるかにかかってくる。だがいったん連中を抗争に巻き込んでしまいさえすれば、利は圧倒的にこちらにある。守らなければならないものがある者と、奪おうとするだけの者。そのどちらが有利かは、どんな勝負事にも共通する要素だ。ロビーイングや不動産取引などの頂点のビジネスに手を染めるのはまだまだ先の話になるだろうが、底辺のビジネスをものにするのは確実に次のステップに通ずるものだ。それを自分の手を最小限に汚すだけで手に入れられるなら、これほど都合のいいことはない。幸いバグはラティーノにしては野心があり、実行力がある。イタリア野郎は弟のルイスを処刑することで、その芽を摘み取ろうとしたのだろうが、逆にやつの心に復讐心《ふくしゅう》を芽生えさせた。これを利用しない手はない。

チャンの脳裏に、危険な匂いに満ち溢《あふ》れたプランができつつあった。

この世界を制覇するのは力以外の何物でもないが、それは財力と知恵の力に裏づけられた力だ。そのいずれもをチャンは身につけていた。

「バグ……今度の件は俺にもいささかの関わりがある。もしお前が本気でやつらに復讐をするっていうんなら、俺も手を貸そうじゃないか」

「本当か」

「ああ、誓うぜ」

決意をにじませた言葉とは裏腹に、チャンの口元に不敵な笑いが広がっていった。

5

太平洋に面して南北に伸びるアメリカ西海岸。その長大な海岸線に比して、主に極東との貿易拠点となる港の数はさほど多くはない。シアトル、サンフランシスコ、オークランド、タコマ、サンディエゴ……中でも西海岸最大の規模を誇るのがロス・アンゼルス近郊の港、ロングビーチである。

その日、昼夜の別なく時間単位のスケジュールでコンテナの積み降ろしが行なわれるヤードの一角は、いつもとは打って変わったものものしい雰囲気に包まれていた。

山と積まれたコンテナの傍《かたわ》らに、一つより分けられた錆《さび》の浮かんだ四〇フィート・コンテナ。その腹には、I．D．番号とともにコンテナの所有者である船会社の名前とマークが大きくペイントされている。その文字の読みから、それが中国籍のものであることが分かる。

コンテナの周囲には多くの人間が群がり、すでにシールを切られ開け放たれた後部ドアから何人かの男たちが足繁《あししげ》く出入りし、時折り内部の空間にフラッシュの光が閃《ひらめ》く。

その背後にはパトロール・カーや乗用車、それにワゴンというように車種の一定しない一〇台ばかりの車が停車している。群がる男たちの何人かは、揃いのウインドブレーカーを着ており、カルフォルニア・ブルーの空から降り注ぐ太陽の光が、濃紺の地に黄色でFBIと書かれた原色の文字を際立たせた。

「チーフ、見つけましたよ」

夏のカルフォルニアの直射日光に照らされたコンテナの内部は、いかにドアを開け放っていようとも熱がこもったむろのようなものだ。一人の男がその内部から出てくるなり太い毛に覆われた筋肉の塊のような腕で、額の汗を拭《ぬぐ》いながら言った。

報告を受けた男、ダン・グロッカーはその言葉に黙って頷《うなず》くと、

「くそったれめ……」

その苦々しい言葉とともに歯噛《はが》みをした口元がいびつに歪《ゆが》んだ。

「もう少しでやつらの組織を一網打尽にできたのに、ブン屋め」

レイバンのサングラスの下の目が、細くなり怒りの色が浮かんだ。

「どうします。降ろしますか」

汗に塗《まみ》れた男が聞いた。

「そうしてくれ。とにかく中身を全部あらためるんだ」

FBIで密輸組織の取締を担当するグロッカーにとって、本来であれば今日が長年追い続けてきたアメリカへの武器密輸組織を壊滅させる、輝かしくも記念すべき日になるはずだった。

銃器の所持が自由だと言われるアメリカだが、当然のことながら制限内でのことであり、野放しを意味するものではない。九五年に議会によって承認されたブレディ法案によって、購入時のI．D．の提出に加え、購入者の犯罪歴を踏まえた資格審査が厳しくなされるようになった。中にはテキサスのような規制の緩《ゆる》い州もないわけではないが、州によっては、たとえそれがシューティング・レンジであろうとも、自動小銃のフル・オートでの掃射の禁止、サブ・マシンガンに至っては所持すらも禁じている所が少なくないのだ。

しかしながら、こうした規制も銃を犯罪に使用する人間たちには、何の抑止力にもなりはしない。犯罪者が用いる銃の多くは、こうした規制以前にすでに手にしていたものか、あるいは空き巣や強盗に入った手土産代わりに頂戴《ちょうだい》した銃で、I．D．を削り落として使う。つまりいずれにしても足のつかないものを用いるケースが圧倒的に多いからだ。さらにもっと組織だった犯罪者たちが用いる銃器は、通常流通しているものよりも破壊力があるヘビーなもので、密《ひそ》かにアメリカに密輸されたものが多いのだ。

近年その一大供給源としてにわかに台頭してきたのが中国である。このチャイナ・ルートで持ち込まれる銃は、どういうわけか新品の正規品ばかりで、ここからもこのルートがアメリカと中国を結ぶ犯罪組織によって運営されている以上に、背後に控えるもっと大がかりな組織、あるいはそれなりの権力を持つ人間の存在が窺《うかが》えた。

アメリカにとって、これは厄介な問題以外の何物でもなかった。資本主義諸国から比べれば、まだ発展途上にあるこの国には、一二億の国民がおり、産業的見地から言えば二一世紀最大のマーケットに違いなかったからである。勢いソ連崩壊以後、最大の潜在的脅威となる国にもかかわらず、頻発する中国関係の問題の扱いは、極めてデリケートなものにならざるを得なかった。

アメリカ国内に根づいた犯罪組織の動向を注意深く監視し、その背後に控える組織の全体像が見えたところでしかるべき手段に打って出る——そうした任務を与えられたグロッカーにとって、それはまさに忍耐と努力の日々だった。犯罪組織の監視、情報の分析……そうした努力が報われ、ようやく大がかりな銃器密輸の情報を摑《つか》み、組織の全容が解明されるという寸前で、まったく予期しなかったところから邪魔が入った。

ジャーナリストである。社会問題を掘り下げ、問題を提起するのが彼らの使命だと言われればそれまでだが、独自のルートでこのニュースを追っていたシカゴ・タイムズが、今回の密輸を仕切っていた組織の活動を報じてしまったのだ。

当初の計画では、武器を売り捌《さば》く組織の手に今回の密輸品が渡るところまで泳がせて一網打尽にし、動かぬ証拠を摑んだところで、その背後関係を明確にするつもりだったのが、この記事一つですべて御破算になってしまったのである。もちろん密輸組織の全容が解明されれば、中国本土にいる、おそらくはそれなりの地位を持った人間も判明したことだろう。もっとも、だからといってその存在が即座に白日の下に晒《さら》されたかと言えば必ずしもそうとは言えまい。そこからは政治的判断というやつが新たに絡《から》んでくる。しかしそれはそれで、アメリカは中国に対して新たなカードを手にしたことを意味し、それもまた国益というものだ。

　グロッカーが罵《のの》りの声を上げるのも道理というものである。

　アメリカ国内にいる組織の本星《ホンボシ》連中は、即座に国外へ逃れ姿を消した。これでは、荷受け会社を運営する幾人かの人間を検挙することはできても、本来の狙いとはほど遠い。いったん国外に逃れた連中は、ほとぼりが冷めたところで、再びアメリカに戻ってくるに違いなかった。なにしろ合法、非合法を問わず再入国の方法はいくらでもあるのだ。

　フォークリフトがこまめに動き回り、頑丈に梱包《こんぽう》された木箱が次々に運び出される。

　FBIのウインドブレーカーを着た捜査員が、アスファルトの地面に置かれたそれを釘《くぎ》抜《ぬ》きで次々に開梱していく。その度に中から油紙に包まれた中国製のAK—47、カラシニコフが熱い陽光の下で冷たい光を放った。

「何てこった……連中この国で戦争でもおっ始める気か」

　開梱された箱から次々に姿を現わす膨大な量のAKを見ながら、グロッカーの口から驚きを通り越した絶望的な響きの言葉が洩《も》れた。

「これが工作機械とはね、よくも言ったもんです」

　傍らにいた税関職員が、ファイルの中の船積書類を捲《めく》りながら呆《あき》れた口調で言った。

「積込地は上海だったな」

　グロッカーがサングラスの下の目を税関職員に向けながら訊《き》いた。

「こうした貨物は、いったいどれぐらいあるものなのかね」

「さあ。とにかく膨大な量ですよ。ここだけでも一日の入出港が最低三隻。日によっては一〇隻近くになりますからね。積地は極東全域に広がり、それらが平均して二〇〇から四〇〇のコンテナを降ろしていきますからね。全部の貨物をチェックするなんて、とうてい不可能です」

税関吏はグロッカーの次の質問を先回りして答えたが、そんなことはグロッカーも百も承知だった。

目の前で繰り広げられる作業は、開梱をほぼ終え、AKの数を確定する作業に入っている。

「それに最近じゃ輸入物だけでなく、輸出物まで注意を払わなければならないんで、とてもじゃないけど手が足りないんですよ」

「輸出物？」

意外な言葉がグロッカーの注意を引いた。

「ええ。ずいぶんとやばいものが流出しているんですよ。たとえば暗号装置、アンテナ、レーダーシステム、潜水艦の推進器、ペイトリオット・ミサイルに使用される誘導装置……そうそう、軍用機の部品なんてのもありましたな。それも117ステルス爆撃機のやつなんかもね」

「……なんだって」

グロッカーは想像をはるかに越えた答に一瞬言葉を失いながらも、かろうじて反応した。

「それだけじゃありません。つい最近では核兵器に関するデータの入ったコンピュータなんてのがありましたね」

「核兵器の機密情報？　それはいったいどこへ行くんだ」

「それこそあらゆる国ですよ。最近では中国が多いようですがね。もっともそれも書類上の行き先の話ですけどね……」

「……驚いたな……しかし、そんなものがどこから流れてくるんだ。どいつもこいつも大変な代物じゃないか」

　グロッカーは怒りの中にも納得のいかない口調で言った。

「DRMOですよ」

「DRMO？」

「軍の兵器再利用センターです。驚いたことにここで発見されたブツは、どいつもこいつもアメリカ国内で流通している分には、合法的に手に入れたことになってるんです」

「言ってることが分からんな」

「つまりDRMOから払い下げられたブツを扱っている連中は、軍が正式に払い下げた廃品を売っているだけなんです」

「だがその中には、COCOMに該当する品もあるだろうが」

「もちろんそうです。ですが、COCOMはブツが国外へ持ち出される時に初めて抵触するレギュレーションです。国内で流通させる分には法に触れない。もっとも売ってる連中が国外に持ち出されることを承知で販売したのなら重い罪に問われますがね。しかし連中もそんなことは百も承知です。オーダーがあっても、使用目的や転売先、あるいは国外に持ち出すつもりかどうかなんてことは、間違っても聞きゃしないんです。オーダーがあれば無条件で販売する。そうしているうちは『善意の第三者』ってわけです」

「しかし、どうしてそんなひどいことが起きるんだ」

グロッカーは信じがたいといった表情で聞いた。

「どうもリサイクル・オペレーションの処分指示が間違っているらしいんですな。本来ならば再利用不可能なまでに徹底的に分解するはずのやつが、利用可能……コンピュータに至ってはデータが消去されないままスクラップとして民間に放出されるケースも頻発しているんです。いいですか、スクラップですよ……」

「信じられんな……」

グロッカーは、かろうじて言った。

「ええ、私だって。いや誰もが同じ気持ちでしょう。いくらで払い下げられるのかは知りませんがね、これがいったん外に出ればいったいいくらで取引されるのか……数百万ドル出してもほしいって国はいくらでもあるでしょうからね」

税関吏は、呆《あき》れと諦《あきら》めが入り交じった複雑な口調で言いながら、頭を小刻みに左右に振ると、さらに続けた。

「しかしね、我々がそうした貨物のどれだけをチェックできているかというと……なにしろ全体の〇・一パーセントにも満たないんですからね」

「何てこった……しかしなんでまた、軍の連中はそんな馬鹿なことをやってるんだ」

「税金を取り戻すためですよ。国防費に注ぎ込んだ莫大《ばくだい》な税金を軍の削減計画に沿って、少しでも回収しようってことなんです」

グロッカーは初めて知る事実に慄然《りつぜん》とするものを覚えた。自国を守るために血税を注いで開発した武器が、今度は自分たちと対立するかもしれない国の手に渡るとは。しかもただに等しい値段でだ……。

その時作業を終えたFBI職員がAKの総量を報告する声が聞こえた。

「チーフ、全部で二〇〇〇丁です」

グロッカーは力なく手を上げながら了解の合図を送ると、腹の底から込み上げてくるやり場のない怒りを言葉にした。

「どいつもこいつも、どうかしている」

＊

頂点にいる者と、その近くにいる者とでは天と地ほどの開きがあるものだ。ましてや厳然たる序列組織の中では、たとえそれが階級で一つ違うだけでも上位の人間の言うことには絶対的服従が要求される。

その日、サード・アヴェニューにあるレストランの一室ではニューヨークの各地区を仕切る五人の男たちが一堂に会する月一回の定例会議が開かれていた。円形のテーブルに集まった、高価なスーツを一分の隙もなく着こなした男たち。いずれも自分が仕切る街に帰れば、ボスと呼ばれ自己の統括する組織に君臨する立場にあったが、ファルージオの前では、単に彼のメイド・メンバーの一人に過ぎなかった。

会議ではビジネスの状況を中心に多くのことが話されるが、中でも最大の関心事は、組織にもたらされる利益についてである。一言で犯罪組織といっても、彼らの活動の目的は闇雲に暴力を振るって人々を傷つけることにあるのではない。行為の代償として利益を上げることであり、その点は通常の企業活動と何ら変わるものではなく、ただその手段が少しばかり違っているだけの話だ。組織に納められる上納金の額は、運営される者によって厳密に管理され、その額は組織に対する忠誠心の尺度として判断される。それは組織の階段を一つずつ昇っていくただ一つの手段であり、それ以外の何物でもない。それゆえに、収益の減少は即座に自らの地位を脅かすものであり、まさに自分の存在そのものを危機に陥れるものに外ならなかった。

「どうも、このところ稼ぎが停滞しているようだが。いったいこれはどういうわけかな」

円卓の中央に座ったファルージオは、手にしていた革張りのファイルから目を上げると、全員を睨《ね》めつけるようにして言った。

「とくにフランク……お前のところは例年に比べても揚《あ》がりが減っているようだが」

名指しされたコジモは、顔を上げると、

「ボス、それには理由《わけ》があるんです」

静かに切り出した。ファルージオの口からそうした質問が出ることを十分に予想していたような落ち着いた口ぶりだった。

「理由？　聞こうじゃないか」

ファルージオはファイルを閉じ、静かにテーブルの上に置いた。

「ブロンクスにチンクスの野郎どもが入り込んできて、ブツを流し始めているんですよ。ヘロインをね」

「ヘロインを」

「ええ。卸しているラティーノの野郎の捌《さば》く量がどうもこのところ激減してるんで、調べてみたら、どうも連中、チンクスからブツを仕入れてやがるんです」

「ふざけたやつらだ」

クイーンズを仕切るフィオレ・シアーノがいまいまし気に吐き捨てた。

「まったく。このところのやつらの活動ときたら、目に余ります。人手が増えることをいいことに、どんどんこっちの商売を侵食してきやがる。リトル・イタリーがどんなことになっているか、ボスもご存じでしょう。もはや昔の面影など、どこにもありはしません。もともと縄張り意識なんてない連中ですからね、目に見える部分以上に、連中の進出は進んでるんですよ」

「それは、クイーンズも同じことが言えますな」

シアーノがコジモの言葉を引き継いだ。

「実際、連中には我々もほとほと手を焼いています。賭場《とば》は開く、金貸しは始める、新しく住み着いて店を開いたのがチャイニーズだと、必ず連中が入り込んで仕切ろうとします。いまのところコカインの商売には影響は見られませんが、連中の独自のルートで仕入れが可能なヘロインのマーケットは、かなりの部分食われているのではないかと思います。なにしろ私のところも、ヘロインだけで見れば、商いがいささか減少傾向にありますからね」

「ボス……このまま放置しておくと、連中ますますつけあがりますぜ。この辺で何らかの手を打たないと……」

バグとチャンの一味を襲ったことが喉《のど》まで出かかったが、それをすんでのところで飲み込んだコジモの言葉に、同席した男たちが黙って頷《うなず》いた。

「何らかの手だと？……」

ファルージオの目から感情というものを窺《うかが》わせる一切の表情が消えた。それが意味するところは明らかだった。

「力で連中をねじ伏せる、というわけかね」

「口で言って分かるような連中ならば苦労はしません。それしかないでしょう」

男たちの何人かが静かに頷く。

「つまり連中と戦争をすると？」

「そうです」

「馬鹿なことを言うんじゃない。いま事を構えればどういうことになるか、分かっているのか。かつて我々が血の抗争を繰り返したあげく、どういう結末を迎えたか……。国を挙げての撲滅運動だ。その結果我々は、苦労して手に入れてきた多くの利権を手放さざるを得なかったではないか。ラスベガス、アトランティック・シティ……かつては莫大な利益をもたらしたああいった街でのビジネスも、いまや昔の話となってしまったではないか。あの厳しい時代を乗り越え、我々は生き延びた。それは頭を振り絞って派手な舞台から姿を消し、はるかに巧妙で、したたかに生きる道を見つけ出したからだ。それをまた、我々はここでございと表舞台に飛び出し、血を血で洗うような抗争を繰り広げるというのか」

「しかし、ボス」

「もっと頭を使うんだなフランク。その足りない脳味噌《のうみそ》を振り絞って、どうしたら目立たずに、いままで通り収益を上げられるか考えるんだ」

ファルージオは静かに、かつ断固とした口調で言いながらも、その一方で彼らの言うこともまったく理解できないわけではなかった。この限られた地域を仕切るボスたちのビジネスに自《おの》ずと限界があるのは百も承知だった。しかしながら、あの六〇年代に吹き荒れたマフィア撲滅運動に身を晒《さら》した経験からすると、安易な抗争は状況を好転させるどころか、逆に悪くする公算のほうが、はるかに大きかった。もちろんファルージオとて、対抗する勢力を力で制圧することに吝《やぶさ》かではなかったが、それはあくまでも最後の手段であった。

「とにかく、来月は満足のいく数字を聞かせてもらえることを期待しているよ、フランク」

秘めた心根をおくびにも出さずに冷たく言い放つと、ファルージオは席を立った。

男たちが一斉に立ち上がり、敬意を表しながらその姿を見送る。

「親父も焼きが回ったもんだぜ……」

部屋のドアが閉まるなり、コジモが低く唸《うな》った。

組織において階級は絶対である。頂点に立つボスを批判するなど、あってはならないことだった。しかし意外なことに部屋に残された男たちの反応は違っていた。コジモの言葉を咎《とが》め、あるいは批判する者は一人もなく、むしろその顔に苦々しげな表情を浮かべながらわずかに首を縦に振り、同意を示すばかりだった。

猛禽《もうきん》の群れの頂点に立つ者には絶対的な指導力、財力、知力、そして恐怖の力が要求される。そのどれもが絶対的な必要条件であり、どれ一つが欠けても群れを統率することはむずかしくなる。そしてそうした兆候《きざ》が現われた時には、必ずそれに取って代わる若い猛禽が現われるものだ。世代交代の兆しは、突然に始まるものであり、摂理はこの組織に於《おい》ても例外ではないことを、ファルージオはまだ気づかなかった。

＊

イースト・リバーがニューヨーク・ベイに注ぎ込む河口に位置するブルックリン・サイ

ドは、マンハッタンの夜景を眺める絶好の場所だ。一時を過ぎても、観光客やアベックたちが途切れることなく、対岸に聳《そび》える宝石のような光のオブジェに見入っている。

群れる人々から少し離れた所に、二人の男がマンハッタンの夜景を見ているかのように肩を並べて立っていた。東洋系の男とラテン系の男。チャンとバグだった。

「で、本気でやるのか……バグ」

先に口を開いたのはチャンだった。

「ああ、本気だ。ここまでこけにされて黙っちゃいられねえ」

バグは頰杖《ほおづえ》をついた拳《こぶし》を嚙《か》みながら静かに言った。その穏やかな口ぶりから、逆にそこに秘められた怒りの深さと決意のほどが分かった。

「戦争になったら、へたすりゃ皆殺しだぞ。それは分かっているんだろうな」

チャンは再び聞いた。

「やられたままでいるわけにゃいかねえ。遅かれ早かれこうなることは分かっていたんだ。俺たちが大きくなろうと思ったら、こいつは避けては通れねえ道さ。それはお前らにしたってそうじゃないのか」

「たしかにそうだが……それにしても」

チャンは、煮え切らない言葉をわざと吐いた。

「それにしても、何だ……お前ら、このままイタ公どもの言いなりになってもいいってのか」

「そうは言わんが……事は慎重に運ばんとな。やり方を間違えると、取り返しのつかないことになる」

「そんなことは分かっている。もしあくまでも反対するってんなら、おめえらはあてにしねえ。俺たちだけでもやってやるさ」

「まあ、そう焦るな。もっと冷静に考えるんだ」

「俺は十分に冷静だぜ、チャン」

言葉とは裏腹に、バグは感情的な声を上げた。やはり弟のルイスを殺されたことで、この男が本来持つ冷静さを欠いていることは明らかだった。

いいぞ……。チャンは密《ひそ》かにほくそ笑んだが、

「十分に冷静だって？　だったら聞くがバグ、お前、誰を殺《や》るってんだ」

内心の感情など、おくびにも出さずに聞いた。

「誰を殺るかって？　決まってるじゃねえか、ルイスを殺ったやつ。ブロンクスを仕切っているコジモさ」

「コジモ？」

チャンは口の端に皮肉な笑いを浮かべると、初めてバグを見た。

多少は頭の切れるやつかと思っていたが、しょせんラティーノのチンピラの考えることだ。この程度ならこいつを嵌《は》めるのは簡単なことだ。

「何がおかしいんだ」

バグの声が低くなった。

「コジモなんてブロンクスの頭を殺ったところで、連中には痛くも痒《かゆ》くもねえだろうよ。新しいボスがすぐに出てきてそれで終わりさ。あげくに、やつを殺った男、つまりお前を捜し出して、お前の弟、ルイスと同じ目にあわせ、ジ・エンドってのが精々さ」

「だったら誰を殺れってんだ」

図星を指されたバグの声が大きくなった。

「ロバート・ファルージオ……」

チャンは静かに言った。

「ロバート・ファルージオ？」

「そうだ。こいつはあまり表に出てこないが、このニューヨークを仕切る大物中の大物だ」

チャンはそこでぐっと顔をバグに近づけると、一段と声を落とし、

「こいつは、そんじょそこらの親玉とは違う。長年に亘《わた》って連中の組織に君臨してきたやつだ。だがな、俺たちが摑《つか》んだところによると、こいつの後継者というのがどうもはっきりしねえ。強大な権力が長い間君臨してきた組織の宿命ってやつさ。かつてはリチャードという後継者になる息子がいたらしいんだが、こいつは大分《だいぶ》前に交通事故で死んじまってる」

「だから」

「頭を働かすんだバグ……いいか、後継者がはっきりしねえうちに絶対的権力を持った頭が突然いなくなったらどうなる。やつの下にいる連中はその後がまを狙って必ず争いを起こすに決まってるだろうが」

「組織がバラバラになったところで……」

「そうだ。一枚岩に固まっている組織を正面からぶち破るのはむずかしいが、一つ一つを潰《つぶ》すのはわけはねえ。たとえそれがイタリア野郎の組織だろうとな。分裂した組織が争いを始めたところで、コジモは殺ればいい。簡単なことさ。そうなればやつらの戦いはますます混乱の度を深めていくに違いない」

「なるほど」

「そうなれば俺たちの組織もお前一人を戦わせておくわけじゃねえ。一気にあの目障りな連中を潰しにかかるさ」

「おっと、まさかそのあと、俺たちはお前らの下につくってわけじゃねえだろうな」

「まさか……」

チャンは軽い笑みを浮かべながら、バグの推測を否定した。

「パートナーさ、バグ。この国は香港とも中国とも違う。言葉も違えば肌の色も違う連中がそれぞれの社会を作っているんだ。とても俺たちだけでこの国を仕切ることなんかできはしねえさ。俺たちには俺たちが仕切れる社会があり、お前たちにはお前たちが仕切らなきゃならねえ社会がある。要は俺たちのビジネスが少しでもやりやすくなるように、風通しをよくしようってことさ」

「なるほど……」

バグはチャンの言葉をもう一度頭の中で繰り返した。

「いいだろう」

「O．K．納得してくれたようだな」

「で、そのファルージオをどうやって殺る」

「それには、俺に少し考えがある」

しょせんラティーノなんてこんなもんだ。乗せることはわけはねえ。イタリア野郎さえ黙らせれば、こんな虫の一匹や二匹どうにでもなる。

チャンはそう思いながら、次の言葉をバグの耳元に向かって囁《ささや》き始めた。

6

森は静寂に包まれていた。

すでに日が昇ってからずいぶんな時間が経つのに、森の中に差し込む光の量に目に見える変化はなく、時間の経過をことさらにおぼろげなものにしていた。

原生するパイン・ツリーの木立の間には腰の高さほどの低木が生え、恭介の歩行をことさら困難なものにしていた。頭を上げて空を見ると、灰色に覆われた空が、すぐにでも手が届きそうな所にある。淀《よど》んだ空気、そして沈鬱《ちんうつ》な静寂が、明らかに天候が下り坂にあることを予感させた。

恭介はボウ・ガンを胸の高さに持ち上げながら、低木の間を縫うように前進する。グリーンと茶、それにグレーを複雑に組み合わせた迷彩色を施した服を着こみ、同様のキャップを頭に載せている。最初登りが続いていた斜面は、いつの間にかなだらかな下りに変わっている。もうすぐ次の丘との間に広がる平地に出るはずだった。ファルージオの山荘を出て、すでに一時間半ほどの時間が流れていた。山荘に残してきたナンシーもそろそろ目覚める時間に違いない。

愛しあう……という本来の意味とはほど遠いが、得られる結果としては同じことだ。お互いの欲望を満たす行為は、ナンシーを快楽のはての心地よい疲労へと陥らせ、恭介にとっては、自分の体の気づかないところに溜《た》まっていた欲望の塊を発散させる働きをし、本来持つ雄の本能を新たに呼び出させるべく機能した。

いま、恭介の神経は呼び起こされた雄の本能の赴《おもむ》くままに、獲物を狩ることとの一点に集中していた。足元に厚く積もった松の枯れ葉や雑木の葉が、ジャングル・ブーツを通して、分厚い絨毯《じゅうたん》を踏みしめるかのような頼りない感触となって伝わってくる。獲物を捜し求める肉食獣のような繊細な足取りで一歩ずつ進む。

ワイルド・ターキーは鶏とは違う。その姿とは裏腹に極めて繊細な神経を持ち、狩るほうにもそれ以上の繊細な行動が要求される。彼らの日常の空間に気づかれることなく密かに侵入し、その中に同化したところで罠《わな》を張り、待ち構える。もちろん運という、何をするにしても必要欠くべからざる要因はあるが、立派なトロフィーを仕留めるのは、彼らの習性や行動様式を完全に理解した上で初めて可能になることだ。狩の技術も並々ならざるものが要求される。ましてやボウ・ガンという極めて原始的な道具を用いるとなればなおさらのことだ。……それは恭介が普通の社会の中で行なっている犯罪行為に要求される要素そのものだった。一般の社会の中に溶け込み、獲物に気づかれないうちに忍び寄る。獲物に最後まで自分の仕業とは気づかれないうちに捕獲し、莫大《ばくだい》な利益を享受する。恭介がこのハンティングを愛し、わざわざむずかしいボウ・ハンティングというスタイルを取るのも、無意識のうちにこの狩に自分の生きざまを投影しているからかもしれなかった。

前方の木立が途切れ、広い空間が目の前に広がった。そこは三〇〇メートルほど先の次の森までの間に広がる空間で、草むらのあちらこちらに、灰色に朽ちた倒木が低い雑木の繁《しげ》みに混じって横たわっていた。中ほどには小さなクリークが走っているのが見える。ポイントとしては絶好の場所だった。

恭介は姿勢を低くすると、さらに慎重に足を運びながら周囲を注意深く観察した。

思った通りだった。クリークの近く、ブッシュから露出した柔らかな土の上に、放射線状に広がるターキーの足跡があった。さらによく周囲を観察すると、積もった草の上に二五セント《クオーター》を二つ並べたほどの大きさの〝j〟の形をした糞《ふん》が落ちている。j形の糞はターキー特有のもので、恭介の手の平ほどもある足跡の大きさと、糞の形や大きさから、それがトロフィー・サイズの雄のものであることが分かった。

よし、ここだ……。

恭介は満足したように頷《うなず》くと、再びいま来た道を引き返し、狩の準備にかかった。背負っていたバックパックから、緑や茶、それにグレーの小切れのついたカムフラージュ用のネットを取り出す。それを地面の上に置いたところで、ボウ・ガンをセットしにかかる。射出口の先端を垂直に地面に立てる形でボウ・ガンを地面に置くと、その先端についた鐙《あぶみ》のような部分に足を入れる。ちょうど背筋力の計測をするような姿勢で、一気に弦を引き上げる。鋼鉄の弓がたちまちの内にしなやかに弧の角度を深くし、弦もまた角度を鋭くしていく。トリガーの位置を弦が越えた所でそれは微《かす》かな金属音とともに、射出部分に飛び出た爪に固定された。恭介はそれがしっかり掛かったところで、バックパックに結《ゆ》わえてあったホールダーの五本の矢の一本を選び出すと、それを銃身の溝にセットした。モリブデン鋼でできた矢の先端部には、シャープナーで入念に鋭く研ぎすまされた刃がつけられており、それは特殊部隊で使用されるダガー・ナイフのような形をしていた。

セットが終わったところで上着のポケットからウッドペッカー・コールを取り出す。木製のその呼笛は、木を擦《こす》り合わせることでターキーの鳴き声そっくりの音を立てるものだ。ボウ・ガンを足元に置き、両の手を前で擦り合わせるようにしながら、ウッドペッカー・コールを鳴らす。

『クー・クワッ・クワッ・クワッ』

甲高いターキーの鳴き声そのものの音が原野に鳴り響く。

突如、鳥類の鳴き声というよりも、人間が唇を震わせながら息を吐いたような反応が、草原の一角から聞こえてきた。

いた！……。ターキーは実に興味深い習性を持つ鳥で、仲間の呼び声に必ず反応するのだ。

恭介はすぐにバックパックからラバーでできた二つのデコイを取り出すと、二〇ヤード先の草むらの上にそれをセットした。

完全にすべての準備が整ったところで、恭介は獲物を待ち伏せる体勢に入った。

ポイントと定めた地点を見渡せるパイン・ツリーの根元に、ちょうどあぐらをかく姿勢で腰を下ろし、背をもたせかける。これなら長時間の待ちも苦にならない。バックパックは木の裏側に隠し、ターキーが現われる方向からは見えないように置いた。そして最後の仕上げとして、人間の形が見えなくなるようにカムフラージュが施されたネットを、背後からまとうように被《かぶ》った。

松の根元に生えた雑木の茂み程度にしか見えない物体と化した体の中で、意識の中に芽生えた本能の高まりと、平静を保つ弁の働きをするかのように規則的な呼吸が繰り返される。時折り聞こえる野鳥の鳴き声。薄日さえ差さない低く厚い雲に覆われ淀んだ空気を、わずかに拡散させるかのように、時折り吹く風が低木の葉をゆらす。

恭介はいつ現われるとも知れない獲物の気配に注意を注ぎながら、頭の中ではビジネスの次の展開に考えを巡らしていた。

日本でのコカイン・ビジネスを拡大する。それはそうむずかしいことではないだろう。一度禁断の境地を味わった者が、その誘惑から逃れることはそう簡単ではない。着実に使用量は増え、経済的負担を少しでも軽減しようと、次の使用者を仕立てにかかる。もちろん日本で麻薬ビジネスを行なっているのは恭介だけではない。覚醒剤《かくせいざい》、マリファナ……従来から日本に流通する麻薬を扱っている組織は数多くあり、そしてその量は押し寄せる大河の流れのように年々増加の一途を辿《たど》るばかりだ。人々はその拡大する流れに、恐怖と憂いの色を浮かべるが、その下に実はもっと巨大な地下水脈ができあがりつつあることに、誰も気がつかない。中には捕まる人間もいるには違いない。その地下水脈のまっただ中に身を置く者にすら、その膨大な流れがどこに源を発するのか、いまの形態を取る限り、分かりはしないのだ。

源流を支配する者。それは言うまでもなく恭介自身である。大河の流れを意のままに操り、その上に君臨する。それはさらに大きな次のビジネスへと繋《つな》がっていくに違いない。はたしてそれが何になるのか、恭介自身もにわかには考えつかなかったが、いま自分が手にしている可能性に、密《ひそ》かな興奮が込み上げてくるのをはっきりと感じていた。次の展開が、現在と同じように社会的には犯罪と呼ばれるものであろうとも構いはしない……。

そもそも恭介の中では一般社会で犯罪と呼ばれるもの自体が極めて曖昧《あいまい》なものでしかなかった。

反社会的なもの、人間に害を及ぼす活動はすべて犯罪だと？　笑わせるな。それが犯罪行為として罰せられることの定義だとすれば、この世にあるおよそすべての企業など犯罪組織そのものだ。その産業の負の部分が社会的に認知される以前に、経済の基盤として認められたかそうではないかの違いだ。たとえば自分が捌《さば》いているコカインと煙草、この二つを比べてみれば、その間にどんな違いがあるというのだ。程度の差はあれ、煙草が有害であることは誰もが認めるところだ。しかもそれをわざわざパッケージにうたいながらも、誰もこれを麻薬だといって取り締まることはしない。それはなぜか。すでに立派な経済基盤として国家に莫大な税収をもたらすとともに、それなりの就業人口ができてしまっているからだ。それだけじゃない、いまの社会のどこに、まともな産業、企業があるのか。すべては後づけのルールの下で、利益だけが優先される社会にすぎない。

両親を航空機事故で亡くし、しがらみのすべてから解放された時に芽生えた悪への憧《あこが》れ。ストリート・ギャングに襲われ、止むを得ずに犯した殺人行為。そして殺人者から悲劇の主人公になるまでの一連の社会の対応……。頼れる者は自分一人だけだ。信じられるのも……。

それが恭介が学んだすべてであり、そして自分にとっての真理以外の何物でもなかった。

しかしそうした思いを抱く一方で、ファルージオの存在だけは特別なものであることに、恭介は気がついていた。いかにコカイン密輸、そして密売の完璧《かんぺき》なオペレーションを考え出したのが恭介だったとしても、いまの自分があるのはファルージオの後ろ盾があって初めて可能になったことには違いなかった。ファルージオにとっても、恭介は事故で急逝した息子の友人、そして彼自身のビジネスに多大な利益を貢献する人間となった。さまざまな感情と思惑が、複雑に二人の間に交錯しているには違いなかったが、それにもまして深い信頼関係が存在していることは間違いなかった。

この資産、そして資源を使って、これからどれほどのビジネスを成し遂げることができるか。もちろん恭介には自分一人でも立派にやりおおせる自信はあったが、そのスケールをさらに大きなものにできるか否か、やはりファルージオの存在がそれを大きく左右することは確かだった。

　さほど長くない時間の経過があった。風の騒《ざわめ》きとは違う気配に、低木に密生した葉が突然微かに動いた。断続的に低く唸《うな》るような鳴き声が聞こえる。ターキーだ。さっきよりもずっと近くに聞こえる。

　恭介は手にしたボウ・ガンをそっと持ち上げ、そのままの姿勢で射撃の体勢に入った。ボウ・ガンの射撃姿勢はライフルやショット・ガンの射撃姿勢と寸分たりとも変わらない。使用されるものが火薬によって発射される弾丸か、矢かの違いがあるだけだ。

　銃床を右の肩にあて、左手で先台《フォアエンド》を支える。右の手が自然にトリガーにかかる……。あとは標的を捉《とら》え、トリガーにかけた人差し指に力を込めればいいだけだった。

　低木の茂みの中から、まず最初に若い雄が、そして次に雌が……周囲にまんべんなく注意の視線を向けながら、四羽のターキーが姿を現わす。恭介は群れの中の二羽の雄のうち、見事な姿の雄をターゲットに決めた。尾羽根を扇のように広げては閉じ、閉じては広げを繰り返す。薄茶色のその先端近くには横に二本の白い線が入っている。体をびっしりと覆った黒光りする羽毛は逆立ち、ただでさえも大きな体をさらに大きく見せる。赤くただれた顔、そして口元。頭部から首にかけては灰白色のむき出しの皮膚に覆われている。紛《まぎ》れもないトロフィー・サイズだった。

　射撃姿勢をわずかに調整し、バック・ストックとストックの根元のあたりに右頰を押しつける。

フォアエンドの上部に据えつけたスコープを覗《のぞ》く。四倍の倍率のスコープを通じて、十字に切られたクロス・ヘアの中心にターキーの頭部が浮かび上がる。

恭介はそっと照準を下げた。頭部を射貫《いぬ》くのがターゲットに決定的な打撃を与えるのに最良の方法であるには違いないが、それではせっかくのトロフィー・サイズが台無しになってしまう。

その時、再び標的の背後の木立が揺れた。密生する葉の間を掻《か》きわけるように、これまでに見たこともないような巨大な雄が姿を現わした。濡《ぬ》れたように黒く、光の加減では玉虫色に複雑な光を放ちながら巨大な鱗《うろこ》のように全身を覆った羽。爛《ただ》れたように赤い首、灰色の頭、そしてその眉間《みけん》から、ラフレシアの花のような白い複雑な斑点《はんてん》をちりばめたとさかが鋭い嘴《くちばし》に被さるように垂れている。メソフィロプラムネスと呼ばれる髭《ひげ》のように胸から伸びた黒色の胸毛の束が、動きに合わせてゆったりと揺れている。その長さは一五インチはあるだろう。まごうかたなきトロフィー・サイズ、それも飛び切りのやつだった。

恭介はすぐに標的を変更した。いままで狙っていたターキーなど、こいつの前ではどこにでもいるありきたりの標的でしかなかった。

スコープの中の風景が、早送りをしたビデオの画像のように左に流れ、新たな標的を捉えたところで止まった。雄の首は赤く爛れた瘤《こぶ》が房となって連なっており、そこからこのターキーが大きさに見合った齢《よわい》を重ねていることが分かった。

照準をわずかに左下にずらす。胸に房となって伸びる髭の左、ちょうど羽との中間のあたりを狙う。トリガーにかけた指に力を込めようとした瞬間、そのターキーの動きが止まった。胸のあたりを確実に捉えたスコープの中で頭がゆっくりと動き、その視線が正面からら恭介に向けられた。

いま自分に向けられている危機の気配を、この雄が感じ取ったことは明らかだった。しかし雄は動かなかった。これから襲いくる危機が、自らの運命であることを悟ったかのように、鋭くも威厳に満ちた視線を向けたままじっとしている。ややあって、老いたターキーは、わずかに両翼を膨らまして威嚇の姿勢を取ると、鋭い鳴き声を一つ吐いた。その鳴き声に、回りにいた群れが反応した。しかし彼は動かなかった。迫りくる危機に、自分一人が標的となり、群れを逃がすための行動であることは明白だった。

その視線の中に、恭介はファルージオの影を見たような気がした。

トリガーに充てた指に力を込める瞬間、無意識のうちに恭介は照準を左にずらした。ブン……弦が弾《はじ》ける鈍い音が空気を震わせ、二〇〇ポンドの力で発射された矢が、わずかにガイドと擦《こす》れ合う短い金属音を残しながら、その雄めがけて飛んでいった。

気配を察した群れが一斉に羽音をたてながら、周囲のブッシュに飛び去っていく。しかし一瞬の喧騒《けんそう》の中にあって、標的となった雄はじっとその場から動かなかった。放たれた矢は雄のわずか左をかすめ、そのままの勢いで後方の草むらへと飛び去っていく。それはスコープに切られたクロス・ヘアの照準と寸分違《たが》わぬ場所だった。

スコープの中の雄は、じっと恭介のほうを見つめたまま動かなかった。その視線と恭介の視線がスコープの中で交錯する。

恭介はゆっくりとボウ・ガンを降ろした。

「行けよ……お前さんは射《う》てない……」

＊

「どうかしてるぜ、ボスは。俺たちの商いがどうなっているのか、ちっとも分かっちゃいねえ」

ブルックリンの自宅の居間で、コジモは無遠慮な罵声《ばせい》を受話器に叩《たた》きつけていた。怒りを内に秘めておくことはむずかしいものだが、外に向けてぶつけることはもっとむずかしい。ましてや、上の者には絶対的服従が要求される組織内のこととなればなおさらだ。しかしそれも、『義理の』が頭につくとはいえ、兄弟ともなれば話は別だった。

フィオレ・トートリッチ。シカゴを仕切るこの男はコジモの姉を妻とする男で、組織の中ではただ一人コジモが本音で話すことができる相手であっただけでなく、コジモの後見人ともいうべき役割をはたしてきた男だった。

コジモが四〇代前半という図抜けた若さで、ファルージオの組織のメイド・メンバーとしてニューヨークのブルックリンとブロンクスを仕切るボスの地位につけたのも、中部最大の街シカゴを仕切るトートリッチの後ろ盾があったからに外ならない。

「そう熱くなるな、フランク。ボブはお前が思っているほど腰抜けでもなければ、知恵のないやつでもない。何か考えがあるに違いない」

トートリッチは、憤《いきどお》る義理の弟をたしなめるように言った。

「考え？　いったいどんな考えがあるってんだ」

コジモは、ますます語気を荒らげて続けた。

「大体ラティーノのチンピラ風情に舐《な》められるのも、チンクスが縄張りなんかお構いなしにのさばってくるのも、俺たちが実力行使に打って出なかったせいじゃないか。頭を使う奇麗な仕事？　やってりゃいいさ。ボスにはその商売種もたくさんあるんだろう。一人勝ちってわけさ。だがな、組織に俺たちが上納する金は、ボスがあえて手をつけねえようなみみっちい仕事から上がってるんだ。それの積み重ねなんだよ。ブロンクスやブルックリンなんてとこは、そんなシマなんだ」

「お前の言っていることは分かるがな、フランク。ボブが言うことにも一理あるのは確かだ。お前にも分かるだろう。やつらチンクスの進出は何もニューヨークだけの話じゃない。シカゴでも深刻な問題だ。いや全米の組織の悩みの種さ。だが、いまここで正面からやつらとぶつかってみろ。せっかく築き上げたもっと大きなビジネスが台無しにならんとも限らない」

「大きなビジネスだって？　そんなのは俺に関係ねえさ」

「とにかく、いまは我慢するんだ。チンクスどもが派手に動けば世間の目につく。そうなれば俺たちがやらなくても、ちゃんとやつらの活動を阻止する連中が出てくるさ」

「冗談じゃねえ。コップやFBIが出てくるまで待つあいだに、こっちが干上がっちまう」

「とにかく冷静になることだ。いいか、こんな話は俺の前だけにするんだぞ。それこそボブに知れたら、干上がる前に、お前の身がどうなるか分かったもんじゃねえからな」

トートリッチは、きりがない義弟の話を切り上げにかかった。

「そんな根性《ガッツ》があるんなら、見せてもらいたいもんだ」

さらに続くコジモの言葉に、トートリッチは小さく溜息《ためいき》をつくと、

「フランク、頭を使うんだ。ボブのようにな。何もビジネス・チャンスはブロンクスやブルックリンだけじゃねえだろう」

今度は一転して諭《さと》すような口調で話し始めた。

「どういう意味だ」

コジモの問に、トートリッチは一瞬口ごもったが、

「いいだろう。一つ教えてやろう。ただしこれは絶対他言するんじゃねえぞ」

そう釘《くぎ》を刺すと喋《しゃべ》り始めた。

「ボブのビジネスはニューヨークだけじゃねえんだ。もうすでに日本にも広がっている」

「日本に？」

それは想像だにしない国の名前だった。海外の犯罪組織との交わりは、麻薬を始めとするあまたの取引の中でいくらでもあったが、それにしても日本とは、あまりにも意表をつ

いていた。遠く地球の裏側にある国。黒い髪に黄色い肌の猿のような連中が住み、どうも経済だけは一流であるらしい――コジモにとって日本とは、大方のアメリカ人と同じ程度の関心しかなく、正直なところ日本は中国の一部といった程度の知識しかなかった。

「そうだ、ウエストコーストのそのまた向こう、極東《ファイースト》の日本さ」

「その日本で何をやってるってんだ」

「コカインさ。この一年だけでも四〇〇キロのコークを捌《さば》いている」

「そんな話は初耳だぜ。フィオレ、あんたどうしてそれを知ったんだ」

　コジモは当然の疑問を口にした。

「実際に日本行きのコークを用意して、コンテナに積み込むのは俺たちがやっているのさ。ボブの依頼でな。もちろんただ働きじゃねえぜ。ボブはそんなあこぎな男じゃねえからな。調達したコカインの利益も、下働きの男たちの手間賃も、ちゃんと見合ったものを落としてくれてるさ」

「四〇〇キロのコーク……」

　そこから揚がる利益を想像しただけで、コジモは気が遠くなりそうだった。

　そいつをボブ・ファルージオは独り占めにしてやがる……。

「そうさな、ざっと末端価格にして四〇〇〇万ドル位になるだろうな。しかも量は年を追う毎に確実に増えている」

　もしもこの会話が電話ではなく、対面でなされたものであったなら、トートリッチもコジモの顔に浮かんだ危険な兆候に気がつき、自分が少し喋りすぎたと感じたかもしれない。しかしコジモの短い沈黙は、尊敬すべきボスが考え出した途方もないビジネスへの賞賛ゆえのものと考えこそすれ、よもやこの男の中に芽生えた複雑な感情によるものとは、その時トートリッチには考えもつかないことだった。

「……で、その取引はどうやって行なわれるんだ。日本で捌くのは誰なんだ……」

コジモは、打って変わった落ち着いた声で聞いた。

「詳しいことはわからねえ。俺たちもボブの指示通りにやっているだけだからな」

トートリッチはそう答えると、

「とにかくだ、俺が言いてえのは、ボブは自分一人儲《もう》けようなんてけちな野郎じゃねえってことよ。ちゃんと周囲の状況も考えて行動するやつだってことさ。そうじゃなきゃこれほど長い間組織に君臨し、尊敬を集める存在になんかなりゃしねえ」

『その分別がつきすぎるところが問題なんだ』——コジモは喉元《のどもと》でその言葉を飲み込んだ。

ふざけたじじいだ。あの腰抜けじじいめ、紳士面して俺たちに余裕をかますその裏で、しっかりと自分だけは稼いでいやがったのか……。やはりトップに立たねえことには何にもならねえ。しかしだ……だからと言って俺がファルージオを殺《や》るわけにはいかねえ。表立って事を起こすのをいかに組織が避けているとはいえ、そこまで行けばさすがに黙っているわけがねえからな。ならばじっとあの老いぼれが死ぬのを待つか。しかしやつが死んだからといって俺がそのあとがまにつける保証などどこにもない……。

「いいな、フランク。短気を起こしてつまらんことを口走るんじゃないぞ。ここはボブの言うようにじっと我慢することだ」

コジモの心の内を知らないトートリッチは、そう言うと電話を切った。

受話器から聞こえる断続音を耳にしながら、コジモは石のように固まったまま、考えを巡らしていた。

＊

時として人間は普段自分があまり経験できない環境に身を置きたがるものだ。目標が現われるのを待つ緊張感。それはかつてコブラのパイロットとして最前線に赴き、戦うために厳しい訓練と実戦を経験してきたギャレットにとって、まったく異なった次元の世界に浸る時間だった。攻撃型ヘリコプターのパイロットに課せられる任務は、目標を狩るという行為の本質に変わりはないが、その多くは『攻め』であり『待ち』の行為ではなかった。

いつ現われるとも知れない目標をじっと待つ。それは、偵察やレーダーによって得られた情報と呼ばれるものすべてから隔絶され、自らの勘と本能が試される時間だった。近代的な機器とは無縁の、人間本来の最も原始的な野生に戻る時間を、ギャレットはこよなく愛していた。

もうこの場所に座り込んでどのくらい時間が経っただろう。広大な原野には動くものもなく、獲物が現われる気配もなかった。時折り小鳥がさえずる鳴き声と、低く垂れ込めた雲の下の大気の流れが、身体の中でただ一つの露出部分である迷彩ペイントを施した顔面を撫《な》でていくだけだった。鼓膜を震わす一番大きな音は、時折り目の前をかすめていく羽虫の音だ。あぐらをかく形で松の木に寄りかかった体は、迷彩色に染められた服で覆われ、下生の小枝に密生した葉に見事に紛れて、風景の中に完全に溶け合っていた。

その膝《ひざ》の上にはチャンバー・インされたものも含めて、六発のカートリッジが装塡《そうてん》されたウエザビーのショット・ガンが置かれている。その右手はトリガーにかけられ、目標がいつ現われても即座に対応できる態勢が維持されていた。

この二年というもの、ギャレットは以前にも増してターキー・ハンティングに熱中するようになった。それはかつて家族とともに過ごしたたのしい思い出がある土地で、失われた時に浸れるというばかりでなく、こうして狩に集中している間だけは嫌なことを思い出さずに済むという、相反する二つの理由があったからだった。

だが、今回の狩は少しばかり様子が違っていた。淀《よど》んだ時間と空間は、ギャレットの思考を無心にさせるどころか、かえってフルに働かせる方向に作用した。それは彼が狩に集中しようとすればするほど、さながらたったいま刻まれた傷から絶え間なく噴き出す鮮血のようにギャレットの脳裏に浮かび上がり、大きな物になってくるように思えた。

DRMOで見つけた、あの機密事項が記録されていると思われるディスクの存在である。

あのディスクの中にどういう機密が記録されているのか、それは分からないが、少なくとも、いま自分の前に広がるこの国を守るために開発されたデータが保管されていることには間違いなかった。ヘマをしでかしたのは、あのペンタゴンにいる官僚どもには違いないが、いったん敵国の手に渡れば、この国は潜在的脅威に晒《さら》されることを意味する。

かつては海兵隊員として戦いの最前線に身を置いた人間にとって、いま自分が犯そうとする行為は国家への反逆行為そのものに違いなく、とうてい許されることではなかった。

しかしだ……と、ギャレットは思った。俺がこんな目にあったのも、あのペンタゴンの官僚どものせいだ。あいつらがPBなんぞという得体の知れない薬を服用させたために俺の人生は台無しにされたのだ。そのあげくに、やつらは俺に何をしてくれた。事実を隠蔽《いんぺい》することにのみ精力を傾け、何の補償も、施しの一つもありゃしねえ。その上、軍の装備に投資した莫大《ばくだい》な税金を少しでも回収するという、それ自体は立派なお題目には違いないが、やつらのいい加減なオペレーションの結果、機密事項さえこうして流出する有様だ。

しかし、だからと言って……。

ギャレットの考えは堂々巡りを繰り返していた。それは、この地でターキー・ハンティングに興じることで、かつて家族と過ごしたたのしい時間を思い出し、その一方ですべてを忘れるという相矛盾した行為を繰り返しているのと同じく、とうてい自分自身の中では、決着を図れる問題ではなかった。

ギャレットは、そうした思いに耐えきれぬかのように、無意識のうちに体の位置を直しにかかった。

激痛は不意に襲ってきた。

最初はわずかに動かした膝の関節から、大腿部《だいたいぶ》の筋肉にかけて電気が走ったような鋭い痛みが貫いた。

チッ、また始まったか……。

それはいつもの発作が始まる兆候のように思えた。ギャレットは顔を歪《ゆが》め、痛み始めた膝を庇《かば》いながら、ゆっくりとそれを伸ばしつつ、背をもたせかけた松の木の反対側に置いたバックパックの中から薬を取ろうと体を捻《ひね》った。突如これまでに経験したことのない異変がギャレットの体を襲った。両膝から発した痛みは、ふくらはぎの筋肉を激しく収縮させながら下方に走り、爪先《つまさき》に達したところで今度はリバウンドするかのように駆け登ると、腰、そして胸を締めつけた。

呼吸が速く、荒くなる。加圧シリンダーの中に入れられたような緊縛感とともに、硬直する胸の筋肉の下で、みるみるうちに心臓の鼓動が速くなっていくのが分かった。

そのリズムに合わせるかのように、ぬめりを帯びた汗が全身の毛穴から噴き出すと、たちまちのうちに冷たい被膜となって全身を覆う。それはまるで心臓から押し出された血液が、肉と皮膚を通して流れ出ていくような感覚だった。

全身の自由が利《き》かなかった。痛みはますます酷《ひど》くなるばかりだった。

少しでもその痛みを和らげるべく、ギャレットの体は、意思の力ではなくそれぞれの部分が反射的に、そして独自に反応した。それはトリガーにかけられていた人差し指にも力を込めさせた。

すでに薬室にカートリッジが装塡されていたショット・ガンから、一発の弾丸が発射された。重量のある沈んだ銃声が、周囲の空気を断ち裂く。その反動を吸収する物のない銃は、バック・ストックを起点にして跳ね上がり、ギャレットの傍らに重い音をたてながら転がった。

銃声は極めて近い所で鳴った。

無意識のうちに反応し、その場にしゃがむ形で低い姿勢を取った恭介から少し離れたところにある低木が激しい音をたてると、何枚かの葉が舞い上がった。

誰かが恭介のいる方向に向かってショット・ガンをぶっ放したのだ。

冗談じゃない！

色盲が多いと言われる鳥類の中でターキーは数少ない例外である。しかも視力も極めていい。それゆえにこの狩に出かけるハンターの格好は、自然と周辺の風景に同化するようなものになり、それは同時にハンター同士の識別も困難なものにする。

このまま二発目を打たれたんじゃ、たまったもんじゃない。

「ドン・シュー！」

恭介は叫んだ。銃声の近さからして、発射した人間はすぐ傍《そば》、それもいま自分が叫んだ声が十分に届く範囲にいるはずだった。

反応はなかった。

「ドン・シュー！」

恭介は再び叫んだ。しかし今度も返事がない。

明らかに異常な反応だった。どんなハンターでも、自分が銃を発射した方向に人がいると分かれば、まず最初に相手がどうなったか、その状態を確認するのが当たり前の反応というものだ。相手を傷つけたことに、あるいは射殺してしまったことに恐れおののき逃げ出してしまうことはあるかもしれないが、それも自分が何をしでかしたか、それが分かってからの話だろう。

恭介は身を低くしたまま、慎重に周囲を窺《うかが》った。

考えられるのは二つ。一つは、自分が銃をぶっ放した方向に人がいた……その事実だけに脅《おび》えて逃げ出した。もう一つは……俺を狙ったかだ。しかし、二つ目の可能性は即座に否定された。

もしも自分を狙ったのなら、いま「打つな」と叫んだ時点で、次の弾丸が声の方向目がけて飛んできたはずだ。しかし二発目の発射はなく、その気配さえもない。それに第一俺が狙われる理由が見当たらない。少なくともここアメリカでは……。するとやはり偶発的なもの、それに恐れをなして逃げたのか……。

差し当たっての結論めいたものは見出《みいだ》せたが、それでも恭介は油断することなく、万が一に備えボウ・ガンに矢をセットしにかかった。上体を低くしたまま位置をずらすと、右の足をちょうどストレッチするかのように前に伸ばし、その先にボウ・ガンの先端についた鐙《あぶみ》状の金具をかける。返す手で弦を一気に引き、トリガーの爪に固定し、矢を銃身上部のガイドに載せる。その一連の作業を恭介は驚くほどの速さで行なった。

ボウ・ガンをいつでも発射できる低い態勢で構え、細心の注意を払いながら低木の繁《しげ》みをゆっくりと銃声のした位置を巻き込むように前進する。ショット・ガンにボウ・ガンでは武器の強力さでは相手にならない。もしも相手が明確な意思をもって自分を狙ったのなら、自分に与えられるチャンスはただの一回、射《う》ち損じることなく相手を倒さなければならない。しかもその可能性は極めて低い。

かつて川崎の倉庫でコカインをピックアップする際に、台湾マフィアに不意を襲われた時から久しく忘れていた緊迫感が恭介の中に蘇《よみがえ》った。

慎重に歩を進めているにもかかわらず、地面を踏み締める度に深い雑草の下に紛れている枯れ枝や木の葉がジャングル・ブーツの下で微《かす》かな音を立てる。

低木の繁みが途切れ、前方の見通しが利く位置に来た。恭介は慎重に木立の間から、発射音がしたと覚しきあたりを探った。松の林が途切れ、恭介が潜む雑木の繁みとの間に、さほど広くない草むらが広がっている。ターキーを狩るには、ベストではないがまずまずのポイントには違いなかった。

やはり偶然か……。

そう思いながらも恭介はさらに注意深く周辺を観察した。その視線が松の木の根元の微かな動きを捕えた。視点が反射的にそこに固定される。周囲の光景に紛れてよほど注意しなければ分からないが、明らかに迷彩を施した上下を着込んだハンターがいることが分かった。そして次に呻《うめ》き声に混じって苦しげに繰り返される速い呼吸が微かに聞こえてきた。

恭介は、ガサリと大きな音を立てて低木の繁みを分け出た。ボウ・ガンの射線はそこに向けられたままだ。

慎重に歩を進める。距離が徐々に狭まっていく。松の根元に蹲《うずくま》る人間にはそれでも変化がない。もはやその人間が何らかの異常をきたしていることは間違いなかった。

「大丈夫か……どうしたんだ」

恭介は傍らに立つなり問いかけた。

迷彩ペイントを施しているせいで顔色はよく分からないが、苦痛に歪む顔、そしてたったいま水を浴びせられたかのように顔面から首にかけて一面に浮かんだ脂汗から、この男がかなり深刻なトラブルの渦中にあることが分かった。アラン・ギャレットだった。

「……薬を……頼む」

ギャレットは恭介の問いかけに初めて目を開けると、その瞳《ひとみ》に信じがたいといった表情とともに微かな安堵《あんど》の色を浮かべ、絶えだえの息の下でかろうじて言葉を吐いた。しかしそれも一瞬のことで、激痛に耐えるかのように、すぐに目を閉じた。

「薬？　どこにある」

恭介の問いかけにギャレットはわずかに顎《あご》をしゃくって、その位置を示した。

ギャレットが横たわる松の木の反対側にバックパックが置いてあった。恭介はそのサイドにある小物の収納部分のファスナーを開き中を探った。常用しているものなら、すぐにでも取り出しやすい場所に収納しているはずだ。完璧《かんぺき》に施された顔面の迷彩ペイント、きっちりと着込んだカムフラージュ・スーツ。それにそのパンツの裾《すそ》はきっちりとジャングル・ブーツに入れられている。かつて民間とはいえフィラデルフィアにあるミリタリー・スクールで中学、高校時代を過ごした経験を持つ恭介は、そのなりからだけで、早くもこの男の経歴の一つを察していた。

薬はやはり推測した通りの所にあった。銀色のピル・ケースは三段に分かれ、その一つずつに、一回分の分量に分けられた数種類の錠剤が入れられている。

「これでいいんだな」

恭介はそれをギャレットの目の前に突きつける。その目が再び開くと、ギャレットはゆっくりと、そして小さく頭を縦に振った。半開きにした口から激しい呼吸が洩《も》れる。

「O．K．もう大丈夫だ」

恭介はそう声をかけると、腰に下げていた水筒のキャップを外した。それを地面に置くと今度は右の手をギャレットの上半身に入れ、起こしにかかる。地面に横たわっていたギャレットの背中は全身から噴き出した汗でベットリと濡《ぬ》れ、そこに籠《こも》った熱とともに不快な感触が恭介の腕にも伝わってくる。

「さあ、これだ」

恭介は六つの錠剤をギャレットの口に放り込むと、慎重に水筒の水を与えた。

喉仏《のどぼとけ》が大きく上下し、錠剤が胃に送り込まれる。四口ほどの水を続けざまに体内に送り込んだギャレットは、目を閉じたまま大きく息を吐いた。即座に効き目が現われるわけもないのだが、心なしかその表情が少しばかり穏やかになる。

「……サンクス……」

ギャレットの口から感謝の言葉が洩れた。

恭介は閉じられた目の前で微かに頷《うなず》きそれに応《こた》えると、バックパックに縛りつけてあったサバイバル・シートを折り畳み、枕になるようにギャレットの頭の下に置きながら、

「心臓発作《ハートアタック》か?」

と、聞いた。

見たところまだそんな齢《よわい》でもなさそうだが、この国で突発的に襲う疾病といえば、まず最初に考えられるのがそれだ。

ギャレットは、それに小さく首を振って答えると、「そうじゃない。いまいましい持病ってやつさ……」と続け、しばらく荒い息を吐いたあとで言った。

「従軍して以来のな……」

「従軍?」

最初の印象からの推測が正しかったことを知った恭介は、ギャレットの歳まわりから、

「湾岸戦争のことか」

新たな推測を口にした。

「……そうさ。……何もかもあの忌まわしい戦争のせいさ」

いくぶん楽になったのか、少しばかり落ち着いてきた呼吸の下でギャレットは言った。しかし苦痛の余韻なのか、潤んだ目の焦点はどこか覚束《おぼつか》ないままだった。

「名誉の負傷……そんなとこかな」

「いや、そんなもんじゃねえ。……戦い自体は楽なもんだったさ。一方的な戦闘だったからな」

「じゃあ、何で」

「ピリドスチルウィン・ブロマイド……我々はPBと呼んでいたがね。そいつの後遺症さ」

複雑な薬品名を聞かされても、恭介には何に使用されるものか、とんと推測がつかなかった。

「PB……初めて聞く薬だな」

「ああ、そうだろう。とうてい一般に出回るような代物じゃねえからな……」

ギャレットはそこで初めてまともな視線を恭介に向けると、

「礼を言うのが遅れてしまった……私はアル……アラン・ギャレットだ。あらためて礼を言わしてもらうよ……助かった……」

そう言いながら、いくぶん和らいだとはいえ、まだ痛みが残る右腕をぎこちなく上げた。

「キョウスケ・アサクラ……」

恭介はその手を、そっと握ると、

「まだ無理はしないほうがいい……かしこまった挨拶《あいさつ》は、この際抜きだ」

ギャレットの手を元の位置に戻してやった。

「キョウスケ・アサクラ……」

ギャレットはそう言うと、ほんの一呼吸、再び観察するかのような視線で恭介を見ると、

「失礼だが、日本人かね、それとも……」

「国籍上は日本人だが、これまでの人生の中で最も長く暮らしたのはアメリカだ」

「なるほど、道理で完璧な英語を喋《しゃべ》る……」

納得したように頷いた。

「で、そのPBってのは」

恭介は話題を再び薬に戻した。耳慣れない名前の薬の後遺症に苦しむ男に対する単純な質問だった。

「日本はあの戦争に軍を送らなかったからな。君が知らんのは無理もないが、酷《ひど》い話さ」

薬の効きめが現われたのか、ギャレットは、深く大きな息をすると目を閉じ、低く落ち着いた声で話し始めた。

「あの戦争でアメリカが最も恐れたのは、イラクが化学兵器を使用することだった。それを恐れたペンタゴンは、あの戦争に従軍した兵士全員に、特にイラクが使用する確率が最も高いと考えられたサリンの効果を予防する薬の服用を義務づけた」

「……で、アル……あなたはそこで何を」

「コブラのパイロットだった……。とにかく最前線の歩兵、輸送部隊、砲兵、そしてヘリ・パイ、その如何《いかん》を問わずペンタゴンはPBの服用を義務づけた。それも八時間毎に必ず飲めというお達しとともにな」

「しかし、それは効果が実証されたものだったんだろう」

「あるらしいという代物だったのさ。なにしろ何の臨床実験も治験も済んじゃいなかったんだからな」

ギャレットの口に皮肉な笑いが浮かんだ。

「誰にも分かりゃしなかったんだよ、効果のほどはな。たしかにFDAは化学兵器に自国の兵士が晒《さら》される可能性が極めて高いというペンタゴンの強硬な説得に、PBの使用を最終的に認めはしたさ。だがそれは、あくまでも臨床実験という範囲のことで、使用に際してはこの薬が重大な副作用があることを記した警告書を添えて、服用者が納得ずくで飲むようにっていう条件をつけた……。ところが驚いたことに、現場じゃ、そんなFDAの条件なんて何一つ実行されることはなかったんだ。治験も終わっていない薬だなんてことも、警告書の存在すらも……あったのは八時間毎にこの白い錠剤を飲めってことだけさ。それがイラクのサリンから身を守る最良の方法だと言われてね。……兵隊には何も知らされちゃいなかったのさ」

「そいつぁ酷い話だな」

「ああ、まったく。ペンタゴンの官僚どもは、戦争が終わってその事実が明らかになった時、何て言いやがったと思う。『薬は予定通りに戦地に届いたが、警告書は手違いがあって予定通りに届かなかった……』。そんな戯言《ざれごと》を信じる馬鹿がどこにいる。ペンタゴンは、あの戦争に従軍した五〇万人の兵隊を使って、壮大な人体実験をやりやがったのさ」

「五〇万人の人間を使って？　それじゃ君のような症状に苦しむ人間は、かなりの数にのぼるんじゃないのか」

「ああ、湾岸戦争症候群と呼ばれる症状に苦しむかなりの部分が、こいつのせいさ」

湾岸戦争症候群については、恭介にも新聞やニュース雑誌を通じて知った程度の知識はあった。

第二次大戦以降アメリカが参戦した戦争において、兵士たちの中にそれまであまり見られなかった障害がはびこるようになった。それが最も顕著に現われたのが、ベトナム戦争に従軍した兵士たちに多く見られた精神障害や、作戦中に用いられた化学兵器による後遺症である。前者は、ジャングルでのゲリラ戦という極めて異常かつ苛酷《かこく》な環境、それもすぐ傍に死があるという極限状態に長く身を置いた兵士が、平和な社会に戻っても本来の人間性が取り戻せずに精神障害に陥るというもので、後者の場合の典型的な例はエージェント・オレンジ、つまりダイオキシンを主成分とした枯葉剤散布の作戦に従軍した兵士たちに見られる癌発症、あるいは奇形児出産の多発である。

それらのかなりの部分は、その後アメリカ政府がベトナム戦争の後遺症として認め、世間に広く認知されることになったが、直近の湾岸戦争について言えば、公的に政府が認めたものはなく、それゆえに湾岸戦争症候群といっても、マスコミが従軍兵士の間に見られるその後の症例をまとめて名づけたもの程度の認識しか、恭介にはなかった。

「効果……つまり副作用は、てきめんに現われた。ほとんど間を置くこともなくね。血尿、失禁、涙が溢《あふ》れて止まらないなんてやつもいたな。俺の場合は激しい痛み……もっとも今回のようなのは初めてだがね……。やつら、やりやがったのさ。そりゃどうなることかさぞや興味津々《しんしん》だったことだろうぜ。本当にイラクがサリンを使えば、PBが効くか効かないか、一発で分かっちまったことだろうからな」

「しかし、ペンタゴンはそれを認めてはいない。そうだろう」

「ああ。そんな人体実験まがいのことをしたって認めりゃ、次に何かあった時に上の言うことを聞く兵隊なんかいやしねえからな。しかしな、俺がもっと許せねえのは、兵隊を守るためなんて言ってる連中が、今度はその兵隊を殺しかねないことをやってるってことさ」

「何のことだ」

「あの戦争は、ある意味では最新兵器の見本市だった」

薬が効果を発揮し始めたことが、恭介の目にもはっきりと分かった。苦痛から解放された安堵《あんど》感がそうさせるのか、あるいは効能としてそういう特性を持つものかは分からないが、ギャレットはどこかうわ言のような響きを持つ口調で、蘇《よみがえ》る記憶を辿《たど》るように話し始めた。遠くを見つめる焦点の定まらない瞳《ひとみ》の奥に、暗く沈鬱《ちんうつ》な怒りの色が浮かび上がる。

「小競り合い程度への紛争介入はともかく、あの湾岸戦争はベトナム以降アメリカが本格的に参戦した初めてのものだった。その間二〇年近くに亘《わた》って開発されたほとんどの兵器が白日の下に晒され、その有効性が実証されたんだ。なにしろ軍のお偉方は参戦した兵士たちがいかに危険に晒されることなく、敵を効率よく粉砕しているか、そのPRに余念がなかったし、それを報じるマスコミにしても、前線で身を危険に晒すことなく、命中するその瞬間までの映像を提供されたんだからな」

恭介の脳裏に、当時盛んにテレビを通じて流された湾岸戦争のいくつかのシーンが蘇った。

目標となったイラクの軍事施設に固定された十字形の照準。そこに突然小さな物体が画面に見えたかと思うと、照準の中心から閃光《せんこう》とともに爆発がおこり、目標は炎に包まれる……。あるいはトマホークからの画像とされたものは、目標が急激に大きさを増し、激突の瞬間に映像が途切れた……。

テレビゲームで遊んでいるような感覚……それはこれまでの戦争の概念からはかけ離れたものには違いなく、それゆえに茶の間でその画像を見る人々に、決して明瞭《めいりょう》とは言えない画質とは裏腹に、鮮烈な印象を与えたものだった。

「それは見事なものだった。実際最前線にいた人間にしてみれば、それは、心強いものだったし、誇りとさえ思ったさ……。しかし、有効性が実証された武器、それも自分の国の装備レベルをはるかに凌《しの》ぐ武器、それを我が物にしたいという連中にしてみれば、あれは脅威に映ると同時に、ぜひとも手に入れたくなる兵器のデモンストレーションでもあったわけさ」

「なるほど」

「ところが、ここで信じがたいことが起きた……」

「信じがたいこと？」

ギャレットの口元が苦く歪《ゆが》んだ。

「普通ならば、極めて有効と証明された兵器は、当然のことながら、その詳細は軍事機密として扱われるものだ。実際これまでこうした軍事機密のほとんどは厳格に管理され、外に洩《も》れるとしたら、稀《まれ》にどこかの国の諜報《ちょうほう》機関の手に落ちたスパイが持ち出すことはあっても、通常ルートで外に洩れるなんてありえないことだった。しかしここで世にも不思議なことが起きた……とうてい考えられないことがな……」

この一言は急速に恭介を惹《ひ》きつけた。おもしろい話になるかもしれない……。

恭介は次のストーリーを促したくなる気持ちをぐっとこらえ、無言のままじっとギャレットの話に聞き入った。

「DRMO……というオペレーションを聞いたことがあるかね」

ギャレットは突然聞いた。

「……いや……」

「ディフェンス・リユーチライゼイション・マーケティング・オフィス……つまり軍で使

われるあらゆる機器を民間に払い下げるオペレーションのことだ。ここで民間に払い下げられるのは軍のオフィスで使われるコンピュータや什器《じゅうき》・備品の類《たぐい》もあるが、それだけじゃない。軍で使われるあらゆるものがここに持ち込まれる。ヘリコプター、タンク、戦闘機、ミサイル……それこそ武器のすべてがな」

「リサイクル・オペレーションってわけだな。それのどこが不思議なことなんだ」

「それ自体は決して間違ったオペレーションではないさ。計画通りにすべてが行なわれていればな……」

「……言っていることが分からんが」

恭介の顔に困惑した表情が浮かんだ。

「処分の方法はいくつかに分かれる。そのほとんどは製造時に部品の一つ一つにまで処分方法を記したシールが貼られているか、そうでないものは、軍から持ち出される前に同様の内容が記されたタグが付けられる。しかしこの内容がまったくのデタラメなんだ」

「まさか、そんなことが」

恭介の顔に皮肉な笑いが浮かんだ。にわかに信じられる話ではなかった。国の安全を左右しかねない軍事機密、それも断片的な情報といった類のものではなく物そのものが流失しているなどとは、恭介でなくとも信じられるものではなかった。

戦争に従軍し、症候群と言われる後遺症に苦しむ者の中には、日々の精神的ストレスからあらぬ妄想を抱く者も少なくはない。この男もそうした類の一人に違いない。

恭介の顔に浮かんだ皮肉な笑いは、そうした男の戯言にたとえ一瞬でもまともに聞き入ってしまった自分に向けられた自嘲《じちょう》であったのかもしれなかった。

「いや、そのまさかが、実際に起きているんだ。いまや処分方法の記載の八〇パーセントが間違いだとさえ言われているんだ。目茶苦茶だよ……。それが証拠に、核兵器を除けば最強の兵器といわれるコブラでさえも、完璧《かんぺき》なもの、つまりすぐにでも実戦で使えるものが少なくとも二二機、民間に存在していることが分かっている。俺がつかんでいるだけでもヒューストンに一機。それにタンパに一機ある。それだけじゃない。ばらされてパーツになっているとはいえ、サイドワインダー、マーヴェリックのミサイルの類や暗号装置、そうしたものを専門に売る業者がそれこそごまんといるんだ。しかもそれは誰でも、たとえ外国人だとしても、誰に咎《とが》められることなく購入できるときている……。嘘だと思うなら、試しにそうした業者にオーダーしてみたらいい。面倒なことは何もない。電話で商品名を告げれば、ものの二日の間に宅配便で届けてくれるさ」

　ギャレットはゆっくりと恭介を見ると、視線を合わせたまま静かに言った。その目は焦点こそしっかりとはしていなかったが、妄想に取りつかれた人間のそれではなかった。怒り、絶望、そうした負の感情が複雑に入り交じった力がありながらも、どこか悲しげな男の目だった。

　もしかするとこの男の言っていることは、本当かもしれない……。

　恭介は判断に迷った。軍という組織を元にこの男の話を考えれば、とうてい信じがたいものになる。しかし視点を変えてアメリカの、いや〝アメリカ人〟のオペレーションということを考えた場合、こういう事態が発生したとしても、逆に何の不思議はない。

効率性、合理性を最も重要視するのがアメリカの社会であり、組織だ。日本人のオペレーションでは『完璧』というものは当たり前に考えられるが、アメリカ人のオペレーションはそうではない。間違いや不良品の発生は、いかに頑張っても人間が介在する以上起きることであり、それをゼロにしようとすれば、間違いを放置する以上のコストや投資が必要になると考えるのだ。つまり改善は、是正をするコストに見合った分に留《とど》め、それ以上のことはしない……それがアメリカ流の考えだ。しかし八〇パーセントの指示が間違いとはいくら何でも……。

「そうなったのにも一応の理由がある」

ギャレットは続けた。

「考えてもみろ。ただでさえ耐用年数を超える兵器や機材だけでも膨大な量になるんだぞ。それに拍車をかけたのが湾岸戦争の一方的な大勝利だ」

「湾岸戦争の一方的勝利？　それとどういう関係がある」

「大ありさ。あまりにも容易にあの戦争に勝利したおかげで、もはや軍備を大幅に削減しても国の安全保障に影響がないと国家は判断したんだ。それにかつての敵国ソ連はすでに脅威ではなくなった。軍の縮小計画が練られ、予算は縮小された。それだけじゃない。短期的、いいか短期的にだぞ、兵員の三分の一近くを削減し、航空機にいたっては三五パーセントを退役させることになったんだ。基地の閉鎖が相次ぎ、開発、研究が行なわれていた多くのプロジェクトがキャンセルになった。そうした兵器や、施設で使われていた機材が一気にＤＲＭＯに押し寄せてくるんだ。一体どんなことになると思う。兵器や機材に組み込まれた膨大な量のパーツの一つ一つがどのレギュレーションに該当するかなんて知識を持ち合わせている人間がどれだけいる。博士号を持った技術者だってそんなことは知りはしない。ましてや廃棄オペレーションなんていう後ろ向きの、つまり、ものをぶっ壊すだけのオペレーションに投入される人材がどんなものか、想像がつくだろう。ＤＲＭＯのオペレーションは未来に向けたものじゃないんだ。過去を整理し、おまけにそこから金を取り戻すとなれば、教育プログラムや人材にかかるコストを最小限に押さえようとするのは当然の成り行きというものさ」

「……」

「いまの時代に、少なくとも軍事機密を手に入れるのに、スパイを使うなんてしち面倒くさい手は必要ないのさ。ＤＲＭＯで一山何セントで売られているスクラップを漁《あさ》るか、そうした民間のジャンク屋にオーダーすりゃいいんだからな。どうだ……お笑いだろう」

ギャレットは皮肉な笑いを浮かべた。

「しかしそれが本当だとして、ヘリ・パイのあんたが知ってるくらいだ。ペンタゴンだってそれを放置してはおかないだろう」

恭介は、当然の疑問を口にした。

「ヘリ・パイだったのは、かつての話だ。PBの後遺症、つまり、いつこんな発作を起こすか分からないパイロットを飛ばせておくわけにはいかないからな。飛ぶ権利を剝奪《はくだつ》され、その代わりにDRMOで機器を解体する仕事を貰《もら》った。それが湾岸戦争に従軍した俺に下った恩賞ってわけさ……。そして家族……」

ギャレットの瞳《ひとみ》に新たな憤《ふん》怒《ぬ》の色が浮かんだ。

『家族？』と、問いかけようとした恭介の機先を制するようにギャレットは続けた。

「もちろんペンタゴンの連中も気がついてはいるさ。第一そうした杜撰《ずさん》なオペレーションに危《き》惧《ぐ》の念を抱いているのは俺だけではないからな。あの湾岸戦争に従軍した人間なら誰でも、我々が所持している兵器の有効性、破壊力は目の当たりにしている。それが次の有事に敵となる国に渡り、今度は自分たちを狙うなんて考えたくもない。しかしペンタゴンの官僚どもは、いまだに何のアクションも起こしはしない。連中の頭にあるのは、目標通りに軍が縮小され、そして処分された兵器や機器が目標通りの収益を上げたか。そのことだけさ。現状を指摘されても、感謝するどころか迷惑がる有様でね……そうでなきゃ機密データが入ったディスクが廃棄されるコンピュータに入っていたりするものか」

「機密データの入ったディスクだって？」

恭介の瞳が鋭くなった。こいつぁおもしろいことになってきた……。

7

ハドソン川の対岸、そこはもうニュージャージー州である。マンハッタンの三九丁目と四〇丁目からハドソン川の底を通るホランド・トンネルを抜けたところに、その倉庫はあった。ジャージー・シティの一角を占めるその一帯は、州は違ってもニューヨーク経済圏の中にあって、広大な工場や、それに連なって成り立つ中小企業のオフィス、そして物流施設が密集している。

午後六時。すでにその日の仕事を終えた倉庫の周辺は静まり返り、昼夜の別なく稼働する隣接のプラントの配管から漏れる蒸気の音が、金網のフェンスを隔てた通りに虚《うつ》ろに響く。

高い天井にぶら下げられた蛍光灯の青白い光が、広い倉庫の中を仄《ほの》暗く照らす中を、一台の電動フォークリフトが低いモーターの唸《うな》りを上げて位置を探ると、鋼鉄のラックに収納されていた二つ目の木箱を取り出して床に置いた。その傍《かたわ》らには、一台の中型トラックが停められている。荷台は白く塗られたジュラルミンのコンテナで覆われており、見たところ引越、あるいはちょっとしたデリバリーに使われるような、どこにでもあるタイプのものだった。

その作業を見守る五、六人の男たち。その中にバグとチャンの姿があった。

「よし、そんなところでいいだろう。次の箱も開けるんだ」

チャンは最初の一つが完全に開梱《かいこん》されたところでそう命じると、自らの手で箱の中に詰め込まれた油紙をかき分けにかかった。

黄土色のそれは幾重にも中の物体をカバーしており、そこから湿気や塩分を嫌うものが保護されていることが分かった。

突然その手が止まり、油紙の切れ目から黒い鉄の工作物が姿を現わした。仄暗い蛍光灯の白い光が反射して鈍い光を放った。

「すげえ……」

その作業をのぞき込んでいたバグの口から、感嘆の言葉とともに溜息《ためいき》が洩《も》れた。

「俺たちがその気になれば、こんなものをこの国に持ち込むのは簡単なことだ」

チャンは、バグの反応に満足したように言った。

実際その言葉にいささかの嘘もなければ誇張もありはしなかった。いまや全米の各地に散った香港マフィアの種子たちは、それぞれのマーケットの需要に応じて、あらゆる非合法ビジネスを展開していた。麻薬、売春、闇賭博《とばく》、恐喝、そして武器の密輸……。アメリカ国内で調達することが困難なものでも、太平洋を隔てた大陸に広がるコネクションを使えばすぐに片がつく。

「まさか密造品じゃねえだろうな」

バグはその鈍く光る表面を片手で撫《な》でながら言った。

「密造？　馬鹿なことを言うな」

チャンはバグの肩を軽く叩《たた》いて立ち上がらせると、

「密造銃を作るほうが、はるかにコストが高くつく」

そう言いながら鉄の工作物の上部についた取っ手を持つと、それを取り出した。

タイプＷ87オートマチック・グレネード・ランチャー。もともと歩兵の装備能力の限界を補うために開発されたこの武器は、簡単に言えば手榴弾《しゅりゅうだん》をより遠くに、かつ正確に着弾させることを目的に発展したものである。中国のノリンコ社によって開発された口径三五ミリのそれは、稼働部に取り付けるドラム・マガジンに最大一二発のグレネード弾が装填《そうてん》できる。中国人の体格に合わせて最大の軽量化が図られ、その本体重量は一二キロ、最大射程距離は一五〇〇メートルにも達し、東洋人と同程度の体格のバグにとっては極めて扱いやすい武器といえた。

「……デム……」

感嘆の言葉がバグの口から洩れた。

「こいつでファルージオを襲うのか」

「そういうことだ」

チャンは箱の中からドラム・マガジンを取り出すと、慣れた手つきで稼働部に取り付け、それをバグに渡しながら言った。

　軽量化が図られたといっても本体だけで一二キロ、これに一二発のグレネードの重量が加われば、とても抱えて発射するわけにはいかない。思わず腰を落としたバグに、

「ぶっ放す時は三脚で固定して使うからな、問題はないさ」

　チャンはそう解説すると、すでに開梱が済んでいる二つ目の箱の中身を取り出しにかかった。

　やはり油紙で覆われた中には、最初のグレネード・ランチャーよりもずっとスマートな鉄の工作物が収められていた。

　チャンの手が再び箱の中に伸び、中の一つを取り出す。

　AK―74だった。通称カラシニコフと呼ばれるAK―47の発展型であるこのアサルト・ライフルは、信頼性、性能そのいずれをとっても折り紙つきの逸品で、旧東側諸国では広くライセンス生産され、軍の正式銃として採用されてきたものだ。バナナ形の弾倉には三〇発の銃弾が装填可能であり、弾芯の後半に鉛を入れ前半部に鋼鉄を入れた五・四五MM×三九弾を用いれば、厚さ一センチメートル程度の鋼鈑は楽に撃ち抜く鉄甲弾なみの貫通能力を持つ。

　チャンはまだマガジンが装填されていないAKのサイドに付いたレバーを引いて、遊底をスライドさせた。堅い金属が滑らかに擦《こす》れ合う音が、薄暗い倉庫の中に響く。

　チャンは稼働に問題がないことを確認すると、口元に不敵な笑みを浮かべた。その視線

がゆっくりと動き、傍らに停まったトラックを見る。

この二つの武器を選んだことからでも、チャンの頭にファルージオ襲撃に際しての青写真がすでにでき上がっていることは明白だった。

「で、やつの行動は」

脳裏にはすでに、これら二つの武器が破壊力を発揮するシーンが浮かんでいるのだろう、バグの口調に、はやる心境が見てとれた。

「すでに監視は始めている。やつだってずっと家に閉じこもっているわけじゃないからな。そう遠くないうちに何らかのパターンが見えてくるだろうさ」

目標とする相手を監視するにあたって犯罪組織が取る方法は、もちろん時に応じてさまざまであるが、特にチャイニーズの組織の特徴として上げられるものに、子供や少年といった、普通では注意を引かない存在を用いることがある。

各地の特定エリアに密集して街を形成するチャイナ・タウンは、彼らに相互扶助の利点をもたらすと同時に、犯罪者と青少年の距離を極めて近いものにする環境を生む。ストリートにたむろする少年たちが、わずかな小遣い稼ぎに、あるいは組織のメンバーとなる条件として、こうした作業を嬉々《きき》として引き受けるのだ。

すでにこうした少年たちを使って、ファルージオの監視は始まっていた。実行の日はそう遠くはないはずで、チャンはその成功に微塵《みじん》の疑いも持ってはいなかった。

＊

「で、いまそのディスクは手元にあるのか」

受話器を通じてファルージオの嗄《しゃが》れた声が聞いた。

「いいえ。会ったのが山の中ですからね。肌身離さず持ち歩いているわけじゃない。ディスクはその男の家にあるそうです」

ナンシーは夕食の準備をしているはずで、寝室になっているベッドルームにいるのは恭介一人だけだった。太いログで作られている山荘の防音は完璧《かんぺき》で、無垢《むく》の木材でできている分厚いドアからも電話の声が洩れる心配はなかった。

「それにしても、おもしろい話だな……もっともそのディスクの内容が、ラベルに記載されているようなものだとしたら、だがな」

「可能性は十分にあると思いますよ、ボブ。そりゃこの話を聞いた時にはすぐには信じられませんでしたけどね。しかしあの男のバックグラウンド、それに流出している兵器や情報のディテール、その詳細のすべてが納得いくものなんですよ。これは本当に、もしかしたら、もしかするかもしれませんよ」

「だとすればだ、データの内容によっては大変な金になるな。いやそればかりじゃない。そいつをうまく使えば、これからも金の生《な》る木になる。もっともペンタゴンの連中がオペレーションの仕組みを変えない限り、という前提でのことだがな」

「その通りです」

「で、君は自分の正体を明かしたのかね」

「まさか……」

恭介は電話口に向かって小さな笑いを投げかけた。その脳裏に山中でのギャレットとのやり取りが蘇《よみがえ》る。

——「で、そのディスクをどうしたんだ、アル……」

恭介の問いかけにギャレットは言い淀《よど》んだ。

「まさか、大変な物を見つけましたと報告し、ディスクを提出したというわけじゃあるまい。そうだろう」

そう続けた恭介の言葉に、ギャレットの顔が歪《ゆが》んだ。しかしそれは、それまで彼の肉体をさいなんでいたものからではなく、兵士としての罪悪感……ギャレットの心が覚える痛みのせいだった。

ギャレットの目がみるみるうちに充血し、その目に透明な液体が込み上げてくる。胸が大きく波打ち、堅く食いしばった口元に力が込められ、頬の筋肉が盛り上がる。膨らんだ鼻孔を通じて不規則な息が激しく行き来し、鞴《ふいご》のような音を立てる。

「復讐《ふくしゅう》さ……。命をかけた俺からすべてを奪った連中へのな……。飛ぶことも家族も奪った連中への……」

「君はさっきも『家族』を奪われたと言ったが、いったい何があったんだ」

「俺は酒に走った。お決まりのコースさ……量は増え、次第に俺は正体を失うことが多くなり、その度に暴力を振るった……女房は子供たちを連れて家を出ちまった。もちろんそのこと自体は誰に責任があるわけじゃない。俺が悪いのさ……だがな、そこまで俺を追い込んだのはあのペンタゴンの連中だ。命をかけた兵士を使って効果がはっきりしねえ薬の人体実験をやった連中だ」

「気の毒だった……アル」

恭介は慰めの言葉を投げかけると、

「しかし、それでディスクの発見を君は報告しなかった。それは分かるが、君の復讐はそれで済むのか」

続けて言った。

「どういう意味だ」

「つまり、いまのままじゃ流出したディスクを隠し持っている……ただそれだけじゃないか。それだけで君の気は済むのかな」

ギャレットの目に複雑な表情が浮かんだ。明らかに心の奥を探り当てられた困惑の表情だった。恭介はそれを見逃さなかった。

「そうだろう？」

ギャレットは、そうした思いを振り切るように、黙って恭介を正面から見据えた。

「それじゃ復讐にならないな。もちろんディスクを見つけたと言って、杜撰《ずさん》な管理、オペレーションを告発することはできるさ。その結果何人かの関係者が処罰されるだろう。スケープ・ゴートを出してね……。だがそれで終わり。官僚組織の何が変わるわけでもないさ」

短い沈黙があった。ギャレットは、じっと恭介を見つめていたが、突如口を開くと、

「君はいったい何者だ……」と、低い声で聞いた。

「私は、日本の商社で働いている。いまは中国を担当している」

恭介の口から咄嗟《とっさ》の嘘が自然にこぼれた。

「中国を担当している人間が、なぜここにいる」

「ヴァケーション……というより里帰りかな。最初に言っただろ、私は日本人だがアメリカ《ここ》のほうが長い人間なんだ」

恭介は肩をすくめながら言うと、一気に核心に向けて話を進めた。

「どうだ、アル。そのディスクを私に処分させてくれないか」

「君に?」

「もちろんその中に何が記録されているかによるが、もしも本当に軍の機密情報が記録されているのなら、それは大変な金になる。もっとも私や会社がその金を懐に入れるわけではないがね」

「懐に入れないでどうするんだ」

「本業の商談を有利に進める道具になる。それで十分さ。なにしろあの国の大きな事業は

ほとんど国家が牛耳っているからな」

「なるほど……で、どれぐらいの金になる」

やはり金は魅力的なものであることは間違いない。この男は明らかにこの話に興味を持ち出している。

「それは中身を見ないことには何とも言えない。ただの管理記録かもしれないしな」

恭介は慎重に言葉を選びながら言った。

「その程度の物に、あんなご大層なラベルを貼りつけたりするものか。第一あのディスクの出所はサン・アントニオ空軍基地……核兵器の開発が行なわれている所だからな」

「何だって」

予期しなかった言葉に、さすがの恭介も驚きの色を隠せなかった。これは本当におもしろいことになってきた。本当にディスクの中身が核兵器のデータだとすれば、いやそうでなくとも、あそこで行なわれている最新兵器の開発データだとすれば、これは大変な値がつくものに違いない。ここはうまくやる手だ。

「いいだろう、日本のビジネスマンさんよ。本当に金に替えてくれるなら、その話に乗ろうじゃないか」

ギャレットは恭介の反応に満足したのか、自ら結論を出しにかかった。

「ただし、まだ君を全面的に信用するわけにはいかない。お互いの目でディスクの中身が何なのか、それを確認してから次のステップに入ろうじゃないか。悪く思わないでくれ。

なにしろ君とは今日会ったばかりなんだからな」

ギャレットはそう言うと、ゆっくりと体を起こし、恭介に向かって手を伸ばした——

「……そうか、するとその男は、君が日本の商社員だと思っているわけだな」

「そうに違いないでしょう？」

恭介のおどけた口ぶりに、

「コカイン貿易のな。それにチャイナ担当もまんざら嘘でもない」

ファルージオもまた恭介と台湾マフィアとの一件を匂わせるジョークで答えた。低い笑い声がお互いの口から洩《も》れた。

「しかし、もし本当にそれがサン・アントニオから出たディスクで、中に軍の極秘事項が記録されているとしたら、捌《さば》くのはそうむずかしいことではないな。武器商人を通せばすぐにでも買い手がつく。ヨーロッパ、東南アジア……大金をはたいてでも欲しがる国はいくらでもある」

「そのためにはディスクの内容を知ることが先決です。あの男もまだ中身がどういうものか、正確には摑《つか》んじゃいないんです。蓋《ふた》を開けて見たら何も……ってことも十分に……」

「開けるのは簡単にはいかんのだろうな」

「おそらくは、ね。どういったプログラムを使っているのか、まずそこから始めなければなりませんからね。簡単にいくかもしれないし、そうでないかもしれない」

「魔法の小箱のことは私にはとんと分からん。私から見ればエキスパートの君が言うんだから、そうなんだろうが」

ファルージオは正直なところを言った。

「私はエキスパートじゃありませんよ。コンピュータのユーザーとしては極めてアヴェレージの知識しか持ち合わせちゃいません。やはりここは、飛び切りのハッカーを使ったほうがよさそうですね」

「ハッカー？ あのコンピュータ・システムに潜り込んで悪さをする連中かね」

「失礼しました。そうじゃないんです」

恭介は苦笑いを浮かべて言った。

どこでどう言葉の定義が取り違えて使われるようになったのかは分からないが、そもそも『ハッカー』というのはコンピュータ・ネットワークを通じて他人のコンピュータに侵入する類《たぐい》の不心得者を指す言葉ではない。そうした悪さをする人間のことは『クラッカー』と呼ぶのが正しい。『ハッカー』の語源は古く、そもそもはマサチューセッツ工科大学（MIT）の学生が年中仕かけるこった悪戯《いたずら》を指して言うローカルな言葉だった。それがMITで、導入されたばかりの初期のコンピュータの前に群がり、いかに人よりも優れた、革新的、かつ芸術的プログラムを書くか。その改善に最も貢献した者に与えられる最高の称号に変わったのは五〇年代のことだった。それが本来の意味での『ハッカー』である。つまりコンピュータに関しての真の意味でのエキスパートを指すもので、それ以外の何物でもない。現代社会のあらゆる部分に革命的な恩恵を与えてきたこのハッカーたちの存在を、歪めた概念の下に固定してしまったのは、紙と鉛筆という最も原始的な媒体を使って最先端の情報を報じる人間たちの仕業だ。

しかしそんな講釈をファルージオに垂れても仕方のないことだろう。恭介は、

「コンピュータのエキスパートですよ。飛び切りのね……」

それだけ言うと続けて聞いた。

「そちらで早急に調達できますか」

組織が手配できるものとなれば、『ハッカー』ではなく、ろくでもない『クラッカー』の類かもしれないが、要は秘密が洩れずにディスクの内容を解明できるならば、この際どちらでもいい。

「そう言われても、すぐには思いつかんが……とにかく早急に手配してみよう。準備でき次第連絡する」

「お願いします」

「で、その男との次のステップは？」

「連絡先は聞いてあります。準備でき次第、こちらから連絡することになっています」

「じゃあ君は、それまでそちらに留《とど》まるんだな」

「狩はまだ途中ですからね。それにやっこさんの住居はサン・アントニオです。ディスクの受け渡しをするにも、ここからならそう遠くありませんからね」

「そうか。この前言ったように、私は明後日《あさって》からマーブル・ヘッドに行くが、もしうまく

行くようだったらそこで会おう。君もあそこは久しぶりだろう」

ファルージオは、いまは亡き息子リチャードとともに恭介と最初に出会ったマサチューセッツにある別荘に、再び恭介を誘った。

「悪くないですね」

「そう長くはかからんだろう。うまいシャンペンを飲めるといいんだがな」

「まったく……」

恭介はその誘いに同意すると「じゃぁ」と短く言い、電話を切った。

その時、電話が終わるのを見透かしたかのように、部屋のドアが開いた。

「お話は終わった？」

ナンシーが、戸口に軽く曲げた肘《ひじ》をつく形で身をもたせかけながら、軽く小首を傾げてハスキーな声で聞いた。

「ああ」

「せっかくの料理が台無しだわ。温め直さないと」

ナンシーはそう言いながら、ゆっくりと恭介に近づいてくる。白い大きめのショート・パンツにぶかぶかのTシャツ。その下に何も身につけていないことは分かっていた。

「カスピ海産のベルーガをたっぷりと用意してあるわ。ロシアン・スタイルとアメリカン・スタイルのどちらがいい？」

大きなシェード・ランプが載せられたデスクの上の電話に向いていた恭介の体を、ナンシーは背後から抱きしめた。やはり先ほどシャワーを浴びたばかりのナンシーの体から、石鹸《せっけん》の匂いに混じって耳元に残るポワゾンの残り香が恭介の鼻孔を刺激する。

「サワークリームのロシアン・スタイル、ゆで卵にオニオンのアメリカン・スタイル……どちらも悪くない」

「そうくると思ったわ。両方ちゃんと用意してあるの」

「ウオッカは冷えているんだろうな」

「ストリチナヤ・クリスタルを冷凍庫に入れてあるわ」

「申し分ないな……ワインは？」

恭介はここに来るとすぐに確認した地下にあるワインセラーの膨大な量のストックを思い浮かべた。

「赤はシャトー・ペトリュスの六二年、白ならモンラッシェの九〇年……どう、ご不満があって？」

「いや……最高のセレクションだね」

ナンシーの柔らかな唇が恭介の耳に押しつけられ、微《かす》かな鼻息とともに軽くそこを噛《か》んだ。緩《ゆる》やかなウエーブのかかる栗色の髪が恭介の肩越しにかかり、シェードの暖色灯の光に映えて神々しい光を放つ。赤くきれいに塗られたマニキュア、それと見事なコントラストを織りなす白い指が、恭介のバスローブの間に滑り込み、鎧《よろい》のように体全体を覆った筋肉の上を、そのなだらかな凹凸を確かめるように弄《いじ》り出す。

「ナンシー……。せっかくの料理が台無しだ」

恭介は言葉とは裏腹に、それを嫌がる素振りも見せることなく静かに言った。

ナンシーの手は徐々に下に向かい、軽く結んだバスローブの腰紐《こしひも》を中から持ち上げる。それがハラリと解けると同時に、その手が恭介の部分を探り当てた。

ここに来てからもうすでに何度か味わったそれは、恭介の体を覆う溜息《ためいき》が出そうな筋肉とはまったく異なった感触で、ナンシーの手をはるかに越える大きさにそそり立っている。

硬く瘤《こぶ》のようになった凹凸を手の感触で味わい始めたナンシーの鼻息が荒く切ないものに変化する。恭介の顔を這《は》うようになぞる唇が、そのリズムに合わせるようにせわしないものになっていく。

「どうせ冷めた料理よ……温め直すなら……少し遅くなっても同じことよ……キャビアを載せた氷が溶けるまでにはまだ時間はたっぷりあるわ……言ったでしょう、ウオッカは冷凍庫に入れたまま……どう、それでも不満があって？」

「O.K.……」

恭介にも異存はなかった。突如椅子から立ち上がると、おもむろにナンシーの体を抱え、ウォーター・ベッドの上に放り投げ、その上に覆いかぶさっていった。わずかにバウンドした二人の体の下で、その重量を吸収した水がゴボリと湿った音を立てた。

8

土曜日の早朝、イーストサイドにあるファルージオのマンションの前に、一台のストレッチ・リムジンが停まった。漆《うるし》を厚く塗り重ねたような黒く重厚な光を放つそのキャデラックは、ファルージオが日頃使用している車に違いなかった。運転席から一人の男が路上に降り立つと、ゆっくりとした歩調で歩み寄ってきたドアマンと親しげに朝の挨拶《あいさつ》を交わす。それは何一つ変わることなく繰り返される、いつもの朝の光景だった。

フィフス・アヴェニューに面したその玄関の反対側には、石造りのフェンスの向こうに鬱蒼《うっそう》と繁《しげ》る木々に覆われたセントラル・パークが広がっている。その木々に紛《まぎ》れるように、そっと身を隠しながら様子を窺《うかが》う四つの目があることに、二人は気がつかなかった。

「動きがあります……いま正面玄関に車が付けられました」

フェンスから少し離れた木立の中で、身を隠していたまだ十代と覚しき一人のチャイニーズの少年が、腰に下げたセルラーフォンを取り出すと、短縮番号を押すなり、そう告げた。

「何人だ」

電話の向こうで男の声が聞いた。バグの声だった。

「運転手が一人です。いまドアマンと話をしています。後部座席には……」

少年はそこでいったん言葉を区切ると、スモーク・ガラスが並ぶ後部座席に目を凝らした。

「畜生、分かりません。スモークの色が濃すぎるんです」

実際キャデラックのサイドに並んだウインドウは、その車体と同様に汚れ一つない光沢を放つだけで、中の様子はシルエットさえも窺い知ることができなかった。

「恐らく中に人はいないと思いますが……待って……出てきました」

少年の推測の言葉と同時に玄関に動きがあった。

まず最初にスーツを着込んだ体格のいい中年の男が一人出てくると、ドライバー、そしてドアマンと軽く挨拶の言葉を交わした。すかさずドアマンがリムジンに歩み寄ると、慣れた仕草でその後部ドアを開けにかかった。後部座席から玄関にかけて、一本の道が確保される。そのタイミングに合わせたかのように、初老の男が姿を現わした。

ファルージオだった。

パステルカラーのストライプのボタンダウン・シャツにコットン・パンツ。それに生成りのシルクのジャケットを羽織ったファルージオの装いは、これから向かう場所がいつもとは違うことを如実に物語っていた。

「やつだ。間違いありません……カジュアルな格好をしています。いまドライバーともう一人の男が前に乗り込みました。進む方向はとりあえずダウンタウンだと思います」

「分かった」

少年の言葉に答えると、バグはセルラーフォンのスイッチを切った。そこはファルージオのマンションから、ダウンタウンに数ブロック離れた路上に停められたトラックの荷台だった。コンテナと運転席を仕切る壁の上部に設けられた小窓から差し込む光の中で、バグの目に復讐《ふくしゅう》心からくる激しい憎悪の光と決意の色が宿った。

「よし、出発だ。やつらはもうすぐこっちに来る」

バグが運転席に向かってそう言うなり、エンジンがかかり、密閉された荷台は振動と騒音に包まれた。

「どこに向かうかは分からんが、格好からすると恐らく郊外だろう。チャンスだ」

バグは荷台に乗り込んだ他の二人の男に言うと、走り始めた車の振動の中で、微妙にバランスを取りながら準備を始めた。

すでに床には、コンテナの開口部に向かって、三脚に固定されたタイプW87オートマチック・グレネード・ランチャーが置かれており、その先のドアには内側から開くように改造された小窓が設けられていた。そして同様の小窓がドアの中ほどに二つ設けられており、それは他の二人が手にしているAK—74を発射するためのものに違いなかった。

「O.K. いま、後ろにつけました」

運転席とコンテナを仕切る小窓を通じて、ドライバーの声が聞こえてくる。バグはコンテナの壁面で身を支えながらそちらの方向に歩み寄ると、透明なプラスチックの小窓越しにすぐ前を走るリムジンを見た。

キャデラックのリア・ウインドウはやはりスモークがかかっていて、中のファルージオは見えなかったが、そんなことはどうでもよかった。長年に亘《わた》って自分たちの陰に隠れ、莫大《ばくだい》な利益を吸い上げてきた連中の頭目、そして血肉を分けた弟の仇《かたき》、それが目の前にいるのだ。おそらくこのリムジンのウインドウはすべて防弾ガラスでできており、ボディそのものにも装甲板を施してあるに違いなかった。しかしいま自分が所持している武器の前では、そのいずれもが無きに等しいものであることをバグは疑わなかった。

あの中にいるやつは皆殺しだ……。

リムジンはマンションのある一角を巻くように走ると、今度は五三丁目の角を左折し、イースト・リバー沿いを走るルーズベルト・ドライブを北に向かい始めた。

走行する車の量がにわかに増す。しかしそれも週末の早朝という時間のせいか、いつもほどではなく、むしろリムジンの背後を走るトラックを日常的な存在に変える役割をした。間に何台かの車を挟んだままトラックは追走を始めた。リムジンはマンハッタンを出るとブロンクスに入り、インターステイト九五をコネチカットの方向に北上する。それにつれて周囲の風景が密集していたビルの群れから低層住宅、そして一戸建が立ち並ぶ住宅地へと変化していく。それはやがて家並みが疎《まばら》にみえるだけの単調なものとなった。

「よし、そろそろやるぞ。次の出口の手前だ」

「任しといて下さい」

ハンドルを握る男が前を見つめたまま答える背後から、ＡＫの薬室に最初の弾丸を送り込む金属音が響いた。バグは床に据え付けたグレネード・ランチャーにゆっくりとした足取りで歩み寄ると、伏せ撃ちの態勢を整えるべく床にうつ伏せの姿勢で横になった。ＡＫを構えた二人がドアの左右に立つ。そのうちの一人がグレネード・ランチャーの発射用に設けられた小窓を開くべく態勢を取る。

「あと一マイルの表示が見えた！　行くぞ！」

運転席の男の叫び声と同時に、それまで単調な唸《うな》りを上げていたエンジン音が高鳴り、ギアがキック・ダウンされたトラックは急激に加速する。

「並んだ！」

もはや次の出口まで、わずかの時間しか残されてはいなかった。おそらくはものの二分もかからないだろう。しかしそれはバグが考える襲撃の時間としては十分すぎる位のもので、ここまでくればもはや成功は疑いなかった。

ファルージオは革張りのリムジンの後部座席に深く身を預けながら、ディスクの処分について考えていた。コンピュータを使った犯罪といっても、実際には技術自体が日々目ましい進歩を遂げる途上にある中では、確立されたものは、いまの組織にはなかった。

恭介からのリクエストで、コンピュータのエキスパートを捜すべく指示は出したものの、いまのところ捗々《はかばか》しい返事はまだ寄せられてはいなかった。もちろん単なるエキスパートの類にはことかかないが、解読するものの性質上、その人間が少しばかりまともでない資質を持っていなければならないとなると、話はそう簡単ではなかった。

日本へのコカインの密輸といい、今回のディスクの件といい、まったくいつものことながらあの男には驚かされる……。

ファルージオの顔に薄い笑いが浮かんだ。

不思議なことに人間は、その資質《キャラクター》に相応《ふさわ》しい出来事に遭遇するものだ。それが運命とかツキという言葉で片づけてしまえるものかどうかは分からぬが、逆に、分不相応な出来事に遭遇することは、まずない……と言ってもいいだろう。そうしたチャンスに出会ったとしても、正しい資質《ライトスタッフ》を持たない人間はそれに気づかずにやりすごしてしまうか、ものにできないで終わってしまうのが関の山というものだ。どうやらあの恭介は数少ないライトスタッフを持ち合わせた男の一人のようだ。

ファルージオの笑《え》みはそうした思いへの確信であり、ライトスタッフを持った資源を手にしたささやかな喜びの現われでもあった。

濃いスモークがかかったサイド・ウインドウ越しに、ファルージオの顔に横からダイヤモンドのような透明な光を投げかけていた夏の終わりの太陽が突然陰った。右側の車線を爆走してきたトラックが太陽を遮《さえぎ》ったのだ。再びその日差しが差し込んでくると、トラックは左にウインカーを点滅させながら進路を変えた。

リムジンのドライバーは無意識のうちにアクセルをわずかに弛《ゆる》め、適当な車間距離を保とうとした。トラックは加速を弛めることなくその距離を急速に広げ、それは瞬く間に二〇ヤードから三〇ヤードへと開いていく。

『次の出口まで一マイル』と記した路肩に立てられたグリーンの表示板が、後方へと過ぎ去っていく。

前方に何気ない視線を向けていたファルージオの視線が、トラックの後部ドアに起きた動きを捉《とら》えた。白く塗られたコンテナのドアの下に小さな窓が開き、間を置くことなくその上部にやはり同様の窓が二つ、次々に開いた。

何だ……。

前方を見つめていた男たちの視線がそこに集中する。

ポッカリと開いた黒い窓……。次の瞬間その中に覗《のぞ》く、黒く円い筒の先が見えた。それは夏の終わりの朝の太陽を反射して黒い光を放った。

「ガン！」

助手席に座った男が叫びながら反射的に体を捻《ひね》り、右の手を胸にやった。そこに呑《の》んだ拳銃《けんじゆう》を取り出そうとしたのだ。ドライバーもまた、助手席の男が叫んだのとほぼ同時にブレーキを踏みながらハンドルを右に切り、その射線の範囲からリムジンを外そうと試みた。

しかしすべてが遅すぎた。そうした一連のアクションが功を奏するより早く、その下の小窓に最初の閃光《せんこう》が走った……。

バグはその時を待っていた。薄暗がりの中で唸りを上げてトラックが加速していくのが分かった。床の上で伏せ撃ちの態勢を取るせいで、直接腹に不規則な振動が伝わってくる。しかし、いまのバグにはそれを感ずる余裕などなかった。体の全神経が手にしたタイプW87オートマチック・グレネード・ランチャーに注がれている。すでに最初の一発は薬室に送り込まれ、後は引き金を引きさえすればドラム・マガジンに装塡《そうてん》された一二発のグレネードが連続的に発射される状態になっていた。小窓はまだ閉じられたままだが、そこが開いた瞬間目にするものは、目標となるファルージオが乗るリムジンであるはずだった。その緊張感、そして状況は、ゲートが開くばかりとなったドッグ・レースのスタート直前の状態に似ていた。そう、傍《かたわ》らに立つ二人の男がゲートを開けさえすれば、それですべてが始まるのだ。

トラックが右に緩《ゆる》やかに方向を変えていくのが分かる。進路を追い越し車線から、再び走行車線へと転じたのだ。

「O．K．バグ！　出たぞ！」

ポジションをサイド・ミラーで確認したドライバーの叫び声が、その時を告げた。

二人の男が即座に反応した。バグの右手がグレネード・ランチャーのトリガーにかかった。バック・ストックに押し当てた頰がさらに強く押し当てられ、片目を閉じた目がスコープに当てられる。

瞬間目の前に外の白い光が差し込み、一瞬視界を失ったバグは二度、三度と無意識のうちに瞬きをし、そこに見えるはずの目標を捉える努力をした。すぐにドアの中ほどに設けられた小窓が開き、さらに明るい日差しがそれまで薄暗かったコンテナの内部を十分な光量で照らし始めた。

視界を取り戻したバグの目の前、四〇ヤードほど前方に、先ほどまで後方からしか確認することができなかったキャデラックのリムジンが、今度は前方から見えた。

不思議なことにそれは、何の違和感をも感ずる光景ではなかった。驚いたことにここに至ってバグの心中は平静そのもので、何の高ぶりもなければ、特別の感慨もなかった。それは、長い時間、繰り返しバグの頭の中でイメージされてきた光景そのものと、寸分違《たが》わぬものだった。目標はいまスコープの中央にあり、もはや逃れようのない絶好のポジションにある。

あとはトリガーを引くだけだ。それですべては終わり……いや新しいすべての始まりだ。バグの心も体も、いまや手の中にある殺戮《さつりく》兵器の一つの部品と化していた。そしてトリガーにかかっていた指先に力が込められ、コンテナ内に轟《うごめ》く発射音と、適度な反動とともに最初の一発が発射された。

グレネードは黒い影となってリムジンに直進した。立ち上る白煙の中から、姿を現わすとファルージオの乗ったキャデラックのフロントグリルの正面から中に飛び込み、そこで爆発した。もともと手榴弾《しゅりゅうだん》をより遠くに、かつ正確に着弾させることを目的に開発された武器である。弾頭の持つ破壊力は、いかに装甲が施されているとはいえ、キャデラックにダメージを与えるには十分すぎた。オレンジ色の炎の塊がエンジンルームから噴き上がると、上部を覆ったボンネットがまるで紙のように捲《めく》れ上がった。爆風とともに炸裂《さくれつ》したグレネードの破片は、破壊したキャデラックの鉄片とともに防弾のフロントガラスを一瞬のもとに吹き飛ばした。バグの発射した二発目が、まだその炎の収まりきらない同じ部分に命中する。それと前後してAKを持った二人の男たちの乱射が始まる。

前部を完全に破壊されたキャデラックは、いまや車輪としての機能をはたさなくなった前輪を中心として、激しく車体を右に振ってスピンしながら半円を描く。鋼鉄のボディに鋼鉄の弾芯が入った弾丸が着弾の轟音《ごうおん》を上げ、厚く塗られた塗膜がこそぎ落とされる鱗《うろこ》のように舞い上がる。スモークの入った防弾のサイド・ウインドウが砕け、歪《いびつ》に走る白い不定形の模様をその上に描いていく。

後続する車はそれほど多くはなかったが、それでも後を走ってきた数台の車が、けたたましいブレーキの音とともに、目の前の惨劇から逃れようと左右に急ハンドルを切る。ニューヨークへ向かう上り車線の五〇ヤードほどのグリーン・ベルトにそのうちの何台かが飛び出し、激しくバウンドする。その背後から大型のトレーラーが迫り、やはり地獄のような光景を目にした刹那《せつな》、ドライバーが踏んだ急激なブレーキのせいで車体を斜めにしたまま、ファルージオの乗ったキャデラックに迫る。

バグを乗せたトラックは、そのままの勢いでキャデラックからの距離を開けていく。ダメージを受けた目標の予測不能の運動。それにみるみるうちに開く距離。そうした要因によってバグの発した三発目のランチャーは、キャデラックの車体を逸《そ》れ、後方に飛び去った。それは斜めになったトレーラーのフロントグリルに命中し、そこで爆発した。再び爆発が起きると、オレンジ色の炎が上がり、前に迫《せ》りだしたエンジン部分はその運転席とともに一メートル近く宙に持ち上げられる。

それはほんの一瞬の出来事だった。夏の終わりに近いきらびやかな太陽の下で、路上には鉄屑が散乱し、周囲は、濛々《もうもう》と上がる黒煙とともにガソリンや車の附属品の焼ける匂いが充満する破壊の場と化した。


吸い込まれるようにグレネードがキャデラックのフロントグリルに当たって爆発すると、オレンジ色の炎の塊が膨れ上がった。その音に混じって耳をつんざくばかりのAKの発射音がコンテナの中に充満し、頭上から空になった無数の薬莢《やっきょう》が雨のように降ってきた。

それがバグの覚えているすべてだった。何発のグレネードを発射したのか。自分ではその時まで冷静だったと思っていたにもかかわらず、定かではなかった。

確か三度トリガーを引いた……。初弾、そして二発目……そう爆発は二度起きた……。

「殺《や》ったか！」

バグは内心の不安を拭《ぬぐ》い去ろうとするかのように大声で叫んだ。

「ああ、間違いない！」

AKを発射していた男の一人が、小窓を覗きながらそれに答えた。

「二発、命中した。それにこいつの弾もたっぷりと浴びせてやった」

床に腹這《ば》いになったバグを見るその顔に、白い歯が覗く。

トラックが急速に減速していく。インターステイトから一般道へのアプローチ《側道》に入ったのだ。アメリカのハイウェイは日本のそれと違って、極めて合理的な造りになっている。ドライバーが出口を間違えることを考慮して、そのまま直進すれば再び同方向に向かうインターステイトに乗れるアプローチに戻り、立体交差の下を通る一般道でUターンをすれば逆方向のインターステイトに乗るアプローチに入れるようになっている。

バグの乗ったトラックはその立体交差の下でUターンすると、今度はニューヨークに向かう逆のインターステイトに乗った。すでにその小窓はしっかりと閉じられ、外見からはごくありふれたデリバリー・トラックの類《たぐい》にしか見えなかった。

すでに立ち上がったバグは、運転席と荷台を仕切る前方に設けられた小窓に駆け寄ると、フロントガラス越しに見えてくる光景に目を凝《こ》らした。その肩越しに四つの目が同様の眼《まな》差《ざ》しを向ける。

五〇ヤードほどのグリーン・ベルトを挟んだ左側の反対車線に濛々と立ち上る黒煙が見える。前方を走る数台の車が、速度を落としゆっくりと徐行を始める。早くも襲撃現場に近いあたりには三、四台の車が路肩に停車し、反対車線で起きた惨劇の見物を始めている。

バグの視線がオレンジ色の炎と黒煙を上げながら燃え続けるキャデラックに集中する。

前部が吹き飛び、たとえ正面衝突の実験でもこうはなるまいと思えるほどにひしゃげ、破壊されたキャデラック。無数に開いた弾丸の痕跡《こんせき》がボディの側面、そしてサイド・ウインドウを破壊している。塗装が重厚であるだけに、いやが上にもその悲惨さが増す光景だった。後部座席がかろうじて原形を留《とど》めているのが気になったが、それでも中にいるものが命を取りとめたとは考えにくかった。

その後方にわずかばかりの距離を置いて、横倒しになったトレーラーが巨大な横腹をこちらに向けて横たわっている。破壊の状況は定かではないが、やはりその前部からは、黒煙とともに激しく燃え盛る炎が見え隠れしている。

「二発当たったと言ったな」

バグはその光景から目を逸らさずに聞いた。

「ああ。間違いない」

「あの後ろのトレーラーは……」

「多分その巻き添えを食ったんだろう」

質問にさしたる意味があったわけではなかった。現場の状況から反射的に口をついて出た疑問だった。男の答を聞きながらも、その注意はやはり標的の乗ったキャデラックに集中している。

前方の車との距離がつまるにつれ、トラックもまた徐行に近い速度になる。

すでに反対車線には後続車の渋滞が始まり、それらから降り立った人々の手によって、救出作業が始まっている。夏の最後を郊外でたのしもうとする人々が着る華やかな色彩の衣類が、凄惨《せいさん》な破壊の現場に不釣り合いな原色のモザイクとなって動き回る。三人ほどの男たちが、キャデラックの後方に取りつき、必死の形相で何事かを叫び合いながらドアを開けにかかっている。原形を留めないほどに破壊された前部は、もう手の施しようがないと見たのか、作業は後部に集中している。しかし歪《ゆが》んだボディのせいか、ドアはなかなか開きそうにもない。中の一人が、車体に足をかけ、力任せにそれをこじ開けようとする。傍らの一人がわずかな隙間に両の手をこじ入れ、反動に合わせてその作業を助ける。

周囲の人々の注意はその一点に注がれ、反対車線を静かに走るバグのトラックに気がつく人間などただの一人もいなかった。

やつがくたばったことが確認できればいいんだが……。しかしあの壊れ方からすれば、どう考えても生きちゃいねえ。

トラックからの視界に現場の光景が見えなくなった。つまっていた前方の車との車間が開き始めると、ドライバーがそれに合わせてアクセルを静かに踏み込んでいく。

トラックは徐々に速度を上げ、シティに向かって走り始めた。

「ガン!」という叫びとほぼ同時に、前方を走るトラックの後部ドアに開いた小窓に覗《のぞ》く銃口を確認したファルージオは、即座に反応した。ストレッチ・リムジンの後部座席のフット・スペースには十分な余裕があり、運転席を仕切る隔壁もまた防弾処置が施してあった。しかし相手が持っている武器次第では、そんなものが何の足しにもならないことをファルージオはよく知っていた。すかさず身をフット・スペースに横たえ、伏せの態勢を取ると、向かい合う形でセットされた座席のほうに身を寄せた。

衝撃は突然きた。正面から巨大な鋼鉄の壁にぶち当たったたような車体への衝撃……そして衝撃波なのか物理的なものなのか定かではない肉体への衝撃……。しかしその正体が何なのか、すでにその時点で、ファルージオの体はその正体を確かめる機能を失っていた。

一発目のランチャーはフロントグリルの正面から着弾し、エンジンルーム内部に達した瞬間爆発し、上部を覆った鋼鉄のボンネットを上部に捲《めく》り上げた。すぐに発射された二発目がそこに着弾した。再び凄《すさ》まじい爆発が起きたが、それは一発目ほどのダメージを車に与えなかった。捲れ上がった鋼鉄のボンネットが、盾の役割をはたし、爆発力のほとんどを垂直方向に逃がす役割をしたのである。しかし、リムジンの前部にいた二人にとってはそんな偶然も、幸運でもなければ身を守るいささかの足しにもならなかった。

初弾の爆発とともに、ランチャーの破片とエンジンルームの中に収納された無数の部品が、凄まじい勢いで、防弾ガラス、そして運転席との間の隔壁を破壊した。鋭い鉄片となったそれらは一瞬の間に二人の男の体を切り刻み、赤い肉塊と変え、周囲に飛び散らした。わずかに残った人体の部分もあったが、ほぼ同時に始まったAKの一斉射撃が、一連の仕事をさらに完璧《かんぺき》なものにした。

キャデラックが半円を描くようにスピンするにつれて、鋼鉄のボディに当たる弾丸の音が、トタン屋根にパチンコ玉をぶちまけたような轟音《ごうおん》を立てる。空気を切り裂く音がそれをバックに鋭い唸《うな》りを上げる。床に横たわったファルージオの体は微動だにしない。着弾の衝撃でその体の上に運転席の背後にあったシートが覆い被《かぶ》さるように倒れている。革張りのそのシートに何発かの銃弾が降り注ぎ、さらにそのうちの何発かは確実にファルージオの体を貫いた。

襲撃が終わり、停止した車に駆け寄ってきた数人の男たちは、その光景に一瞬たじろぎの表情を隠せなかったが、それでも砕け散ったサイド・ウインドウ越しにシートの下に横たわるファルージオの姿を見つけると、生死は別としても迫りくる炎から守るべく、「ここに一人いるぞ!」という声とともに、後部ドアを開けにかかった。

ひしゃげたドアが開き、重い座席が持ち上げられ、わずかな隙間が生ずると、一人の男がファルージオの体を引き出した。すかさずその体を他の男が支え、少し離れた所へと運びにかかる。うつ伏せの上半身を支えた男の腕の中で、ファルージオの頭ががっくりと垂れ、両の腕の肘《ひじ》から先が路上に引きずられる。シルクのブレザーに飛び散った血の中、捲れ上がった生地の中央に開いた穴から、染まった血の源流となる鮮血が吹き出している。もしも生体反応というものがあるとすれば、流れ出る血、それがすべてであり、状況は一目で絶望的なもののように思えた。

「ホーリー・クライスト……」

神を念じる言葉が一人の男の口から洩《も》れた。

「誰かハンカチーフを!」

「アンビュランス《救急車》は呼んだか！　誰かセルラーフォンを持っていたらすぐに連絡してくれ」

口々に飛び交う言葉とともに、後続の車から人が集まり出す。恐怖に引き攣《つ》った表情を浮かべる人々をかき分けるように、一人の中年の女性が前に飛び出した。

「ちょっと見せて」

女は傷口を探っていた男を、押し退《の》けるようにファルージオの傍らにひざまずいた。脈を取り、すかさず今度は背中に耳を押し当てる。

「どう……だめか」

それを見つめる男が、かすれた声を上げた。

「分からない。でも、まだ息はあるわ……」

「アンビュランスは？」

女の言葉に咄嗟《とっさ》に反応した男が再び叫んだ。

「呼んだ。もうこっちに向かっている！」

群衆の中から男の叫び声が答える。

「医者《ドクター》かい？」

「ええ」

女は短く答えると、その手を休めることなくファルージオの背中に開いた傷を探り始めた。出血はまだ続いている。

「ちょっとあなた！　ハンカチをできるだけ集めて！」

女はわずかに顔を上げると、冷静な口調で指示をした。すぐに何枚かのハンカチが集められる。

「先生、どうかな、助かるかな」

「分からない……ただ相当に厳しいことだけは確か。息があるのが不思議なくらいにね」

「そりゃそうだ。この有様の中で生き残ったのも奇跡だ」

男は傍らで燃え続けるキャデラックに目を向けながら言った。

ファルージオの背中に当てられたハンカチがたちまち鮮血で染まる。見ているうちに血の気がその顔面から引いていくのが分かった。

「おい爺《じい》さん！　しっかり《ハング》する《アップ》んだ！　もうすぐアンビュランスが来るからな！」

男の檄《げき》が重苦しい空気の中に響いた。

＊

リビングの一面をそのまま占めるガラス窓越しに中部アメリカの夕陽が沈むと、一日の終焉《しゅうえん》がなだらかな稜線《りょうせん》の縁にタマリンドのような赤い帯となって沈殿する。さざめく波濤《はとう》のように、不定形の木々が亡霊の群れのようなシルエットとなって、そこに黒く浮かび上がる。

忍び寄る闇の気配、一日の始まりと終わりにある最も穏やかな時間の中に、行為の終わりのけだるい空気が部屋の中に流れた。

深い奥行きの革張りのソファーの上で、ナンシーは恭介の上に覆い被さる格好でじっと動かないでいた。明かりが灯《とも》されていない薄暗い室内に、マーブルのように白いナンシーの裸体と、恭介のブロンズ色に日焼けした肉体が絡《から》み合い、微妙なコントラストを浮かび上がらせる。動きを止めた二人の裸体が、緩やかに繰り返される呼吸に合わせてリズムを刻む。快楽を放出し飲み込んだ二人の部分はまだ結合されたままであり、その余韻にさらに浸《ひた》るようにナンシーの体の中の筋肉が細かに震える。

「あなた最高よ……キョウスケ……いままで会った男の中では最高」

ナンシーが潤《うる》んだ瞳《ひとみ》を上げると、押しつけた唇で恭介の同じ場所を微妙な感触でなぞるように行き来する。結合した部分とほぼ同様の熱を帯びた濡《ぬ》れた肉が、恭介の口に差し込まれ、そこに秘めた獰猛《どうもう》な欲望を甘い感触で覆い隠しながら、はてた男の欲望をさらに触発しようと動き回る。

恭介はしばらくの間なすがままにさせていたが、応《こた》える気配がないとみたナンシーがわずかに離れると、ゆっくりと腕を伸ばし、サイド・テーブルにあるゴロワーズのパッケージを探る。

その仕草に、微妙にずれた体から、繋《つな》がっていた部分が温い感触とともに離れた。

両切りの一本にライターで火を点《つ》ける。その微《かす》かな明かりにナンシーの柔らかな微笑みが浮かび上がる。ナンシーは位置をずらし、ピッタリと恭介に体を密着させるように傍らに寄り添う。体内に放出された男の欲望の余韻を逃さないかのように、長い脚が閉じられ、しなるような腕、そして掌《てのひら》が優しく恭介の胸を上下する。

「あなた、いったい何者なの……」

「そう言う質問はしないはずじゃなかったのか、ナンシー」

深い呼吸とともに、白い煙がまっすぐに吐き出される。

コール・ガールという職業につく女に、一つだけ他のまともな職業にない長《た》けたものがあるとすれば、それは人間を見る目だろう。意に添うか添わないかにかかわらず、実際に肌を重ねるうちに人間の本質、そして本性が見えてくるのだ。恭介の持つそれは、ナンシーがこれまで相手にしたどの男とも違っていた。どこか危険な香り。そして何よりもある種の才と可能性を持つ男の香り。しかしそれは、かつて相手にしたどの男から感じたものとも違っていた。

「君こそ不思議な女だ。僕に言わせればね……」

恭介は寄り添ったナンシーの頭の下に差し込んだ腕を折り曲げて長い髪を優しく撫《な》でるようにしながら言った。

「何もこんな仕事をしなくとも、やっていく方法はいくらでもあるだろうに」

それは恭介がナンシーと過ごすうちに覚えた素朴な疑問だった。時間を共有し、身の交わりを繰り返すうちに芽生えた感情は、恭介にも微妙な影を落としていた。実際ナンシーはコール・ガールなどという職業に身をやつさずとも十分にやっていけるような女だった。

まず何よりも洗練された容姿だ。絹のように柔らかで、しなやかなウェーブがかかった髪、サファイア・ブルーの瞳、少し厚目で縦の皺《しわ》が入った官能的な唇。そして見事なカーヴ・ラインのプロポーション。いかに一晩三〇〇ドルの値がつく女とはいえ、これほど完璧《かんぺき》な女は、そうざらにいるわけではない。

もっとも、ただ見てくれがいいというだけなら、ビューティー・コンテストに出てくる類《たぐい》の女が身を持ち崩すのも、ニューヨークという街ではあり得ない話ではない。だが、見てくれだけで渡っていけるほどあの街は甘くはない。あそこで真っ当に生きていこうとするなら、それなりの能力というものが要求されるのだ。何日か生活をともにするうちに、この女がかなり理知的な面を持ち合わせていることに、恭介は気がついていた。

何気なく交わされる日常の会話の端に、あるいは立ち居振る舞いに、そこはかとない知性の欠片《かけら》がある。それが十分かどうかは別として、可能性を秘めたものであることは間違いなかった。

「そりゃあ、生まれながらの売春婦《ピンプ》なんていやしないわ。私にだってそれなりの夢があった時期があったし、それを摑《つか》みかけた時もあった」

ナンシーは初めて自分の過去を話し始めた。

「夢？」

「ブロードウェイの舞台に立つ……そう、女の子なら誰でも一度は持ちそうな夢だったわ」

「それを摑みかけたんだろう」

この女なら、少なくともその程度のチャンスがあってもおかしくはない。

「そう、一度はね……でもそれも、あと一歩というところでおしまい」

「なぜ」

「そうね、才能がなかったのよ、きっと」

「才能ね……」

恭介は再び大きく煙を吸うと、それを虚空に向けて細く吐き出した。白い煙は仄《ほの》かに暮れなずむ光に反射し、すぐに闇に紛れて見えなくなる。

「才能のあるなしなんて、誰に分かる」

「そりゃあ分かるわ。ニューヨークには私程度の才能の人間なんて、掃《は》いて捨てるほどいるわ」

「そうかな」

恭介は、静かに続けた。

「才能という言葉は、結果を基準にして使われる言葉だ。結果を出せなかった人間を、人は才能のある人間とは呼ばない。結果次第でどうにでもいいように使われる言葉さ」

「そうかしら」

今度はナンシーが疑問を呈した。

「才能があるかないか、それが決まるのは、人がそれに代価を払ったかどうかだ。たとえば芸術といわれる類のもの。いったん芸術と人々が認めた物には途方もない値がつく。作った人間が望むと望まざるとにかかわらずね……。そしてそれと同時に、人々はその作者の才能を褒《ほ》めそやす……。だが値のつかない作品の作者はどうだ。世間の誰もが欲しない作品の作者を才能があると言う人間がどこにいる」

「でもね、人間には持って生まれたものがあるでしょう。いくら努力しても報われない人間だっているわ」

「それを決めるのは自分自身の問題だ。他人がとやかく言う問題ではない。つまりどこの時点で夢を断念したのかだ。少なくともそれは、才能という言葉で片づける問題ではない」

「とうてい追いつけないほど才気に溢《あふ》れた人だっているわ」

「だが、そもそも才能が認められることに期限なんてものがあるのか。人に認められる。あるいは自分の賭《か》けた道で成功する……たしかに、若いうちにそうした結果を見る幸運に巡り合えるならば、それに越したことはないだろう。しかし、まだ君ほどの年で見切りをつけるのは少々早すぎるんじゃないかな」

「まだって、私もう二六よ」

「ヴィンセント・ヴァン・ゴッホが認められたのは死後のことだった。あの画家の才能を、生前認めた人間はいなかった」

ナンシーは沈黙し、恭介の気持ちに感謝した。

「チャンスをモノにできるかどうか、それは目の前に来るそれを捉《とら》えられるだけの準備を常に整えていられるかどうかだ。才能なんてものは、それを手にして初めて分かるもので、死んでもまだ分かりゃしない」

「そうね……でもそのチャンスも、もう私には回ってこない……」

ナンシーは、ここ何年も感じていなかった安らぎを、恭介との時間に感じていた。どんな客とも、この人は違う。ナンシーの中で、すでに恭介が単なる『客』の域を越えつつある、何よりの証《あかし》だった。

「あなた……組織の人間なんでしょう」

ナンシーは、恭介に背を向ける形でソファーの上に起き上がった。

「驚くかもしれないけど、私は二年前までフランク・コジモの女だったの」

「フランク・コジモ？　誰だそいつは」

恭介の言葉に嘘はなかった。コカインの密輸を通じてファルージオとは繋がりがあったが、だからといって彼の統括する組織のすべてを知っているわけではない。

「いいのよ、隠さなくても。そうじゃなかったら組織が私をこんなところまで来させたりするわけないもの。それに準備された豪華な食材、飲物……何もかも超がつく一流のものばかり。大物ってわけよね」

無言の恭介をそのままにナンシーは続けた。

「私が生まれたのは、ロス・アンゼルス……ニューヨークに出てきたのは二〇歳の時だった。それまではカレッジに行っていたんだけど、夢だったブロードウェイの舞台に立つには、早いほうがいいと思って中退して出てきたってわけ……。それから二年の間、スタジオに通いながら必死でダンスと演劇の勉強をしたわ。夜はパート・タイムでウエイトレスをしながら、昼はレストラン……それこそあなたが言うチャンスを摑むために必死だった。チャンスは二年目に訪れた……オフ・ブロードウェイの舞台の端役だったけど、それでも考えられないほど早く訪れたチャンスだった……」

ブロードウェイ、オフ・ブロードウェイに掛かるミュージカルやショウの中で成功し、ロングランを続けるのはほんの一握りに過ぎない。淘汰《とうた》は初日以前に行なわれるプレビューの段階から始まり、ショウは日が経つにつれて加速度的に姿を消していく。そこでキャスティングに名を連ねるのは、確かに幸運以外の何物でもないが、ショウ自体にもさらなる運が求められるのだ。

「ショウはそれなりの成功は収めたわ。ロングランにはならなかったけど、予定通りのスケジュールを一応こなしはした」

「それなら、成功の部類に入るんじゃないか」

「そうね。でも私にとっての不幸はそこから始まった……」

ナンシーは小さな溜息《ためいき》を洩《も》らすと、

「ニューヨークのショウの背後に投資家がいるのは知っているわね」

「ああ」

恭介は頷《うなず》いた。ブロードウェイにかかるショウ・ビジネスはギャンブルそのものだ。舞台の成否が踊り手の将来を決定するなら、それに莫大《ばくだい》な資金を投下する投資家にとっても同じことが言えるからだ。ショウが成功すれば踊り手は名声と新たなステップを手にし、投資家は莫大な利益を得ることになる。つまり舞台は芸術などという実体のない要因によって運営されているのではなく、ビジネスそのものなのだ。

「私が出ていた舞台に投資していたシンジケートの中に、フランク・コジモがいたってことよ。そこまで言えば、あとは何が起きたか分かるでしょう」

「分からないな」

「あなた、本当に知らないの？」

ナンシーは振り向くと、意外そうな表情を顔に浮かべて聞いた。

「一つだけ言っておくが、俺は組織の人間ではない。それ以上のことは喋《しゃべ》るつもりはないが、とにかくそれは本当だ」

「そう……」

ナンシーは少し考える素振りを見せたが、

「ブロンクスとブルックリンを仕切る男よ」

「なるほど。そのコジモがどうしたんだ」

「あの男は、次のチャンスを与えることを条件に、私を愛人にすることを持ちかけた」

ナンシーは床の一点を見つめながら再び話し始めた。

「で、君はその〝次の〟チャンスをものにしたのかい」

ナンシーの髪が左右に揺れる。

「チャンスなんてなかった。それから二年の間、ただ私を玩《もてあそ》んだだけ……それも尋常じゃない方法でね。ひどいもんだった。普通のセックスだったら、私だって十分に彼を満足させる自信はあったけれど、あいつの要求するものは、とにかく普通じゃなかったの」

「断ればよかったじゃないか」

「そんなこと、できるわけがないじゃない」

「できない？　分からないな。愛人だった期間はまだしも、その後、君は体を売る仕事についた」

「それは……」

ナンシーの顔に苦渋の色が浮かんだ。いますぐにでも爆発しそうな感情の高ぶりが、そこにあった。すべてを話そう。ナンシーは決意した。この男にならすべてを話せる。そしてそのことで、何かが変わるかもしれない。

部屋の片隅で電話が鳴った。

話はあとだ、ナンシー。

恭介はナンシーの肩を二度ほど優しく叩《たた》くと、ソファーから立ち上がりゆっくりとした足取りで部屋の中を歩いて行く。薄明かりの中に、筋肉標本のような見事な裸体が浮かび上がる。

「ハロー……」

「キョウスケ？……」

受話器の向こうで男の声が聞いた。聞き慣れたファルージオの嗄《しゃが》れ声ではなかった。低いバリトン、それが誰のものか、すぐには思いつかなかった。

「失礼だが《エクスキューズ・ミー》……」

「ヴィンセント・カルーソだ」

「ああ、ヴィンス、どうしたんだ」

予期しなかったコンシリエーリ《相談役》の名前に、恭介の顔に戸惑いの色が浮かぶ。

「ボスが……襲われた……」

「何だって……！」

低く、沈痛な声だった。受話器を通して聞こえるカルーソの言葉が、恭介の心臓を摑《つか》み、その痙攣《けいれん》のような震えが全身に広がっていく。

「いつだ。どこで襲われた。マーブル・ヘッドか」

「今朝だ。マーブル・ヘッドへ向かう途中のことだ」

カルーソは矢継ぎ早に繰り出される恭介の問に答えると、

「一命は取りとめたが……状況は極めて深刻だ」次の質問に先回りして続けた。

あのファルージオが襲われた？　なぜ？　恭介の頭が、聞こえてくるカルーソの声を聞く一方で、激しく回転し始めた。組織のあらましは知ってはいても、細かな内部のことについては知識がなかった。いや興味すら抱かなかった。組織との繋《つな》がりはファルージオ個人とのものでしかなかった。しかしそれゆえに恭介にとって、ファルージオが迎えている深刻な危機はより身近なものであると言えた。社会ではとうてい認知され得ないビジネスに走った恭介を支え、ここまでにしてくれたのは外ならぬファルージオだった。俗世間で言われるしがらみなどに何一つ捉われることのない恭介だったが、ファルージオだけは別だった。

「襲った連中は」

「まだ何も分かっちゃいない。何一つな。ただ襲撃にはグレネード・ランチャーが使われた。インターステイトの上でぶっ放しやがったんだ」

恭介の脳裏に、何度か同乗したことのある装甲が施されたファルージオのリムジンが浮かぶ。

グレネード・ランチャーで攻撃を受けたとなれば、いかに装甲を施したリムジンとはいえ、酷《ひど》いことになったに違いない。むしろ生きていたのが不思議なくらいだ。

「それで、いまボブはどこに」

「ニューヨークの病院だ。ジョンソン・メモリアル・ホスピタル……ブロンクスだ」

「分かった。すぐに戻る」

「そうか、便が分かったら教えてくれ。空港に迎えをやる」

「ありがとう。すぐに知らせる」

恭介は電話を切ると、その場に立ちすくみ、一つ大きな息をした。膨らんだ厚い胸から息が吐き出される時、その空気の流れが微妙に震えるのが分かった。

「どうしたの、キョウスケ」

ソファーに腰をかけたままのナンシーが、不安気な眼差《まなざ》しを向けている。

「ニューヨークへ戻る。休暇は終わりだ」

「これから？　すぐに？」

「便が取れ次第だ。君はどうする。ここにいたいんなら、それは構わないが」

冗談じゃない、とナンシーは思った。あと一週間近くをこんな山の中で一人で過ごす？　そんな理由はどこにもなかった。

「いやよ、そんなの」

ナンシーは立ち上がるなり、きっぱりと言い放った。

「私もニューヨークに戻るわ」

＊

ジョンソン・メモリアル・ホスピタルの集中治療室《ICU》に、全身監視装置が奏でる規則的な電子音が鳴り響く。その音に被《かぶ》さるように、ファルージオの肉体に送り込まれる酸素が途中の水フィルターの中で泡立つ音が虚《うつ》ろに聞こえる。それは水槽内に飼われた熱帯魚を生かすために送り込まれる酸素と同様に、まさに命を繋ぎとめる音そのものに違いなかった。

ベッドの周囲に林立する補液、そしてケチャップのような濃度の血液の入ったバッグ。それらから何本ものチューブがファルージオの肉体に繋がれ、いまや燠火《おきび》となって消えかかろうとする生命の炎に、ささやかな息吹を送り続ける。

状態を確認した医師が、傍らで作業を続ける看護婦に指示を下すと、集中治療室から出てきた。眉間《みけん》に寄った皺《しわ》。そして堅く膨らんだこめかみの筋肉が、ファルージオの容態のむずかしさを物語っていた。

廊下にはファルージオの妻のノーマ、そして数人の男たちがいた。

「先生……ボブは……」

襟のない丸首のベン・ケーシー・スタイルの白衣を着た中年の医師に、ノーマが歩み寄ると、胸の前で手を合わせた祈りのポーズを取りながら聞いた。

「命は取りとめましたが、銃弾の一発が脊髄《せきずい》を破壊しています。今後は車椅子の生活を余儀なくされます」

「それは……」

「半身不随ということです……奥さん……お気の毒ですが……」

医師は躊躇《ちゅうちょ》することなく、状況を明確に伝えた。

ノーマの手が額に伸び、「ああ……」という嘆きの言葉とともに、目が閉じられ、足元がわずかによろめく。その体を、すぐ背後に寄り添うようにして立っていたカルーソがそっと支えた。

「それでも幸運でした。その程度で済んだということ自体がむしろ奇跡というものです。銃弾は全部で四発、幸い急所を外れていましたが、かなりの出血がありました。一応それらはすべて摘出しましたが、爆発で体内に入り込んだ破片のほとんどは、まだそのままです」

医師はノーマの状態を窺《うかが》いながら続けた。

「体内に残った破片を、いますぐにすべて取り除くのはとても無理です」

「するとこれからも、何度か手術を繰り返さないとならないというわけですか」

アンダー・ボスのアゴーニが聞いた。

「もちろん、そういうことです……もっとも、それを行なうのはもう少し状況が安定してからのことになりますが」

「なんてことだ」

「ああ、神様……」

ノーマの口から再び嘆きの言葉が洩《も》れる。

「先生、お願いです。たとえ車椅子の生活になったとしても、どうかあの人を……」

「とにかく私としてはベストを尽くしています。いま言えるのはそれしかありません……」

そう言い残し立ち去る医師を見送りながら、

こいつぁおもしろいことになった……。

悲嘆に暮れるノーマとアゴーニ、そしてカルーソを背後から見ながら、コジモは内心に込み上げてくる感情の高ぶりを隠すのに必死だった。

ファルージオを襲った連中の見当はついている。おそらくは、メンバーと、そして実の弟を殺されたバグの仕業に違いない。俺のシマを荒らせばどういうことになるか、ちょいと思い知らせてやるつもりだったが、やつら、とんでもないことをしでかしてくれたもんだ。このままファルージオが死ねば、跡目を継ぐ人間はアンダー・ボスのアゴーニということになるのだろうが、やつにその器量はない。もちろんいままでの、ファルージオがとってきた路線を踏襲するだろうが、それでは俺たちに未来はない。ラティーノ、チンクス、こうした新興勢力を黙らせ俺たちの利権を守るには、武力以外にない。事実今回の襲撃で分かるように、連中の行動は、かつて俺たちがこの国でのし上がるためにやってきたのと寸分違《たが》わない。力には力、だ。弱みを見せた組織は必ず食われる。俺たちの地位を盤石《ばんじゃく》なものにするためには、力と知恵だ。もちろんその双方が欠けてはならないことは事実だが、順番《プライオリティ》が違う。それをできる者がいまの組織のどこにいる。少なくともこのニューヨークには、俺をおいて他にはいないじゃないか。

コジモの中で、それはもはや確信以外の何物でもなかった。

「ノーマ、まだボブは死んだわけじゃありませんよ。気をしっかり持つことです」

深い嘆きに包まれたノーマの肩を抱きながら、カルーソがいたわりの声をかける。

「ヴィンス、キョウスケには連絡したの？」

かろうじて気を取り直したノーマが聞いた。

「ええ、先ほどここに来る前に……すぐこちらに向かうと……」

「そう……あの子はボブにとって特別な存在だから……」

耳慣れない名前にコジモの聴覚が敏感に反応した。

「キョウスケ？　そいつぁ誰だ」

そっと耳打ちするように、アゴーニに聞いた。

「亡くなったリチャードの親友さ、ブラウン時代のな。日本人だ」

「日本人？」

コジモの眉《まゆ》がわずかに吊《つ》り上がった。

ファルージオが瀕死《ひんし》の状態に際して名前が出る日本人。それが、シカゴのボスで義理の兄でもあるトートリッチから聞いた年間四〇〇〇万ドルにもおよぶコカイン取引の話と結びつくのに、時間はかからなかった。

その男がニューヨークにやってくるって？　ここでファルージオが死に、ニューヨークを手にすることができれば、俺はさらにもう一つ、大きな金の生《な》る木を手に入れることができるってわけか。それも年間四〇〇〇万ドルもの大木を……。俺にもいよいよ運が向いてきたぜ。

コジモは無表情を装いながらも、頭の中で、これから取る行動のオプションをいくつか考え始めた。

「ですがノーマ、キョウスケはここへは連れてこないほうがいいと思います」

カルーソとノーマの会話は続いている。

「なぜ？」

カルーソは軽く顎《あご》をしゃくると、

「キョウスケがここに姿を現わせば、警察関係者がきっと接触してくるでしょう。何も知らない彼が調べを受けるのは、彼の今後に思わぬ厄介事を生じさせることになりかねません。なにしろ過去が過去ですからね。学生時代に、正当防衛とはいえ、殺しをしているんです。少し様子を窺ってからのほうがいいでしょう。空港からピックアップして、ホテルに連れて行くよう手配しておきます」

廊下の端にたむろしている何人かの男たちに視線を向けて言った。ごつい体つきの男たちがそれとなくこちらに注意を払っている。警察に混じってFBIの捜査官がその中にいることは間違いなかった。

ノーマは黙って頷《うなず》いた。

ノーマにしても、夫のファルージオが表の顔とは別に、もう一つの顔を持つことは知っていた。もちろんそのすべてを知っているわけではなく、ましてや亡き息子の親友である恭介がファルージオの実質上のパートナーとなって犯罪行為に加担しているとは思いもよらなかった。香港に本社があるグローバル・インベストメントの日本駐在員――その表向きの肩書きを堅く信じて疑ってはいなかった。

「ウォルドーフ・アストリアに部屋を取っておきました」

「そう……ありがとう。あの子はきっとショックを受けていると思うわ。私も一段落したら行ってみるわ……」

その会話に、コジモがじっと耳をそばだてていることに、ノーマもメイド・メンバーたちも、誰一人として気がついてはいなかった。

＊

ＴＷＡの７２７は、マンハッタンの南端、ハドソン湾の方角からまっすぐ北上すると、ブロードウェイ一一六丁目にあるコロンビア大学の上で右に大きく旋回し、ラグァーディア空港への最終アプローチに入った。旅慣れた者の目さえも釘付《くぎづ》けにする、巨大な立体パノラマを見るような昼のニューヨークの壮大な摩天楼の街並が眼下に広がり、機内は騒《ざわめ》きと静寂が交差する異様な雰囲気に包まれる。

機内の前部にあるファースト・クラスの座席に、恭介とナンシーの姿があった。革張りのシートにじっと身を沈め堅く目を閉じた恭介。そしてナンシーはその隣で眼下に広がるパノラマにけだるい視線を向けている。

機が高度を下げるにつれ、眼下のハイウェイをひっきりなしに行き来する膨大な量の自動車が間近に見える。動きのないパノラマ、夢の中の風景がにわかに生活感に溢《あふ》れた現実世界のそれへと人々を誘う。

ゴトリという衝撃とともに機が滑走路に着陸すると、安堵《あんど》の溜息《ためいき》と密閉された空間から解放される騒ぎが機内に広がる。スポットに向かうべくタキシングを続ける中、気の早い乗客がそそくさと支度を始める。キャビン・アテンダントが座席の下に入りきれない荷物を、乗客の元に運び始め、恭介の足元にも一つのボストン・バッグが置かれた。

「キョウスケ、これからあなたどうするの」

レキシントンからのフライトの間、一言も喋《しゃべ》ることのなかったナンシーが、自分の手荷物を受け取りながら聞いた。

「ここでお別れだ、ナンシー。たのしかったよ」

恭介はそれだけ言うと、エアロ・オプティカルのサングラスをかけた。一八金のフレームに濃緑色のレンズが入ったそれは、宇宙飛行士やパイロットが愛用する逸品で、目の表情を奪うことで恭介の顔をさらに精悍《せいかん》なものにした。

恭介には、いまこの女が自分にどういう感情を抱いて、あるいは抱きつつあるのか、そんなことに微塵《みじん》の興味もなかった。いま考えなければならないのは、目の前にいる女のことなどではない。それどころか、八年という歳月を費やしてここまで築き上げたものに重大な影響を及ぼすかもしれない深刻な問題に直面しているのだ。

ファルージオにもしものことがあったとしても、日本でのコカイン・ビジネスがただちに水泡に帰すというわけでもなかろうが、今後の展開を考えれば、彼がいるといないとではそのスケールが違ってくるというものだ。

いままでの自分、そしてこれからを考えた時、最高のビジネス・パートナーとしてのファルージオの存在が、ことさらのごとく大きなものであることをあらためて感じていた。

そして、ビジネス上のパートナーとしての人間に抱く以上の感情……憂い、困惑、苛立《いらだ》ち、そして怒り……。ファルージオの危機の報に接して初めて覚えた不思議な感情の交錯に、恭介は戸惑っていた。

「わが息子……」

ふと、ことあるごとにファルージオが発する言葉が恭介の脳裏をよぎった。

商社員として海外駐在を繰り返し、戦後日本の奇跡と呼ばれる経済復興の歴史そのものといった体《てい》で仕事にのめりこんでいた父を持ち、全寮制中高一貫教育のミリタリー・スクール入学とともに親元を離れ、卒業を目前に航空機事故で両親を失った恭介にしてみれば、生活は安定していたといっても、親と子の触れ合いは極めて希薄な環境だった。そしてファルージオに対する気持ち――それは肉親に寄せる情以外の何物でもなかったが、しかしその複雑な感情が何に端を発するのか、恭介自身には皆目見当もつかなかった。

「ミスター・アサクラ」

閑散とした到着ロビーに出たところで、一人の男が恭介を呼び止めた。

立ち止まる恭介に、インク・ブルーのスーツを着込んだ男が近寄ってきた。

「お待ちしておりました。どうぞこちらへ……」

男は丁重な口調でそう言うと、先に立ってロビーの出口へと向かった。

一階にあるアプローチに一台のキャデラック・リムジンが停まっている。男はその後部ドアを開けると、その中に恭介を誘った。恭介を待っていたのはカルーソだった。

「せっかくの休暇が台無しになったな……」

無言のままシートに体を埋めた恭介に、カルーソが静かに言った。

「ボブの容態は」

恭介は徐《おもむろ》に聞いた。ピックアップした男が運転席に乗り込むと、リムジンは走り始めた。

「命は取りとめたが……半身不随だそうだ」

カルーソの顔に苦渋の色が浮かぶ。

ラグァーディアからマンハッタンに向かうハイウェイへのループ状のアプローチを、リムジンが駆け昇って行くうちに、スモークの入ったサイド・ウインドウ越しに午後の陽光が車内に差し込んでくる。

「やったやつらの目星は？」

恭介はサングラスを外すと、静かな口調で訊《き》いた。

「いや……いま組織を挙げて探らせてはいるが、何も分かっちゃいない。少なくともここニューヨークでは、長いこと我々は抗争といった類《たぐい》のものと無縁だったからな。たしかに人種毎に我々のような犯罪組織が存在するが、それなりに住み分けができていた。もっとも我々は表舞台で派手に振る舞うことがなくなったというだけで、その頂点に君臨するという点では何一つ変わっちゃいないがね」

「その実態に不満を抱いている組織の存在はないのかな」

「その可能性はないとは言えないが……」

カルーソは小さな溜息とともに一瞬おし黙ると、

「このところ、その活動の領域を広げているのはチャイニーズの連中だ。いつかも話した通り、香港返還が決まって以来、ここでもチャイニーズの人口が爆発的に増えたからな。チャイナ・タウンの領域そのものが拡大しているのも事実だ。しかし、今回の襲撃がやつらの仕業だとはちょっと考えられない」

「なぜそう言える」

「たしかに連中は我々の領域を侵しつつはある。それは事実だ。しかし連中のビジネスは、少なくともこれまではチャイニーズ社会の拡大に伴ってのことで、我々の既存ビジネスを侵している部分は極めて小さなものだ。たとえばチャイニーズの売春婦が増え、多少の客がそこに流れている、あるいは闇の賭場《とば》をやつらのテリトリーの中で開帳しているといった類のね。つまり一つの人種の増加、パイが膨れた分だけを、やつらは食い肥り始めたってことさ。だがその程度のことなら、やつらの好きにさせておけばいい。しょせん我々のいまのビジネスからみれば、失っているパイは小さなもの《ピーナッツ》だ。もしもやつらの進出を阻止しようと実力行使に出たりすれば、せっかく表舞台では目立たなくなった我々の存在を、再び社会の中に誇示することになるからな。得る物に比して、失う物が大きすぎるんだよ。ボスはそんな愚かなメンツにこだわるような人間ではない。君も知っての通りな」

恭介は、黙って頷いた。

「事実、表立っていざこざもこれまでのところ発生していない。つまり、連中に我々を、しかもいきなりトップを狙う理由はどこにも存在しないのだ。……もっとも絶対とは言えないがね」

カルーソの言葉には納得のいくものがあった。チャイニーズ・マフィアがその勢力を伸ばし始めたのは何もアメリカに限ったことではない。新宿、六本木、赤坂、大阪……日本でも同じことだ。しかし不思議なことに、いまや一〇〇〇人を超えるといわれるこうした組織の構成員が、既存のやくざ組織と表立っていざこざを起こしたという話は殆《ほとん》ど聞かない。カルーソの話にあったように、連中の活動は日本に流入した同国人社会に寄生したものので、既存のやくざの縄張りを侵すことはまずなかったからだ。自分たちの領域の中では、たとえそこが外の国であろうとも、自分たちのルールで生きる……それが彼らの特徴と言えなくもなかった。

「なるほど。で……」

恭介は先を促した。

「もう一つの可能性は他の人種組織ということになるが、それはもっと低い。ラティーノ、ニグロ……こうした連中はこんなことをしでかす度胸もなければ、考えもない。行動定義がまったく違うんだ。やつらの興味はビジネスじゃない。縄張り、つまりテリトリーを守ることだけに命を賭《か》けてるんだ。馬鹿げたことにね……。もっとも連中は我々にとってまったく役に立たないかと言うとそうでもない。末端で実際に『薬』を捌《さば》くのは連中だし、それに使うのもな……つまり連中にとって、生きるか死ぬかの鍵《かぎ》は俺たちが握っているわけさ。いかに連中が粋《いき》がってもな」

「それじゃ、いったい誰の仕業なんだ……まさか内部の誰かが」

「いや、それはないだろう」

カルーソは即座に否定した。

「ボスの力は絶対だ」

「絶対？　どうしてそんなことが言える」

「たしかに、かつては組織の中でも殺し合いがあった。しかし、組織には一般社会に似て、熟成していくに従ってそれなりの秩序というものが生まれる。特に我々は六〇年代に凄《すさ》まじいばかりの社会の排斥運動を受けた。その中を巧みに生き延び、かつてよりソフィスティケートされ、強大な基盤を築いた。それからの歴史はファルージオの歴史そのもので、彼に対しては絶対の敬意を払いこそすれ、刃《やいば》を向ける者なんかいるはずもない。〝カリスマ〟なのだよ……。我々の魂と血の象徴なのだ。我々と同じ血を持つ者のな……」

そう言いながら恭介を見るカルーソの目に、複雑な表情が浮かんだ。

絶対などということはありえない……。そう思いながらも恭介に反論する気はなかった。

リムジンの速度が落ち、前方に渋滞の最後尾が見えだした。イースト・リバーを越えマンハッタンに繋《つな》がる橋に設けられた料金所から始まる渋滞だ。

「どこへ行くんだ。ボブのいる病院はブロンクスじゃなかったのか」

恭介はいぶかし気に聞いた。

「病院へは行かないほうがいい。とりあえずホテルで待機していてくれ」

「なぜだ」

「病院には警察、それにFBIがうようよしている。面が割れるのは何かと不都合だろう」

「なるほど……」

「それに病院に行ってもまだICUに入ったままだ……とうてい面会はかなわない。実際のところ、私もまだ会ってはいないのだ」

恭介は黙ってそれに頷《うなず》いた。

「それにしても厄介なことになった」

苦渋の色を濃くしたカルーソが言った。

「これ以上に厄介なことが、まだあるのか」

恭介の言葉に、カルーソは一つ頷くと重い息を吐きながら話し始めた。

「実を言うと、キョウスケ……、我々は早急に新しいボスを決めなければならないことになるだろう」

恭介の顔がゆっくりとカルーソを向いた。

「いや、ボスがもう駄目だというわけではない。事態はそれだけ深刻だということなのだ。

半身不随は間違いない。それはもう動かしがたい事実なのだ。君も知っての通り我々の組織は厳然たる階級社会だ。誰かがその役割を全うできなくなった時点で、それに取って代わる人間がその地位に就く。それが長い間繰り返されてきた我々の歴史であり、掟《おきて》なのだ」

恭介の脳裏に息子リチャードが事故死した際に、あのマーブル・ヘッドでファルージオが組織を烏《カラス》の習性に置き換えて言った言葉が蘇《よみがえ》った。

――――『烏の習性は実に我々の世界に似ていてね、知能が極めて高い上に悪食で生命力に満ち溢《あふ》れている。一見したところ仲間同士の結束も強い半面、弱った仲間は決して見逃さない。いったん群れの中で弱った仲間が出ると、途端に寄ってたかってそいつを共食いしてしまう……』

まさに烏の習性に従って、弱った仲間を食い漁《あさ》る……それが始まろうとしているのだ。

「で、誰がその後がまに座るんだ」

恭介は静かに聞いた。その一方で再びファルージオの言葉が恭介の脳裏に浮かび上がる。

――――『群れの頂点に君臨していくためには、知性もさることながら絶対的な指導力、財力、知力、そして恐怖の力、そのいずれも持ち合わせねばならない』

「ボブの後を継いでやっていけるだけの人間がいるのか」

「アンダー・ボスのジョセフ・アゴーニ……順当なところではね」

「順当なところでは？」

恭介はカルーソの言葉の最後のフレーズを繰り返した。

「ボスが絶大な権力を持ってこのニューヨークに君臨してもう二五年になる。ずっとその下で働いてきたとはいっても、すぐにアゴーニがボスのような力を発揮するかといえば、それは無理かもしれない。しかし地位は人をそれなりに育てるものだ。そしてジョーにはその資質があると私は思っている」

口には出さなかったものの「そうかな」と、恭介は思った。かつてファルージオはその言葉の最後に、屑《くず》のような人間ほど従う人間を見る目には長《た》けたものがあると言い、そしてそうした人間ほどすべての面において〝頂点〟の人間に完璧《かんぺき》さを要求するとも言った。

地位が人間を育てるのは、一般社会の組織での話だ。少なくとも鳥のような習性を本能として持つ『屑』のような人間の組織で、そうした悠長な理屈がまかり通るとはとうてい思えなかった。そうした観点から見れば、恭介もまた間違いなくこの鳥の習性を持ち合わせた人間の一人には違いなかった。ただ一つ、大きな違いがあるとすれば、それは群れる鳥ではなく、恭介の場合、鋭い爪と嘴《くちばし》、そしてさらに高い知能と実行力を持った猛禽《もうきん》そのものということだった。

「とにかく今後のことは、明日開かれるメイド・メンバーの会議で決まる。その結果は君にも知らせることにするよ」

ファルージオの生死を別に、すでに組織は新しい体制へ向けて動き出しているのだ。しかしそれよりも早く、己の野心の実現に向けて動き出している人間がいることを、この時カルーソも、そして恭介も知らなかった。

＊

テレビでは今日の朝、ニューヨーク郊外のハイウェイであった襲撃事件を繰り返し報じていた。

『今朝、ニューヨーク郊外で、信じられないような襲撃事件が発生し、死者三名、意識不明一名の大惨事となりました』

小綺麗《こぎれい》な身なりのキャスターが演技がかった深刻な表情でそう言うと、画面はまだ煙がくすぶる現場の映像へと変わる。

まず最初に前部が跡形もなく破壊されたキャデラック・リムジンが映しだされ、カメラがゆっくりとパンすると、これも前部が破壊され横倒しになったトレーラーに変わる。そして再び、キャデラックの、破壊された細部の大写しに変わったところで、リポーターの音声がそれに解説を加え始めた。

『襲撃があったのはコネチカットとニューヨークの州境近くのインターステイト九五上で、今朝八時頃、ニューヨークで法律事務所を経営するロバート・ファルージオ氏の乗ったリムジンが何者かに襲撃されたものです。目撃者の証言によると、リムジンの前を走っていたトラックの荷台から突然銃撃があり、まずリムジンが大破、そして次にその後方を走っていたトレーラーが大破し現場に横倒しとなったものです。襲撃にはグレネード・ランチャーと自動小銃が使われ、状況から狙われたのはファルージオ氏の乗ったリムジンで、トレーラーはその巻き添えになったものと考えられます。この襲撃で、リムジンの運転手、助手席に乗っていた二名、それにトレーラーの運転手が現場で死亡、ファルージオ氏は意識不明の重態です。襲撃にグレネード・ランチャー、自動小銃といった重火器が使用されたことを当局は深刻に捉《とら》えており、現在ニューヨーク市警、それにFBIが出て事件の背後関係も含めて懸命の捜査が行なわれています』

よろこびは一瞬にして苛立《いらだ》ちに変わった。

「畜生め。野郎まだ生きてやがった」

サウス・ブロンクスのアパートの一室でバグはそう叫ぶなり椅子から立ち上がり、行き場を失った野獣のように部屋の中をうろつき始めた。

「信じられない。あれほどの爆発で生きているとは」

襲撃に参加していたラウル・ガルシアが、口元に当てた拳《こぶし》を歯で嚙《か》みながら相槌《あいづち》を打つ。

「止《とど》めを刺すべきだったんだ。止めをな」

「しかしバグ、あの状況じゃあれ以上の攻撃は無理だ。あのまま立ち去ったから面が割れずに済んだんだ」

もう一人の男カルロス・メルドナードが肩をすくめながら言った。

「それにしてもお笑いだぜ。あの男が法律家だと？　冗談言うなよ」

ガルシアが、画面に向かって毒づく。

「組織はな、大きくなればなるほど表向きの体裁にこだわるようになるんだ。それがたとえ連中のような組織でもな。だが俺たちはそれに向かって牙《きば》を剝《む》いた。問題はここからだ。いかにかつてのような派手な抗争が鳴りを潜めたとはいっても、やつらはそれを忘れたわけじゃねえ。実際今回の抗争を仕かけてきたのは向こうだからな」

テレビの画面は、すでに次のニュースに変わっている。

「手負いの野獣ほど、恐ろしいものはねえ。こっから先は食うか食われるかだ。だがな、檻《おり》の中で飼われていた猛獣が、野に放たれたといって、すぐに本能を呼び戻せるかと言えば、それはない。いったん餌をもらうことを覚え、自分で狩ることを忘れた猛獣はなりはそのままでも家畜以外の何物でもない」

その点、明らかにバグを頂点とする組織は、野性味満ち溢れた飢えた猛獣の集団に外ならなかった。そしてチャンを中心とする組織もまた、野性の集団そのものだった。

利は自分たちにある。バグはともすると込み上げてくる不安を拭《ぬぐ》い去ろうとするかのように、そう考えた。

その時、尻《しり》のポケットに入れたセルラーフォンが、か細い電子音を鳴らした。

「何だ……」《ワッツアップ》

「止めを刺せなかったようだな、バグ」

電話はチャンからだった。

「ああ、残念なことにな……どうも、やつだけは仕留め損なったらしいな」

「だがそう悲観することもない。かなり危険な状態であることは確からしい」

「何か情報を摑《つか》んだのか」

「その程度の情報はわけもなく手に入る。警察には何人か我々の友達がいるからな」

チャンは笑いながらそう言うと、

「たとえ助かったとしても、もう、まともな体には戻らない。それは間違いない」

「それは、確かか」

「ああ、間違いない。バグ、これは一騒動おきるぜ」

「一騒動？」

バグの口調に一瞬怯《ひる》んだような響きがよぎった。

「ああ、連中の中の次のリーダーを巡っての騒動がな」

推測にしてもチャンの言葉が自分たちに向けられたものではなかったことに安堵《あんど》したバグは、小さく気づかれない程度の溜息《ためいき》を洩《も》らした。

「なにしろ丸四半世紀にも亘《わた》ってやってきた頭がやられたんだ。それもただの頭じゃねえ。絶対的な力を持った頭だ。残っているやつらと言えば、ファルージオに比べればどいつもこいつもゴミみてえなもんさ。知恵があっても力がねえ。力があっても知恵がねえ。そのどちらかさ」

「そうかな」

「そうさ。この一件は俺たちにとって、またとないチャンスになることは間違いない。バグ、いままでは俺たちの組織が単体で連中に向かっていっても勝ち目はなかったが、これからは違う。俺たちが手を組めば、やつらに代わってニューヨークを仕切ることができるぜ」
「しかし油断は禁物だ。やつらに昔のような力がないとしても、それを使うことを忘れたというわけじゃねえ。事実俺の所は三人《や》も殺られているんだ。やつらがどう出てくるか分かったもんじゃねえ」

「その通りだ。だが連中が復讐《ふくしゅう》に向けて動きだすのは、次のボスが決まってからだ。いいかバグ、俺たちは本気だ。次のボスが誰であろうと、今度はそいつを狙う。殺られねえ前に殺るんだ。そのための武器も、力も、俺たちには十分にある」

殺られない前に殺る。そしてそのための武器も力もあるか……。たしかにファルージオ襲撃で使用した武器は、いままでサウス・ブロンクスでチンピラ稼業にうつつを抜かしていたバグにしてみれば、考えもつかないものだった。チンクスと手を組んで——ということに抵抗がないと言えば嘘になるが、連中の力は確かに絶大なものがあり、パートナーとしてやっていく分には、これ以上の相手はいない。

アパートの窓からは、イースト・リバーの対岸に密集して建ちながら午後の陽光に光り輝く摩天楼の群れが見えた。

チャンの言葉を聞きながら、いつもは遠くに見えるその群れが、手を伸ばせば届くほどすぐ近くに見えてくるのをバグは感じていた。

＊

「意識が戻りました。とりあえず生命の危機は一応去ったと申し上げていいでしょう」

慌ただしく病室に駆け込んだ医師が病室から出てくると、廊下で待ち構えていたノーマと三人の男たちに向かって言った。本来ならば大きく胸を張るところだろうが、いま一つ歯切れが悪いのは、たったいま処置を終えた患者が、決して完治することのない大きなハンディキャップを背負ったからに違いなかった。

「ああ、神様……ありがとうございます……」

ノーマは医師の言葉に、両の手を胸の前でしっかりと組むと、そこに接吻《せっぷん》をするかのように顔を寄せ、祈りの言葉をつぶやいた。

「で、ドクター、面会は可能ですか……」

カルーソが安堵の色を顔に浮かべながら聞くと、

「あまり長くならない程度なら……五分だけ差し上げましょう」

医師はそう言い、人気《ひとけ》のない深夜の廊下を看護婦を従えて去って行った。

白く塗られたドアを開けると、点滴のバッグから伸びるチューブや心電図を始めとする計測機器のコードに繋《つな》がれ、ベッドに横たわるファルージオの姿があった。

顔から血の気が失《う》せているのは、室内を照らす蛍光灯の光のせいばかりではなかった。

能面のように無表情な顔には深い皺《しわ》が浮かび、半開きにした口から洩れる荒々しい息とともにわずかに上下する胸のあたりを除けば、動きというものが感じられない姿からは、それまで長い年月ニューヨークに君臨してきた帝王の威厳を感じさせるものは何一つとしてなかった。そこにあるものは、死の淵《ふち》からかろうじて抜け出し得た、紛《まぎ》れもない老人の姿そのものだった。

「ボブ……」

ノーマが静かに、しかし足早にその傍らに進み寄ると、その腕にそっと手を触れ、優しい声をかけた。

顔に初めて動きがあった。閉じられていた目が静かに開くと、朧《おぼ》ろ気《げ》な視線で虚空を見つめ、そしてゆっくりとその声の方向に瞳《ひとみ》が動いた。

「ノーマ……」

弱々しい嗄《しゃが》れ声が半開きの口から洩れた。

事件後初めて耳にした夫の声に安堵したノーマの目から、涙が溢《あふ》れ、頬を伝って流れ始めた。

「……しくじったよ……」

ファルージオはその姿に優しい視線を送りながら、静かに言った。

「もう大丈夫よ……何も心配することはないわ……」

ノーマはかろうじてそう言うと、夫の腕を優しくさすりながら、もう一方の手で流れる涙を拭った。その背後からカルーソが進み出ると、

「ボス……」

いたわりの視線とともに、かろうじての言葉を吐いた。

ファルージオの視線がわずかに動き、カルーソ、アゴーニ、そしてコジモへと注がれた。

再びカルーソへと注がれた視線に表情が宿った。男たちの会話の始まりだった。それと同時にごく自然な動きでノーマが後ろに下がり、カルーソがその位置に代わって立つと、膝《ひざ》を折り耳をファルージオの口元に近づけた。

「申しわけありません……ボス……、私らがもっと注意を働かせていれば、こんなことには……」

静かに詫《わ》びの言葉を口にしながら、視線を落とすカルーソに、

「いや。お前たちのせいではないさ……。周囲の人間がいくら注意を払っても、最終的に襲撃というものは標的の隙をついて行なわれるものだ……。ましてや私に正面から向かってくる人間がいようなどとは、誰も考えてもいなかったことだ……」

「しかし、ボス……」

「ヴァリーとエリックはどうなった……」

再び視線を落とすカルーソに向かって、ファルージオは自分の護衛のためにリムジンの前席に乗った二人の男の安否を気遣《きづか》った。

「……」

カルーソはその問いかけに、無言のままゆっくりと首を振った。

「そうか……気の毒なことをした……」

ファルージオの目が静かに閉じられ、それと同時に苦しげな言葉が洩れた。閉じられた瞼《まぶた》の裏に襲撃の瞬間が蘇《よみがえ》ってくる。リムジンを追い抜き、前に出たコンテナのドアに設けられた三つの窓が開き、そこから覗《のぞ》いた黒い銃口……。「ガン！」と叫びながら身を捩《ねじ》り、胸に呑《の》んだ拳銃を抜こうとしたエリック。ハンドルを切り、必死にその射線からリムジンを逸《そ》らそうとしたヴァリー……。その声、そして最後まで自分を守ろうとした二人の部下たちの姿がファルージオの脳裏に、ついいまし方起きた出来事のように鮮やかに蘇った。そして自分が最後に覚えている爆発の衝撃へとそのイメージが繋がった時、熱く煮えたぎるような怒り、そして冷たい復讐の感情が胸に込み上げてくるのを、ファルージオははっきりと感じた。しかしそれは、同時に彼がこれまでに経験したことのない奇妙な感覚をはっきりと自覚させる働きをした。

全身に鉛を打ち込まれたような鈍い痛み。そして倦怠感《けんたい》……。おそらくは体に入り込んだ鉄の破片、あるいは外傷を治療したせいで体が熱を帯びているせいかもしれなかったが、それが腰からすぐ上の部分からしか覚えないことにファルージオは戸惑った。

意識して下半身に全神経を集中させてみる。それは奇妙な感覚だった……頭は必死にその在りかを捜そうとしているにもかかわらず、そこに自分の体があるのかないのか、それが分からなかった。

そっと腕を動かしてみる。そこに差し込まれた点滴や輸血のチューブが微《かす》かに動き、小さな異物が肉に食い込んだ不快な感覚がはっきりと感じられた。瞬間硬いギプスで固定された腰のあたりから上半身にかけて、鋭い痛みが走った。その激痛に思わず顔をしかめたファルージオは痛みが下半身にまったく走らないことに気がつき、自分の身にふりかかった事態の深刻さをはっきりと自覚した。

「で、ヴィンス……やった連中の目星はついたのか……」

上半身を駆け抜けた痛みが過ぎ去るのを待って、ファルージオは聞いた。

「いいえ、いまのところは何も……」

「そうか……しかしあれだけ思い切ったことをしでかすからには、それなりの背後関係があるはずだ……徹底的に調べるんだ……」

「分かっております」

カルーソの返事に微かに一度頷《うなず》いたファルージオは、

「ヴィンス……それからもう一つ、お前にやってもらわなければならないことができたようだ」

静かに目を開け、すぐそこにあるカルーソの目を見つめて言った。

「どうやら私が受けたダメージは、そう簡単に回復する類《たぐい》のものではないようだ……」

「いいえ、そんな……」

「いや、ヴィンス……私には分かる……何も感じないのだよ、腰から下がな……痛みも何も……まるで下半身がなくなってしまったようにな……」

「ボブ・ファルージオ……」

カルーソが、かろうじて言った。

「まさか、麻酔が効いているせいだとは言うまい……」

背後で妻のノーマが再び鼻をすり上げると、身を翻《ひるがえ》して病室から出ていくのが見えた。

ドアが静かに閉まる音がし、一瞬の静寂が流れる。

「ヴィンス……この辺が私の潮時かもしれない……半身不随の老いぼれが、このまま組織の頂点に君臨するよりも、まだ息のあるうちに新しい人間にその座を譲るべきなのかもしれない……」

「そんな……」

「いや、今回のことがなくとも、この先何年かの後には起きることだ……それが少し早くなっただけの話だ……それに例のタンパの会議だ……あのアパラチン以来の会議でこれからの組織の在り方が大きく変わる……どちらにしても、私は会議に出席することはできない……となれば、まだ私が後ろ盾としていられるうちに、後継者を決めておいたほうがいいだろう……」

カルーソ、アゴーニ、そしてコジモ……それぞれの複雑な感情が入り交じった視線がファルージオに集中した。四半世紀に亘《わた》ってニューヨークの頂点の座に君臨してきたボスが、いま後継者を指名しようとしているのだ。その座こそ、手にする力も、そして金も、いやすべての面において、まさにオール・オア・ナッシングといえるほどの差のある地位、裏社会に生きる者なら誰もが一度は夢に見、そして目標とする地位だった。

異様な静けさと興奮が狭い病室に流れた。三人を順に見渡したファルージオの視線が、一点で止まった。

「ジョセフ・アゴーニ……お前が次のニューヨークのボスだ……」

組織にとって歴史的瞬間を告げる言葉は静かなものだった。張りつめた空気が一瞬にして途切れ、指名を受けたアゴーニは、ベッド・サイドに歩み寄るとそこにかしずき、ファルージオの手に静かに接吻《せっぷん》をした。

その光景を背後から見つめるコジモの目に危険な光が宿ったことを、ファルージオも、カルーソも、そしてアゴーニも気がついてはいなかった。

9

ヴァージニア州ラングレーにあるCIAでは、その日朝早くから会議が開かれていた。窓一つない部屋の中には、極東担当の上級アナリスト、ロナルド・ベーカーを中心に、四人の男たちがいた。

「すると襲撃に使われた武器は、中国製のものだという公算が強いのかね」

ベーカーが疲労の色を浮かべながら聞いた。

「ええ。襲撃犯が使った武器は二種類、一つはグレネード・ランチャー、それに自動小銃です。断定はできませんが、グレネードを速射している点から中折れ式の単発ランチャーではなくドラム・マガジンを装填《そうてん》したタイプが使われたことは間違いありません。それに特徴的なのは、今回使用されたグレネードが破壊状況から見てホロー・チャージ、つまり対装甲弾が使用されたと推測できるのです。この性能とグレネードの特徴を同時に兼ね備えたものとなると、そう多くはありません。タイプW87オートマチック・グレネード・ランチャー。中国人民軍で使用されるやつです。次に自動小銃ですが、これには五・四五M M×三九の弾丸が使われています。これはかなりユニークな規格で、当てはまるのはAK

―74です」

ケネス・テーラーがレポートを基に報告した。

「両方とも人民軍で使用されているものだな」

「そういうことです。もともとAKはソ連のものですが、東側ではライセンス生産されていますからね。おそらくグレネードと出所は一緒……」

「くそったれめ！」

テーラーの言葉がまだ終わらないうちにローランド・フォスターが罵《ののし》りの言葉を吐いた。

「もう少しで、あのコネクションをぶっ潰《つぶ》す動かぬ証拠を手にできたのに」

フォスターが言っているのは、数日前にロス・アンゼルスで摘発した中国からの武器密輸の件であることを、部屋の中にいる男たち全員が知っていた。

「まったくいまいましいブン屋だ。あの特集記事のお陰で、何もかも台無しだ」

「FBIの連中もずいぶん頭にきていますよ。うちと連係を組んで、それこそ組織を根こそぎやっちまうところが、捕まえたのは前から摑《つか》んでいた下っぱばかりだったんですからね。ましてや昨日ニューヨークで起きた襲撃に、このコネクションから流れたと思われる武器が使われたんですから」

部屋の中に重苦しい沈黙が流れ、それは事態の深刻さをいやが上にも物語っていた。

ロス・アンゼルスでの武器摘発は、問題になっているチャイナ・コネクションのほんの一部に過ぎないことは明白だった。もっともそれらの武器が実際に使用されたと判明している例はほとんどなかったが、今回のファルージオ襲撃事件は明らかにそうと推察される初めてのケースだった。武器が密《ひそ》かに持ち込まれ流通していると分かっているのと、実際にそれが使用されたのでは、問題の深刻さが違う。武器のタイプが判明するのとほぼ同時に、ＦＢＩが間髪を容《い》れずＣＩＡにレポートを流したのも、これらの機関がどれだけこの問題に関心を持ち、そして危機意識をもって事に当たってきたかの、何よりの証拠だった。

「で、襲われたロバート・ファルージオ……こいつが例のやつか」

　ベーカーが言った。

「イタリアン・マーヴ《マフィア》のボスと、かねてから目されていた男です」

「これで遂《つい》に尻尾《しっぽ》を掴んだってわけだな」

　テーラーの言葉に全員の顔に緊張が走った。

「表の顔はニューヨークで法律事務所を経営していることになっていますがね。実のところニューヨークを仕切っているのはこいつだと言われていましたからね。ＦＢＩの連中も尻尾を掴むのに必死でしたからね。老獪《ろうかい》な狐もついに運が尽きたってとこですよ」

「たしかニューヨークを仕切っているのは、四つのファミリーだったな」

「ええ、そうです。はっきりしているところではね。ただ、こいつがその上に立ってそいつらを仕切っているのは間違いのないところです。以前からその正体を暴くべくＦＢＩも全力を傾けてきましたが、ことこいつに関しては、確実な証拠が何一つ掴めないままに終わってるんです」

「しかし、それだけの力を持つとなれば、大きな金の動きや、なにがしかの組織への関与の形跡があるはずじゃないのか」

「そうした疑問はもっともです。しかしこの男に関しては、そう簡単にはいかないようですね。六〇年代に国を上げてのマフィア排斥運動が功を奏して、連中の活動が鳴りを潜めたように見えるのは表向きのこと、というのは周知の事実です。ドラッグ・ディーリング、闇賭博《とばく》、売春、それに不動産取引や建設に絡《から》む利権、こうした古くからの連中の活動はまだ健在です。つまり連中の組織が活動を止《や》めたのではなく、ビジネスがソフィスティケートされ巧妙になり、いわば地下に潜ったに過ぎません。連中の本質は何一つ変わっちゃいないのです。姿を消したものといえば、それまで当たり前のように繰り返されてきた内部抗争や所構わず繰り広げられた殺し合いぐらいのものです。そうした連中の過渡期だった七〇年代に組織の頂点に立ち、いまの体制を作り上げたのがロバート・ファルージオだったのです」

「つまり中興の祖というわけだ」

「その通りです。ファルージオはそれまで連中の頂点に君臨したボスとは明らかにタイプが違います。その最も大きな違いは『知恵』がある、という点です。もっともそれまでのボスにもそれなりに知恵はあったに違いありませんが、弁護士資格を持てるような高等教育を受けたとなれば、やはり異色の経歴と言わなければなりません」

　テーラーはそこでファイルに目を転じると、話を続けた。

「本来、法に従って紛争の解決に当たるのが弁護士の職責というものですが、逆手に取れば盲点も見えてきます。彼の前歴が企業弁護士だったことを考えれば、その間に介在したさまざまなケースを通じて、それまでになかった商売種を見つけだしたとしても不思議はないでしょう」

「つまり、マフィア排斥運動が、逆に連中の商売種を拡大する皮肉な結果を生んだ、というわけか」

フォスターの言葉をテーラーは肩をすくめて肯定した。

「組合運動への介在、こうしたものへの介在はそれまでにも見られましたが、ファルージオはさらにこうした分野での活動を深めていったのです。たとえばロビーイングであるとか、企業スキャンダルへの介入といったふうにね」

「もちろんその中で政治家との繋《つな》がりも出てくるわけだな」

「当然それも考えられます。いままで尻尾を摑まれなかったのは、そうしたこととも関係がないとは言えないでしょう。しかし、最大の要因は二つ考えられます。その第一は彼らの活動の表面から過激な殺戮《さつりく》行為が消え、それに代わって新興勢力がかつての彼らのような活動を始めたことです。西海岸ではロス・アンゼルスを中心にメキシコ系のギャングが禁酒法時代さながらの抗争と犯罪行為を繰り広げ、いまや一大勢力を築いているのは周知の事実です。それに加えてヴェトナミーズ、チャイニーズ、ロシアン……合法、非合法を問わずある人種の絶対数が増えて社会が形成されると、そこに出現したマフィアが新たな社会の問題として表舞台で取り上げられ、これが既存組織にとっては絶好のカムフラージュになってしまった面があるのです。その第二は、ファルージオの金の流れがはっきりとは分かっていないのです」

「それは、やつのマネー・ロンダリングが完璧《かんぺき》な形で行なわれているということかね」

ベーカーが聞いた。

「状況的にはそう言えると思います。組織の頂点に君臨するためには知恵だけではどうにもなりません。そんなことだけに敬意を払う連中を統率するわけじゃありませんからね。力、それに金の力は絶対必要条件です。非合法組織の資金解明、それにマネー・ロンダリングの方法を突き止めようとしたのは、FBIだけではありません。我々も連中の金の動きについては徹底的に洗い出しを試みましたからね。しかしそれでもやつの金の流れと思えるものには、何一つぶち当たらなかったのです」

フォスターの言葉に全員が頷《うなず》いた。

かつてこうした非合法組織のマネー・ロンダリングに——特にそれは麻薬売買に伴うものを目的にしてだが——海外の銀行が使用されていると睨《にら》んだCIAが、スイスにあるいくつかの銀行のコンピュータ・システムに密かに侵入したのは、ここにいる誰もが知っていることだった。

スイスの銀行といえば、その機密保持の点においては最も安全度が高いといわれるが、コンピュータ・システムによって管理されるものに、安全などという言葉は存在しない。

そこにシステムというものが存在し、ネットワークに繋がれたものである以上、外部からの侵入を百パーセント防ぎ切るシステムなど存在しないからだ。いかに銀行が口座主の機密保持を盾に捜査当局の情報開示に応じなくとも、そこにコンピュータがある以上、もちろん非合法な方法には違いないが、密《ひそ》かに情報を取り出す方法などいくらでもある。なにしろＣＩＡにはおよそ二五〇〇〇人の職員がおり、その中にはこうしたシステムに侵入することを仕事とする人間も少なからずいるのだ。

「すると、タックス・ヘヴンを経由して、オーストリアの銀行あたりに番号口座をつくっている公算が極めて強いってわけか」

「多分そんなところでしょう」

ベーカーの言葉にフォスターが頷いた。

「手間はかかりますが、機密保持という点で、あの国の銀行に勝るところはありませんからね」

オーストリアには、いまの時代から取り残されたようにひっそりと営業を続ける個人銀行が数多く存在する。その多くはコンピュータはもちろん、あらゆる先端機器、それどころかファックスといった、いまや家電機器として当たり前になったものすら持たない昔そのままの、つまりはすべてをマニュアルによって日々の業務を行なうところも少なくないのだ。最先端の設備に武装された銀行が、機密保持の観点からいえば日々無防備に近い状態になりつつある中で、こうしたプリミティヴな形態を取る銀行のほうが機密保持に適しているというのは何とも皮肉なことには違いない。そしてもう一つ、オーストリアの銀行がこうした形態を頑《かたく》なまでに守り通す背景には、番号口座にプールされた莫大《ばくだい》な金額は、口座の主の死後一定の期間動きがなければ、そのまま銀行の収入になってしまうという取り決めにある。表に出せないホット・マネーを守る代償として、口座の主が生きている間は手数料という金を取り、そして口座番号をあの世に持って行ってしまえば、まさに死人に口なし、そのままそっくり莫大な金を得るというわけだ。

「しかし、そのファルージオが、何でまたターゲットにされたのだろう」

テーラーが話題を元に戻した。

「いずれにしてもやばい橋を渡っているやつですからね。麻薬売買に絡むトラブル、内部抗争、縄張りの利権を巡っての他の組織との抗争……いくつかのケースが想定できます」

「FBIは何か摑《つか》んでいるのか」

「いいえ何も……」

ベーカーの問に、フォスターが首を振りながら肩をすくめた。

「中国製の武器を使用したからといって、これがすぐにチャイニーズの連中の仕業だとは必ずしも言えませんからね。連中が武器を流しているのは間違いないとしても、実際にぶっ放したやつは誰か……それは今後の調べを待たないことにはね」

「しかし、グレネードのようなものが実際に使われたとなると、こいつぁ大変な問題だ」

テーラーが言うと、その言葉を継いでベーカーが話し始めた。

「問題はそればかりではない。実は予《かね》てより我々が問題として指摘していた軍の機密情報の流出ルートと、今回の武器密輸のコネクションに何らかの繋がりがあるらしいのだ」

ベーカーの言葉に即座にテーラーが反応した。

「例のペンタゴンがやっているDRMOの問題ですか」

ベーカーがそれに頷くや否や、

「ペンタゴンの連中、気でも狂ってるんじゃないのか。あれほど問題点が明らかになっていながら、まだあの状態を放置しているのか」

テーラーが半ば茫然《ぼうぜん》とした口調で叫んだ。

「驚くべきことにな……ここ半年の間にも、各地の税関で次々に密かに持ち出されようとしていた機密情報を記録したコンピュータや、機材が見つかっている」

「そのほとんどが中国行きってわけですか」

「そうだ。流出先がかつての中東から明らかに変わってきている。まったく狂気の沙汰だよ。軍縮も結構だが、これじゃまるでダムに開いた穴を手で塞《ふさ》いでいるようなもんだ」

「もちろん軍の情報部も、このことは知っているんでしょうね」

「当然知ってはいるだろう。しかしペンタゴンの役人どもの頭にあるのは、どうも削減目標を達成することだけのようだ。実際に何のアクションも起こしちゃいないんだからな」

「くそったれめ……」

テーラーの罵《ののし》りの言葉が部屋の中に響いた。

＊

相手は三度目のコールで受話器を取った。

「アラン・ギャレット？」

「……誰だ……」

呂律《ろれつ》の回らない声が受話器を通して聞こえてくる。彼がいまや悪しき習慣となった時間に身を置いていることが分かった。

「キョウスケ・アサクラ……」

「あんたか……」

ギャレットはわずかに正気を取り戻したような口調で答えた。

「悪いがトラブルが起きた。といっても心配しないでくれ、あんたに関係のあることじゃない。ただ約束をはたすためには少し時間が必要になった。そのことを伝えるために電話をした」

「そりゃあ、ご丁寧なことで……で、いま、あんたどこにいる」

「ニューヨークだ」

「トラブルは長くかかりそうなのか」

「分からない。詳しくは言えないがディスクの解析は、ことによってはアメリカ以外でやらなければならないかもしれない」

「アメリカ以外で?」

ギャレットの口調にわずかながら変化があった。それは次に言葉にも現われ、低い声のトーンの中に明らかに恭介の提案に怪訝《けげん》な感情を抱いたことが分かった。

「いったいどこでやるってんだ」

「それはまだ分からない」

煮えきらない答に、ギャレットは押し黙った。

「そいつぁ駄目だな……」

ギャレットは皮肉な笑いを含んだ声で、恭介の提案を一蹴《いっしゅう》した。

「あんたもう少し切れる男だと思っていたぜ。考えてもみろよ。何の保証もないままにディスクを渡して、そのまま持ち逃げされちまったら、それで終わりじゃないか。たとえ解析に成功したとしてもコピーを取られる、あるいは、何も入っていなかった、の一言でデータを消去してディスクを返された日には、俺には一セントも入ってきやしない。そんな取引に応じる馬鹿がどこにいる」

「しかし、何が入っているか分からないディスクに金を払う馬鹿など、どこにもいない……これも事実だ」

「ああ、たしかにそうに違いない。だがな、言っとくが、このディスクが空だなんてことは、まずありえない」

「どうして、そんなことが言える」

「一連の流れってもんさ。いいか、前にも言ったが、この機密情報の漏洩《ろうえい》、それに機密兵器の部品流出はすべてペンタゴンのオペレーションの不備に端を発しているんだ。すでにこの問題を深刻に捉《とら》えている連中は、いまや必死でこの問題を追い始めている。もっとも、熱心なのはペンタゴンの連中じゃない。流出している兵器を実際に湾岸戦争で使用した連中だ。アメリカの武器の威力を身に染《し》みて知っているのは、実際に実戦で使用した連中だ。このままいけば自分たちが開発した武器で、今度はこっちが狙われることになるからな。その活動はいまでも続いている。それこそ必死になって、洪水のように流出し続ける機密情報や兵器をなんとかしようとしてるんだ。現状を知っているのはオフィスにいる官僚どもじゃねえ、現場にいる俺たちさ。このディスクは空なんかじゃねえ。本物さ」

ギャレットの言うことは、もちろん分からないではなかった。しかしだからといって、中身が分からないディスクにアドバンスの金を支払うほど、恭介も馬鹿ではない。第一ギャレットが話すDRMOの一連の杜撰《ずさん》なオペレーションそのものを、まだ完全に信じているわけではなかった。

「もし、どうしても外でやると言うんなら」

沈黙したままの恭介に先んじて、ギャレットが喋《しゃべ》り始めた。

「五〇万ドル……それをアドバンスで払ってくれ。キャッシュでな」

「ずいぶんな金額だな」

恭介は冷静な口調で言った。

「このディスクが処分できれば、その位の金額を払っても見合う商売になるはずだ。いくらになろうとそのあとは知ったことじゃない。あんたと俺は一切関係なしだ」

「本当に機密情報ならな」

「サン・アントニオ空軍基地から出たディスクさ。その位の価値は絶対ある」

「ギャンブルだな」

「ああ。ギャンブルさ。こっちだってやばい橋を渡るんだ。パートナーとしてビジネスに参加する人間には、それだけのリスクを分担してもらって当然だろう」

「分かった……考えておく。また電話する」

「あんたの律儀《りちぎ》なところだけは評価するよ」

恭介はギャレットの言葉を聞きながら、無言のまま受話器を置いた。

布張りのランプ・シェードを通した、暖色灯のやわらかな光の中にアール・ヌーボー風の調度品が浮かび上がる。ニューヨークの四つ星ホテルに相応《ふさわ》しい高い天井。そして飾りとはいえ大理石で作られたマントルピースの中には、金で彩色された孔雀《くじやく》の尾羽をデフォルメした置物が飾られている。

恭介は腰をかけていたダブル・サイズのベッドから立ち上がると、壁に収納される形で隠されているホーム・バーを開《き》き、中からティオペペの小瓶を取り出した。さすがにシェリー・グラスなどという気の利いたものはなかったが、間接照明の光の中で、グラスに注がれた液体が金色に光る。

ドライ・シェリー特有のわずかに酸味がかった香りと味が、鼻孔を刺激しながら、ゆっくりと胃の腑《ふ》へと落ちていく。穏やかな弛緩《しかん》が広がり、恭介は小さな溜息《ためいき》をついた。

人の一生には大きな波がある。それは海原で絶え間なく続くうねりのようなもので、一見穏やかに見えながらも決してそうではなく、絶え間なく上下しているものだ。そして時には時化《しけ》が訪れ、とうてい予期しえない運動をする。

高校時代の終わりに起きた両親の航空機事故死。大学卒業前には、なりゆきとはいえストリート・ギャングを殺し法廷に立った。卒業と同時に始めた日本へのコカイン密輸。そして昨年起きた台湾マフィアとの抗争……。恭介の半生もまた、絶え間なく押し寄せる波に翻弄《ほんろう》される中にあった。そして今度はファルージオ……。この自分の半生の中でも、いや多分生涯を通じて自分に最も大きな影響を与えた男が、いま大変なダメージを受けた。カルーソの言うように、もしもこのまま彼がその地位を退くということになれば、これからの自分の生き方は大きく変わらざるを得ないだろう。

恭介は、ゆっくりと全身に広がっていく気だるい酔いの中で、再び押し寄せてきた運命の大きな波の行く末に思いを馳《は》せた。

何があっても、自分の意思だけは曲げることはできない。持てる知恵と知識、そして力を発揮すれば、いかなる難局も自分は切り抜けられる。新しい波のうねりの到来は、常に新しい道を切り開くチャンスの到来でもあった。過去も、現在も、そしてこれからも、それに変わりはないはずだ……。

裡《うち》に秘められた本能の炎を、ひときわ高く燃え上がらせようとするかのように、恭介はグラスの中の金色の液体を一息に呷《あお》った。

＊

あの腰抜けのアゴーニが組織のボスだと。冗談じゃねえ。

ブルックリンの自宅に戻り、書斎に引きこもったコジモは、事態の意外な展開に、込み上げてくる怒りと焦燥感に駆られていた。

襲撃があのバグの一味の仕業に違いないことは、すでに推測がついていた。部下を殺され、実の弟まで惨殺されたとなれば、大概は尻尾《しっぽ》を巻いて足元にひれ伏しそうなものだが、やつは予想に反して反撃に転じてきた。それもいきなり大ボスのファルージオを襲うという形でだ。組織に与えたダメージは、これだけでも測り知れないものがあるが、コジモにとっては、これは思いがけない吉兆だった。

安定していたと言えば聞こえはいいが、言葉を変えれば硬直以外の何物でもない組織の中で、思いも寄らなかったチャンスが舞い込んできたのだ。この局面をうまく利用すれば、ニューヨークを自分の手にできる。その目があと少しで自分に転がり込んでくるところで、最悪の結末が訪れたのだ。しかも後がまに座るアゴーニはまだ五〇そこそこという若さで、今後長期間、ニューヨークに君臨していくことは間違いなく、それは同時に、自分にはどうあがいてもその座につく可能性がなくなったことを意味していた。

今後の人生のすべてをあのアゴーニに捧《ささ》げる……それはコジモにとって、ありうべからざる選択だった。

書斎のドアが二度ノックされた。

「入れ」

重厚なドアが開くと、コジモの組織でアンダー・ボスを務めるマグニ・アレサンドロが入ってきた。年の頃はコジモとそう変わらないが、現状の組織の在り方には不満を抱き、忠実にコジモに仕えるという点においては、極めて有能な部下である。

「どうです、ファルージオの様子は……」

アレサンドロは、机の前に置かれた椅子に座るなり聞いた。

「命は取りとめたが、まともな体にはならないそうだ。半身不随だ」

「つまり、組織の頂点に君臨する体にはならないと」

「そういうことだ」

視線を合わせたまま会話を交わすアレサンドロの口元に、油断ならない笑いが静かに広がった。

「ようやくこちらに運が向いてきたってわけですな」

「ところがそうでもねえ。あの野郎、こともあろうに、自分の体がどうなったかを知った途端に後継者を指名しやがった」

「後継者……誰をです」

「ジョセフ・アゴーニ。あの腰抜け野郎さ！」

コジモはそう叫ぶなり、分厚い手のひらをマホガニーの机に叩《たた》きつけた。

「畜生め、なんてこった」

自分のボスが出世するか否かが部下の将来に大きな影響を与えるのは、何もサラリーマン世界の話だけではない。むしろ力がすべての非合法の組織の中では、その傾向はさらに顕著で、生活の糧のみならず自分の身の安全、つまり生きるということのすべてに重大な影響を及ぼすものなのだ。

「野郎に何ができる。たしかにファルージオの覚えはめでてえが、しょせん頭を使うことだけの腰抜け野郎だ。あいつがこのニューヨークを仕切るようになれば、俺たちはいまのまま、つまりラティーノやチンクスどもにいいようにやられ、その上アゴーニの野郎に利益を吸い取られて終わりだ。そんなことが我慢できるか」

アレサンドロはゆっくりと頭を振った。その目に凶暴な光が仄《ほの》かに点《とも》りだす。

「しかし、ずいぶんと早く後継者を決めたものですね」

「ああ。ゆっくりとしていられねえ理由《わけ》があるのさ」

「なんです、その理由ってのは」

「二週間後にタンパで全米の組織のボスが集まる会議がある」

「そんな会議を開くことになっていたんですか」

コジモは一つ頷《うなず》くと、

「アパラチンの再現ってことさ。実に四〇年ぶりの大きな会議だ」

コジモが言うアパラチンとは、一九五七年一一月一四日にニューヨーク州の南西部にある辺鄙《へんぴ》な田舎町アパラチンに、八〇人ほどの各地のボスが一堂に会し、今後の何十億ドルものビジネスの方向性を決める会議を極秘のうちに持ったことを指す。もっともこの会議はふとしたことから発覚して当局の手入れを受けることになり、そこに集まったボスのことごとくが事情聴取を受けることにはなったが、この会議がイタリアン・マフィアの存在などすでに過去のものと考えていた当局に与えた衝撃には、測り知れないものがあった。組織は崩壊、消滅したのではなく、地下に潜っただけで相も変わらず厳然と存在することが明らかになったからだ。

「それを仕切るのがファルージオだったってことですか」

「そうだ。この会議で全米の組織のこれからの活動のあらましが決まる。あらゆる情報が交換され、協力できる部分はお互いに協力しあう。利権の振り分けも、それから利益の配分もな。いまの時代は、かつてのような縄張りの線引きで仕切れるほど単純ではない。商売によってはテリトリーを越えて利権が錯綜《さくそう》し、小さな諍《いさか》いも起きている。ここらあたりで、そいつを一気に片づけようってことだったんだ」

「まさに歴史的会議ですな」

「その通りさ。そしてそこを仕切った者が、全米のボスとして認知される……。これまでもニューヨークを仕切る者が事実上全米のボスだったが、今回の会議は、名実ともにそれを全米の組織に認知させることになる」

「新しいボスのデビューの場としては、これ以上の機会はありませんな」

アレサンドロは意味深な口調で言った。

「その通り……その通りだ」

「で、どうするんです。アゴーニを殺《や》りますか」

静かな言葉の裏に、すでに次の返事を期待するニュアンスが隠しきれない。

「ああ……しかし、ちょいと頭を働かせないとな。正面切ってやれば、今度はこっちが狙われることになる」

「つまり……」

「やつらを使うんだ」

「やつら？」

そう聞き返したアレサンドロに向かって、コジモは不敵な笑いを浮かべて応《こた》えた。

「なるほど……やつらですか。あんなどうしようもない連中でも、使い道があったもんです」

アレサンドロにもファルージオ襲撃犯の目星はついていた。なにしろサウス・ブロンクスでのヘロイン取引の襲撃を指示し、バグの弟を惨殺するお膳立《ぜんだ》てをしたのは、ほかならぬアレサンドロ自身だったのだ。

「しかし、グレネードとはね……連中も派手にやってくれたもんです」

アレサンドロはその顔に苦笑を浮かべて言うと、

「やはり、チンクスと手を組んだ、と考えておいて間違いないでしょうな」

「まあ、そんなところだろう。その気になりゃ、あんなものを手に入れることはむずかしいことではないが、これだけ短期間にということになれば、連中が一枚嚙《か》んでいると考えたほうがいいだろう。それに銃撃に使った銃はどうもAK―74らしい」

「なるほど。つまり……」

アレサンドロは納得したかのようにゆっくりと頭を上下させた。

「そうさ、やつらを使うのさ」

そうこなくちゃ。アレサンドロの顔にも不敵な笑いが広がっていった。それは猛禽《もうきん》が自らの爪と嘴《くちばし》に秘めた破壊力で狙った獲物を射程内に捉《とら》え、狩ることを確信した姿そのものだった。

二人は声を潜めてこれからの手順を話し合い、アレサンドロが部屋をあとにしたのはそれから三〇分ほど後のことだった。

10

夜半すぎ、アレサンドロは三人の部下《ソルジャー》を連れてブルックリンを出た。黒いオールズ・モビルは十分に年を経たもので、サウス・ブロンクスの荒廃した街の中でも目立つことはないはずだった。彼も含めて四人の男たちはいつものスーツ姿とは異なり、暗い色のシャツ、それにチノーズのパンツを身につけ、足元もずっと動きやすいスニーカーやワーキング・シューズで固められていた。無言の車内に、エンジンの単調な響きにリズムを取るように、荒れた路面の凹凸を拾うサスペンションからの振動が伝わってくる。

バグの居所は、すでに監視させている部下を通じて摑《つか》んであった。彼がどれだけ身に迫りつつある危機を認識しているかは分からないが、身を隠せる場所は限られたもので、居所を突きとめるのにそう時間はかからなかった。しょせんサウス・ブロンクスという限られたエリアの中でしか生きられない、ちっぽけな虫にすぎないのだ。

オールズ・モビルはブルックナー・エクスプレスを少し走った所で、イーストの一三八丁目からサウス・ブロンクスに入る。途端にあたりの様相が一変し、琥珀《こはく》色の街路灯に照らされたビルの群れが、強い陰翳《いんえい》をもって亡霊のようにその中に浮かび上がる。ビルとビルのわずかな空間は、底知れぬクレバスの谷間のように闇に包まれ、その前には体を揺らすように、あるいは一見したところ無目的な時間を過ごすかのようにたたずむ人影が散見される。

　オールズ・モビルはぐっと速度を落とすと、目の前に迫ったコーナーを左に曲がった。そこは暗い路地になっており、もはや住む者もなく長いこと放置されたままになっているビルに囲まれたストリートだった。鈍い軋《きし》み音を立ててオールズ・モビルが路肩に停止すると、こ汚い格好をした一人の男が、ビルの暗がりから姿を現わした。すかさずハンドルを握った男がパワー・ウインドウを操作して窓を開放する。

「やつは、この角を曲がったところのアパートにいます。地下の部屋です」

「何人だ」アレサンドロが低い声で聞いた。

「ボディガードが三人。二人はアパートの入口を固めています。もう一人は多分部屋の戸口あたりでしょう」

「それで全部か」

「女が一人いるはずです。やつの女がね」

「よし、やるぞ」

　アレサンドロの声と同時に、男たちがドアを開け、路上に降り立つ。運転席越しにアレサンドロの手から、一人の男に茶色の紙袋が渡された。中身を覗《のぞ》いた男の顔に歪《ゆが》んだ笑いが広がった。紙袋の中には、テキーラの空き瓶のサイドにサイレンサーをビニール・テープで固定した拳銃《けんじゅう》が入っていた。

「まず最初にお前が入口の二人を殺るんだ。それが片づいたらすぐに踏み込め。絶対にバグを生かしたまま捕えるんだ。お前らが中に入った時点で、入口の前に車を回しておく。いいな」

アレサンドロの指示が終わると、三人の男たちはその場を離れ、暗がりの中に消えていく。先頭にホームレスの格好をした男が、そして次に暗い色のシャツを着た二人の男が続いた。それは黒いシルエットとなって路地の奥へと遠ざかっていった。

アパートの前には、エントランスからストリートに伸びる短い階段に若い二人のラティーノがいた。一人は階段に腰をかけ、もう一人は手摺《てす》りに身をもたせかけるようにしてあたりを窺《うかが》っていた。

暑い夜だった。夜になっても肌にまとわりつくような熱気が淀《よど》む中では、注意力を長く持続させることはむずかしい。しかも女の所へしけこんだボスを命を張って守らなければならないとくれば、気が張らないのも道理というものだ。

「煙草あるか」手摺りにもたれた男が、ぶっきらぼうに言った。

階段に腰を下ろした男がわずかに身を捩《よじ》ってジーンズの前ポケットを探ると、皺《しわ》くちゃになったウインストンのパッケージを取り出して、それを手渡した。

男は肘《ひじ》を手摺りについたまま、中の一本を指でつまみ出すと両方の指で皺を伸ばすように二度、三度となぞって口にくわえ、ジッポのライターを片手で器用に扱いながら火をつけた。男の口から吐き出された煙が、たちまち夜の大気に溶け出していく。その煙を追った男の物憂げな視線が一点で止まった。

ビルの路地から一人のホームレスが姿を現わし、こちらに向かってゆっくりと歩いてくる。垢《あか》に塗《まみ》れたシャツ。変色し、カンバスのようにごわごわになったパンツ。そして焦点の合わない虚《うつ》ろな目に、だらしなく半開きに歪んだ口元。手にはリカー・ショップで酒を入れる茶色の紙袋を持ち、スニーカーもまた本来の色など推測もできないほど汚れきっている。どこから見ても極めつきのアル中のホームレスそのものだった。

「おい……」

それでも男はそのホームレスから目を離さずに、手摺りにもたれた体を起こし体勢を整えると、階段に座ったままの男に向かって注意を促した。

二人の手が同時に腰のあたりに伸び、だらしなく裾《すそ》が出されたままのシャツの下にそっと潜り込む。張りつめた緊張感が二人の間に流れ、シャツの下に伸びた手が銃把《じゅうは》を握り、人差し指がトリガーにかかった。二人が腰に隠し持った拳銃は三八口径のコルト・ディテクティブ・スペシャルのスナブ・ノーズ《短身銃》・リボルバーで、不審な動きがあればただちに拳銃を取り出し発射できる体勢になった。

二人の視線が注がれる中を、ホームレスは相も変わらぬ歩調でゆっくりと通りすぎようとした刹那《せつな》、一瞬足を止めた。

男たちは即座に反応した。大きく目を見開いたかと思うとシャツの裾が大きく翻《ひるがえ》り、そこから黒い鉄の塊を握りしめた手が、ホームレスに向けられた。しかしそれでもホームレスは何の反応も示さなかった。焦点の定まらない目をわずかに二人の方向に向けると、何事もなかったように再び前に向かって歩き始める。

「ファーック……」

階段に腰を下ろした男が、長い溜息《ためいき》とともに罵《ののし》りの言葉を吐くと、撃鉄を元の位置に戻した。

「畜生……どうかしてるぜ。酔っ払い相手にこんなに過敏になるなんて……」

もう一人の男がばつの悪そうな顔をしながら、それに倣《なら》った。

いいぞ。何もかも想定通りだ。とりあえず入口の見張りは二人だ。それも焦《じ》れて煙草なんぞをふかしてやがる。そうだろう。いつ襲ってくるか分からない敵を待つ……これほど辛《つら》いことはないからな。ホームレスに扮《ふん》した男は、心の中で会心の笑みを浮かべた。二人の視線が自分に向いているのが分かった。腰に伸びた彼らの手が、だらしなく外に出されたシャツの裾の下に伸びる。そこに呑《の》んだ拳銃に当てられたのだ。

もう逆戻りはできない。ここから先は、神のみぞ知るだ。この仕事がうまくいけば、コジモは俺を兵隊の一人にしてくれると言った。そうなれば俺もただのチンピラじゃねえ。組織のメイド・メンバーの一員だ——危険の代償はそれを補っても余りあるほど魅力的なものだった。男は覚悟を決めた。もう一度手順を反芻《はんすう》してみる。

この状況では、こちらから先に手を出すことはできない。相手が隙を見せた一瞬を狙うしかない。いきなり銃をぶっ放すことなどしやしない。大丈夫、こちらが挑発的な動きをしなければいいはずだ。そんなことをすれば連中がさらに厄介な立場になることは分かっているはずだ。

二人の刺すような視線と張りつめた緊張感を感じながら、ゆっくりと歩を進める男の足が止まった。二人を殺《や》らなければならない……。その使命感と、逃げ出したくなるような耐え切れぬプレッシャーがそうさせたに違いなかった。瞬間、男たちの手が素早く動いた。

次に襲ってくるであろう衝撃、まだ経験したことがない衝撃に備えて男の体が硬直した。しかし何も起こらなかった。ゆっくりと頭を動かし二人を見る。自分を見据える四つの瞳《ひとみ》。そして暗く小さな死の空洞が二つ、自分に向けられている。

その刹那、神は自分の傍《そば》にいると男は確信した。急速に自分が冷静になっていくのが分かった。

男は再び前を向くと、無関心を装う演技をしながら歩き始めた。その背後から男たちの声が聞こえてくる。

「ファーック……」

「畜生……どうかしてるぜ。酔っ払い相手にこんなに過敏になるなんて……」

いまだ！

男は左手に持った紙袋の中に右手を入れ、中に隠し持った拳銃の銃把を握ると、一転して素早い動作で振り向きざまにそれを構えた。

銃を腰に戻す作業をしていた男たちの目が驚愕《きょうがく》で見開かれ、恐怖と絶望の色で満たされる。

男は最初に手摺り際に立つ男に向かって引き金を引いた。サイレンサーで銃身が長くなっている分だけ狙いは定めやすかった。衝撃を感ずる間もなく二回目の引き金を引く。ベア・ナックルで繰り出したパンチが顎《あご》にクリーン・ヒットするような音。肉と骨が一瞬にしてダメージを受ける音だ。命中は間違いなかった。その結末をみる間もなく銃身をわずかに下方にずらし、今度は階段に座った男に狙いを定める。もう一人の男は、不意を襲われ銃を取り出すのに手間取ったらしく、階段の中ほどでもがくように仰向けの体勢になっている。

二発を発射した男は、自分でも気がつかないうちに目標に向けて前進していた。仰向けになった男の顔がすぐそこにあった。見開かれた目。その口が大きく開き、舌の先端が覗く。その動きからおそらくは最後の命乞《いのちご》いの言葉『ドン・シュー！』とでも叫ぼうとしたのだろう。しかしついにその言葉は発せられないままに終わった。男の指が再び動き、鈍い音と同時に硬質の外殻を破壊する嫌な音が響いた。銃弾は階段に横たわった男の顔面、ちょうど眉間《みけん》に命中し、一瞬にして赤い肉のバラが咲いたようになった。コンクリートの階段に赤い血が静かに、しかし夥《おびただ》しい量で広がっていく。

背後から、駆け寄ってくる複数の足音が聞こえた。

「上出来だ……」

一人の男が耳元で囁《ささや》くと、次に駆け寄ったもう一人が手摺りに身を預けて力なく座り込んだラティーノに向けて、無造作にトリガーを引いた。微《かす》かな発射音とともにその男の頭が小さく、しかし激しく揺れた。頭髪が一度逆立つように持ち上がり、全身がやはり一度大きく痙攣《けいれん》した。それが男の最後の反応だった。胸に二発の銃弾の跡があり、それだけでも十分な打撃だったに違いない。どちらの弾丸が致命傷になったのか、この男の死因を正確なものにするためには、後日の検視解剖の結果を待たねばならないだろう。

「行くぞ！」

耳元で囁いた男がそう言うなり階段を駆け上がり、アパートの入口のドアに手をかけた。ドアの上半分はガラスがはめ込まれた作りになっており、予《あらかじ》め報告を受けていた男は、そこに用意したガムテープを貼りつけると、手にした拳銃の銃把をそこに打ちつけた。ガラスが砕けその破片が擦《こす》れ合う堅い音がした。弛《ゆる》んだそのテープを引き剝《は》がすとそこから手を入れ鍵《かぎ》を開ける。手前に引かれたドアを、すぐ後ろに控えたもう一人が拳銃を右手に掲げた格好で駆け抜けていく。そのわずかな間に、新たな弾倉を補充し終えたホームレスの格好をした男が続く。アパート内のいくつかのドアは木製で、深夜のこの時間、堅く閉じられ開けられる気配はなかった。通りで起きた殺戮《さつりく》も、銃声がサイレンサーによってほぼ消されたとあっては、気がつく人間などいようはずもなかった。

階段は玄関を入ってすぐの所に上部に続くものがあり、地下に続くものはその奥にあった。

三人はその手前でいったん一固まりになると、目で手順を確認し、それまでの勢いとは打って変わって慎重な足取りで階段を降り始める。スニーカーのゴム底が男たちの足音を見事に消し去る働きをした。肌寒い蛍光灯の光に照らされた地階の踊り場が見える。最初の男が踊り場に降りると顔を上げ、続く仲間に合図を送る。ホームレスの格好をした男がゆっくりと、慎重に階段を降りる。その間にすでに踊り場に降り立った男が折れ曲がった廊下の奥をそっと窺い始める。その目が廊下の奥の部屋の前で、手持ちぶさたにたたずむ一人の男を捕えた。こちらに気づく気配はなかった。

動きは急速に起きた。三人目の男が拳銃《けんじゆう》を腰《こし》だめに両手で支えると、思い切りよく身を翻し下に躍り出た。すでに銃身は廊下の奥の男に向けられ、そこから続けざまに三発の鈍い発射音が鳴った。

三匹目の虫の最後は哀れなものだった。おそらくは自分でも何が起きたのか分からないうちに、意識は過去のものになったに違いない。

頭部に一発。そして残り二発が、胸と掲げた腕に命中した。肉体に鉛の弾頭がめり込む鈍い音がし、その衝撃を支え切れなかった男の体が勢いよく横倒しに倒れた。それは音一つなく静まり返った空間に、そこで起きた惨劇を知らせるには十分な音量を持って響き渡った。もはや一刻の猶予もならなかった。三人の男たちは一斉に奥の部屋の前に駆け寄った。乱雑な足音が廊下に響き、それが止んだ刹那、新たに生じた鈍い四発の発射音ととにドアのノブが吹きとんだ。

バグは女の中にいた。しでかしたことが引き起こすであろう報復への恐怖、その一方で厳然と込み上げてくる野心。相反する二つの感情のはけ口を見出《みいだ》そうとするかのように、己の体を下になった褐色の肌に打ちつけた。

ランプ・シェードを通して漏れる薄明かりの中で、バグの手が鷲摑《わしづか》みにした乳房が別の命を持つかのように絶え間なく変化する怪しい陰翳《いんえい》を浮かび上がらせる。そのリズムに合わせるように女の口から喘《あえ》ぎ声が洩《も》れる。乱れた夜具が熱と湿り気を帯び、汗ばんだ肌にまとわりつく。

それは突然に起きた。廊下を駆けてくる複数の慌ただしい足音が聞こえたかと思うと、木製のドアのノブの部分から凄《すさ》まじい音が上がった。砕け飛んだ木片が部屋の中に散乱し、その音に混じって飛んでくる銃弾の不気味な唸りがバグの鼓膜を振動させる。

拳銃はベッドの脇のサイド・テーブルの上に置いてあった。瞬間的にバグの手がそこに伸び、身を守るただ一つの道具を手にしようとした。女の体から抜けたペニスが、部屋の薄明かりに反射して赤黒くぬめりを帯びた光を放つ。下になった女の体が動作の邪魔になった。伸ばした腕が一度空しく宙を掻く。そしてもう一度……。肘《ひじ》と膝《ひざ》を使い、飛びかかるように腕を伸ばす。その力をまともに受けた女が、いままでとは違った苦痛に悲鳴を上げる。

しかしすべては遅すぎた。バグの指が拳銃に触れた瞬間、ドアが蹴破《けやぶ》られ、三人の男が部屋に乱入してきた。

「おっと、動くんじゃねえ。それまでだ」

ステュディオ・タイプの部屋に隠れる場所はなかった。バグの動きが凍りついたように止まった。

「ゆっくりと手を離すんだ。ゆ……っ……く……り……」

感情の欠片《かけら》も感じさせない男の声が部屋に響く。

バグの手がそのテンポに合わせるように、静かに、しかしためらいと迷いを残しながら銃から離れていく。

「いい子だ……」

バグの頭がゆっくりと恐怖に裏打ちされた動きで声の方向を見る。その視線が自分に向けられた三つの銃口を捉《とら》えた。

「聞き分けのいい坊やが、何でまたあんな大それたことをしでかしたのかな」

静かな響きの背後に凶暴さが秘められた声だ。女はシーツで体を隠しながら、絶望的な恐怖に満ちた眼差《まなざ》しを男たちに向けている。前に合わせた腕がはっきりとそれと分かるくらいに震えている。

「先に手を出したのはてめえらじゃねえか。ルイスを、しかもあんな方法で殺られて黙っていられるか。こっちはもう三人殺られてるんだ。おめえらはまだ二人じゃねえか。これじゃ釣り合いってもんがとれねえ」

「三人じゃねえ。六人だ」

「六人？……外の連中も殺《や》りやがったのか……」

「そうじゃなかったら、どうやってここに来れると思っているんだ」

薄い笑いを浮かべながらそう言った男の目が次の瞬間細くなり、顔が能面のように無表情になった。

「そして、これが七人目だ」

銃口の先がわずかに右に動いた。驚愕に見開かれたバグの目の中で、男の目が続けざまに三度瞬いた。サイレンサーの銃口に同じ数だけ閃光《せんこう》が走り、瞬間傍らにいた女の体が激しく震えた。体を覆ったシーツに三つ、穴が開き、その少し下の所から赤い血が染み出してきた。

「何てことをしやがる」

バグは茫然《ぼうぜん》とした口調でかろうじて言葉を吐くと、傍らの女を見た。虚《うつ》ろな目を剝《む》いて、わずかだが、まだ小さな息をしている。

「お前らのやり方に倣ったのさ。裏切り者は親、兄弟、そして子供でも殺すんじゃなかったのか……そうだろう」

俺はどうやら連中を甘く見すぎていたようだ……。連中が恐怖の力をもってこの世界に君臨していたのは昔の話なんかじゃない。爪も牙《きば》もなくしてなんかいやしない。組織力、知恵、そして力。そのどれをとっても、こいつらは俺たちが束になってかかっても、とうていかないっこないプロ中のプロの犯罪者だ……。

バグは生まれて初めて腹の底から込み上げてくる恐怖に駆られていた。そしてその認識はただちに追証された。

「バグ。お前にはまだ聞きたいことがある。一緒に来てもらおう。その前に何の憂いもないように身辺整理をしておかないとな。さあ、これで何の心配もなくなる」

男の手がゆっくりと上がった。女の口から消えかかる灯のような呻《うめ》きが洩れた。

「ピリオド……」

再び男の手に握られた拳銃が小さく唸《うな》った。女の体が大きく一度跳ね上がり、すべての動きが停止した。それはバグが抱いていた野心も、そして希望も打ち砕く音だった。もはやバグは男たちの前で、かつてのようなただのチンピラに過ぎなかった。

無言のまま続くドライブ。後部座席には手足をテープで固定されたすっ裸のバグを挟む形で、左右を二人の男が固めている。助手席には中年の男が座って、じっと前を見据えている。ブロンクスとブルックリンの両方を仕切る組織のアンダー・ボス、マグニ・アレサンドロだ。

オールズ・モビルは、ブルックリンの中央をコニー・アイランドに向けて走るオーシャーン・パークウェイを途中で降りると、深夜の住宅地を抜け、さらに走り続ける。やがて倉庫や工場が立ち並ぶ一角に差しかかったところで、速度を落とした。街路灯の光に工場のゲートが浮かび上がる。人の気配などまったく感じられない闇の中に、突如一人の男が亡霊のように浮かび上がると、頑丈な鉄柵《てっさく》のゲートを開けた。

オールズ・モビルは、さらに速度を落としその構内に入っていく。突如右側に座った男がパンツの尻《しり》ポケットを探ると、そこから折りたたみ式のナイフを取り出した。パチリという小気味よい音とともに、鋭く研ぎすまされた刃が闇の中で白く凶暴な光を放った。

バグの目が恐怖で大きく見開かれ、わずかに開いた口から声にならない悲鳴が洩れた。

「何を脅《おび》えている。殺しはしない……」

男は憐《あわ》れみを帯びた視線をバグに投げかけると、皮肉な笑いを口元に浮かべながら上半身を屈《かが》めた。足首を固定していたテープに刃先が当たると、それは驚くほど簡単に、弾《はじ》けるように切れ、バグの足を自由にした。

男が無造作にナイフを折りたたみ、尻のポケットに入れた。それと同時に、鈍い軋《きし》み音とともにオールズ・モビルが停止する。

「降りるんだ……」

男は一声かけるとドアを開いた。左側のドア、そして助手席のドアが一斉に開き、男たちが次々に降り立つ。

アレサンドロは相変らず一言も発することなく、先頭に立って建物の中に入っていく。その手には懐中電灯が握られている。バグは、後ろ手に縛られた両の手首を男に押さえられ、そのあとに続いた。敷地を照らす水銀灯の光の中に、コンクリートがむき出しになった建物が浮かび上がる。薄暗がりの中ではどんな建物でも廃屋のように見えるものだ。それが建って間もないものか、あるいは、いまや使われなくなった古い建物なのか、その区別さえバグにはつかなかった。

先頭に立って進むアレサンドロが黒く塗られた鉄の扉を開けた。不気味な軋《きし》み音を立てて黒い通路がぽっかりと口を開ける。手にした懐中電灯が点灯し、中を照らしだす。酷《ひど》く特徴的な匂いがバグの鼻孔をついた。仄《ほの》かに乳臭く、どこかで嗅《か》いだことのある匂いだった。その記憶の糸を辿《たど》る間もなく、次のドアが開いた。

途端にすっ裸のバグの体は、そこから流れ出した冷気に包まれた。懐中電灯のスポットに浮かび上がる天井からぶら下げられた物体。それが半身に切り裂かれた牛だと分かった時、バグは反射的に足を止めた。

「行くんだ」

後ろで固定された手首を握った男が、空いた手でバグの背中を押した。自分でも意識しないうちにバグの体の重心は後ろにかかり、背後に立った男に身を預けるような姿勢で奥へと進んだ。次のドアが開くと、そこには新たに二人の男がいた。

暗い部屋だった。床が汗をかいたように濡《ぬ》れ、歩を進める度にバグの裸足《はだし》の足がピタピタと湿った音を立てる。

懐中電灯の光が正面からバグに当てられた。白い光以外に何も見えなくなった。

「さて、バグ！」

大仰な声を上げたのはアレサンドロだった。コンクリートの壁に声が反射し、バグの身が大きくそれに反応した。

「お前に聞きたいことがある」

そう言うとアレサンドロはわずかに首を振った。光の輪郭の端で、動き出す何人かの男たちの姿が見える。背後に立った男が新たに手にしたロープで、ビニール・テープの上からさらに手首を固定していくのが分かった。

「何だ、何でも喋《しゃべ》る……だから……」

バグはこれから自分が受ける行為を想像し、哀れな声を洩《も》らした。

「そう簡単に吐いてもらっては困る。それなりの苦痛を味わってもらってからじゃないとな」

喋ると言っているのに、それを聞きもしない。拷問は目的を達成するための手段であり、それをたのしむためのものじゃない。そうした人間もいるには違いないが、それは……。

落雷に似た鉄の擦《こす》れ合う大きな音が天井から鳴り響くと、鉄のフックがバグの目前に降りてきた。背後の男がそれをむんずと摑《つか》むと、手首を縛ったロープに掛ける。

再び頭上に落雷のような音が響くと、バグの体は宙に浮いた。

後ろ手に縛られたバグの腕の関節が軋みを上げながら持ち上がり、体重を支え切れなくなったそれが鈍い音とともに外れた。音の鈍さとは反比例する激痛が全身を駆け抜ける。

凄《すさ》まじい悲鳴だった。苦痛でバグの顔は歪《ゆが》み、息をする度に痛むのか、必死で息の間隔を長くし、苦痛を最小限にすべく肉体が反応する。

男たちは無言のままだった。黙々と続く行為がさらにバグの恐怖を増加させる。

「しゃ……しゃ……べ……る……だ……か……ら……」

バグは体を硬直させながら、かろうじて言葉を発した。しかし、それでも男たちは反応しなかった。

突如光の下方に一本の腕が現われると、バグの股間《こかん》にだらしなく下がる男根を無造作につかんだ。その感触を感じる間もなく、硬度を持った細い棒が目に飛び込んできた。

耐えがたい激痛が走った。男が尿道にその棒を深く突き差したのだ。さらに激しい悲鳴がバグの口から起こった。鉄の棒はすでにバグの肉体の深くに入り込んでいるのが分かった。その硬度ゆえに、その在りかさえバグにははっきりと分かった。

しかし悲鳴は、まだそれが最高のものではなかった。体の中に感ずる異物感、そこから激痛とともに体を中から溶かし去るような凄まじい衝撃が爆発的に起きた。

バグの尿道に差し込まれたのは電極棒で、男たちがそこに電流を流したのだ。

大きく開けた口からこれ以上はないというほどの絶叫が上がり、バグは白目を剝《む》いた。

体が褐色の肉の棒のように硬直する。

実際にはほんの一瞬のことにもかかわらず、バグにとってそれは無限の時間に違いなかった。衝撃から解放された瞬間、体中の力が一気に抜け、外れた肩にその全体重が反動とともにかかったにもかかわらず、すでにその痛みに反応する気力も、そして感覚もなかった。

「さて、質問を始めよう」

アレサンドロの穏やかな声が響いた。かろうじて虚《うつ》ろな視線でその方向を見るバグの目が、懐中電灯の光の中で怪しく光る。

「まず最初はどうしてファルージオを狙ったかだ。しかもあんなヘビーな武器をどうやって手に入れたか……裏で糸を引いているやつがいるんだろう。そいつは誰だ」

「チ…チンクス……チャイナ・タウン…に…いるアンドリュー・チャンだ……」

「アンドリュー・チャン？」

「三年前…に香港から来たやつ……俺は……もう…あんたらの下請けとして働いて、上がり……をかすめ取られること…に我慢できなかった……ヘロインの仕入れの…ルートをつくり、自分たちで縄張りを支配するつもりだった……西の仲間たちのように……」

「馬鹿なことを考えたもんだな」

「……まったくだ…あんたたちはそれに気がつき……俺の仲間と弟を殺した……チンクスの二人も一緒に……」

「その通り」

「復讐《ふくしゅう》しようと…思った……最初はブロンクスを仕切る……コジモ…を殺ろうとしたが……チャンの野郎が言うには…ファルージオ……そいつがニューヨークのボスだ……そいつを殺れば……お前らの組織は混乱すると……その間隙《かんげき》を縫って俺たちとチンクスが……」

「俺たちに取って代わってニューヨークに君臨するってわけか?」

「そ…そのつもりだった……武器は連中が用意した……ファルージオの行動を探ったのもやつらだ……」

「とんでもないことをしてくれたもんだな、バグ!」

アレサンドロは再び大仰な声を上げた。

「悪かった……俺が間違っていた……だから…なあ、お願いだ」

バグは再び命乞《いのちご》いの言葉を吐いた。もはやそこにかつてのバグの面影は微塵《みじん》もなかった。サウス・ブロンクスに君臨していたボスでもなければ、ちんけなチンピラでもない。ただの一人の哀れなラティーノの男がいるだけだった。

「お前、何か勘違いしていやしねえか、バグ」言葉の裏に微《かす》かだが笑いを含んだ響きがある。

驚いたような眼差《まなざ》しを向けたバグに向かって「よくぞやってくれたってことさ」と、アレサンドロは続けた。

信じられない言葉だった。それが何を意味するのか理解に苦しむといった表情で、バグはアレサンドロを見た。

「ファルージオを仕留めそこなったのは残念だったが、お前らのお陰でコジモにボスになる目が開けたのさ。俺たちのボスがニューヨークに君臨する目がな……」

バグはまだ呆《ほう》けた表情でアレサンドロを見ている。

「いいかバグ、よく聞くんだ。いまお前が受けた苦痛は、俺たちを裏切ってチンクスからブツを仕入れようとしたことへの落とし前だ。七人の仲間、もちろんお前の弟、それに女もその中には含まれているが、それも落とし前のうちだ」

「それじゃ……」

バグの目に、いままでとは違った光が宿った。生きることに希望を見出《みいだ》した光だった。

「そうだ、高い代償を払ったお前を許してやらないわけでもない。サウス・ブロンクスは俺たちにとっても、ヤクの上がりを稼ぐには決して無視できない場所だからな」

「何でもやる。何でも……」

アレサンドロの頭がわずかに動いた。その仕草に懐中電灯の光が動き、同時に尿道に差し込まれた電極棒が引き抜かれた。再び激痛——しかし今度は、前よりもはるかにましだった——が走り、バグは小さな悲鳴を上げた。鎖が擦れる雷鳴のような音とともにドサリとバグの体が床に転がった。

「いいだろう。いままで通りサウス・ブロンクスを仕切るんだ。ただし二つ条件がある」

「何でも……何でも……」

バグは呻《うめ》くように言った。

「一つは、金輪際《こんりんざい》馬鹿な気は起こさないと誓え。二度目はないからな」

「誓う……誓うよ……」

バグは激しく首を上下に動かし、首を振った。

「もう一つは、お前に俺たちへの忠誠の証《あかし》としてやってもらいたいことがある」

「やる……何でもやるよ……」

涙を流し、必死の形相を浮かべて言うバグの姿を見ながら、アレサンドロはその二つ目の条件を話し始めた。条件は必ず実行されるだろう。極限の恐怖を味わった上に去勢された犬はもう二度と嚙みつきはしない。

＊

ハドソン川がイースト・リバーと分岐するマンハッタンの北端に架かる橋を渡ると、そこはもうブロンクスである。同じブロンクス区の中にあっても、リバー・デールと呼ばれるこのエリアは、悪名高いサウス・ブロンクスとは違い、マンハッタンに最も近い高級住宅地の一つである。かつては日本人駐在員が多く居を構えたこのエリアも、通勤時間をかけても一戸建の住居を望む傾向が顕著になるにつれ、いわゆる高級住宅は、かつてほどその姿は多くない。

なだらかな丘陵地帯、その丘の中腹にそのマンションはあった。

外壁の色から『アイボリー・ビル』と呼ばれるそのマンションは最もグレードの高いマンションの一つで、マンハッタンの北端を一望のもとに見下ろせた。まだ夜が明けやらぬ午前四時、すぐ足元に見下ろせるはずのコロンビア大学のベーカー・フィールドさえも闇の中に沈み、その先に続くマンハッタンの街並みも常夜灯の光が静かに点《とも》るだけだった。

その使い古されたビュイックは丘の麓《ふもと》から静かに駆け昇ってくると、中腹に差しかかった所で停まった。ヘッドライトが消え、エンジンが切られると、闇の中に溶け込んだ一瞬の静寂のあとでドアの開く音がし、二人の男が路上に降り立った。

二人は一言も発することなく、丘を巻くようにして上に続く車道をカットする形でできた遊歩道を、ゆっくりとした足取りで登り始めた。まだ若いそのラティーノの男たちはいずれも野球帽を被《かぶ》った上に暗い色のトレーナーを着ており、その姿は木々が生い茂る丘の闇に紛《まぎ》れ、たちまちその中に吸い込まれるように見えなくなった。

二人の男は無言のまま丘を登っていく。そのうちの一人は、百科辞典二冊分ほどの大きさの包みを抱えており、そこからこの一連の行動が明確な目的をもってなされていることが分かった。遊歩道は一本道で迷うことはなかった。五分ほども歩くと、木立が途切れ視界が開ける所に出る。すぐ先を走るヘンリー・ハドソン・パークウェイを行き交う車の音が、時折り潮騒のように聞こえる。

アイボリー・ビルはそのヘンリー・ハドソン・パークウェイを背にする位置に建っており、男たちから見える玄関には、磨き込まれたガラスで囲まれたロビーのフロントに、制服を着た一人の黒人の男が座っている。おそらくはシフトで勤務するのであろう、人の活動が最も鈍るこの時間、来訪者もなくただそこに座っているだけの男の頭が下を向いたまま動かないでいるのを見た時、二人の目に不敵な笑いが浮かんだ。

「いいぞ。居眠りしてやがる」

包みを小脇に抱えた男が言った。

「早いとこ、やっちまおうぜ」

その言葉が終わるや否や、二人は遊歩道を出てアイボリー・ビルの側道に向かって歩き始めた。街路灯に照らしだされたそこに人影はなかった。あと数時間の眠りを貪《むさぼ》り続けているであろうマンションの窓はすべて灯《あかり》が消え、さらにカーテンがしっかり降ろされているのが分かった。マンションの背後のヘンリー・ハドソン・パークウェイに沿って走るサイド・ロードに、マンションの地下の駐車場に続くアプローチがある。

そこに辿《たど》り着くと、男たちは尻《しり》のポケットからバンダナを取り出した。それを三角折にすると顔の半分を覆うように当て、首の後ろできつく縛った。頭に被った野球帽と目元以外を覆ったバンダナで、顔が完全に見えなくなった。

駐車場の入口には監視用のカメラが設置されていた。その映像が録画されているものか、単にロビーにいる男がモニターするためのものかは知らないが、いずれにしてもこれで身元がばれる可能性が極端に低くなったのはたしかだった。

アプローチは入庫と出庫の二つに分かれ、それぞれに黄色と黒の斜めのストライプが入ったゲートが設けられていた。その根元には黄色に塗られた鉄のボックスがあり、住人がここにカードを差し込むとゲートが開く仕組みになっていた。

二人の男はその脇を抜け、地下の駐車場に入った。仄暗《ほのぐら》い蛍光灯の光の中に、手入れの行き届いた乗用車が並んでいた。何も持たない男が、前のポケットから一枚の紙片を取り出すと、時折りそれを見ながら目の前の車の前面に付いたナンバーをチェックし始めた。

「あったぞ。こいつだ」

男の口からくぐもった声が洩《も》れた。

磨き抜かれたリンカーン。戦車のような重厚なボディの上に厚く塗られた塗装が、安っぽい蛍光灯の光を受けて深く輝きを放っている。

「O.K.」

パッケージを抱えた男が、短い言葉を吐くなり車体の下に潜り込んだ。コンクリートと男の背中が擦《こす》れ合う鈍い音、それに混じってスニーカーのゴム底が床を蹴《け》る音が天井の低い駐車場に響く。車体と床との間が狭いせいで、作業は自然と窮屈なものになった。男はそのわずかばかりの空間の中で不自由な態勢を調節しながら、後部座席の下に体をずらした。パッケージの上面には、ほぼ同じサイズのマグネット・シートが強力な両面テープで貼り付けられていた。男は腕を横に伸ばすと、リンカーンの床下に走るシャフトやその他の部品を覆った凹凸を避け、平面になった鋼鉄の部分にそれを押しつけた。見事にそれが吸いついたところで、今度は持ってきたガムテープでさらにしっかりと固定した。これでよほどのことがない限りパッケージが車体から落下することはないだろう。

男はそれを確認すると、今度は足のほうからリンカーンの床下を這《は》い出た。

「よし、これでいい」

短い言葉を発すると、さっき来た侵入路を逆に出口へと向かった。駐車場を出るとすぐの路肩には、作業の間に移動していたビュイックがヘッドライトを消したまま二人を待ち受けていた。ビュイックは二人を回収すると、すぐに静かに走り始めた。アイボリー・ビルの周囲には近隣の住人が使用する六面ほどのテニス・コートがあり、その周囲には路上駐車をしている車の列ができていた。ビュイックはゆっくりとその列の切れ目に駐車すると、すべての機能を停止した。

男たちにはまだ最後の仕事が残されていた。手にしたリモコンのスイッチを押す……そのことで起きる惨劇に比して、それはあまりに簡単な仕事だった。

いつの間にか白み始めた中に、ハドソン川の対岸に沿って伸びるニュージャージーの断《だん》崖《がい》が薄紫のシルエットになって見え始めた。

*

ちょうどその頃、バグはコニー・アイランドの海岸に沿って走る路上に停めた車の後部座席で、断続的に襲いかかる激痛に耐えていた。関節が外れた両腕も、下腹部に受けた虐待の結果にも、何一つ処置は施されてはいなかった。

「治療はお前の忠誠の証を見せてもらってからだ、バグ。だが、その体じゃいま言ったことをお前がやれるわけがない。それにいま頃サウス・ブロンクスにはコップがうようよいて、戻るわけにもいかんだろう。手下にやらせるんだな。こいつを使えばここからでも指示はできる」

絶望的な眼差しを向けたまま、言葉をなくしたバグに「一つ目の仕事に使う道具はこちらで用意する。二つ目の仕事の道具は、まだお前、持っているんだろう」

アレサンドロの言葉と同時に、彼の手下がセルラーフォンを取り出した。バグの口から短い番号が洩れた。手下の指がすばやく動き、セルラーフォンがバグの耳に押しつけられる。

「チャンか……」

バグは、額に脂汗をかきながらも平静を装って話す精一杯の努力をした。

「問題が起きた……ブツがすぐに必要なんだ……ヘロインを五キロ用意してくれ……ああそうだ明日の朝四時までにいる。この間の取引が駄目になって手持ちがショートしてるんだ」

電話の口調からチャンがその要求を呑《の》んだことが分かった。

「ああ、それから取引の場所には俺も出向く、お前と会って話しておきたいことがあるんだ……そうだ……いや、電話よりは直接会って話したい……長くなる話だ……」

バグはセルラーフォンを持った男の顔色を上目遣いに窺《うかが》いながら話を続ける。

「悪いな、無理を言って。場所？　そうだな、コニー・アイランド……あそこなら人目につかない」

バグは予《あらかじ》め指示を受けた場所をチャンに指示した。

チャンがバグのリクエストを承諾したことは、その会話のなりゆきから明らかだった。

「いい子だ、バグ……」

セルラーフォンを耳にあてていた男が、発信モードを切るなり満足した声を上げた。

――そしていま、時計は約束の午前四時五分前を指していた。

フロントガラスの中央上部に設置されたルーム・ミラーに、背後の闇の中のヘッドライトが浮かび上がった。

その車はハイビームで、ゆっくりとこちらに向かって近づいてくる。そしてその視界の中に路肩に停車したこちらの車を捉《とら》えたと思われるあたりで、それをダウンに変えた。車の速度がぐっと落ちる。車は停車することなく、バグの乗った車の脇を徐行しながら通りすぎた。闇の中に一瞬、後部座席に座った強い陰翳《いんえい》を帯びたチャンの顔が浮かび上がった。こっちを見ている。おそらくはチャンもまたバグの姿を自らの目で確認したに違いなかった。

チャンの乗った車の赤いテイルランプの光がひときわ鮮やかに点灯すると、それは一五メートルほど前方で停まった。

「アディオス・アミーゴ……チャン……」

バグの口から小さな呟《つぶや》きが洩れ、隣に座った男がセルラーフォンのボタンをプッシュする。それと同時にドライバーがエンジンをかけ、ギアをバックに入れると、フル・アクセルに近い乱暴な加速で無灯火のまま車を後方に遠ざけにかかった。それが合図だった。

「いったい何だってんだ……」

チャイナ・タウンからコニー・アイランドまでは、さほどの距離ではなかった。もっとも、昼の間であれば島《マンハッタン》から出るだけでもうんざりする時間を費やさなければならないが、深夜、それも夜明けに近い時間ともなれば話は別だ。ブルックリン・ブリッジを渡りプロスペクト・エクスプレス・ウェイを経てオーシャン・パークハイウェイに入る。夏の間であれば、深夜であろうとも大西洋に面した最も身近な海岸で群れる若者の姿があるはずだが、いまの季節には様相が一変する。取引にはたしかにもってこいの場所だったが、直接話したいこと……それはいったい何だろう。

車はオーシャン・パークハイウェイを降りて、コニー・アイランドの海沿いを走る道路に出た。ヘッドライトの光に浮かぶ視界の右手は漆黒の闇の空間が広がり、すべての光がその中に吸収される。荒波が絶え間なく打ちつける大西洋の空間がそこから広がっているはずだった。

突如前方に、路肩に停車している一台の乗用車が浮かび上がった。ライトを消したまま右側に停車しているその車のストップ・ランプに埋め込まれた反射鏡が赤く光る。

「速度を落とせ……ゆっくりとあの車の脇を通過するんだ」

チャンは中国語で、ハンドルを握る男に指示を出す。アクセルが放され、回転数が落ちた車は、鈍い唸《うな》りを上げながらゆっくりと減速を始めた。

「もっと速度を落とすんだ。中の人間を確認できるようにな」

ヘッドライトの黄色い光の中に、後部座席に座る二人の男の頭が見える。車道側に茶色の髪の男、そして路肩側には黒い髪の男だ。その頭の輪郭、髪の色から車道側の男がバグであろうと察しがついた。

車の速度はさらに落ちる。すれ違いざま、前から横、そして後ろへと流れていく男の姿に合わせ、チャンの頭部が動いていく。

バグだ……間違いない。

もしもチャンが、バグの乗った車の前部でハンドルを握る男、あるいは後部座席に座るもう一人の男の顔を目にしていたら、その後に起きる悲劇は回避することができたかもしれない。しかしバグの確認、その一点に注意を注いでいたチャンに気がつく暇《いとま》はなかった。

「よし、車を停めろ……」

その言葉と同時にブレーキが踏み込まれ、車は右の路肩に寄って停止した。サイド・ブレーキが踏み込まれ、ギアが擦れ合う音が車内に響き、エンジンが切られた。左のドアを開けようとレバーに手をかけた瞬間、チャンの視界に、左の路地に尻《しり》をこちらに向けて停車しているデリバリー・トラックが目に入った。白いコンテナを積んだデリバリー・トラック……それには見覚えがあった。その瞬間、後部ドアの下方の一部が内側から開いた。ポッカリと開いた長方形の窓。黒い口の中に潜む危険な匂いを嗅《か》ぎとったチャンの心臓が一つ大きな鼓動を打つと、冷たい電流がそこから全身を駆け抜けた。

「車を出せ！　出すんだ！」

運転席のヘッド・レストを掴み、チャンは絶望的な悲鳴にも似た声で叫んだ。弾《はじ》かれたように運転席の男の手が、いま離したばかりのイグニッションに伸びる。しかしその動作も途中で中断された。フラッシュを焚《た》いたような閃光《せんこう》がコンテナの窓に起きると、腹を震わせるような重い発射音が聞こえた。それがチャンがこの世で最後に見た光景で、そして最後に聞いた音になった。ほぼ同時に起きた爆発が、瞬間的にチャンを過去の存在とした。

コンテナから発射された中国製のタイプW87オートマチック・グレネード・ランチャーは、チャンの乗った車の左側面に命中すると、そこで爆発した。衝撃は凄《すさ》まじく、右の二つのタイヤを支点にして持ち上がった車は、オレンジ色の炎と、無数の破片を周囲に撒《ま》きちらしながら、そのままの勢いで空を舞うように半回転すると逆さまに地面に叩《たた》きつけられた。

耳を聾《ろう》する轟音《ごうおん》が、それまで静寂に包まれていた海辺の空気を破壊し、地獄の炎が周囲を赤く照らし出した。

その惨劇を演出した男たちにとって、それは十分に満足のいく至福の光景だった。目標の生死の確認も、そして止《とど》めを刺す必要も感じさせるものではなかった。

路肩に停車していたバグを乗せた車、そしてトラックにもライトが点《とも》ると、二台の車は何事もなくその場を去っていった。付近の住人が恐る恐る外の様子を窺い始めた時には、燃え盛る一台の車があるだけで、その惨劇の原因を知るには、警察の到着を待たなければならなかった。

＊

人が一日の活動を始める朝の時間には独特な雰囲気がある。清浄さに満ちた大気、眠りによって蓄えられたエネルギーの放出が一気に始まる勢いに満ちた時間だ。初秋の爽《さわ》やかな光の中で、ジョギングに汗を流す人間がひとしきり現われると、今度はマンハッタンに通勤する人々の姿に変わり、そして黄色に塗られたスクール・バスが地域を巡回し始める。ヘンリー・ハドソン・パークウェイのサイド・ロードにあるバス停には、通勤者の列ができ始める。

「畜生。まだか」

もう動きがあってもいい頃だった。テニス・コートの金網越しに駐車場を見つめる男たちの間から焦《じ》れた声が上がった。アイボリー・ビルの地下駐車場からは、何台かの車がすでに出ていったが、まだ細工を施したリンカーンは姿を現わしてはいなかった。六つの目が絶え間なくそこを監視し続けているのだ。見逃すはずはない。

助手席に座った男は膝《ひざ》に置いたリモコンを手にすると、そこに赤い突起となっているスイッチを見た。すべてはこの赤いボタンを押せば終わるはずだ。親指だろうが人差し指だろうが、そんなことは関係ない。五キロのプラスチック爆弾C—4で車は吹き飛び、中に乗った人間は間違いなくこの世から消え去るのだ。それは不思議な感情だった。この小さなボックスが標的となった人間の数十年にも亘《わた》る人生の終わりを握っているのだ。

動きは突然に訪れた。黄色と黒に塗られた駐車場のゲートが開いた。そこから一台の車がスロープを駆け上がってくる。リンカーンだ。

「あれだ。間違いない」

爆弾を仕かける際にナンバーを確認した男が、鋭く緊張した声を上げた。

「よし、行け……」

その指示と同時にビュイックのエンジンが数時間ぶりに唸りを上げた。テニス・コートの周囲を半周するとゆっくりとアイボリー・ビルに近づいていく。リンカーンはアイボリー・ビルの車寄せを走ると玄関の前で停車した。すかさずドアマンが駆けより、後部ドアの傍らに立ってそこに座る人間の到来を待ち受ける。それは高級マンションでは日常ごく当たり前に繰り返される光景だった。

ビュイックはその光景の一部始終を見渡せるコーナーで停まった。三人の男たちの視線が、サイド・ウインドウを通して見えるその一点に集中する。これから始まる惨劇への期待に、車内は異常な空気に包まれた。

ドアマンが大仰な仕草でドアを開けた。ロビーの自動ドアが開き、仕立のいいスーツを着込んだ男が姿を現わすと、短く言葉をかけながらリンカーンの後部座席に乗り込む。

男たちの誰もが、これから命を奪う人間の正体も名前すらも知らなかった。ボスであるバグからの指令を電話で受け、そして得体の知れない男からパッケージとそれを仕かける車の番号を書いた紙片をもらった。たとえ標的となる男がジョセフ・アゴーニであったにしても、男たちがバグの指令に背《そむ》くはずもなかった。命令はいつも絶対であり、それに背くことは死の掟《おきて》をもって裁かれるのだ。

ストップ・ランプが一度短く点灯し、リンカーンは静かに車寄せを逆の方向に向かって走り始めた。そのままマンハッタンへ向かうヘンリー・ハドソン・パークウェイのアプローチへと向かっていく。

すでにリモコンを手にした男がそれを見つめ、タイミングを図る。親指が赤いボタンにかかると、その指先にそっと力が込められた。カチリ……小さな手応《てごた》えだった。しかし爆発は、その手応えからは想像もつかないほど強烈なものだった。凶暴なアッパー・カットを食らったように、リンカーンの居住区が『へ』の字に折れ曲がると、鼠色の爆煙に交じって、鉄片、それに恐らくは粉微塵《こなみじん》にされた肉片が無数の黒い陰となって吹き上げられた。玄関ロビーを覆った巨大なガラスが、一瞬にして砕け散り、そこにいたドアマンが床に伏せる。爆発があまりに凄まじかったせいで、炎はさほど大きくなく、たちまちのうちに鉄のオブジェと化したリンカーンのフレームのあたりに、小さく燃える炎がいくつか舌を出しているだけだ。

「Yes!」

ビュイックの車内に歓声が上がる。目的が達成されたことは間違いなかった。そうなった以上もうここに用はない。一刻も早く立ち去る手だ。先刻承知とばかりに、ハンドルを握った男がアクセルを踏み込んだ。ビュイックはゆっくりと加速すると、ヘンリー・ハドソン・パークウェイへのアプローチに向けて走り去っていった。

11

「それでは当面、ロバート・ファルージオの代理として、フランク・コジモにその座を委《ゆだ》ねる。異存はないな……」

ヴィンセント・カルーソが低い声で言うと、円卓に座った男たちを見渡した。それぞれが正面を向いたまま、目だけを提案の主に動かして同意を表わした。円卓の背後にはそれを取り囲む形で、各ボスのアンダー・ボス、それにカポリジニたちの主だったところが微動だにしないで控えている。カルーソがゆっくりと立ち上がると、その隣に座ったコジモがそれに続いてスーツの上着の前ボタンをかけながら立ち上がった。二人の男は向かい合う腕を回して力強く抱き合い、お互いの両の頬にキスを二度繰り返す。カルーソが椅子を後ろに押し、体を引いて左側に空席になっていたボスの座への道を開けた。円卓を囲んだ全員が立ち上がり、一斉に手を叩き、祝福と服従の拍手を始めた。

いますべての門が開け放たれたのだ。犯罪組織に身を置いて以来ずっと夢見続けてきた頂点への道。それがわずか数歩の所にあった。

コジモは、そうした内心に込み上げる思いをこらえながら、その一歩を踏み出した。背後に立つアレサンドロの感情のこもった視線がそれを追う。

その席からは部屋のすべてが見渡せた。円卓に座る以上、どの席からも見える光景は本来同じはずなのだが、そこからの眺めはまったく違うものに見えた。右の席にはこれまで左の席にいたカルーソがおり、いままで自分が座っていた空席を挟んで、ニューヨークのボスの顔が並んでいる。そしてその背後に控えるカポリジニたちが、すべての視線を自分に向け、次の言葉を待っている。この席から発せられる言葉はこの男たちすべてにとって絶対的なもので、まさに神の言葉に外ならなかった。そう、この席は神の座す場所そのものだった。

コジモは全員の顔を睥睨《へいげい》するように見回した。ゆっくりとその口が動いた。

「さて、諸君……この一週間の間に受けた襲撃によって我々の組織が受けたダメージは測り知れないものがある。事態は極めて憂慮すべきもので、我々はこの危機に断固として立ち向かわねばならない。かつて我々の先達は、力には力を、血には血を、持てる組織の恐怖の力を行使することにいささかも躊躇《ちゅうちょ》することはなかった。しかしこの四半世紀の間に我々の組織は大きな変貌《へんぼう》を遂げた。時代の流れといってしまえばそれまでかもしれない。事実、我々のような犯罪組織を一掃しようという社会風潮もあった。だが実質的な部分では我々の仕事がそうした流れの中で何一つ変わったわけではない。ずっとスマートに洗練されたものになっただけの話だ。不必要に恐怖の力を表舞台で行使しなくなった……ただその一点が我々の組織で変わったことだったのだ」

コジモはそこで、目の前に置かれていたグラスの水を一口含んだ。

「むずかしい時代にあって、ファルージオが我々の組織をソフィスティケートされたものに変貌させ、我々のビジネスを発展させてきた功績は偉大なものだ。だが、我々がそうした時にも何らそれまでと変わることのない力を発揮できたのは、社会の誰もがかつての恐怖を忘れていなかったからに外ならない。つまり世の中に残した記憶という遺産によって組織は支えられてきたのだ。遺産はまさに貯金のようなものだ。絶えず使った分を補充して置かなければ、なくなってしまうのは当然のことだ。今回の一連の事件は、我々がこれまで手にしていた遺産が底をつき始めた、つまり、恐怖の力の存在そのものを知らずに勝手に振る舞う連中が台頭し始めたということなのだ。我々の力など恐るるに足らずと踏んだ連中のな……。だとすればだ、残念なことに事態は諸君が考えているよりもはるかに深刻だと言わざるを得ないだろう。なにしろ我々の組織の形態は以前と何一つ変わっていなくとも、少なくとも力を振るうことを長きに亘《わた》って封印してきたのは紛《まぎ》れもない事実だからだ」

無言のままテーブルの一点を見つめるカルーソの眉間《みけん》に小さな皺《しわ》が寄った。

つまりコジモ、お前は、ボブが長い間君臨するうちにニューヨークの組織をすっかり骨抜きにしちまったって、そう言いたいのだな。俺たちのこれまでのすべてを否定しようと……。

それは、まだ二〇歳になるかならないかの頃からファルージオとともにむずかしい時代を切り抜け、組織をここまでにしてきたという自負を持つカルーソにとって、屈辱的な深い傷を刻むに十分な言葉だった。

しかしいま隣の席、いかに暫定的なものにせよボスの座に座った人間に異を唱えるわけにはいかなかった。姿形は変わらずとも、その席に座れば、すべてはこの男の意思によって組織は運営されるのだ。その席に座る男から発せられる言葉は絶対的なものであり、敬意をもって受け入れなければならない。それが掟《おきて》だった。

「いままでは、それでよかったかもしれない」

コジモは、すぐ隣にいるカルーソのそうした心情などに微塵の配慮も見せることなく、話し続けた。

「だが、牙《きば》を剝《む》いた人間をそのままにしておくわけにはいかない。誰がやったのか、それはまだ分からないが、とにかくいま俺たちに向かってきている連中の行為は、かつて俺たちが組織の基盤を作り上げる際に取った行動そのものだ。この世界は力によって奪い取るものだ。それが最初の手段であり、最後の手段だ。いかに時代が変わろうとも、永遠の真理というものだ。牙を剝くことを忘れた野獣は食われるだけだ。いいか」

コジモの大きな目に冷たい光が満ちた。

「俺たちに牙を剝いた組織、そして人間を洗いだすんだ。そしてそいつらを徹底的に潰《つぶ》すんだ。それができないその時は……」

緊張した全員の眼差《まなざ》しがコジモに集中した。

「俺たちの組織が潰れる時だ」

コジモは威厳を持った目で一同をぐるりと見渡した。そこにはいままでのブロンクス、ブルックリンのボスだったコジモの面影は微塵もなかった。紛れもないニューヨークに君臨するボスの姿がそこにあった。

フランク・コジモを乗せたキャデラック・ストレッチ・リムジンはゆっくりとパーク・アヴェニューをアップタウンへと向かっていた。通りには、茶色の制服にオレンジ色のベストをはおった交通警官がうろうろしているせいで、路上駐車の自動車の姿はほとんど見えない。なにしろ停車したと見るや、すぐに駆け寄ってくるのだ。そのせいで、マンハッタンの交通渋滞は大いに解消されることになったのだが、それでも昼食時間が過ぎ、再び午後の仕事がピークに差しかかる時間になると、片側三車線のこの通りの交通量もそれに相応《ふさわ》しいものになる。

スモーク・ガラスを通して陽光が差し込んでくるリムジンの薄暗い後部座席には、コジモの隣に座るカルーソの姿があった。

「ところでヴィンス……」

コジモは傍《かたわ》らに座ったカルーソの耳元に顔を寄せて言った。

「キョウスケという男は、まだニューヨークにいるのかな」

不意をつかれたカルーソは、一瞬言葉に詰まると、コジモの顔を見た。その目に、驚愕《きょうがく》と戸惑いを隠せない表情が浮かぶ。

——どうして、その名前を——

カルーソの目はそう言っていた。ファルージオが担ぎ込まれた病院の廊下で、ノーマとともに交わされた会話、背後にいたコジモがそれに聞き耳を立てていたことなど気がついているはずもなかった。虚をつかれ何と答えたものか逡巡《しゅんじゅん》するカルーソの反応は、コジモの嗅覚《きゅうかく》を満足させるに十分なものだった。

まったく虚をつかれた状況に直面すると、人間はその本心が顔に表われるものだ。考えてみればこうした微妙な表情の変化を読み取り、そこを突破口にして金を巻き上げる。つまり恐喝といったビジネスは彼らの最もありふれたビジネスの一つであり、そうした状況に陥った時の人間の感情を、最も敏感に察知する能力を備えた人間たちのはずだった。

「たいした男なのだろう？　そいつは。日本でコカインを捌《さば》き、組織に多大な貢献をしている男……そうなんだろう」

「……どうしてそれを……」

ビンゴ！　やっぱりそうだ。そいつが年間四〇〇〇万ドルものコカインを捌いている男。無限の可能性を秘めたマーケット、日本を開拓している男なのだ。

「で、いったいそいつは、どういった方法でそれだけ大量のコカインを日本に持ち込み、捌いているんだ」

コジモは穏やかに聞いた。

「それは……」

一瞬口ごもったカルーソに、

「ヴィンス」

有無を言わせぬ意思のこもったコジモの声だった。

「……分かりました……お話ししましょう」

その言葉に促されるようにカルーソは、密輸のからくりを話し始めた。

「キョウスケが考え出したスキームは、法律といまの情報化社会の盲点をついた、実に巧妙かつシンプルなものです。まず前提にあるのが日本の関税法の盲点です。あの国では送り状《インヴォイス》に記載されていない貨物、つまり誤送品は、正式な送り状が送付されるか、あるいはその処理が決定されるまで、保税倉庫に別途保管される決まりになっているのです。我々の仕事は『鸚鵡《おうむ》』――アメリカから日本に向かうコンテナの船積み情報《シッピング・インフォメーション》を提供する日本人に、コカインの味を覚えさせることから始まります。こいつが日本に帰国し、コカインほしさにこちらの意のままに動くようになってしまえば、仕事はほとんど終わったも同然です。

日本に向かうコンテナのほとんどは、シカゴを経由して西海岸まで貨車輸送されます。日本に送るコカインを、予《あらかじ》め『鸚鵡』から入手しておいた船積み情報に従ってインヴォイスと違う製品番号を記載したパッケージに詰め込んでおき、それを、荷抜きがあったと見せかけてシカゴで入れ替えてしまう……。貨物が日本に到着した時点で誤送品として発見されたコカインの入ったパッケージは、保税倉庫に別途保管されます。あとはキョウスケが深夜その倉庫に忍び込み、あらかじめ日本国内で購入した同一製品とすり替える……。誰にも気づかれないうちに、コカインはキョウスケの手に渡るというわけです」

「しかし、コンテナの中に詰め込まれた貨物といえば、かなりの量になるが、その中からブツの入ったカートンを、そう完璧《かんぺき》により分けられるものかね」

コジモはアメリカ人としては当然の疑問を口にした。

「そこが日本なのです……。何千というカートンのチェックは完璧に行なわれます。ましてや輸送途中に荷抜きのあったコンテナともなれば、被害の有無を確認するサーベイヤーの立ち会いがありますから、なおさらのことです。その点については百パーセント間違いは起きません」

カルーソの口調にどこか誇らし気な色が宿る。

「信じられんな……」

「そう思うのも当然です……私も最初にオペレーションの全容を聞いた時には、同じ思いを抱いたものです」

「で、そこから先は、肝心の金のやり取りはどうなってるんだ」

コジモは手品の種明かしをねだる口調で先を促した。

「驚くことに、ブツのデリバリーも、金の決済も、少し前まではすべてキョウスケ一人でやっていたのです」

「何だって！　どうしてそんなことができるんだ」

「実はもう一つ、日本でのオペレーションを開始するにあたって、我々は実際に日本でコカインを捌く人間たちを作るべく、アメリカ各地でリクルートしたのです。もちろんコカインの味を覚えさせてね。我々の間で『ひよこ』と呼ばれる卸し屋の数は五〇人にもなるでしょうか……。連中はさらにその下に顧客となる人間たちを次々に作り上げ、実際にブツを日本で捌きはじめたのです」

「で、そのブツのやり取りは」

コジモは再び同じ質問を繰り返した。

「連中が知っているのは、電話回線そのものが複数箇所を経由しているために絶対居所が知れないキョウスケの電子メールのボックス番号と、それに、直接金を送る香港の幽霊会社のものだけなのです」

「………」

「コカインのオーダーはこの電子メールを経由してキョウスケのもとに送られてきます。それも一回あたり取引額は一万ドルという上限をつけてね。小口送金は当局のチェックを受けることはまずありませんし、身分証明の必要もありませんからね。そして香港の幽霊会社に入金がありしだい、コカインは郵送で発送される……その金はさらにブリティッシュ・ヴァージン・アイランズを経由して、オーストリアへ……。そこまで言えばもうお分かりでしょう」

「……よくもそんなことを考えついたものだ……。なるほどファルージオが頭を使えとしきりに言うわけだ。コストもかからなければ、ブツの受け渡しも、金のやり取りも、誰にも正体を隠したままでやり通せるというわけか。それにブツを用意するこちらの手間も、さして変わりがあるわけではないしな……」

できのいいからくりというのは単純であるものだ。その点この恭介という男が考え出し、実行しているオペレーションは、まさにその見本のようなものだった。

コジモの顔に珍しく心底から感心した表情が見られた。

「で、その船積み情報を流す『鸚鵡』の手配は誰が担当しているんだ。コカイン漬けにした『鸚鵡』がそう長い間もつわけもあるまい」

こいつは馬鹿ではない……。

表情にこそ出さなかったが、その質問にカルーソは内心ギクリとしながら、そう思った。驚きの表情を浮かべ、自分の話を聞いていながらも、その一方で恭介のオペレーションのキーになるポイントをしっかりと押さえている。

「たしかに、その通りです。『鸚鵡』はだいたい一年から二年……疲弊の具合や帰国のタイミングによっても違いますが、それくらいの頻度で交換しています。このリクルートは、ジョン・チアーザ……彼の担当です」

その口調に、わずかだが警戒の響きが宿った。

「ジョン・チアーザ！　あの女衒《ぜげん》か！」

コジモは口の端に大袈裟《おおげさ》な笑いを浮かべると、

「なるほど、あいつを使うとなれば、おおかた色仕掛けで日本人の『鸚鵡』をものにしているんだろう」

「まあ……そんなところです」

歯切れの悪い答を返すカルーソに向かって、

「どうだヴィンス。そいつに会わせてくれないか。まだ彼はウォルドーフにいるんだろう」

おもむろにコジモは切り出した。

「それは……どうでしょう」

カルーソの顔に、今度は明らかにそれと分かる困惑の表情が浮かんだ。

「キョウスケとのビジネスは、いわばボブのペット・ビジネスです」

「ペット・ビジネス?」

「そうです。いくつかを除いては、キョウスケへの連絡や指示はファルージオが直接行なっているのです。この件については組織の誰も口を差し挟むことができないのです」

「ずいぶんな待遇をしているものだな」

「なにしろファルージオは、キョウスケを〝息子〟と言ってはばかりませんからね」

「息子だって?」

コジモが皮肉な笑いを口の端に浮かべて、眉《まゆ》をわずかに吊《つ》り上げた。

「事故で死んだリチャードを覚えているでしょう。キョウスケは彼の親友でしたからね」

「なるほど……」

なんとも老いぼれた人間の考えそうなことだ。普段はあれほど自分たちを締めつけておきながら、その一方では一人感傷に浸っていやがったのか。

それまで抱いていた、ニューヨーク、いや全米の頂点に君臨していた男のカリスマが、音をたてて崩壊していくのを、コジモははっきりと感じていた。

「それを聞いたらますますそのキョウスケに会いたくなった。ファルージオがそれほどまでに思い入れる男に、ぜひともな」

コジモは、横目でカルーソの顔をじろりと見ると、意地の悪そうな口調で言った。

「……しかし彼に会わせるには、ボブの許しを得なければ……」

「なぜ許しが必要なのだ……」

口調は穏やかだが、目が明らかに不快な表情で満たされた。

「ヴィンス……まだ分かっていないようだな。ファルージオは、俺が彼に代わる座に就いた時点ですでに過去の人間となったのだ。もちろん引退したボスに敬意は払おう。しかし、ついさっきからこの街で行なわれるビジネスのすべてを仕切るのは、ファルージオではない。この俺だ。組織の仕事も、金も、資産の運営も、決めるのは、お……れ……だ。ましてやそれだけのからくりを考え出し、年間四〇〇〇万ドルものコカインを捌《さば》くというビジネスを成功させている男だ。しかも日本というまったく新しい土地で始めたとなれば、潜在的なマーケット・サイズを考えれば最大級のビジネスになる可能性も秘めている。しかしその元になるブツは組織から出ているんだ。ならば俺がその男に関心を示しても当然というものではないのかね」

「それはその通りですが、フランク……」

「心配するな。金の卵を産む鶏を邪険にしたりはしない。ちょいと挨拶《あいさつ》をしておくだけだ」

もはやカルーソに選択の余地はなかった。少なくともカルーソにはコジモの言葉に従わなければならない義務が生じていた。なにしろついさっき、この目の前の男がこのニューヨークを統治するボスの座に就いたのだ。それは紛れもない事実だった。

キャデラックはパーク・アヴェニューをまたぐ位置に建っているグランド・セントラルを抜けた。ウォルドーフ・アストリアはもうすぐそこだった。

＊

満たされない目覚めだった。この四年というもの、いつもそうだった……とナンシーは思った。かつて夢を追っていた時代には、目覚めは希望と夢に満たされた時だったが、コール・ガールとして働くようになってからは、罪の意識にさいなまれ、己の運命を呪い続ける憂鬱《ゆううつ》な一日の始まりの時だった。

金と引き換えに男に抱かれる。それも無条件にだ。選ぶのは男であり、自分に男を選ぶ自由はない。そしてその行為にも……。早ければ昼すぎ、遅くとも夕方には鳴る組織からの電話に脅《おび》えながら過ごす。自ら望んでコール・ガールに身をやつしたわけではないナンシーにとって、それは屈辱と絶望に塗《まみ》れる日々だった。

しかし今日は違った。同じ満たされない思いでも、罪の意識にさいなまれながら昨夜の行為を忘れようとするのと、一人の男を思い出しながら迎えるのとでは絶対的な違いがあった。

どうしたっていうの、ナンシー。

彼女は自分の中に込み上げてくる感情に戸惑った。カーテンに覆われた窓を通して、もう昼になろうとする太陽が一筋の光となって差し込んでくる。薄暗い部屋に置かれたセミ・ダブルのベッドの上で一つ大きく寝返りを打つと、薄い掛け布団をキルト細工が施されたベッド・カバーとともに抱きしめた。

ペンシルヴァニアのアーミッシュが手作りで仕上げたベッド・カバー。自らの意志で物質文明の社会を離れ、禁欲的かつ清貧な生活を営む人々の手によって作られたそれが、金で身を売る生活の中で、人の温《ぬく》もりを感じさせるただ一つのものだった。

胸の奥底に澱《おり》となって溜《た》まった重い塊の重圧から逃れようとするかのようにナンシーは体を起こすと、ベッドから出ることにした。何も身につけていない裸体にカーテンから漏れてくる光がかかり、柔らかな産毛と透けるような肌に反射すると、金色のオーラにも似た輝きを放った。窓際に置かれた椅子の上には昨夜ベッドに入る前に脱ぎ捨てたバスローブがそのままにしてある。それを着てまっすぐキッチンへと向かう。冷蔵庫には昨夜アパートに戻る前に買っておいたオレンジ・ジュースが入っていた。伸ばした爪を傷めないように指先を器用に使ってそれを開け、中の液体をグラスに注ぐ。冷えた濃厚な果汁が喉《のど》を通り胃の中に滑り込んでいくのが分かる。一口、二口……。気分が少し落ち着き、楽になったような気がして、ナンシーは小さく息をした。グラスの中にはまだ半分ほどの液体が残ってはいたが、もう十分だった。それをシンクの中に置くとナンシーはリビングに戻った。カーテンが閉じられたままになっている部屋の片隅に、一昨日《おととい》ここに帰ってきてから手つかずになっているボストン・バッグがそのまま放置されている。それが目に入った途端、ナンシーの脳裏に再び恭介の顔が浮かんできた。

こんな気持ちになったのも初めてなら、あの時、恭介に電話が来る直前、自分の過去を話す気になったのも初めてのことだった……。どうしてだろう……。何一つ自分のことは喋《しゃべ》らないあの日本人に、どうして過去を打ち明ける気になったのだろう。もしもあの時電話がなかったら、誰にも喋ったことのないあのおぞましい秘密も打ち明けていたに違いない……きっと……。秘密？……そう、秘密だわ。恭介も私と同じ何か大きな秘密を持っている。それは犯罪組織に身を置いているといったこととは違う何か、大きな運命の波に翻《ほん》弄《ろう》される人間が持つ特有の翳《かげり》……。

ナンシーの推測は必ずしも当たっているとは言えなかったが、たしかに恭介が持つ、ある特有の匂いを嗅《か》ぎとっていたことは間違いなかった。冷えたオレンジ・ジュースはナンシーの思考を明敏にすると同時に、目覚めたばかりの肉体を完全に覚醒《かくせい》させる働きをした。それは彼女の中にある恭介への拭《ぬぐ》い去ることのできない興味をはっきりと自覚させ、それを行動に移すことを決意させた。

ナンシーはリビングのソファーの脇に置かれた電話に向かって歩くと、その下の棚からイエローページを手に取り、慌ただしい仕草で捲《めく》り始めた。目的のページはすぐに見つかった。バスローブをはおっただけの体をソファーに埋《うず》めると、ページを開いた分厚い電話帳を膝《ひざ》の上に載せ、ナンシーはプッシュホンのボタンを押し始めた。長く形のいい指先に挟んだペンでその番号に印をつける間もなく、すぐに応答があった。

「ピエール・ニューヨーク、リサ・ケンドリックです。ご用件を承ります」

「そちらにキョウスケ・アサクラという方が宿泊しているはずなのですが」

ナンシーは交換の女性に淀《よど》みない口調で言った。恭介がホテルに泊まっているのか、そうでないのか、泊まっているにしても本名でなのか偽名でなのか、そんなことは構いはしなかった。こうなれば可能性に賭《か》けて片っ端からニューヨーク中のホテルに電話をしてみるだけだ。理由は十分にある。それ以上に私にはそうしなければならない義務がある。なにしろ私が買われたのは二週間、そしてまだそれは六日を残しているのだ。お金を貰《もら》っている以上、仕事はきっちりとこなさなければ。

＊

部屋のチャイムが軽やかな音色を立てて鳴った。

恭介は反射的に立ち上がると、ゆっくりとした足取りでドアに歩み寄り、来訪者の正体を覗《のぞ》き窓で見きわめようとした。魚眼レンズを通じて、歪《ゆが》んだ男の顔があった。薄暗い廊下にダークのスーツを着込んだ二人の男の姿が確認できた。正面に立ち、レンズを正視する男がヴィンセント・カルーソであることを確認するのに、さほどの時間はかからなかった。

恭介はチェーン・ロックを外し、ノブを回した。

「やあ、ヴィンス……」

恭介は最低限の礼儀として、微《かす》かな笑いを目に浮かべ静かに言った。その視線がカルーソの後ろに立つコジモに向けられた。

「少し邪魔してもいいかな」

その視線に気がつきながらも、カルーソが言った。

「ええ、どうぞ……」

断る理由はなかった。恭介は身を開き、二人が部屋に入るスペースを作った。

微かな音を立てるつけっ放しのテレビを消すと、恭介の視線がまだ二度しか会ったことのないカルーソ、それに初めて顔をあわせる男の間を行き来し、ぎこちない沈黙が三人の間に流れた。

「キョウスケ……」

最初に口を開いたのはカルーソだった。

「新しい組織のボスを紹介しよう……フランク・コジモだ」

「ああ……それは……キョウスケ・アサクラ」

恭介はそう言うと手を差し伸べた。自然な仕草とは裏腹に、微かではあるがその顔に怪《け》訝《げん》な表情がよぎる。こいつがファルージオ、そしてアゴーニの後を継ぐボスか。それにしてもそのボスがなんでまた……。

コジモは、無表情の中にも値踏みをするような目つきで恭介を見ると、その手を握った。人間の出会いに、「合う」「合わない」という感情の芽生えはつきものだが、そのほとんどは最初の印象で決まると言っていいだろう。顔の造作、仕草、声、言葉遣い、そして身なり、瞬間的に視覚が捉《とら》えた印象がそれを大きく左右する。そして握手とはいえ、肌の一部が触れる行為はそうした視覚的印象をさらに決定づける働きをする。

それは気のない握り方だった。自ら恭介に会うことを望んでおきながら、どこかこの男の手から伝わってくる感触には不愉快極まりないものがあった。生理的に相いれない違和感、そうした感覚が肌を通じて伝わってくる。

「どうぞ、お座り下さい」

それでも恭介は丁重に椅子を勧めると、二人に向かい合う形でそこに腰を下ろした。

「君は日本でずいぶんな働きをしているそうじゃないか」

スーツの前ボタンを外し、でっぷりと肥えた体をソファーに沈めると、一呼吸置いてコジモは唐突に話し始めた。

喋ったのか、カルーソ。

恭介は一瞬鋭い視線でカルーソをちらりと見ると、落ち着いた声で言った。

「ええ、まあ……」

「たいしたもんだな。年に四〇〇〇万ドル……半端な額じゃない」

そりゃそうだろう。誰がどう逆立ちしたってこれほどのビジネスを作り上げるのは容易なことではない。恭介は物憂げな眼差しでそれに答えた。

「いまさらこんなことを言うのも何だが、ファルージオの慧眼《けいがん》には大いに敬服するよ。我々が仕切っているといっても、しょせんこのニューヨークという限られた地域の中でのことだ。おのずとビジネスの広がりにも限界というものがある。それを大陸を隔て、さらにまた海の向こうの日本にビジネスを広げていたとはね、まったく恐れ入る」

だからどうだと言うんだ。恭介は苦い笑いの中にそうした感情を押し止《とど》めながら、テーブルの上に置いたゴロワーズのパッケージを手にした。

コジモの目が細くなる。いい気になるなよ若僧……。その目に一瞬、凶暴で危険な香りに満ちた光が宿る。

「ボス……いやファルージオはよく言ったものさ。フランク、頭を使うんだ。その空っぽの頭に錐《きり》をねじ込んでな。知恵の一雫《ひとしずく》まで絞りだすんだ」ファルージオの嗄《しゃが》れ声の声色を使ってそう言うと「まったく、その意味がようやくわかったってわけさ」

「それで、何かいい知恵でも浮かびましたか」

コジモは穏やかな笑いを浮かべた。それとは逆に隣に座るカルーソの顔色が変わるのが、はっきりと分かった。

「だから、こうしてわざわざ出かけてきたんだ」

「私に何をしろと」

恭介は足を高く組むと、ゴロワーズの一本に火を点けた。その口から白い煙が一本の線となって前に吐き出される。

「キョウスケ、君を一つ安心させてやるために、私はここに来たのだ」

コジモの声のトーンが明らかに変わった。『ノー』という答を一切期待していない支配者の声だった。

「これまで通り、君にはいまのビジネスを引き続いてやってもらう。私の直属の人間としてな。ボスが変わってもこれまで通り働いてもらうということだ」

「これまで通り……」

「ああ、そうだ。取り分は利益の一〇パーセント。それを元に日本で組織を大きくするなり、好きにすればいい。どうだ悪い話じゃないだろう」

お前の下で働く？　しかも取り分は一〇パーセントだって？　本気で言っているのか。ロシアン・マフィアじゃあるまいし、突然現われて、今日から私があなたのパートナーです、ついては利益のこれだけをいただきます……そんなとぼけた提案が成り立つとでも思っているのか、この男は。

恭介は、そう言いたくなるのを、口の端に浮かべた皮肉な笑いとともに、ぐっと飲み込んだ。

「ちょっと待っていただきたい。ミスター・コジモ」

「不満かね」

「不満もなにも……何とも唐突な提案で、答えようがありません」

「提案は明確だと思うがね。キョウスケ」

コジモはそう言うと、胸の内ポケットに手をすべりこませ、金無垢《きんむく》貼りのシガーケースを取り出し、中から葉巻を抜き出した。

ラ・コロナ・コロナ……キューバ女性の太股《ふともも》でもまれ、一本一本が手作業で仕上げられる最高級の逸品だった。

ライターでそれに火を点《つ》け、二度三度とせわしなくふかすと、たちまちのうちにハバナ葉の芳香が恭介の嗅覚《きゅうかく》を刺激した。いつもなら、好ましいと思う香りだったが、この時ばかりは違った。

こいつが吐き出した空気がいま自分の体内に入り込んでいる。考えるだけでも不愉快だった。

その思いが呼び水になったのか、ふと、ナンシーがケンタッキーの山荘で言った名前が脳裏に蘇《よみがえ》った。フランク・コジモ……そうか、こいつがそうか。

「ミスター・コジモ……」

恭介は鼻で一つ息をすると、話し始めた。

「どうもあなたは、何かとんでもない勘違いをしている」

「勘違い？」コジモの眉《まゆ》がわずかに吊《つ》り上がった。「どんな？」

「一つは、私は組織の人間でもなければ組織と仕事をしているつもりもない。私が仕事をしているのは、ボブ・ファルージオ個人とだ。パートナーとして」

「パートナー？」

それは厳然たる階層社会に身を置いてきたコジモにとって、とうてい理解しがたい言葉だった。ボスの座は絶対であり、その地位にあるものとパートナー、つまり五分の立場にある人間などいようはずがなかった。たとえあったにしても、同様の勢力を持つ他の地域のボス位のもので、ニューヨークのような大組織の頂点を極める立場の人間と対等の関係を結ぶなどとは考えられない。ましてや東洋人の若僧がその大ボスのパートナーなど、理解の範疇《はんちゅう》を越えていた。

「お前、パートナーの意味が分かっているのか」

今度はコジモの口から嘲笑《ちょうしょう》が洩《も》れた。

「フランク、キョウスケは……」

「お前は黙っていろ！」

横柄な口調でコジモがカルーソの言葉を遮《さえぎ》った。「大体お前も、俺をファースト・ネームで呼ぶのを、いい加減あらためたらどうだ」

語調の強さに気おされるように、カルーソが沈黙した。コジモは再び恭介を見、高まりかけた感情を吐き出すかのように一つ大きな息をすると、再び静かに、しかし今度は十分にドスの利いた声で話し始めた。

「お前とファルージオの間にどんないきさつがあったのか、そしてどうビジネスを運んできたのか、それは俺の知ったことじゃない。だがな、お前の手に渡ったブツは、間違いなく組織から出ているものだ。いいか、これから、いやすでにこの街を仕切っているのは、俺だ。フランク・コジモだ。……ブツを流すも止めるも、お前が苦労して築き上げたネットワークを生かすも殺すも、この俺次第なのだ」

こいつはボスの器ではない。ファルージオの後継者になれたのも、偶然以外の何物でもない。たまたま舞い込んできた権力の座につき、その力を振るいたがっている、ただの大馬鹿野郎だ。それも飛び切りの。

顎《あご》を突き出した顔をグッと近づけ、薄ら笑いを浮かべながら勝ち誇ったように話すコジモを目の前に見ながら、恭介はそう思った。

しかし、コジモの話すことに嘘はなく、それが恭介が置かれている紛れもない現実であることに間違いなかった。八年に亘《わた》って築き上げたネットワークが破壊される……。それは恭介にとって考えられない選択《オプション》だった。ましてやこんなつまらない男に潰《つぶ》されるのは我慢ならなかった。といって、ネットワークを守るためにこれからの一生をこの男の下で働くことなど、それと同様に、いやそれ以上に考えられないことだった。

恭介は予想もしていなかった展開と、生まれて初めて経験する屈辱に、久しく忘れていた冷たい血が全身に泡立ちながら流れるのをはっきりと感じた。ともすると、全身の毛穴から噴き出しそうになるその感情を、恭介はすんでのところでこらえた。しかし、表面は何とか繕《つくろ》えても、抑制しえない憤怒《ふんぬ》は、恭介が気がつかないうちに握り締めた両手の握り拳《こぶし》を、わずかに震えさせる形で現われた。

コジモはその微《かす》かな感情の現われを見逃さなかった。

「まあ、とにかくよく考えてみることだな。あれだけのからくりを考えることのできる男だ。どの道を選ぶのが賢い選択なのか、それくらいのことが分からないわけでもあるまい。ここを離れるまでに、返事をくれ」

コジモは恭介に勝ち誇ったような一瞥《いちべつ》を投げかけると、そう言いながら席を立った。

＊

「ウォルドーフ・アストリア・ニューヨーク。ご用件を承ります」

もう何度同じ言葉を聞いただろう。慇懃《いんぎん》ではあるけど、紋切り型の返答はどこのホテルも一緒。まったく芸がないったらありゃしない。

「そちらにキョウスケ・アサクラという方が滞在しているはずなのですが」

一言一句違わないと言えば、ナンシーの言葉もまた同じだった。

「お待ち下さい。お調べします」

オペレーターの言葉が途切れ、回線が別のものに繋《つな》がれるノイズが耳に響く。

ここも駄目かしら。もしかすると、あの人が使った名前は偽名かも。いや本名では泊まっていないって可能性もあるわ。

短い沈黙の間に、ナンシーの脳裏をさまざまな思いが駆け巡る。

「ミスター・アサクラ……その方でしたらたしかに当方にお泊まりでございます。申しわけありませんが、もう一度ファースト・ネームをお願いいたします」

「キョウスケ、キョウスケ・アサクラ」

「間違いありません。お泊まりです。お繋ぎいたしますか」

初めて違う答にぶち当たった。期待していた答。ついに捜し当てた。

しかし、いざ求めていた答に接した時、自分でも意外なことに、ナンシーは一瞬次の言葉を捜して沈黙した。

このまま電話を繋いでもらって、何を話せばいいのだろう。私は契約で繋がりを持っただけの女。その期間がまだ終わっていないとはいえ、その期間をどう使うか、つまり私をどうするか、それを決める権利はあの人にある。鼻であしらわれておしまい。せいぜいがその程度に決まってる。

弱気の虫が頭をもたげ、複雑な思いがナンシーの感情を支配し始める。

「ハロー？　ミス……どうなさいますか」

電話の向こうの声が、相変わらず慇懃な口調で問いかけてくる。

「ああ、ありがとう……いまじゃなくていいわ。また電話するわ。どうもありがとう」

ナンシーは電話を切ると立ちあがり、窓に向かって歩み寄った。そこを覆っていた厚いカーテンを両の手で一気に開け放った。薄いレースのカーテンを通して、午後の日差しが一気に部屋の中に流れ込んでくる。通りを挟んで建つアパート。それがその窓から見えるすべてだった。ラッタルのような鉄の非常階段が、薄汚れた煉瓦《れんが》に覆われた壁面を走っている。

いったい、あの人に会ってどうしようというのだろう。どうしてこんな気持ちになるのだろう。

……とにかく考えるのは行動を起こしてからよ。少なくとも私には失うものなんて何もない。もうこれまでに失うものは十分失ったんだから。夢もプライドも、そして家族も……。

＊

コジモはウォルドーフのロビーでカルーソと別れると、リムジンの後部座席に座るなり自動車電話を手にし、物憂げな表情で短縮ダイアルを押した。

仮りそめにもブロンクス、ブルックリンのボスとして君臨してきた男である。コジモは、恭介に会ったのが初めてならば、言葉を交わしたのも短い時間だったが、早くも恭介の資産としての価値を見抜いていた。

鼻っ柱の強い小僧には違いないが、役に立ちそうな男であることは間違いない。なにしろ、あれだけ完璧《かんぺき》な密輸、そして密売の仕組みを作り上げた男だ。それに日本という、これからどれだけ巨大なマーケットになるかもしれないまったくの手つかずの土地で、着実にビジネスを拡大させているのだ。こいつを何としても自分の手に収めなければ。そのためには……。

コジモにしても、過去において意にそぐわない命令に従わざるを得なかったことは、二度や三度ではなかった。いやブロンクス、そしてブルックリンのボスの座に君臨するようになってからも、ファルージオの下で働いていた長い間はその連続だったと言ってもいいだろう。それは厳然たる階級社会にあって、上の人間の言うことには黙って、それも敬意を払いながら従うという組織の掟《おきて》と、とうてい抗《あらが》いきれない力への恐怖があったからだ。恐怖の力の前に屈服しない人間などいやしない。逆らえばそこに死が待っていると分かれば、どんな人間でも……。

その時、コジモの脳裏にある考えが浮かんだ。それは、いかにして恭介を自分のものとするか……と考えていたそれまでの思考とは、完全に異なるものだった。

たしかに恭介が考え出したからくりは、並の人間では考えも及ばないような卓越したものには違いない。しかしそれは発想がそうだというだけで、いったんできあがったオペレーションを運営するのは何も恭介でなくともできるものじゃないか。到着した貨物、それもコカインの入ったそれは、きちんと仕分けられ別の場所に置かれている。夜陰に乗じて倉庫に忍び込み、あらかじめ用意した貨物とすり替える……ただそれだけの話だ。たしかに『ひよこ』……といったか、卸元となる日本人どもとのやりとりは日本語ができなければ話にならないが、それとて恭介でなければならないという理由はない。ノウハウさえ摑《つか》んでしまえば、あとは誰がやっても同じことだろう……。

起業家《ファウンダー》には敬意を払うが、雇われ者は誰でもいい。まさにマニュアル社会のアメリカ的発想というものである。日本という国を何一つ知らないにもかかわらず、コジモは同じ流儀が通じると信じて疑わなかった。

我が手にするに越したことはないが、どうしても首を縦に振らないならば、その時はいまのオペレーションを潰して、もう一度最初から同じことをやればいいだけの話だ。恭介の考え出したオペレーションが、シンプルで完璧なものであっただけに、コジモはそう考えた。

電話は短いコールの後すぐに繋がった。

「アレサンドロか……」

コジモの口から低い声が洩《も》れた。

「あのバグの野郎はどうしている。まだそこにいるのか」

「ええ。これから例の所に運んで始末をつけさせるところです。それが何か」

受話器の向こうから淡々としたアンダー・ボスの声が聞こえてくる。

「やって欲しいことができた……」

コジモは低い声でしばらく喋《しゃべ》ったあと、電話を切った。

来訪者の訪れはいつも突然だった。部屋のチャイムが鳴った。

誰だ……。

嫌な予感がした。恭介はそのままの姿勢でドアの方向を見ると、様子を窺《うかが》った。二度目のチャイムが鳴る。

とにかく出ないことには始まらない。恭介は、ゆっくりと、しかし用心深くドアに向かって歩み寄った。覗《のぞ》き窓から外を窺う。三人の男の姿が魚眼レンズを通して歪《ゆが》んで見える。スーツを一分の隙もなく着込んだ男たち。レンズを通したせいで薄暗い蛍光灯に照らされた彫りの深い顔が、強い陰翳《いんえい》を帯びて浮かび上がった。初めて見る顔だ。しかしその姿形から、三人が組織の人間であることはすぐに分かった。

「誰だ」

恭介は静かに、しかし力強い口調で聞いた。

「マグニ・アレサンドロ。コジモの使いで来た」

「コジモの使い？　何の用だ」

「ここでは話ができない。開けてくれ」

廊下の端から、ルーム・メンテナンスのカートを押してメイドがやってくるのが見える。

まさかここでいきなり面倒を起こすこともなかろう。

恭介はチェーン・ロックを外すと、ドアを開けた。

アレサンドロは口の端に皮肉な笑いを浮かべながら、やや顎《あご》を引いたせいで上目遣いになった視線で恭介を見据えたまま、部屋の中に入ってきた。油断のならない男だ。コジモよりももっと質《たち》の悪い匂いがこの男にはある。

「いい部屋だ。悪くない」

アレサンドロは、応接セットが置かれた部屋の中央に進むと、およそ感情というものが感じられない視線をぐるりと走らせ、低く言った。

「何か用かな」その背後から恭介が問いかける。

「ちょっとばかり、案内したい所があってな」

――案内したい所だと？――

そう言おうとした恭介を遮って、アレサンドロは言葉を続けた。

「なに、手間は取らせない。もっともちょいとした小旅行。それも素晴らしいショウのおまけもつく。明日にはここに戻れる。部屋もこのままでいい」

「残念だが……アレサンドロ……だったな。どんなショウか分からんが、そうした趣味は持ち合わせちゃいないんだ」

恭介は感情を押さえた声で、ゆっくりと言った。

「答は一つしかないんだよ、キョウスケ……。ボスがどうしても、と言ってるんでな。すぐに準備にかかるんだ」

　恭介の背後でドアを背にした二人の男が、わずかに身を動かし構える気配がする。

「ああ……服装はそのままでも悪くない。ショウはインフォーマルで結構だ。それほど気の張るものでもない」

　アレサンドロの言葉が終わる間もなく、背後に控えた男が恭介の腕を摑もうと腕を伸ばした。

「触るな……」

　低く唸《うな》るような声に、その男の動きが止まった。

　恭介はアレサンドロをにらみつけながらクローゼットに歩み寄ると、シルクでできたジャケットを取りだし、それを羽織った。


　赤いカーペットと黒いマーブルの壁、そしてアンティークが飾られたロビーは、夕方になってにわかに増え出したチェックイン客の姿と、これから夜の観光に出かける人々でちょっとしたラッシュ・アワーの様相を呈していた。フロントの前には列ができ、静かな騒《ざわめ》きの中に、時折りベル・キャプテンが鳴らすベルの音が鋭く響く。

　ナンシーはロビーのソファーに腰を下ろし、エレベーター・ホールの方向を窺っていた。ウォルドーフ・アストリアには二つの出入口がある。パーク・アヴェニューに面したメインのものと、レキシントン・アヴェニューに面したもう一つの出入口だ。ナンシーの座る位置からでは、メインの出入口を使う人は洩らすことなく確認できたが、もう一つの出入口を使うとなれば確認することはできない。一晩に三〇〇ドルもの金を払う男たちの多くは、ニューヨークでも最高級のこうしたホテルに宿泊する。ここの部屋の造りも、ホテルの構造も、ナンシーにはよく分かっていた。

どうしてこんな所まで追いかけてきたのだろう……。ほらまた同じことを考えてる。それをはっきりさせるためにここに来たんじゃない。何をやってるのナンシー。こんなことをしてちゃ埒《らち》が明かないじゃないの……。

ナンシーは意を決してソファーから立ち上がった。ハウス・フォンの置かれた一角に向かって歩き始める。壁に沿って置かれた数台のハウス・フォン。その一つを手にすると、彼女は客室案内の番号を押した。

「ミスター・アサクラの部屋をお願いしたいの……ファースト・ネーム？　キョウスケ……そう……ありがとう」

回線が切り替わる耳障りな音が短く響く。何と言えばいいのかしら。あの人は私がここまで来ていると言ったらなんて言うだろう。ナンシーの脳裏に期待と不安が入り交じった複雑な感情が湧き起こる。瞬間、ひときわ大きな呼び出し音が聞こえ始めた。一回……二回……三回……。いないのかしら……。どこかへ出かけたの……？

その時、四人の男たちの一団がロビーに現われ、ゆっくりとした歩調でメインの出口に向かって歩いて行くのを、ナンシーは視界の端で捉《とら》えた。わずかにウエーブを帯びた黒い髪。憂いを帯びた横顔。薄いピンクのギンガム・チェックの入ったシャツに白いシルクのジャケット……。恭介だわ！　何度目かの呼び出し音を耳にしながら、ナンシーは捜し求めていた恭介の姿をはっきりと捉えた。胸を打つ心臓の鼓動。最初それはときめきのような華やいだ響きをもって彼女の体を震わせた。しかしそれは次の瞬間、絶望と恐怖に彩られたものへと変わった。

マグニ・アレサンドロ！　どうしてあいつが恭介と一緒にいるの。あの忌まわしいフランク・コジモのアンダー・ボスが……。待ってあの二人、あれはアレサンドロの手下じゃないの。

かつてコジモの情婦として二年の間、絶望と苦渋に満ちた日々を過ごしたナンシーにとって、三人は忘れようにも忘れられない男たちだった。先頭にアレサンドロ、そして恭介、その左右斜め背後をピッタリと二人の男が退路を断つようにして歩いている。人混みの中を一固まりになってフォーメーションを保ちながら歩く男たち。見ようによってはある種の違和感を感じさせずにおかない光景だった。そこから漂う雰囲気はまるで恭介を拉致《らち》していくかのようにも思えた。

そう、拉致——。

ナンシーの胸に重い鉛のような塊となってその言葉が湧き上がる。背後の二人の男の手はだらりと下げられたままで、足だけを動かしている。不自然な動きだった。きっと恭介が不測の行動に出た場合すぐに対処できるようにしているに違いない。おそらくは胸には拳銃《けんじゅう》か、あるいはナイフを潜ませているに違いない。

「お出になりませんが……」

受話器を通じて流れていた発信音が途切れ、オペレーターの声が聞こえた。

我に返ったナンシーは、慌てて受話器を置くと、男たちの後についてメイン・エントランスへと歩き始めた。四人はすでにロビーを抜け、なだらかな階段を降り、外に出ようとしている。回転ドアを使わずに、その隣にあるドアをつかって車寄せに出る。すでにそこにはリンカーン・コンチネンタルが停まっており、その傍らに男たちが立ったところでドアマンが後部ドアを、そして運転席のドアを開ける。

ナンシーはその光景を階段の上に立って見た。最初に、それまで恭介の後方に立っていた男が後部座席に乗り込み、そして恭介、次にアレサンドロ。もう一人の男は運転席に乗り込んだ。まるで最初からその席順が決められていたかのような自然な行動だった。

何をしでかすつもりなの。

ナンシーは恭介に迫りつつある危機の匂いをはっきりと嗅《か》ぎとっていた。リンカーンは四人を乗せると静かに走り始めた。反射的にナンシーは階段を駆け降りると、回転ドアを押し、車寄せに躍り出た。

「タクシー！」

ドアマンが呼び笛を鳴らし、列になったタクシーの最初の一台を呼んだ。ドアマンがそのドアを開ける間もなく、ナンシーは自らの手でドアを開けると、中に身を滑り込ませるなり叫んだ。

「あのリンカーンをつけて！」

「何だって？」

ドライバーがひどい訛《なま》りのある英語で聞き返した。巻き舌訛りの英語。外国人が聞いたらそれが英語だとは即座にわからないほどのひどい訛り。

「俺《おら》ぁロシアから来たばっかで、英語はよく分からねえんだ。もう一度言ってくんねえか」

何よ！　これだからニューヨークは嫌いよ！

そうこうしている間にもリンカーンはパーク・アヴェニューに出てゆっくりと加速し、北に向かって走っていく。

「あの車、白のリンカーンのあとを追ってちょうだいって言ったのよ、このうすら馬鹿！」

ナンシーは前のシートを蹴《け》りつけながら叫んだ。最後の罵《ののし》りのスラングはドライバーには理解できなかったに違いない。

「O．K．……O．K．白い車ね」

今度はどうやら通じたらしい。アクセルが乱暴に踏み込まれると、猛烈な勢いで加速したタクシーは、夕闇が迫り始めたパーク・アヴェニューに赤いテイルランプを光らせながら遠ざかって行くリンカーンを追い始めた。

12

その男は、ＩＲＴ一番の一〇三丁目の駅で地下鉄を降りると、階段を使って地上に出た。藍《あい》色の空は、まだわずかばかりの太陽の光を残してはいたが、深いビルの谷間はそれよりも早く訪れた闇に包まれていた。

ブロードウェイからハドソン側の次の通り、ウエスト・エンド・アヴェニューに向かって、緩《ゆる》い坂を男は傍目《はため》にもそれと分かる疲れた様子で、ゆっくりとした歩調で歩いていく。仕立のいいスーツ。きっちりと手入れされた髪の日本人……。オックスフォードの生地のボタンダウンにレジメンタル・ストライプのタイ。身なりからしても、ダウンタウンで働く典型的なビジネスマンの姿をしていた。しかしその清潔な身なりとは裏腹に、冴《さ》えない顔色の男の表情には、どこか不健康な陰があった。

昼の余熱が残っているとはいえ、まだ汗をかくほどの距離を歩いたとは思えないのに、男は上着を脱ぐと、首筋にかいた汗を、取り出したハンカチで一度拭《ぬぐ》った。その返す手で今度は額を拭う。その刹那《せつな》、男の鼻が二度ばかりすすり上げるように、激しく鳴った。

その様子をビルの陰から窺《うかが》う男がいた。黒いＴシャツにジーンズ。そしてスニーカー。

顔には黒縁の眼鏡をかけた、若いイタリア系の男だった。

男はゆっくりと通りを歩いていく日本人から目を逸《そ》らすことなく、ジーンズの尻《しり》ポケットに手を入れ、そこに入れた名刺入れを取り出した。透明なプラスチックのカバーの中に、一枚の写真が入れてある。思わず口笛を鳴らしたくなるほどのいい女の隣で、にやけた笑いを浮かべている若い男。表情に格段の違いはあったが、それが目の前を歩いていく男であることは間違いなかった。

男はそれを確認すると、名刺入れを尻のポケットにしまった。それと同時にもう一方の手が反対側のポケットに入れられる。再びその手がポケットから取り出された時には、手は拳《こぶし》を作っており、その先に握られた薄く鋭い金属が、点《とも》り始めた周囲のアパートから漏れてくる光に白く光った。握り締めた人差し指と中指の間から顔を出すアンティーヴのような形をした両刃のナイフ。柄の部分はT字になっており、握り締めた拳の中でしっかりと固定されている。

ダガー・ナイフだった。

男はごく自然な動作で、行動に出た。裾《すそ》をだらしなくたらしたTシャツの腹の部分にくるむように凶器を隠しながら、緩い坂の上方に向かって大股《おおまた》で道路を横切ると、前を行く日本人の背後からリズムを変えることなく近づいていく。底の厚いスニーカーが男の足音を見事に吸収した。たとえそうでなくとも、前を行く日本人の男は背後から忍び寄る男の気配を感じなかったに違いない。間近に迫るウエスト・エンド・アヴェニューに出て、一ブロックほどアップタウンに行ったところにあるアパートに帰れば、そこにはいま自分が最も欲するコカインが待ち受けているのだ。男の脳裏は、あの白い粉を力一杯スナッフィングした時に覚える、脳天に突き抜けるような快感、その一瞬のことで一杯だった。

背後から迫る男がその傍らを通りすぎようとした瞬間、再びダガー・ナイフが光ったかと思う間もなく、その煌《きら》めきが前を歩いていた男の背中に吸い込まれた。

狙いは驚くほど正確に急所を捉《とら》えていた。腰のベルトの少し上方。背骨のわずか左。深々と刺し込まれた凶器は、それを握り締めた拳が目標となった男の背にめりこんだところで止まった。あっけないほどの感触だった。それでも鋭く研ぎすまされた刃は、片側が背骨に当たったのだろう、硬いものに沿って突き進むわずかな手応《てごた》えが手に残った。

瞬間、衝撃を受けた男の口が大きく開かれ、それに呼応するかのように、両の目が見開かれた。頭が大きく天を向き、瞳《ひとみ》が傍《かたわ》らにいる影の正体を見極めようとぬるりと動く。その動きが終わらないうちに、背中にめりこんだ拳が右に九〇度回転した。体内でダガー・ナイフが同じ角度回転し、それは背骨に沿って走る男の動脈を一気に切断した。

イタリア系の男は、手の感触から決定的なダメージを目標に与えたことに満足すると、素早くダガー・ナイフを引き抜き、それまでと変わらぬ歩調で、ウエスト・エンド・アヴェニューに向かって歩き始めた。

天を仰いでいるかのような姿勢で硬直していた男は、膝《ひざ》からがっくりと崩れるようにその場にうつ伏せになる形で倒れた。その背中から噴き出した血が黒い染《し》みとなってシャツの色を変え、まるで生命が形となって男の体から逃げ去っていくかのように、暗い歩道の上に広がっていった。

＊

「いったい、どこまで行くんだ」

バグはオールズ・モビルの後部座席で、不安な声を洩《も》らした。ニューヨーク・シティを出て北上し始めてからずいぶんと時間が経つ。時間が経つといえば、チャンを殺《や》り、アゴーニを始末してから——もっともそれが成功したのをバグは見届けたわけではなかったが——まる二日が経っていた。約束は何一つはたされなかった。ロング・アイランドの一角にある廃屋のような倉庫の事務所、いまはもう使用されていない埃《ほこり》だらけの部屋で、何の治療も施されないままに放置されていたのだ。

「治療は、ボスが正式にニューヨークの頂点に立つことが決まってからだ。それから十分にしてやる」

アレサンドロは冷たく言い放つと、そこを立ち去ったまま二度と姿を現わさなかった。監視と身の回りの世話を焼くために、若い男が一人残されたが粗末な食事と飲み物をくれるくらいで、無様《ぶざま》に床に転がるバグを冷たい目で見ているだけだった。両の腕の関節の痛みは、動きさえしなければ我慢できる程度には収まっていたが、それは必ずしもいい兆候とは言えなかった。関節が捩《ねじ》れたまま固まりつつあるのだ。痛めつけられた下腹部は、神経を絶えず圧迫するような不快な痛みが断続的に続いている。時折り——といっても日に何度もないが——排尿する時には飛び切りの痛みが走り、血が混じった液体が情けないほどの勢いで埃まみれのカーペットの上に黒い染みを作った。本当にこいつらは俺を助けるつもりがあるのか。受けている待遇からすれば当然の疑問が何度頭をもたげたことだろう。しかしたとえ可能性が低くとも、望みを持たないことには現状はあまりにも苛酷《かこく》で惨めすぎた。

そして今日、やっと日が落ちる時間になって、バグはその倉庫を出て治療を受けることになったのだった。よかった……連中は俺を殺すつもりじゃなかった。わずかな望みであるほど、その前途に光明を見出《みいだ》した時のうれしさはない。不自由な姿勢を強いられながら車に揺られる苦行を我慢できたのも、そうした気持ちがあってのことだった。しかしそれも、これほどの長い時間となれば話は別だ。再びあの倉庫の事務所で何度となく脳裏に浮かんだ不安が頭をもたげてくる。

「心配するな。街の医者にはこんな治療を頼めやしねえだろ。それにお前の格好は目立ちすぎるからな」

隣に座った若い男が静かに言った。

バグはまだ裸のままだった。薄汚れた体を覆うものは、身に巻きつけた一枚の毛布、ただそれだけだった。車の冷房がきついのは、バグの体から漂ってくる異臭を少しでも押さえようとしているからだ。最初窓を開けることも試してみたが、生暖かい大気が流れ込むと、異臭がかえって激しくなることを知ってからは、男たちは冷房を我慢できる最大にして突っ走ってきたのだ。

「あと、どれくらいかかるんだ」

バグはもう一度尋《たず》ねた。

「そうだな。あと三〇分……といったところだな」

再び若い男が答えた。

「そんなに……」

バグは情けない声で言った。

「いままで我慢してきたことを思えばたいした時間じゃない。先が見えてるんだ」

男はそう言うとバグの顔を見て薄く笑った。そう、すっかり楽になる……。なにしろすべての痛みからも、不安からも解放される最高の治療が施されるんだからな。


リンカーンはマンハッタンを出ると、ハチンソン・リバー・パークウェイを一気に北上し始めた。もう左手はホワイト・プレーン、右手はハリソン。道はもうすぐインターステイト六八四と分岐する所に差しかかる。すでに陽が沈んだ周囲は深い闇に包まれ、時折りヘッドライトに、グリーンの地に白で書かれた標識が浮かび上がる。赤く点灯し続けるリンカーンのテイルランプ。それがドライブを続けるナンシーにとって唯一の目標だった。タクシーの料金メーターは、刻々とデジタル表示の数字を上げていく。その数字が大きくなるにつれて、彼女がホテルで男たちを見かけてからというもの、ずっと感じていた不安はさらに大きなものへと変わっていた。最初、それは小さな予感といったものだった。しかし、もうここまでくると、すでに予感は確信へと変化していた。それは考えたくもないおぞましいものだった。

何てこと！　連中は、恭介をあそこに連れ込むつもりなんだわ！　いけない。

ナンシーの胸に湧き上がった重い塊は限界を越え、胃を圧迫し、心臓さえも破裂しそうな重量をもって、さらに大きさを増していく。不安、焦り、そして恐怖……人間が持つ憂いというもののおよそすべての感情がそこに凝縮され、ナンシーの血液を伝って全身から噴き出してくる。

「ウエスト・チェスター・カウンティ・エアポートへ行ってちょうだい！」

ドライバーが座る前席と後部を仕切る防犯用プラスチックの壁に顔を押しつけると、ナンシーは叫んだ。

「何だって？」

ドライブを始めて以来初めて受ける指示に、ロシア人のドライバーは戸惑った声で聞き返した。

「空港よ！　空港！　分かるわね！」

「空港？」

ロシア人のドライバーは一瞬後ろのナンシーのほうを振り向こうとしたが、すぐに視線を前に戻して聞き返した。

「どこに空港がある。俺ぁロシアから来たばっかりで……」

ドライバーは再び言いわけをしようとしたが、

「このままインターステイトの六八四に入るの！　いい、分かった？　六…八…四！」

「六八四ね」

前方を照らすヘッドライトの中にハチンソン・リバー・パークウェイが六八四に分岐することを示した表示板が浮かび上がった。

「そこよ、そこを左に行くの」

ナンシーの考えが正しければ、前を行くリンカーンもまた同じ道を辿《たど》るはずだった。

点灯し続ける赤いテイルランプの左側のウインカーが黄色い光で点滅を始め、進路が変わる。

やっぱり！　もう間違いない。行き先はあそこなんだわ。

「もういいわ。後をつけなくて。あの車を追い抜いて早く空港へ行ってちょうだい」

「何だって？　もう一度ゆっくり言ってくれ」

「あの車を抜くの！　早く空港へ行くの！　このうすら馬鹿！」

ナンシーの足が思わず前の座席を蹴《け》った。

「分かった」

ドライバーはそう言うなり、乱暴にアクセルを踏み込んだ。キック・ダウンして回転数が上がったタクシーのエンジンが唸《うな》りを上げ、みるみる加速していく。リンカーンとの距離が急速に縮まる。白い後部が迫り、リア・ウインドウを通して三人の男たちの頭が光の中に浮かび上がる。真ん中に二人の男に挟まれて座る恭介の頭部が見えた。

そこはどう見ても治療を施すような場所とは思えなかった。家畜ならともかく、少なくとも人間に対しての場所ではない。

バグは、納屋の中央にしつらえられた粗末な木製の寝台を見るなりそう思った。暗い光を放つ裸電球、それが室内を照らすただ一つの照明だった。肉が腐ったような腐敗臭が鼻をつく。

「さあ、そこに横になるんだ」

体を支えた若い男が妙に優しい言葉で言った。

隙間の空いた板張りの寝台。その上には黒い大きな染みが広がっている。

血だ！　それを目にした瞬間、バグの体が強張《こわば》った。

「おめえら、俺を騙《だま》しやがったな！」

震える声を上げながら、バグは若い男の顔を見た。その目に怒りと、絶望、そして恐怖が混じった複雑な色が浮かぶ。

「何を言ってる。騙しちゃいねえよ」

男は優しい口調を変えることなく言った。

「治療をするんだ。この上でな。心配するな、医者の腕はいい。保証する」

睨《にら》みつけるバグの視野に、男の背後の暗がりに置かれた機械が目に入った。金属でできた大きな機械。稼働部と覚しき本体の上には、上方に向かって口を広げた巨大な漏斗《じょうご》のようなものが付いている。そして下方に伸びた短い鉄のパイプ。

瞬間バグの脳裏に、ミンチになった弟の無残な肉塊が蘇《よみがえ》った。

悲鳴が上がった。不自由な腕に力を込め、男の手を振りほどこうとバグはもがいた。しかしそれよりも早く、もう一人の男が繰り出した強烈なボディ・ブローがバグの胃の部分を直撃した。バグの口から呻《うめ》きとともに空気が洩《も》れ、眼球が飛び出しそうなほど大きくその目が見開かれた。体がくの字に折れ曲がり、膝《ひざ》を折ってその場に蹲《うずくま》ろうとするその体を、若い男が支える。腕に激痛が走り、胃袋が飛び出しそうな重い鈍痛が腹部全体に走る。吐き出した息の代わりに新しい空気を肺に入れようとするが、意思に反してその行為がうまくいかない。

「手間をかけさせるなよ、バグ。俺たちが嘘をつくわけがないだろう」

相変らずの口調で若い男は言うと、無造作にバグの腕を取り、その体を寝台に放り投げた。

力を失ったバグは、なされるがままに腹ばいの形で横になった。その体をもう一人の男がひっくり返し、仰向けの形にする。まだ鈍痛が消えない腹部をかばおうと、バグは体を折り曲げようとした。その刹那《せつな》男の手が伸び、不自由な両手を寝台の上部のコーナーのそれぞれに設置された革のベルトで固定しにかかった。

「最高の治療を施してやると言っただろう。すべての苦しみから解放されるんだぜ。これ以上の治療があるか」

若い男の口調が変わった。冷たい声。バグの無様な姿を見下ろす目からもまた、感情のすべてが消え去っていた。

「頼む……止めてくれ……お願いだ……なあ、そうなりゃあんたたちに逆らったりできねえさ……もう、足を洗うよ……約束する……だから……お願いだ……」

バグの口からすすり泣きが洩れた。顔はもう涙でぐしゃぐしゃになっている。しかし男たちは容赦なかった。若い男が一歩前に進むと、すでに希望を失い、力なく伸びたままの両足を、それぞれ寝台のコーナーに革のベルトで固定した。四肢が伸び切った状態で、自由を完全に奪われたバグは、唯一意思の力が及ぶ顔面のあらゆる機能を駆使して命乞《いのちご》いをした。口元が歪《ゆが》み、充血した目が飛び出しそうに大きく見開かれ、視線が寝台の周囲に立つ男たちの間を交互に走る。

「ミカエル！」

若い男が、その必死の訴えを遮《さえぎ》るような大きな声で叫んだ。わずかばかりの静寂の後に、奥の扉が不気味な軋《きし》み音を響かせながらゆっくりと開いた。その方向を向いたバグの目に、シャーウッドの姿が黒いシルエットとなって飛び込んでくる。

「患者を連れてきてやったぞ」

黒い影が、ゆっくりと歩み寄ってくる。瞬間、その顔が薄暗い電球の光に照らし出され、不気味な陰翳《いんえい》をもって浮かび上がった。

窶《やつ》れはてたように乾き、そしてくすんだ、生気というものとは無縁の顔。半ば閉じられた重い瞼《まぶた》の下の目が、まるで物体を見るかのようにバグを見つめている。人間の感情というものがまったく感じられない爬虫類《はちゅうるい》のような目だった。関心がないようでいて、半面その裏に意思の力を感じさせる不思議な表情だった。狂気と暴力、そして血で彩られた世界に生きてきたバグにして、初めて目にする人間の顔だった。

いったい何なんだこいつは……。

「ミカエル、仕事にかかるのはもう少しあとだ。見学者が来る。ことによってはもう一人、治療を受けることになるかもしれない」

若い男は、シャーウッドに向かって言った。

「……そうかい……かまわんよ……」

どこか別の世界から聞こえてくるような遠い響きのある声で答えると、シャーウッドはぷいと踵《きびす》を返し、壁際に備えつけられた道具箱を漁《あさ》り始めた。

薄い金属の、それでいながら硬度を持った工作物がぶつかり合う音がした。

＊

自動車電話が鳴った。

コジモは表情を変えることなく、二度目の着信音の半ばで受話器を取った。

無言のまま受話器を耳に押し当てたコジモは、

「分かった……ご苦労だった」

それだけ言うと受話器を元に戻した。

カルーソから恭介が行なっているコカイン密輸のからくりを聞かされた時、コジモは直感的にこのオペレーションの鍵《かぎ》を握るのは『鸚鵡《おうむ》』だと思った。ブツが日本に入ってから以降のオペレーションが恭介一人でできるということは、それほどの手間はかからないということだ。最も手間と時間を要するのは『鸚鵡』のリクルート。この部分を掌握すれば、やつはぐうの音も出なくなる……。

コジモの命を受けたアレサンドロの指示に従って姿を現わした男たちに、チアーザは『鸚鵡』に関して自分が知っていることのすべてを喋《しゃべ》った。もっとも、からくりの全容を知らないチアーザが話せるのは、単に条件に適《かな》う日本人をニューヨークでコカイン漬けにし、組織の意のままに動くように仕立て上げる、ということだけだったが、最後に近々日本に帰る『鸚鵡』が最終の仕上げを行なう段階に入っていることを話した。

「そいつをすぐに始末しろ」

コジモはその報告を聞くなり、即座に言い放った。

『鸚鵡』をリクルートするという最も大切なオペレーションが、いったい誰の権限で行なわれているのか、それを思い知らせてやる絶好のチャンスだ。いかに恭介といえども、自らの手で『鸚鵡』をリクルートすることなど不可能に違いない。それを知ればあの男も自分の軍門に降《くだ》らざるを得ないだろう。

だが、それもあいつがそう望むならばの話だ。使えないなら使えないで、新しい日本人を探して一からやり直せばいいだけのことだ。恭介、『鸚鵡』、さらに実際にコカインを捌《さば》く〝ひよこ〟も、すべて新しくしてしまえばいい。一度でき上がったスキーム、それも、何の問題もなく機能しているものを自らの手で壊し、そして同じように組み立て直すのだ。ノウハウはこちらの手にある。ちょいとしたスクラップ・アンド・ビルドさ。さほどの時間もかかるまい。

日本について何の知識も持たないコジモにとって、日本の複雑な通関システムや、倉庫業の形態がいかにアメリカと異なったものかなど、考えもつかないことには違いなく、そうした考えに一片の疑いも抱いてはいなかった。

フロントガラスの向こうに、ラグァーディア空港の灯が見え出した。離着陸する飛行機のランディング・ライトが、白熱した火の玉のように輝きながら、地上の一点から上下する。

あと一五分もすれば、プライベート・ジェット専用のスポットに待ち受けるガルフ・ストリームに乗り込み、タンパへ向かうことになっていた。

コジモの手が再び自動車電話に伸び、その指が二桁《けた》の短縮番号を押した。相手はすぐに出た。

「俺だ……『鸚鵡』は予定通り始末した。やつにたっぷりとショウを見せつけてやれ。それでも首を縦に振らない時には……おまえにまかせる……」

そう言うと受話器を置いた。その顔に不敵な笑いが広がっていった。

「分かりました……」

隣に座ったアレサンドロが短い会話を終わらせた。

リンカーン・コンチネンタルは、インターステイトを降りると、対向二車線の田舎道を走り始めた。街路灯のない道の両側には鬱蒼《うっそう》と葉の繁《しげ》った木が並ぶだけで、ヘッドライトの光の中に、まっすぐに伸びる舗装道路が白く浮かび上がる。闇に覆われた世界の中で、黄色に塗られたセンターラインが、ただ一つの色彩だった。

恭介は後部座席の中央で、身じろぎ一つせず、その光景を見つめていた。

「キョウスケ、君にメッセージが入った」

「メッセージ？　誰からだ」

「ジョン・チアーザだ」

「ジョン・チアーザ？」

その名前には聞き覚えがあった。一度も顔を合わせたことはなかったが、ファルージオとの会話の中で、『鸚鵡』のリクルートをしている男の名前として聞いたことがあった。

嫌な予感がした。

アレサンドロは前を見すえたまま、

「『鸚鵡』になる男が死んだそうだ。ニューヨークでな」

静かな声で言った。

恭介の顔が一瞬凍りついた。細められた目が冷たい光を湛《たた》え、燃えるような憤怒《ふんぬ》がそこに宿った。しかしそれは次の瞬間、何事もなかったように消え去ると、気化熱で熱量のすべてが昇華してしまったかのように、さらに冷たい光で満たされた。

「死因はなんだ」

一切の感情を感じさせない低い声で言った。

「さあな。事故か、殺されたのか、あるいは病死か、それは分からない。運命なんて気まぐれなもんだからな。それにニューヨークじゃ何が起こっても不思議はない」

アレサンドロは大袈裟《おおげさ》な動作で肩をすくめると、関心がないといった口調で答えた。

ウォルドーフの部屋で、目の前にぐいと突き出されたコジモの顔が、恭介の脳裏に鮮明に浮かび上がった。勝ち誇ったようなあざけ笑い。ラ・コロナ・コロナの匂い。不快な情景のすべてが、コジモから受けた屈辱とともに恭介の中で複雑に混じりあった。いや、それだけではない、全知を絞って築き上げた傑作になるかもしれぬ作品が、完成を待たずして土足で踏みにじられ、破壊されようとしているのだ。それは八年もの長期間ネットワークを維持し、そして拡大してきた恭介にとって、絶対に受け入れられるものではなかった。冷たい感情と、煮えたぎるように熱い感情の相反する二つが恭介の中で嵐のように渦巻き、複雑に絡み合うと、能面のように白くなった顔の額の血管が膨れて浮かび上がった。

その血管の中に冷たい血が流れ出す感覚をはっきりと悟った時、かつてプロビデンスで初めて人間を自らの意思で殺した時に覚えたあの感情が蘇《よみがえ》った。それは紛《まぎ》れもない殺意そのものだった。

その一方で恭介は、コジモがなぜ『鷃鵡』を始末にかかったのか、その意味を考えていた。

もしもあいつが日本のコカイン・オペレーションを手に入れようとするなら、考えられる手立ては二つある。

一つは、現在の延長線上でコカインのディーリングを行なう。それが最も効率のいい方法には違いない。しかしそのためには俺に条件を飲ませ、従順な隷《しもべ》として扱えるようにしなければならない。

もう一つは、そのままそっくりこのネットワークを百パーセント自分のものにすることだ。乱暴な話だが、ありえない話ではない。からくりの細部には、実際にやっているものでなければ分からない部分が多々あるが、ちょっと見にはオペレーション自体極めてシンプルなもので、誰にでもできそうに思えたとしても不思議ではない。日本語ができなければ話にならない、あるいは日本人でなければなしえない、といった基本的なことさえも、そう重要に考えていないはずだ。それが日本という国を知らない、平均的なアメリカ人の考えというものだ。

だが、それならば、最初に始末するのは『鷃鵡』ではない。俺一人を始末すればいいだけの話だ。その上で、俺にとって代わる人間を送り込めばいい。……つまり、こいつらはまだ俺に未練があるというわけだ。O．K．……。それならチャンスがないわけでもない。

リンカーンの速度が落ち、ドライバーがウインカーを左に操作するのが分かった。目的の場所が近いのだ。左に直角に曲がった所で、道はダートに変わった。

柔らかなサスペンションが道の凹凸を拾い、大きな波のうねりの上を滑るような、気持ち悪いほど緩《ゆる》やかな上下動が始まる。周囲は木々に覆われ、その切れ目から時折りその先に広がる荒れはてた草原が見える。人の気配を感じさせる灯を目にすることは、とうの昔になくなっていた。

突然ヘッドライトの明かりの中に、廃屋と化した一軒の農場が浮かび上がった。母屋と納屋が一つずつ、朽ちかけた納屋の板塀の隙間を通して、薄暗い電球の黄色い光が漏れている。その前には一台の古ぼけたオールズ・モビルが停まっている。

「さあ、着いたぞ。ここで降りるんだ」

アレサンドロは静かに言った。隣に座った彼の表情はよく分からないが、それでもその顔に微《かす》かな笑いが浮かんでいるのが分かった。

リンカーンが停車すると同時に、右側の男が恭介の腕を取ろうとした。

「触るな！」

恭介は短い言葉を鋭く吐いた。

「丸腰の俺がここに来て、お前たちに何ができる」

ヘッドライトが消えた暗い室内で、アレサンドロの視線が恭介を射る。十分に分かっているようだ。

「いいだろう。どうやら変な真似をすればどんなことになるか、十分に分かっているようだ」

アレサンドロは短く顎《あご》をしゃくると、ドアを開けて外に出た。運転席の男がドアを開け、それに続いた。ドアの傍らに立ち、胸のあたりを探りながら拳銃《けんじゅう》を取り出すと、それを恭介に向け位置を確保した。そして恭介が、次に右側に座った男が次々に路上に降り立った。

――行け――

腰のあたりに堅い感触があった。背後に回った男が拳銃を押しつけたのだ。恭介はそれに促されるように、アレサンドロの傍らを抜け、わずかに漏れる納屋の明かりを目指してゆっくりと歩き始めた。恭介を先頭に、三人の男たちがそれに続く。

気配を感じたのだろう、納屋のドアが開き、中から漏れる明かりに逆光となった一人の男の姿がシルエットとなって一行を中に迎え入れる。

「準備はできています」

影はアレサンドロに向かって言った。

「見たくもねえショウだがな……」

アレサンドロはいまいまし気に言うと、恭介を先頭にその男の傍らを通りすぎた。部屋に染みついた異臭が鼻をついた。

実際アレサンドロには気乗りのしない仕事だった。長い犯罪歴の中で、直接手にかけた人間の数も一人や二人ではない。いまでこそそうした荒仕事は手下に任せ、自ら手を下すことはなくなったが、若い下っぱの時分にはむしろそれが仕事だったこともあった。おかげで人を殺したり、残虐な方法で拷問にかけるのは何とも思わないが、処分するシーンの一部始終を見るとなれば話は別だ。できることなら願い下げだが、今回だけはそうもいかない。直接ボスのコジモからの指示であるばかりでなく、この男を組織の手下として取り込むことができれば、いままで考えもしなかった日本というマーケットに組織の力を広げることができるのだ。そのためには、ショウが残虐であればあるほど効果を発揮する。残念なことに、これが目的を達成する唯一の手段なのだ。

四人が納屋に入ったところで、ドアが軋《きし》みを上げて閉まった。

中央に備えつけられた寝台の上、四肢を固定されたバグの裸体が薄明かりの中に浮かび上がる。荒く喘《あえ》ぐような息の音に合わせ、褐色の肌が上下しているのが分かる。

「さあ、始めてくれ」

アレサンドロは顔をしかめながら言うと、ハンカチを取り出し口と鼻を覆った。

「よく見ておくんだ、キョウスケ。組織にはむかう馬鹿な人間がどういう目にあうか、な」

アレサンドロはハンカチで覆った下からくぐもった声で言った。

「勘弁してくれ！」

その声を耳にした瞬間、バグは悲鳴を上げた。

「アレサンドロ、そこにいるんだろう。あんたなら知ってるじゃねえか」

体をのけ反らせ、必死に声をふり絞る。

「たしかにおれはファルージオを殺《や》ろうとしたさ。チンクスの野郎に乗せられてな。だけどその罪は償ったじゃねえか。あんたらの命令でチャンの野郎を誘《おび》き出して始末した。それにアゴーニだって……」

何だって！

恭介の目が細くなった。異様な輝きを持って自分を見つめるアレサンドロの視線と重なり合う。

――そうか、そういうことだったのか。

コジモから受けた屈辱。破壊されかかったコカイン・オペレーション……恭介自身に向けられた危害への怒りと、特別な存在であるファルージオへの思いがぶつかり合うと、それはとうてい抑制しえない感情の高ぶりへと向かい、一気に臨界点へと達した。

「黙らせろ……」

アレサンドロの低い声に、寝台の傍らに立った若い男が即座に反応した。胸のホルスターから拳銃を抜くなり、遊底を引きそれをバグの口に押し込もうとした。それをさせまいとバグは頭を左右に激しく振り、必死の抵抗を試みながら、さらにわめき声を上げる。

「畜生め！　もとはと言えばおめえらが、ルイスを殺ったからじゃねえか。あんなことをしなけりゃ俺だって、ファルージオを襲ったりしなかったんだ。畜生！　どいつもこいつも俺をいいように使いやがって！」

「黙らせろ！」

今度は鋭い叫び声だった。その語調の強さから、彼が何を期待しているのかは明白だった。次の瞬間、あっけないほど単純な銃声が一発、鋭く納屋の中に響き渡った。バグの体が一度大きく痙攣《けいれん》すると、すべての動きが停止した。薬室から排出された薬莢《やっきょう》が寝台の角に当たり、虫が鳴くような小さな金属音をたてた。それが一匹の虫の命が断たれた最後の音だった。

銃弾はバグの額の中央を撃ち抜き、後頭部に抜けた。生命のすべてがその小さな穴から抜け落ちていくように、寝台の上に黒い広がりができていく。革のベルトで固定されていた四肢が弛緩《しかん》し、ベルトがわずかに弛《ゆる》む。寝台の板の隙間から、壊れた蛇口から流れ出るような音を立てて、血液が床に滴り落ちる。

「ああ……何てことを……」

最高の素材を破壊されたことに、シャーウッドが失望と怒りを含んだ抗議の声を上げ、飛びかからんばかりの勢いで男に歩み寄る。

「うるせえ！　黙れ！」

アレサンドロが、一喝して黙らせにかかる。興奮と混乱の中に怒号が交差し、男たちの注意が一瞬バグの凄惨《せいさん》な死体と、シャーウッドに注がれた。

それはごく自然な体の動きだった。背後で銃口を突きつけている男の手が、一瞬逸《そ》れたのを気配で感じた恭介は、素早い動きで身を捻《ひね》ると、その腕を右の手で摑んだ。男が反応するよりも早く、もう一方の手で拳銃を摑んだ男の手首のツボを探り、そこを中心として捩《ね》じ上げる。たちまちのうちに限界に達した手首を中心にして、男の体がいとも簡単に宙に舞い、半回転すると、恭介が腕を離さなかったせいで上半身を起こした姿勢で地面に尻《しり》のあたりから叩《たた》きつけられた。それより早く、関節を固められて握力をなくした男の手はその指を開いた形になり、恭介は空いた右手で拳銃を奪い取った。

予想だにしなかった恭介の行動に、男たちの間から怒号が上がる。ついさっき、銃弾を発射した若い男が振り向きざまに、銃口を恭介のほうに向けた。

「ドン・シュー！」

恭介に腕を押さえられた男は、気配で仲間が次にどういうアクションを起こすのか、それを察したに違いない。必死の叫び声を上げた。

拳銃を構えた男は、その叫びにほんの一瞬だが躊躇《ちゅうちょ》した。それが恭介には幸いした。手にした拳銃の遊底がすでに引かれ、安全装置も解除されているのは分かっていた。ブローバック式の拳銃はトリガーを引くだけで弾丸が発射されることは間違いなかった。拳銃を向けた男に向かって腕が素早く上がる。その間に、腕を持った男の体を満身の力を込め、立ち上がらせるように起こしにかかる。傍らに立っていたアレサンドロが飛び込むような形で、前に転がりながら、やはりこちらも胸に吞《の》んでいた拳銃を取り出しにかかる。恭介を倒すよりも自らの身の安全を最初に図ったのだ。

納屋の壁に立てかけてあった棚や農機具の類《たぐい》が派手な音を立ててひっくり返る。その音と同時に、寝台の傍らに立つ男が拳銃を発射した。三発の速射だった。甲高い発射音が続けざまに鳴り、恭介の前で盾の形になった男の体に、鉛の銃弾がめり込む音とともに、その体が大きく震える。恭介は躊躇することなく引き金を引いた。まるで生き物がはぜるような衝撃が右の手に走り、銃声とともに弾丸が発射される。一発、二発、三発……。ストロボ・ライトが点滅するような閃光《せんこう》の向こうで、絶叫が上がった。恭介に向かって拳銃を発射した男は、胸のあたりを抱えるようにして後方に吹き飛んだ。その傍らで、すでに二人の男が拳銃を抜きこちらに銃口を向けようとしているのが分かった。恭介はさらに引き金を絞った。まず右に、そして左。スミス&ウエッソン《S W》・M1006は、最大一〇発の銃弾を装塡《そうてん》しておくことができるが、それは初弾を薬室に予《あらかじ》め装塡しておいた場合のことで、マガジン自体には九発の弾丸しか装塡しておくことができない。恭介に拳銃を突きつける際に、一度遊底を引き初弾を送り込んだことから、楽観的にみてもマガジンには最大九発の弾丸しか装塡されていないと考えるのが賢明だった。いまの二人を倒すのに、二発ずつ、これで残りは二発しかない。残数を冷静に数えながら恭介は、床に伏せた。その頭のすぐ上を銃声とともに銃弾がかすめていく。寝台に張られた板が飛び散り、無数の木片となって恭介の頭の上に降り注ぐ。

一人残ったアレサンドロが射撃を始めたのだ。木片の細かい破片がわずかに空いた口か頭を腕に押しつけるようにしながら目を覆う。

ら飛び込み、喰《く》いしばった歯に当たる。サンド・ペーパーを口に押し当てたような不快な感覚が口腔《こうこう》の粘膜にこびりつく。連射が止む隙をついて、上体をわずかに浮かした恭介の視界に黒いシルエットとなったアレサンドロの姿が飛び込んでくる。前がはだけたせいでスーツの裾《すそ》が大きく後ろに靡《なび》く。素早く動く影に向かって恭介は引き金を引いた。不安定な姿勢のせいで、狙いが逸れる。

八発！　……残りはあと一発しかない。

アレサンドロが伏せたあたりの暗がりで、再び物が崩れる音がする。

いまだ！

相手が態勢を崩したと見た恭介は身を翻すと、納屋のドアに向けてそこを出ようとした。外に出さえすれば身を隠す手段はいくらでもある。家のまわりに生えた木々の繁《しげ》み、あるいは草原のブッシュでもいい。飛んで来る鉛の塊を遮ることは期待できないが、闇の空間に溶け込んでしまえばそれが当たる確率は極端に少なくなる。そして何よりもこちらも丸腰というわけでもない。たった一発だが、それでもまったくないよりははるかにましだ。相手がうかつに手を出せない最低限の抑止力にはなる。

ドアはもう目の前だった。そのままの勢いで、外に出ようとした。

再び銃声がなった。弾丸は恭介の左の頬をかすめ、ドアが固定された柱に当たって木片を飛び散らせる。

「デム！」

そのまま外に出るのはあまりにも危険が大きいと悟った恭介は、再び床に伏せる。

「フリーズ!」

アレサンドロの声が背後から聞こえた。目標を照準に捉《とら》えた響きのある落ち着いた声だった。その声に気おされたように、体が凍りついたように止まった。その一方で熱くなった頭脳は目まぐるしく回転し、次の行動を模索し始める。

相手も残りは一発のはずだ。そして俺も一発……どうするか……。

行動の停止は一瞬だったが、その間に恭介は最後の賭《かけ》にでるか否かを考えた。しかし完全に伏せた状態で、立ち上がりざまにアレサンドロを倒すことなど、とうてい不可能なことに違いなかった。

「ゆっくりと、こっちを向くんだ」

勝ち誇ったアレサンドロの声が聞こえる。

「おっと、その前に銃を持った手をゆっくりと、前に伸ばせ……。そしてそいつを前に放り投げるんだ」

恭介はアレサンドロに見えるように、ゆっくりと右の手を前に伸ばし、スナップを利かせて床に滑らせた。拳銃《けんじゅう》は摩擦音を立てながら床の上をわずかに滑ると、三〇センチほど行ったところで止まった。

「O.K. ゆっくりと立ち上がるんだ」

恭介はその言葉に従った。

納屋の隅にこちらを向いて立っているアレサンドロの姿があった。恭介に狙いを定めた拳銃を右手に突き出すようにして持ち、その目は電灯の薄明かりの中にあって怒りに燃え、異様な輝きを放っている。

「とんでもねえことを仕出かしてくれたな」

アレサンドロは低い声で言った。

「とんでもないこと？　どっちがだ」

「ミカエル！」

アレサンドロは恭介の言葉を無視して、呆《ほう》けたように納屋の隅で小さくなっているシャーウッドに向かって言った。

「銃を拾え！」

こうなった以上こいつを生かしておく理由は何もない。殺しても飽き足りないやつだ。罪の償いはたっぷりとして貰《もら》おう。そう、バグの代わりにな……。


銃声だわ！

ナンシーは、農場に続く木立に囲まれたダートの道路を歩きながら、その音をはっきりと聞いた。最初一発、そして少しの間を置いてカウントできないほど多くの銃声が重なって鳴った。もう農場はすぐそこだった。ウエスト・チェスター・カウンティ・エアポートでタクシーを捨てたナンシーは、そこでレンタ・カーを借りた。ナンシーの推測が正しければ恭介が向かうであろう場所はここしかなかった。推測は正しかった。しかしそれを裏づけたのは、不幸にもたったいま激しく鳴り響いた銃声だった。

闇の中での想像は、無意識のうちにナンシーの思考を悲観的な方向へと誘った。ともすると頭をもたげる弱気の虫を振り払うかのように、ナンシーは、ぼんやりとした光が漏れる農場に向かって緩い坂を駆け始めた。


「そいつをこっちによこすんだ。ミカエル……」

アレサンドロは、納屋の隅で呆けた表情を浮かべるばかりのシャーウッドに向かって命じた。しかしそれでも彼は反応しなかった。人の体を切り刻み、加工することには何の感情も覚えない男にして、目の前で繰り広げられた銃撃戦、それもまかり間違えば自分がその巻き添えになっていたかもしれないという恐怖は、この男の心の奥底にこびりついて離れない過去の忌まわしい記憶を蘇《よみがえ》らせる働きをした。自分が殺されたかもしれない恐怖──それがまるで金縛りにでも遇《あ》ったかのように、肉体と意思の間を分断していたのだ。

「さあ、早くしろ」アレサンドロは取っておきの言葉を吐いた。「バグの代わりにこいつをお前の好きにさせてやる」

シャーウッドの口から、微《かす》かな呻《うめ》き声が洩《も》れ、彼は身を動かす努力をした。だが、その動作はもどかしく、ついにアレサンドロは自分で床に転がった拳銃を取ることを決意した。

若い男がバグを始末する際に使った拳銃は、シャーウッドのすぐ目の前にあった。やはりS&W・M1006だった。アレサンドロは、恭介に狙いを定めたまま、注意深く横に移動し始めた。

あの銃を手にされたらゲーム・セットだ。

恭介は決心した。床に転がる男が、倒れる際に壁際の棚にぶち当たり、そこに収納されていた道具があたりに散乱している。ハンマーや鋸《のこぎり》、そして薬品の瓶に混じって、鎌の歯に似たおおぶりのナイフが転がっているのを恭介の視線が捉えた。

恭介の脳裏にかつてベトナム帰りの元グリーン・ベレー、デーヴィッド・ベイヤーの下で激しい格闘技のトレーニングに明けくれた日々が蘇った。二メートル近い大男を相手に、およそすべての格闘技とともに、武器の使い方も教わった。確実に相手を倒すことを任務とするグリーン・ベレーの技術の中には、当然人間を殺傷するのに最も原始的な武器、ナイフの使い方もあった。

アレサンドロは床に転がる拳銃と、恭介を交互に見ながら、じわりじわりとその距離を詰めにかかっている。

恭介はその間合いを計った。格闘技で大切なのは相手の呼吸の間合いを計ることだ。一対一で向かい合い、張りつめた緊張感の中で互いに一瞬の攻撃チャンスを窺《うかが》い合う間も、必実の所、攻撃のチャンスは厳然と存在する。息の谷間である。人間は行動に転じる時、必ず息を吸い込む。逆に言えば息を吐く、その行為とともに攻撃に出ることはなく、防御もまたその瞬間息を吸い込まなければならず、そこに一瞬の隙が生じるのだ。

恭介はアレサンドロの呼吸の間合い、そして交互に自分と拳銃を見る視線のリズムを計った。もう拳銃までの距離はわずかしかなかった。勝負はただの一回、それを逃せばチャンスはない。

アレサンドロが床に落ちた拳銃を拾おうと、腰を屈《かが》めに入った。荒い呼吸を繰り返す音が、吐く方向に、それも、いままでよりも深く長いものに転じる。

いまだ！

恭介は、弾《はじ》かれたように床を蹴《け》ると前方に飛び込むように転がった。右の腕を伸ばし、そこにあるナイフの柄を摑《つか》む。瞬間、不自然な態勢で虚をつかれた形になったアレサンドロが、慌てて態勢を立て直しながら拳銃を発射した。再び火薬の弾ける音がし、銃口から激しい火花が上がるのを恭介は視界の端で捕えた。

衝撃は来なかった。ナイフの柄を摑んだそのままの勢いで、前転を続けながら床に転がる。散乱した道具が、恭介の膨張して硬くなった背筋に食い込む。めまぐるしく回転していく光景の中に、アレサンドロの姿がスローモーションを見るかのように飛び込んでくる。戦闘機の照準が獲物を捕えた時のように、その姿がロックオンされる。回転する勢いの中で、ナイフを持った右の腕をわずかに後方に引き、スナップを利かせて振る。それが手を離れる瞬間、カチリという金属がぶつかり合う音がした。アレサンドロの目が、大きく見開かれるのが分かる。弾丸が尽きたことを悟った恐怖に満ちた目だった。仄暗《ほのぐら》い電灯の光の中に、水中で煌《きら》めく魚の鱗光にも似た煌めきが起こり、それは一筋の線となって音もなくわずかな距離を飛び、肉にめり込む鈍い音を一度響かせると、アレサンドロの喉《のど》に突き刺さり、柄の部分まで深く突き刺さったところで止まった。出来損ないの草笛から空気が洩れるようなか細い音がした。喉の粘膜が一度湿った大きな音を立てた。大きく見開かれたアレサンドロの瞳《ひとみ》がゆっくりと上に上がって、徐々に白い部分を大きくしていく。訪れた死は静かなものだった。瞳が半ば上瞼《うわまぶた》に隠れたところでその膝ががくりと折れ曲がり、そのまま跪《ひざまず》くようにその場に崩れると、すべての動きを停止した。

その光景の一部始終を目にした恭介は、勢いのままに立ち上がると、そこに転がってい る拳銃《けんじゅう》を取ろうと、手を伸ばしにかかった。しかしそれよりも一瞬早くシャーウッドの手がその拳銃を摑み取った。最後の一人になった時、身に迫りつつある危機がそれまで彼の体を拘束していた忌まわしい記憶に勝ったのだ。

銃口がピタリと恭介の額に向けられた。多少銃口がぶれようが、外すわけなどありえない距離だった。

「う……動くな……」

恐怖と狂気がないまぜになったシャーウッドの顔が、恭介のすぐ目の前にあった。

ナンシーはともすると縺《もつ》れそうになる足を必死に動かしながら、緩い坂を一気に駆け登った。息が上がり、心臓が口から飛びだしそうだ。汗が体を覆いつくし、薄手のシャツが肌にへばりついているのが分かる。板張りの納屋のドアの隙間から漏れてくる黄色い薄明かりが見える。激しく交錯した銃声は鳴りを潜めていた。

納屋のドアはもうすぐそこにあった。ナンシーの足が止まり、彼女は中の動きを気配で探ろうと全神経をそこに集中した。

「う……動くな……」

その時低く呻くような声がはっきりと聞こえた。忘れようにも忘れられない声、そして間違うはずもない声……。刹那《せつな》、ナンシーの体が反射的に反応した。ドアに手をかけると満身の力を込めて引き開けた。ナンシーの口から悲鳴に似た絶叫が上がった。

「止《や》めて！　兄さん！」

シャーウッドの目が驚愕《きょうがく》で見開かれ、銃口がわずかに恭介の顔から外れた。

いまだ！

恭介の右手が瞬間的に動き、わずかばかりの空間を移動する間に握り締められた拳《こぶし》の裏でそれを払った。その反動でシャーウッドの指がトリガーを引き、銃は一度《ひとたび》の閃光《せんこう》を放って暴発した。不完全なグリップのせいで、反動を正しく吸収できなかったシャーウッドの手首は反り返り、暴発の銃声の中に、彼の口から無様な悲鳴が上がった。

「止めて、キョウスケ！」

なに！　なんで俺の名を！

のけ反ったシャーウッドの襟首を摑み、次の一撃を加えようとしていた恭介の動きが止まり、反射的にその顔が背後の声の主に向けられた。

「ナンシー……」

今度は恭介の目が驚愕に見開かれる番だった。

「その人を殺さないで」

激しく肩を上下させ、苦しい息を吐きながら、必死の形相で懇願するナンシーの姿がそこにあった。

「何だって！……ナンシー……いま何て言った」

恭介は振り上げかけた拳を止めたまま、茫然《ぼうぜん》とした面持ちでナンシーと襟首を摑んだシャーウッドを交互に見た。

「私の……私の兄さんなの……」

顔面を濡《ぬ》らしているのは汗だけではなかった。両の目から流れる涙が頰を伝い、込み上げる激情を必死にこらえているのだろう、わずかに開いた口元がわななくように震えている。恭介の強靭《きょうじん》な力で押さえつけられた男は両手で顔面を覆い、ボロ布のような服をまとった体を丸くして震えている。

「……どうしてここにお前がいるんだ」

恭介はシャーウッドの襟首を摑んだ手を放すと、傍らに転がった拳銃を拾い上げ、ナンシーに向き直った。その言葉に、目を落とし一瞬沈黙したナンシーは、そこに転がる男たちの死体を目にすると、

「……なんてことを……」

息を呑《の》み、おこりにかかったように体を震わせ始めた。

「どうするつもり……こんなことをして……あなた大変なことになるわよ」

目の前に広がる光景は最悪と言わざるを得なかった。寝台の上の死体は誰のものとはわからなかったが、少なくとも部屋の奥に転がっている男はコジモのアンダー・ボスを務めるアレサンドロであり、他の男たちもまたその手下であることは間違いなかった。コジモに牙《きば》を剝《む》いた人間がどういう運命を辿《たど》ることになるのか、その恐ろしさは二年に亘《わた》って彼の愛人を務めたナンシーには何の説明もいらなかった。

いまにもドアの外に広がる暗がりから、組織の人間たちが姿を現わすような恐怖と重圧感に脅《おび》えながら、ナンシーは必死に考えた。その姿を見つめる恭介の視線とナンシーのそれが合った。それは事態の深刻さに脅え混乱するナンシーとはまさに対極をなすものだった。混乱、脅え、焦燥……本来そこにあるべきそうした感情とはまったく逆に、ただ冷徹に現実だけを見つめる目だった。

どうしてこの人は、この期に及んで、これほどまでに落ち着き払っていられるのだろう……。その時、黒い影がよぎるように、ある考えがナンシーの脳裏をかすめた。

駄目！　……それだけは駄目……何てことを考えるの……。

ナンシーは必死でその影を振り払う努力をした。しかし、一度脳裏をかすめた考えは、次第に大きさを増し、すぐにナンシーの思考をその一点に集中させることになった。

自然にその視線が、恭介の足元に蹲《うずくま》るシャーウッドに向けられた。地面に落ちた死骸《しがい》を漁《あさ》る鳥のように、黒い服をまとい震えるだけの兄。それは組織の『処分屋』としての彼の存在を印象づける働きをした。

もうこれしかない……もしかしたら、うまくいくかもしれない……。

ナンシーの腹は決まった。それは辛《つら》く、悲しい決断だった。

「兄さん立って……一つだけ頼みがあるの……」

13

三〇分後、恭介はインターステイト六八四を南に、ニューヨーク・シティに向かってポンティアック・グランプリのハンドルを握っていた。助手席にはナンシーが座っていた。車はナンシーがウエスト・チェスター・カウンティ・エアポートで借りたものだ。彼女は無言のまま、恭介もまた無言のままだった。

「止《や》めて！ 兄さん！」――恭介は、かつてあれほど悲しい響きに満ちた絶叫を聞いたことがなかった。いや悲しみばかりではない。絶望、怒り、嘆き……およそ悲しみというものの感情のすべてがあの一言には凝縮されていた。二人が兄妹《きょうだい》であることは、あの一言で明らかだった。何があったのか、それをまったく知りたくないと言えば嘘になるが、それを知ったところで悲劇的なストーリーがあるだけで、それをどうすることもできるはずがない。ただ、この隣に座る女によって自分は救われた。それがただ一つの事実だった。そしてもう一つ、自分にはやらなければならないことができた。それがあの時から始まった新たな事実だった。

復讐《ふくしゅう》……それは危険な感情の芽生えだった。

ヘッドライトに浮かぶハイウェイを見つめる恭介の目に、危険な決意の色が浮かんだ。

「驚いたでしょうね、キョウスケ……」

そうした恭介の心情を知る由もないナンシーが、疲れはて、放心したような眼差《まなざ》しを前に向けたまま、つぶやくように初めての言葉を洩《も》らした。

「何をだ」

「何をですって？」

ナンシーはゆっくりと恭介のほうを向いた。

「君があそこに来たことか。それともあの男と君が兄妹だったことか」

ナンシーは、フッと軽い笑いを口の端に浮かべると、

「あの時……ケンタッキーで私が言いかけたこと……」恭介の答を無視して話し始めた。

「私がL.A.から来たってことは前に話した通り。あそこには一八になるまでいたわ。ひどい暮らしだった……。メキシコからの移民が住むスラム、貧困と暴力、そして犯罪が日常茶飯事の世界でね、そこで私たちは育ったの。必死に勉強したわ。あの街から抜け出すためには学問で身を立てるか、才能で身を立てるか、そのどちらかしかないの。奨学金《スカラシップ》を貰《もら》ってカレッジに進学して、それと同時に演劇学校に通った。ダンス・スクールにもね。いま思えば夢のような日々だったわ。そう、あの頃は夢も希望もあった。あの街から抜け出せた……そう思っていた」

単調なエンジンの響きに合わせるように、ナンシーは淡々とした口調で話し続ける。

「でも、兄は違ったの。両親は私たち兄妹をそりゃあ厳格に育てたわ。でも英語も満足にできない人間が就ける仕事といったら限られたもの。父は道路工事の肉体労働者、母はメイド……。その日の暮らしに精一杯で、私たちは小遣いも満足に貰ったことなんかなかった。兄はそんな暮らしに我慢ができなかったの。あの街でグレようと思ったらいとも簡単なことよ。ストリートのあちらこちらにたむろしている男は、ほとんどがそうだから。中でも絶対的な権力を持っていたのが『エム』だった。この名前は聞いたことがあるわね」

「ああ」

恭介は静かに言った。

『エム』は西海岸、ロス・アンゼルスを中心に勢力を拡大しつつあるメキシコ系の犯罪組織で、その実体は実のところあまり明らかになってはいないが、八〇年代の後半、刑務所に服役中のメキシコ人が自分たちの身を守るために結成したのがその始まりとされている。同じ刑務所でも、規則にがんじがらめにされた日本とは違い、アメリカの刑務所ははるかに囚人の自由が認められる。極端に言ってしまえば、多少の制約を考慮しなければ娑婆《しゃば》にいる時とさほど変わらぬ生活を営むことが可能なのだ。煙草、麻薬、武器……彼らが慣れ親しんだものさえも、手に入れることはむずかしい話ではない。

だがこうした現状は、同時に、この法治施設の中にあっても彼ら自身の身が必ずしも安全ではないことを意味した。娑婆で敵対する組織の人間もまた、この限られた世界の同居人であり、罪の償いの場にあって、まるでそれが彼らの持って生まれた本能であるかのように、抗争の鉾先《ほこさき》は決して収められることはないからである。アメリカの多くの犯罪組織そのままに、刑務所にあってもまた、同一人種が身を守るために集団を組織するのは、むしろ自然のなりゆきというものだろう。

しかし、そこで生まれた組織の影響力は、メンバーが刑期を終えて出所するにつれて、元の社会、つまり日常の世界に急激に拡大していくことになった。日常社会に解き放たれた猛禽《もうきん》たちはその持てる獰猛《どうもう》さをいかんなく発揮し始めた。彼らが生業にするものは、犯罪と呼ばれるもののおよそすべてであることは、他の犯罪組織と同じだったが、『エム』に特徴的なのは、想像を絶する凄《すさ》まじいまでの血の戒律である。

対立する組織への攻撃はいうにおよばず、裏切り者、密告者、証言者……組織に敵対するすべての人間に対してこの戒律は適用された。それも当事者のみならず、その家族にまで、である。女、子供、そして乳幼児にまでも、その力は容赦なく振るわれた。

恭介もその残虐な報復の一つを聞いたことがある。

それは彼らの犯罪を証言した人物の家族を襲った事件の話だった。そのこと自体は他の犯罪組織にも見られることで、別段珍しいことでもなかったが、問題はそのやり方だ。家の中には証言者、そしてその妻、母、三人の幼い子供がいた。一番下の子供はまだ一歳にもならない乳飲み児だったが、連中はそのことごとくを惨殺したのだ。銃弾は至近距離から放たれた。大人には頭、体を問わず十分な鉛の塊が見舞われた。そして子供には、それぞれただ一発の弾丸が、それも目を正確に狙ってその命を奪ったのだ。

恐怖、それも身の毛がよだつような恐怖を覚えさせることで、敵対する組織を威嚇し、善良な市民が自分たちに反旗を翻《ひるがえ》すことを封じるための行為だったことは明白だ。血に飢えた猛禽たちの群れ、それが『エム』の正体だった。

「……兄が正式に『エム』のメンバーになったのは、二三の時だった」

ナンシーは再び話を続けた。

「一九の時に兄は四年ほど刑務所に入ったの。強盗の罪でね。一五の時からストリートで犯罪を繰り返していたのに、よくもそれまで捕まらなかったものだけど、とにかくそこで組織の人間に会って、出所後に正式なメンバーになったってわけ。本来ならそこでまた犯罪を繰り返し、長い刑務所暮らしを続けるか、そう遠くないうちに抗争で殺されておしまいってことだったんでしょうけど、そうはならなかった……」

ナンシーはそこでいったん言葉を切ると、フロントガラスの向こう、ヘッドライトの明かりに浮かび上がるアスファルトの路面を見つめた。白いセンターラインが、まるで映画フィルムのコマのように流れてくる。その動きがナンシーの脳裏に忌まわしい記憶を鮮明に蘇《よみがえ》らせる。

「兄はね……刑務所にいる間に、同性愛に目覚めていたの」

「やられたってわけか」

恭介は静かに言った。

「そう、最初は多分むりやりだったと思うわ。以前はそんな傾向はなかったから……」

何でも手に入るアメリカの刑務所の中で、ただ一つ不自由を強いられるのが性欲の処理だ。もともと野獣のようなエネルギーを持つ人間たちが集団生活を営む場において、こらえきれない性欲のはけ口を同性に求めるのは何も珍しいことではない。いやむしろ日常茶飯事、ごく当たり前のこととして、あの空間では繰り広げられているのだ。

「問題は出所後、一年ほどして起きたの。女に興味を示さない兄を、エムのメンバーはおかしいとは思っていたみたいなんだけど、ついに決定的現場を押さえたのね。エムでは同性愛に関しては厳しい掟《おきて》があってね、それがたとえ刑務所であろうと、外の世界であろうとご法度なのよ……。連中は兄を許さなかった。現場から兄を連れ出すと、凄まじい罰を与えたの……兄の性器を切断したのよ……」

ナンシーはそう言うと額に手をやり、頭を垂れ、絶句した。

単調なエンジンの音だけが、無言のままの二人の間に流れた。

「大丈夫か、ナンシー」

恭介は初めて優しい言葉をかけた。

ナンシーは顔を上げると、無言のまま頭を縦に振った。

「もういい。言いたくなければ言わなくても」

「大丈夫、あなたにはすべてのことを知ってほしいの」

ナンシーは目を上げ、前方を見つめた。

「兄がおかしくなったのは、それからよ。満たされない欲望は、人の体を傷つけることで満たされるようになった。連中はそうした兄の狂気を利用した。死体の処分屋として兄を利用し始めたのね。でも私は、もちろん両親も含めて兄のそうした行状を知らなかった。ただ傍目《はため》にも何か普通じゃない……それだけは分かったわ。その頃私はニューヨークに出る決心をしていた。異常な言動が目立つ兄をそのままにしちゃおけないと思った私たちは、兄をカリフォルニアからニューヨークに移し、精神病院に入れることにしたの。気分を変えて、きちんとした治療を施せば、あるいは……と思って。半年ほど、兄は病院に入っていたけど、すぐに治療費にもこと欠く有様で、入院は長く続けられなかった。兄は退院すると、いまは使われていないあの廃屋をただ同然の家賃で借りることになったんだけど、どこから聞きつけたのか、今度はフランク・コジモが、エムの連中と同じように死体の処理を持ち込むようになったの。私のオフ・ブロードウェイの舞台に彼が出資していたのは、本当に神の悪戯《いたずら》としか思えない偶然よ。あいつは、私とミカエルが兄妹だと知ると、兄の治療費を出すことを条件に、情婦になることを持ちかけた。それればかりじゃない。もしもこのことが公になれば、もうダンサーとしての道は閉ざされたも同然だと言って脅した……」

「それがケンタッキーのストーリーに繋《つな》がるわけだな」

恭介は前を見ながら言った。ナンシーはこっくりとうなずくと、再び二人の間に静かな時が流れた。

「それで、どうして君がここに来た。何のために」

「……それは……」

ナンシーはどうしたものかと口ごもった。あなたに逢《あ》いにウォルドーフに行った。どうしてもあなたに逢いたかった。そう言おうとした。しかし自分が取った行動の本当のところは、どんな言葉を使っても説明できる自信がなかった。

「ウォルドーフで仕事があったの……ロビーでその部屋に電話をしようとした時、アレサンドロに連れ出されるあなたを見かけた……それで……」

なんてへたな嘘……。ナンシーは思った。恭介が一瞬自分の横顔を見つめるのが分かった。

「……そうか……」

恭介は静かに言った。その一言で彼女が何のために、そしてどういう気持ちであの場所にやってきたのか、を悟った。

「ナンシー」

その呼びかけに、ナンシーの顔がゆっくりと恭介のほうを向く。

「どうやら俺は君に大きな借りができてしまったようだ……」

「そんな、借りなんて……」

ナンシーはかぶりを振った。

「そして共通の敵もな……」

ナンシーの顔が再び恭介のほうを向いた。前を見つめる恭介の目、その瞳《ひとみ》に宿る冷たい光を目にした時、自分の体に冷たいものが走るのをナンシーは感じた。目標を捉《とら》えた猛禽の目。狙った獲物を一瞬のもとに倒す確信に裏づけられた、一切の感情を消し去り、無表情に一点を見つめる獰猛な目だった。

「あなた、何をするつもり。止めてキョウスケ。私のことならいいの……」

「君のためじゃない。俺のためにやるんだ」

恭介は静かに言った。

遠くの空がぼんやりと明るんで見える。マンハッタンまで、もうしばらく走り続けなくてはならなかった。

＊

ギャレットは眠れない夜を過ごしていた。寝苦しい夜だった。もはや習慣と化した度を越した寝酒のせいで、体の芯《しん》が、燠火《おきび》になったチャコールを抱えたように、だるい熱を帯びている。つけっ放しにしているエアコンの冷気が、薄掛けからはみ出た体の表面を冷やし、そのアンバランスが不快さを増幅する。眠れない闇の中で、繰り返す吐息の中の安いバーボンの香りが増幅され、まとわりつくように嗅覚《きゅうかく》を刺激する。

こんな夜、決まってギャレットの脳裏に浮かぶのは、家を出ていった妻のことであり、子供たちのことだった。幸福に満ち溢《あふ》れた家庭。休日にはバックヤードの芝に水をやり、それが一段落したところで、長男とキャッチボールをするのが日課だった。息子のクリストファーはレンジャースのファンで、チーム・ロゴの入った野球帽をかぶり、一丁前のフォームでボールを返した。もういまごろは、クリストファーももっとまともなボールを返せるようになっているに違いない。あの前の年、次のシーズンには本物の試合に連れていく約束をしていたっけ。その約束がはたせなかったのも、あの忌まわしい出来事があってからだ。そう、あの湾岸戦争が、そしてＰＢの後遺症がすべてをぶち壊したのだ。

そこからいつも、翼をもぎ取られた自分の運命を呪い、いまの自分が置かれた境遇への不満が頭をもたげ、そして堂々巡りを繰り返すのだったが、今夜は違っていた。ギャレットの脳裏に浮かんだのは、あのケンタッキーの山中で出会った恭介のことだった。

電話は今日の午後に来たきり、それから連絡は途絶えたままだった。

テキサスにコンピュータのエキスパートを送るのが、そんなに面倒なことなのか。あいつ、うまいことを言って俺を嵌《は》めるつもりじゃねえだろうな。その仕組みを作るために連絡が遅くなっているのか……。しかし待て、やつは日本のビジネスマンだと言った。しかも中国を担当しているビジネスマンだ。連中にしてみれば、もしあのディスクが本物だとすれば、ビジネスを進めるに当たって大変な利益を得ることができるに違いない。ＤＲＭＯから流出したハードの行き先のほとんどが中国だ。それが発覚したのも、でかいブツを持ち出そうとしたからだ。しかし、こいつは違う。アタッシェケースの片隅にでも入れて持ち出せる代物だ。大金をはたいてでも、ものにする価値は十分にある。それに、この取引を断わってあのディスクをどこに持って行けばいいと言うのだ。処分するあてなど俺にはないぞ。くそったれめ！　あの日本人野郎《ジャップ》、さっさと連絡をよこしやがれ。そうすれば、俺の腹も決まろうってのに……。

ギャレットは、まるで熱を帯びた苔《こけ》が覆い尽くしたように不快な感覚が残る胸の中で、罵《のの》りの言葉を吐いた。

「シット！」

今度はそれを口に出すと、ギャレットはベッドの上に跳ね起きた。いったん感じた胸の熱が気になってどうしようもない。水分を取らないことには、この不快な感覚はどうしようもなかった。濃紺のブリーフ、そして丸首のTシャツの姿でベッドルームを出ると、ギャレットはキッチンへと向かった。酔いのせいで足元が覚束ない。口の中の粘膜が、舌と口腔《こうこう》を覆い尽くし、不快な感覚に拍車をかける。

キッチンに行くまでにはリビングを通らなければならなかった。この半年、いやもう一年にもなるだろうか、いつ掃除などしたか思いだせないリビングには、新聞や雑誌、それにT. V. ディナーの容器が散乱している。腐敗した食べ残しやケチャップ、香辛料の匂いがエアコンの切れた部屋の中で蒸れた匂いを放っている。

サイドボードの上に置かれた時計は、四時半を指そうとしている。もう夜明けが近い。

「畜生め！」

ギャレットはそれを見ると、いまいまし気につぶやいた。今日も寝そびれた……。

その時、リビングの片隅で電話が鳴った。

来た！

ギャレットは足元に散乱するゴミに足を取られながらも、そこに駆け寄ると受話器を取った。

「…………」

無言のままだった。相手が喋《しゃべ》り始めてからだ。

「アラン・ギャレット？……」

紛れもない恭介の声だった。

「俺だ。ずいぶん手間取ったな」

「済まない。ちょっと面倒なことが起きてな」

「面倒なこと？」

ギャレットは聞いた。

「直接君に関係ないことだが……これからの返事次第では関係してもらうことになる」

「よしてくれ、面倒はご免だ」

ギャレットは即座に言い放った。この時間まで待たせたあげくに、なんて言いざまだ。これだからジャップは……。受話器を叩《たた》きつけて電話を切ろうとしたギャレットの耳に、恭介の言葉が飛び込んできた。

「ディスクとは別に五〇万だ」

ギャレットの手が止まった。

「何だって？……いま何て言った」

「ディスクとは別にハーフ・ミリオン出す。そう言ったんだ」

ギャレットはおし黙った。それは魅力的な提案だった。五〇万ドル……それだけあれば、南米で新たな人生を始めることができる。どうしようもないほどに行きづまった人生を、もう一度最初からやり直すことができる……。報酬の金額は、恭介の依頼が持つ危険な香りを、一瞬のうちに魅力的なものに変えていた。

「何なんだ、俺に何をやれっていうんだ」

ギャレットの口調が変わった。喉《のど》の渇きも、胸に残る不快な感覚も、どこかに消し飛んでいた。

「あんた、すぐにでも実戦に使えるコブラがあると言ったな」

「ああ。俺が知っているだけでも、何か所かにある」

「フロリダのタンパにもあると言ったな」

「その通りだ。タンパに一機……実戦にすぐにでも投入できるやつがある」

「O.K.……それで、まだ操縦はできるんだろうな」

「馬鹿を言うなよ」ギャレットがむきになって言った。

「忘れるもんか。あのヘリのことにかけちゃ、俺はピカ一の乗り手だったんだ」

「腕は錆《さ》びついちゃいないわけだな」

「当たり前だ。忘れようにも忘れられるもんか」ギャレットは断言した。

「それで、何をやれってんだ」

「それは、会ってから話す。とりあえず今日の午後そちらに向かう。便が決まったら知らせる。空港で会おう」

電話は切れた。

「……デム……ハーフ・ミリオン……」

受話器を置いたギャレットの口から言葉が洩《も》れた。その顔に先ほどまでの、人生を呪う荒《すさ》んだ男の顔はなかった。恭介の言葉の裏に危険な匂いがすることは十分に承知していた。まともな仕事でないことも、すぐに分かった。しかし、そうしたネガティヴな要素を差し引いても余りある興奮を、ギャレットは感じていた。それは金のせいばかりではない。再びコブラに乗って行なう仕事、あれだけ呪い続けた戦場の危険な魅力、その匂いをギャレットは感じていた。

もう一年以上も開けたことのないブラインドの隙間から、早くもテキサスの朝の兆しが忍び寄ってくるのが分かった。

薄明かりに浮かぶギャレットの顔は、いま戦士の輝きを取り戻しつつあった。

受話器を置く時、そこに染みついた香水の甘い匂いが仄《ほの》かに恭介の鼻をくすぐった。それはたったいま交わされた話の内容とは、あまりにそぐわないものだったが、恭介の体に満ち溢れる凶暴な意思を、一瞬だが和ませる役割をはたした。

恭介はナンシーの部屋にいた。ステュディオ・タイプの部屋の中央に置かれたソファーには、疲れはてた表情を浮かべるナンシーが座っていた。

「どうしても、やるつもりなのね」

ナンシーは電話を切った恭介に向かって言った。

「聞いての通りだ」

ギャレットに電話をする前、恭介はカルーソに電話を入れた。一連の事のあらましを説明した上で、コジモの居場所を尋ねたのだ。それを確認したあと、いくつかのリクエストをカルーソにすると、電話を切った。そしていま、ギャレットとの間で交わされた会話……。そこから恭介がやろうとしていることに、もはや何の説明もいらなかった。

「何もあなたがやらなくても……組織は確実にあの男に罰を下すわ」

「間違いなくな……」

恭介はその言葉を肯定した。しかしそれはあくまでも、状況に対してのものであり、彼女の言葉を肯定したものではなかった。

「だが、それでは駄目だ……ここでファルージオの手下が手を下せば、組織は間違いなく割れる。そうなれば取り返しのつかないことになる」

「組織が割れる？……そう、やっぱりあなたも組織の人間だったのね」

妙な説明をしたものだ、と恭介も思った。組織が割れる――たとえそうなろうとも恭介にとっては、どうという問題ではなかった。しかし組織はファルージオが長きに亘《わた》って築き上げた、いわば半生をかけて仕上げた作品だった。我が息子よ――あのイーストサイドの自宅で、かつて日本へのコカイン密輸のオペレーションを話した際にファルージオが言った一言が、恭介の耳にはっきりと蘇《よみがえ》った。恭介の持つ能力を信じ、そして思うがままに振る舞うことを全面的にバックアップしてくれたのは、ファルージオその人に違いなかった。親とも慕う人間の作品、つまり組織を、コジモは裏で糸を引いてかすめ取ろうとしたのだ。怒り……そして復讐《ふくしゅう》。恭介の心の中に渦巻くものは、間違いなくそうした感情が凝縮され複雑に絡みあったものに違いなかった。それはかつて実の両親を航空機事故でなくした際に恭介が覚えた、社会に対する怒りとはまったく別のものだった。あの時、運命を呪い、その怒りをぶつける対象ははっきりとはしなかったが、今度は違う。フランク・コジモ。あの男が紛れもない怒りの対象だった。

「正確に言えば、そうじゃない……でも、そんなことはどうでもいい。それよりナンシー」

恭介はゆっくりと歩を進めると、ナンシーに向かい合う形でソファーに腰を下ろした。

「あの兄さんをどうするつもりだ」

ナンシーの瞳《ひとみ》が落ち、そこにさらなる苦悩の色が浮かんだ。

「分からない……どうすればいいのか」

アレサンドロたちの死体をそのままにして二人が立ち去ったあと、ミカエルがそれにどういう処置を施したのか、想像だにしたくないことだったが、狂気に満ちた行為が行なわれたであろうことは間違いなかった。

「コジモは俺が間違いなく処分する。それは約束する。そうなれば君も、もう自由になる」

「でも、組織は兄さんをまた処分屋として……」

「させない」

不安に脅《おび》えた目を上げるナンシーに向かって、恭介は断言した。

「いいか、ナンシー。俺は君に借りがある。農場はそのまま借り続けるんだ。そしてもし、君が兄さんに治療を施したいと思うのなら、俺がその費用は全面的にバックアップしよう」

「あなたが。そんな……大変な費用がかかるのよ」

君にとっては莫大《ばくだい》かもしれんが、俺にしてみれば取るに足りない額だ……。

恭介はそうした感情をおくびにも出さず、

「いいんだ、ナンシー。借りを返すにはそれでも安いくらいだ」

そう言うと、爽《さわ》やかな笑いを浮かべて立ち上がった。

「シャワーを借りてもいいかな」

「ええ、バス・ルームはそこよ」

ナンシーはその方向を目で教えた。

「これからテキサスに飛ぶ。この格好じゃいくら何でも飛行機に乗れやしないだろう」

＊

夜八時、サン・アントニオ国際空港に、ラグァーディアからのアメリカン航空のボーイング737が到着した。スポット・インした機体から吐き出された人々は、しばらくコンコースを長い列となってロビーまで歩いた所で、預けた荷物をピック・アップすべくバゲッジ・クレームに向かう人々と、その必要がない人々の二手に分かれた。恭介はその後者の列の中にいた。

ロビーの中央の柱に、よりかかるようにして立つ男がいた。アラン・ギャレットだった。恭介は表情を変えぬまま、黙ってギャレットに向かって歩いた。ギャレットもまた、無言のままじっと恭介を見ている。その前を恭介が通りすぎようとした瞬間、ギャレットが身を翻すようにしてそれに続き、二人は肩を並べる形で出口に向かって歩き始めた。

「時間通りだな」

「ああ」

「もう話してくれてもいいだろう。いったい何をしでかす気だ」

足早に出口から駐車場に向かう恭介を見ながら言ったギャレットに、恭介は鋭い一瞥《いちべつ》を返した。

「いいや、ここまで来た以上降りるなんて言わねえさ。やばい仕事だってことぐらい、ガキじゃあるまいし、察しはつくさ」

その視線のただならぬ圧力に気圧《けお》されながらも、ギャレットは言った。

「それは、駐車場に行ってからだ」

恭介はそれだけ言うと、足早に駐車場へと歩を進めた。

打ち放しのコンクリートに覆われた駐車場には、薄暗い蛍光灯の中に、膨大な数の車が置かれていた。目的とする車の駐車位置は、ラグァーディアを飛び立つ前にカルーソに入れた電話で確認してあった。広い駐車場に目を走らせながら、恭介は指定された番号を探した。D―221……。剝《む》きだしの柱には、ブロックの最初の記号だけを記したプレートが貼りつけてある。Dブロックは、そこから一番遠い所で、最も人目につきにくい位置にあった。

恭介はギャレットを引き連れるような形で、そこに向かって歩いた。コンクリートの床には列の端に駐車スペースの番号が一まとめにしてペイントされている。目的の車を見つけだすのは、わけもないことだった。

白いクライスラーのニューヨーカー。それが用意された車だった。

恭介の依頼を受けたカルーソがテキサスの組織に依頼して、この車を準備させたのだ。取り付けられているのは偽造のナンバーで、念のいったことに車そのものも盗難車だった。

車種は指定しなかったが、まさかニューヨーカーとはな……。

恭介はいかにもアメ車といった風貌《ふうぼう》の車につけられた名前と、一連の事件の舞台となった街との皮肉な一致に思わず口の端に笑いを浮かべた。そして車の後部に立ち、周囲を素早く、油断ない視線で窺《うかが》うと、その場に膝《ひざ》を折り、腕を車体の下に差し込んでバンパーの裏側を探った。プラスチックでできた小さな箱が手に触れた。マグネットでバンパーに固定されていたそれは、すぐに外れた。

中にはスポンジの詰め物に固定された二種類のキーが入っていた。

恭介は膝についた埃《ほこり》をはたきながら立ち上がると、やや小ぶりのキーを使ってニューヨーカーのトランクを開けた。

「……ホーリー・シット……」

その中を見たギャレットの顔に、驚きの色が浮かんだ。

大きな長方形のハード・ケース。そして手提げ金庫ほどの小さなハード・ケースが、大きなボストン・バッグとともに無造作に入れてあった。一見したところ、ミュージシャンが使うキーボードのケースのようにも見えたが、その中身がそんな柔《やわ》なものではないことを、ギャレットは即座に悟った。

恭介は無言のまま、まず大きなほうのケースを二箇所で留めている金具を外した。真紅のビロードの裏貼りの中に、黒色のパーカライジングの艶《つや》消しに仕上げられたAR—15A2デルタH—BARが収まっていた。その傍らに刻まれたスペースには長いサイレンサーも入っている。

コルト社製のこのスナイパー・ライフルは、主にSWATなどの対テロ部隊に使用されることを目的に開発された銃だ。その外観は米陸軍の制式小銃であるM—16によく似ており、事実AR―15のトリガー・システムはM―16のそれをそのまま流用したものだ。軍に長い間身を置いたギャレットにしてみれば、それは見慣れた銃で、その用途から恭介がこれを何に使うつもりなのか、おおよそ推測できた。

恭介は依頼したものが揃っていることを素早く確認すると、今度は傍らに置かれた小さいほうのハード・ケースを、やはり同じ手順で開けた。大型の拳銃《けんじゅう》をさらに一回り大きくしたサイズの銃。まるで稚拙なブリキの工作物のような外形のそれは、サブ・マシンガンのイングラムだった。胴体とほぼ同じ長さを持つサイレンサーとマガジンは取り外して、ウレタンを切り込んだスペースに収納されている。点検を終えた恭介は、何か言いたげなギャレットに向かって顎《あご》をわずかに振ると、車に乗るよう指示した。

ゲートで駐車料金を支払い場周道路に出た所で、

「インターステイト一〇へ出たいんだ。道を指示してくれ」と、恭介はギャレットに言った。

「四一〇を東へ、それで一〇にぶち当たる……」ギャレットはそれに答えて言うと、

「何をやる気だ。もう教えてくれてもいいだろう」

続けて聞いた。

「戦争だ……」

恭介は短く言った。

「戦争?」

「この仕事をすれば、俺とあんたはパートナーだ。約束通り報酬として五〇万払う。もちろんディスクの件とは別だ……。俺が考えている通りなら、大してむずかしい仕事にはならないはずだが、無理にとは言わん。仕事の内容を話す前に、もう一回だけ言っておく。降りるならいましかない。どうだ」

車は場周道路からインターステイト四一〇へのアクセス道路に入った。合流に際して恭介が上半身を捻《ひね》って後方の安全を窺いながら言った。

降りるなら？

もとよりギャレットの覚悟は決まっていた。どっちにしたところで、どうせこの先ろくな人生が待ち受けているわけでもない。恭介が準備した装備からして、最悪の場合は命を落とすこともありうるのだろうが、それも悪くはない。人生にリセットボタンがあるのなら、さっさと押して新しい人生を送りたいところだ。何が起こるか分からないが、ここは乗る手だ。

「俺が降りたら、あんた、困るんだろう？」

ギャレットはそう言うと、ニッと歯を剝き出して、満面に不敵な笑いを浮かべた。それはギャレットが初めて見せた笑いだった。

＊

「そうか、そういうわけだったのか……」

ファルージオの目に暗く冷たい光が走った。半身不随になった老人は、それでもまだ野獣の本能をなくしてはいなかった。人払いをしたジョンソン・メモリアル・ホスピタルの病室には、カルーソとファルージオの二人がいるだけだった。カルーソはベッド・サイドに置かれた椅子に両手を膝の上に揃えて置き、恭介から聞いた事のあらましを、静かな口調でファルージオに報告した。

ファルージオを襲ったのはラティーノのギャングのボス、バグであったこと。その機に乗じてコジモが裏で糸を引き、バグの部下を使ってアゴーニを爆殺したこと。そして彼が恭介を我が手にしようとして拉致《らち》したこと……。

「どうやら私は、とんでもない間違いをしでかしてしまったようだ」

「間違い？」

「そうだ。アゴーニが殺《や》られたあと、フランクを後継者に選んだのは他でもない、この私だ」

「それはボス……」

すかさずカルーソがファルージオの言葉を遮《さえぎ》ろうとしたが、それを押しとどめるように、変わらぬ口調の嗄《しゃが》れ声でファルージオは話を続けた。

「いいや、私は最後に間違いを犯してしまったのだよ、ヴィンス……」

「……………」

「私は肝心なところで、群れの頂点に立つのに最も相応《ふさわ》しくない人間を選んでしまったのだ。頂点に立つ者の資質、それは誰よりも私がよく知っているはずだった」

「頂点に立つ者の資質?」

「そうだ。あのリチャードの葬儀の後、マーブル・ヘッドの別荘で私の正体を恭介に初めて明らかにした時、彼に話して聞かせたものだよ。『群れの頂点に君臨していくためには、知性もさることながら絶対的な指導力、財力、知力そして恐怖の力、そのいずれもを持ちあわせねばならないのだ』……とな」

今度はカルーソは否定しなかった。黙ってそれに頷《うなず》いた。

「フランクには、少なくとも恐怖の力、それはあった。他の誰の追随をも許さないほどのな。財力もそれ相応のものがあったろう。しかし問題は知性と知力だ。力で君臨する者は必ずや力によって滅ぼされる。それが最も簡単な力学上の解決策であり、そしてそれが世の倣《なら》いというものだ」

半身不随の体をベッドに横たえ、身じろぎ一つすることなく天井の一点を睨《にら》みながらファルージオは言った。

「力で君臨する者は力によって滅ぼされる……ですか。その通りですな」

ファルージオの顔がゆっくりとカルーソを向いた。

「ヴィンス。事がここまではっきりした以上、フランクにはそれ相応の裁きを下さねばならん」

穏やかな口調とは裏腹に、ファルージオの目に再び帝王としての威厳と、怒り、そして報復への決意を秘めた光が宿った。手負いの猛禽《もうきん》が、最後の反撃に出る決意をした瞬間だった。

「はい。が……すでに彼が動き始めております」

「彼？」意外な言葉にファルージオは怪訝《けげん》な表情で聞き返した。

「彼とはいったい誰のことだ」

「キョウスケです……」

カルーソは静かに言った。その言葉にファルージオの目から帝王の威厳が瞬時にして消え去り、驚きの色で満たされた。

「キョウスケが……一人でか」

カルーソは黙って頷くと、

「どうやらそのようです。先ほどの報告の後、彼はコジモの居場所を聞いてきました。それと同時に幾つかの道具を揃えるよう要求してきました」

「道具？」

「ええ、AR—15、それにイングラム、銃弾、携帯無線機、そしてコブラに使う二〇ミリの機関銃弾です」

「何だって。いったい彼は何をしでかすつもりなんだ」

反射的に言葉では疑問を唱えておきながらも、実のところファルージオには恭介がやろうとしていることに、おおよその見当はついていた。狙撃《そげき》小銃、サブ・マシンガン……それに……。

　カルーソもまたそこまでは、ファルージオと同じだった。二〇ミリのコブラに使う機関銃弾の用途は分からなかったが、彼がコジモを倒すべく行動を起こした。そしてタンパに、いやその前にサン・アントニオに向かってニューヨークを後にした。それだけが彼の知るすべてだった。

「分かりません……」

　カルーソは静かに首を振ると答えた。

「いったいどうやって、やつを倒すつもりなのか……しかし指示は明確で、十分な考えがあってのことなのは確かです」

「彼は考えなくして行動を起こしはしない。それは分かっているが……」

　ファルージオの脳裏に、先ほどカルーソに向かって話したことが浮かんだ。絶対的な指導力、財力、知力そして恐怖の力……。もちろん、財力という点においては、自分の足元にも及ぶものではないが、それにしてもおよそあの歳にしてそのほとんどを身につけている男はいない。その男がいま復讐《ふくしゅう》の怒りに燃えた恐怖の力をもって敵に鉄槌《てっつい》を下そうとしている。かつて川崎の倉庫で五人の台湾マフィアを相手に、その力を発揮したことはあっても、今度の敵は少しばかり格が違う。コジモは少しばかり知恵は足りないにせよ、恐怖の力という点では、組織の中ではピカ一だ。そして多分恭介よりも、その点では格上だ。あとはお前の知力が、そこをどう補うかだ。

気をつけるんだ恭介……。

ファルージオはゆっくりと顔を天井に向けながら、口の中でつぶやいた。

「マイ・サン……」

＊

深夜の長距離ドライブは、本来単調で退屈極まりないもののはずだった。しかし今夜ばかりは様相が少し違った。助手席に座ったギャレットは、恭介から事のあらましを聞くと、

「本気か、キョウスケ」

これから二人で起こすオペレーションに怖《おじ》けづくどころか、興奮の色を露《あらわ》にした。

「そいつあ凄《す》げえや」

「馬鹿を言うために、わざわざこんな所まで来やしない」

恭介は口の端に微《かす》かな笑いを浮かべると、胸のポケットからゴロワーズのパッケージを取り出し、片手でそれを一度振って中の一本を口にくわえた。備えつけのシガー・ライターで火を点《とも》し、白い煙を吐く。車内にゴロワーズの独特な香りが、仄《ほの》かに漂い出す。

「見ただろう、トランクに積んだブツを」

「AR—15。それにイングラム。余計なやつらをまず狙撃銃で始末して、その後はサブ・マシンガンでってわけだな。対テロ部隊、軍隊ならさしずめ突撃部隊のオーソドックスな戦法だな。もっともたった一人で、二つの武器を同時にってのは聞いたことがないがね」

さすがに職業軍人として長いキャリアを持ち、そして実戦経験のある男の推測だった。装備からターゲットの置かれた状況、そして戦術までもがすでに頭の中に明確なイメージとなって浮かんでいるのだ。

こいつは使える！

恭介は大きく満足気に頷きながら、そう確信した。

「さすがだな……その通りだ。だが、事はそう簡単には運ばない。やつらが何人いるかは分からない。いま分かっているのは連中が滞在している場所と、そこが海辺の別荘だということだけだ。連中も馬鹿じゃないからな。しかるべき人数の手下が外を固めているに違いない。そしてそのいずれもが武器を携帯している。これも間違いない」

「当然だろう」ギャレットはしたり顔で頷いた。

「しかし、まさかスティンガーなんてものまで持っていやしねえんだろう」

「それはそうだが」

恭介は、今度は苦笑を洩《も》らした。

「つまり、こうなんだろう」

ギャレットは後部座席に身を乗り出すと、さっきインターステイトを降りて二四時間営業のスーパー・マーケットで買った一ダースの缶ビールの中の一本を抜き出した。汗をかいた缶の表面の水滴を拭《ぬぐ》うとそれを開け、一息に三口ばかりの液体を、喉《のど》を鳴らして流し込んだ。

「君がどれだけの腕かは分からんが、たった一人で外のガードを始末し、そしておそらくは建物の中にいる最終目標まで倒すことはできやしない。いや、何も君の腕を疑っているわけじゃない。たとえグリーン・ベレーでも海軍特殊部隊《SEAL》のピカ一だって、たった一人じゃそんなことはできやしない」

ギャレットは再び、音を立ててビールを喉に流し込む。

「そこで必要なのが、空からの支援ってわけなんだろう」

「お見通しってわけだな」

恭介はギャレットに視線を向けると、ゴロワーズを吸い込んだ。

「お安いご用だ。公園を散歩するようなもんだ。五〇万の仕事にしてはお釣りを返さなくちゃならねえほどにな」

「本当か」

「おっとマジに受け取るなよ。物のたとえってもんさ」

二人は声を合わせて笑った。

缶の残りを一気に開けたギャレットが、アルミの缶を握り潰《つぶ》し床に落とした。再び頑強な体を後部座席に乗りだし、二本目を手にする。

「ほどほどにしといてくれよ、アル」

「心配するな、キョウスケ。こんなもの水みたいなもんさ。それにタンパまではまだ道は長い。たとえ全部開けたって、着く前には酔いなんか醒《さ》めちまってるさ」

「そうじゃない。あんたに飲ませるために、こいつを買ったわけじゃない」

「ほう、そうかい」

ギャレットはそう言いながら二つ目の缶を開けにかかった。

「そいつは銃の照準を合わせるために買ったんだ。あんたは厚い装甲板と防弾ガラスに守られた中にいればいいが、こっちは違う。剝《む》き身で敵とやり合うんだ。道具の信頼性を確実なものにしておくのは、戦地に向かう兵士の最低限の嗜《たしな》みってもんだろう」

「その通りだ」

ギャレットは急に真摯《しんし》な眼差《まなざ》しに戻ると、液体を喉に送り込むペースを落とした。

「ところでキョウスケ」

「何だ」

「もう聞かせてくれてもいいだろう」

「何をだ」

「君は日本の商社員なんかじゃないんだろう。……いったい何者なんだ」

＊

赤土の大地の所々に一塊りになった無数のブッシュが生え、むき出しの岩石が転がる荒涼とした眺め。それは月明かりの中で、見る者に、この大陸ができた太古の昔を彷彿《ほうふつ》とさせるような幻想的な光景だった。肌を温い感触で撫《な》でる風、そして微かに動くシルエットとなったブッシュ。それが広大なパノラマの中で動くすべてだった。インターステイトを再び降りた恭介とギャレットは、人家を遠く離れたこの場所で、銃の最終調整をすることにした。

トランクを開け、二つのハード・ケースを恭介が手にすると、銃弾や調整器具の入ったバッグをギャレットが持ち、作業を手伝った。地面の上にハード・ケースを置いた恭介は、まず最初にAR—15の入ったケースを開けた。黒色のパーカライジングの艶消《つやけ》し処理が施された全長一〇〇〇ミリのスナイパー・ライフルは、月明かりを見事に吸収し、黒く長い鋼鉄の塊と化していた。恭介は慣れた手つきでそれを持ち上げた。銃の下面にあるスイベルフックにスリングを取り付ける。その間にギャレットはバッグの中から五・五六MM×四五の銃弾を、二〇発入るマガジンに装塡《そうてん》する。恭介はその作業を気配で感じながら、今度はサイレンサーを銃口に取り付けた。二人の間に交わされる会話は何一つとしてなかった。お互いが何をなすべきか、すべてを承知している呼吸があった。

「マガジンは、とりあえず二つでいいか」

ギャレットが初めて口を開いた。

「O.K.それだけあれば十分だろう」

その言葉に黙って頷《うなず》くと、ギャレットはニューヨーカーの後部座席のドアを開け、座席に置いてあった六本セットのビールを取り出した。

「距離は」

「一〇〇ヤードでいこう」

ギャレットの問いに、恭介が答える。ギャレットは、慎重に一定の間隔で歩を進めると、その距離と覚しきあたりで立ち止まる。付近にあった手頃な岩を持ち上げてそこに置くと、最初の一缶をその上に置いた。

それを確認した恭介はチャージング・ハンドルを引き、ボルトストップ下部を押してボルトを後退位置にした。返す手で銃弾を装塡したマガジンをライフルにセットしてボルトストップ上部を押し、第一弾を薬室に送り込んだ。左の腕でAR—15を支え、構えに入る。プラスチックでできたバック・ストックを肩にあてる。右の腕を引きつけて銃把《じゅうは》を握り、人差し指をトリガーにかける。銃を支える左の腕に四・五キロの重量が、心地よい重さとなってのしかかってくる。

「クリア」

恭介とほぼ同じ位置に戻ったギャレットが、安全位置についたことを告げる。

バック・ストックに右の頰を押しつけ、スコープを覗《のぞ》く。作戦中の衝撃にも耐えるようにゴムでコーティングされた狙撃《そげき》スコープは三倍から九倍の可変倍率の機能を持つ。恭介は最初からそれを最大の九倍にセットしていた。表面に金とグリーンでペイントされた『ミラー』の缶が、増幅された月明かりの中で無機的な光を放った。丸い円の世界となったスコープの視界を、四等分する形で照準のクロス・ヘアが切られている。

恭介は腕を固定したまままわずかに体を捻《ひね》り、その中央がミラーの中央にくるようにした。

そして今度は左の腕の力を少し抜き、缶の下方、台になった岩の中央を狙うようにした。

繰り返す呼吸のせいで、照準が上下する。銃把を握っていた親指で安全装置を解除し、再び指を元に戻すと呼吸を止めた。照準が止まり、その瞬間トリガーの特性を確かめるように、ゆっくりと恭介の人差し指が動いた。

『ボスッ……！』

鈍い音がした。それと同時に稼働部が擦《こす》れあい薬莢《やっきょう》を排出する金属音が耳をついた。反動はわずかなものだったが、それでも丸い円の世界の視界が一瞬ブレた。再び視界が安定すると、岩の下方に小さな土煙が漂うのが見えた。

本来ならば双眼鏡で確認すればいいことだが、月の光があるとはいえ、夜間ではそう簡単にはいかない。恭介は銃に安全装置をかけると、ターゲットに向かって歩き始めた。ギャレットがそれに続く。

「悪くない腕だ」

銃の取り扱い方。そして構えに入ったところで、素早く恭介の射撃能力を見抜いたギャレットが言った。

「それもミリタリー・スクールで教わったってわけだな」

「まあ、そんなところだ。日本じゃ、こんな物騒なものの取り扱いを教えてくれる所なんて、どこをどう探してもないからな」

狙ったのは岩の中央で、そこから一〇センチほど右下に着弾の痕跡《こんせき》があった。それを確認した恭介は射撃位置に戻ると、スコープのサイドについたクリックをいじり、照準を調整した。二発目はすでに薬室に入っているはずだ。再び構えに入る。狙いは同じ場所だ。

二発目の銃声が鳴った。

スコープの中に、狙いとほぼ同じと思われる所に土煙が上がった。

今度は悪くない。

恭介はそのままの姿勢で、左の腕をわずかに上げ、今度はミラー・ビールの缶をクロス・ヘアの中央にくるように狙いを変え、トリガーを引いた。

わずかな反動、そして鈍い微《かす》かな音。金属音。ささやかな、だが凶暴な生命の鼓動の後に、スコープの中の世界に、白い飛沫《ひまつ》が上がった。

「YES!」

ギャレットが感嘆の叫び声を上げた。

「……デム……いい腕だ」

「悪いが、アル。もう一缶セットしてくれないか。今度は伏せ撃ちで試しておきたい」

「よしきた。お安いご用だ」

ギャレットが新たな目標をセットする間に、恭介はシートを地面に敷き、その上に腹ばいになった。プローン・ポジション《伏せ撃ち》と呼ばれる姿勢だ。左の肘《ひじ》で上半身の体重を支え、バック・ストックに頬を強く当てる。

「クリア」

その声とともにAR―15から三発目の銃弾が発射された。

命中！……飛沫を残して缶は跡形もなく吹き飛んだ。照準が完璧《かんぺき》に定まったことは間違いなかった。

ギャレットが、腹ばいになった恭介の肩を背後から手にしたものでつついた。振り向いた恭介の目の前に接着剤の容器があった。照準を固定するために、手回しよくギャレットがバッグの中から取り出したのだ。

「サンクス……」

恭介はそれを手にすると体を起こし、あぐらをかいた姿勢で照準を固定しにかかる。

「我が国のミリタリー・スクールの教育の正しさ、そしてレベルの高さが、ここで証明されたってとこかな」

恭介は苦笑を浮かべながら、作業を続けた。

「お前に狙われたやつには、とんでもない教育を施してくれたもんだってとこなんだろうがな。この腕じゃ、狙われたら絶対におしまいさ。逃れようなんかありゃしねえ」

「ああ、絶対に逃がすもんか」

恭介は作業の終わった接着剤にキャップをかぶせながら言った。ついさっきスコープの中に上がった飛沫。恭介はその中にフランク・コジモの顔を確かに見ていた。

逃がしはしない……。絶対に……。

恭介の澄んだ瞳《ひとみ》の奥に、凶暴な光が煌めいた。それは闇の中で獲物を捉《とら》えた猛禽《もうきん》の眼光にも似て冷たく、そして生きるための行為を成す時には一切の感情を消し去ることを本能とするものだけが持つ光だった。

「次はイングラムだ」

恭介は静かに立ち上がった。

14

もう秋だというのに、ガルフからは、湿った生暖かい風が吹きつけてくる。大気に含まれる熱にも色がある。雲一つない晴天だというのに、いくぶん空の青がくすんだように見える。

その別荘は、タンパから南に一時間ほど走った所にあり、広大な敷地のガルフに面したバックヤードの先は、葉が密生した熱帯特有の深い低木に覆われ、側面の一方はそこに流れ込むクリークに面していた。建物の玄関から道路までは、およそ五〇ヤードほどの芝に覆われた庭があり、堅牢《けんろう》な鉄柵《てっさく》が敷地の周囲を取り囲んでいる。道路を挟んだ向こう側は、熱帯の樹木が生い茂る丘だった。時折りマナティが姿を見せるクリークには桟橋が設けられ、白くペイントされた五〇トンほどのクルーザーが停泊している。富を手にした人間たちが、自然の中に都会の贅《ぜい》を持ち込み、一時を過ごすのだ。それはまさに別天地という言葉に相応《ふさわ》しい光景だった。

コジモはバックヤードに設けられたプール・サイドでデッキ・チェアに寝そべりながら、運ばれてきたピナコラーダを一口すすった。ベースになったこくのあるココナッツ・ミルクの南国の香りに混じったパイナップルの仄《ほの》かな酸味。そしてラムの芳香がコジモの味覚と嗅覚《きゅうかく》を同時に刺激する。プールには若いブロンドの女が一人、時折り静かな水しぶきを上げながら、見事な肢体を漂わせていた。昨晩たっぷりと味わった女だった。

それは至福の一時と呼ぶに相応しい時間だった。

ニューヨークは我が手に落ちた。ついに全米最大規模の街の頂点に立つ男になったのだ。そこから得られる権力、そして舞い込む莫大《ばくだい》な金。それがいま、すべて自分のものになったのだ……。まさかここまで登りつめることができようとはな。だがこれで終わりじゃない。これが新たな始まりなのだ。考えて見れば、ファルージオはたしかに偉大なボスには違いなかった。世界のあらゆるビジネスの中心地ニューヨーク。自分たちのビジネスを世界に広げる絶好のロケーション……。そこに目をつけ、実践したファルージオの姿勢は評価されてしかるべきものがある。だが残念なことにボブ、お前さんはリタイアだ。お前さんが残した遺産は俺が引き継ぎ、もっと大きなものにしてみせるさ。先駆者の残した遺産を次世代の者が引き継ぎ、さらに大きなものに変えていく。それが世の倣《なら》いというものだ。先駆者が恵まれず、発展させた者が利益と恩恵をこうむる。これもまた世の倣いだ。

コジモはそう独りごちると、二口目のピナコラーダをすすった。

そういえば……。

ふとコジモの脳裏に、アレサンドロと恭介のことが浮かんだ。

「おい」

コジモはそこに控えた部下の一人に声をかけた。

「アレサンドロから何か連絡はないか」

「いいえ、何も……」

「そうか……」

部下の答にコジモは小首を傾げた。あれからもうまる二日経つ。その間何の連絡もないとは。いったいどうしたことだろう。まさか間違いがあったのでは……。

コジモの脳裏に不吉な考えが浮かんだ。しかしそれは一瞬のことで、それは即座に否定された。

まさかそんなことがあるはずがない。あそこへはアレサンドロ一人で行ったわけじゃない。やつの部下も何人か一緒に行っているはずだ。あのちんけな日本人一人に何ができる。たとえアレサンドロ一人でも、間違いなんてありゃしねえに決まってる……。

テーブルの上には、セルラーフォンが置かれていた。コジモはそれを引っ掴《つか》むと、乱暴な仕草でボタンをプッシュした。電話はすぐに繋《つな》がった。

「アレサンドロはいるか……」

「ボス……」

声の主を即座に察した男の声があらたまった口調で答えた。

「いいえ、ここにはおりませんが」

「どこにいる」

「さあ……一昨日《おととい》出ていったきり、ここには姿を見せてはおりませんが」

コジモの目に、警戒の色が浮かんだ。一昨日、処分屋の所へ行って以来、姿を見せていないだと……。

「すぐに居場所を探せ。いいか、すぐにだ。見つけ次第ここに連絡するように言うんだ」

「分かりました」

コジモはセルラーフォンをテーブルの上に戻すと、デッキ・チェアの上に半身を起こした姿勢で考えた。不吉な予感が頭をよぎる。たしかにあの場所はマンハッタンから遠く離れたところには違いないが、それでも車で二時間ほどの距離しかない。それをまる二日だと……。俺の下で働くことを同意させる、もしそれに従わないなら始末する。そのどちらかのオプションを選んだにしても、そんなに時間がかかるわけがない。

「フランク。あなたも少し水に浸《つ》かったら。気持ちいいわよ」

濡《ぬ》れそぼったブロンドの髪をのぞけば、肌を隠すのは最小限のポイントだけといった白い水着を身にまとった女。まるで『ヴォーグ』のグラビアから抜け出てきたようなその肢体から水を滴らせながら、弾むような声で言った。両の手が紐《ひも》のように細いパンティの腰の部分にかかると、そこに差し込んだ指がヒップのラインをなぞり、位置を直す。男ならだれでもそそられるようなポーズを目にしながらも、コジモはわずかに手を動かし、その提案を拒否した。

勘、あるいは匂いといってもよかった。この説明のつかない能力によって、これまでに何度か直面した危機を自分は乗り切ってきたのだ。そしていま、コジモはそこに漂う不吉な影の匂いをたしかに感じていた。

何を恐れているのだ。

コジモは胸の奥に込み上げてくる、重い塊の正体を見極めようとした。

最悪の場合はバグが生きのび、恭介も生きのびる……。だがそんなことは考えられない。あの屈強な男たちが、たった一人に倒されるはずがない。それでは恭介だけというのはどうだ。ウォルドーフには、アレサンドロ、そして他に二人が向かったはずだ。それらを倒す。いや、これも結論は同じだ。事故……それならば何か連絡があってしかるべきだ。となれば、少なくともアレサンドロから連絡がないのは、直接恭介に絡んでのことではない。しかし、他に何がある……。なぜ……。

考えは堂々巡りを始めた。

「……デム……」

コジモは再びセルラーフォンを手にすると、同じ番号をプッシュした。

「始末屋の所に人をやるんだ。何か変わったところがないか、すぐ調べろ」

その一部始終を窺《うかが》う目があることを、コジモは気がつかなかった。

*

「どうだ」

ギャレットが恭介の背後から声をかけた。

コジモの別荘に面した丘の中腹、熱帯の樹木が生い繁《しげ》る中に身を潜め、恭介は双眼鏡で中の様子を窺っていた。

「建物、障害物の位置関係は聞いていた通りだ。前庭にはガードが三人……バックヤードは分からん。他にやつの隣にべったり張りついているやつが一人いるがな」

「バックヤードに何人いようが問題じゃないだろう」

双眼鏡から目を離さずに答えた恭介に、ギャレットが言う。

「その通りだ」

恭介は双眼鏡から目を離すと、それをギャレットに手渡した。

「問題は、前庭にいるガードをいかに効率よく殺《や》るかだ。派手な撃ち合いは避けなければならんからな」

「どっちにしても派手になるさ」

ギャレットは双眼鏡を目にしたまま、こともなげに言った。

「それはそうだが……目的はコジモを倒すことだ。それだけならむずかしいことではないが、俺たちのいずれもが捕まらないとなれば話は別だ。撃ち合いは最小限に押さえなければな」

「やつら、ヘビーなやつは持っちゃいないようだが」

「日の高いうちにそんな物をこれ見よがしにぶら下げているやつなんかいやしないさ。夜

になればガードも増強される。おそらくそれなりの物を持ってな
「やはり、計画通りにやるか」

ギャレットは双眼鏡を降ろすと言った。

「ああ」

恭介は頭に叩《たた》き込んだ位置関係を確認すべく、もう一度双眼鏡を覗《のぞ》き込んだ。

「O．K．もう十分だ。いずれにしても短時間で終わらせるにこしたことはない。うまくいくかどうかは、あんたの腕次第だ」

恭介はギャレットを見ると、その目をじっと見すえた。

「任しといてくれ。五〇万分の働きはするさ。約束する」

その言葉に恭介が黙って頷いたのを合図に、二人は丘を巻くようにして熱帯の密林を出た。丘の裏側の道路に、二台の車が停まっていた。一台はサン・アントニオから二人が乗ってきたニューヨーカーで、もう一台はタンパの空港でピックアップしたポンティアックのグランダムだった。この車もまた組織の手によって用意された盗難車で、ナンバーは偽造されたものだった。

恭介が依頼した武器の中で、組織の力をもってしても、すぐには調達しきれないものが、ただ一つだけあった。AR―15やイングラムといった火器は、どうということもないが、コブラに搭載される機関砲に使用する機関砲弾だけは別だった。しかしそれも、少しばかり時間がかかるということを除けば、手に入れることは可能であった。なにしろDRMO

で不完全な処理のままに放出されたパーツを組み立て直せば、マーヴェリックやサイドワインダーといったミサイルが、プラモデルでも造るように復元できる国である。しかも、そうした部品を合法的に販売するマーケットが存在するという現実からすれば、闇のマーケットで、機関砲程度の銃弾を揃えるのは、わけはない。

これから恭介が行なおうとするオペレーションにはニューヨーカーの他にもう一台の車が必要であり、それをピックアップする際に機関砲弾も受け取ることになっていたのだ。さらに、その後のプランに従い、受け取った機関砲弾は恭介とギャレットの手でニューヨーカーのトランクに積み替えられていた。

二人はそれぞれの車に別れ、丘を下った。海沿いを走る道路に出ると、そこを南に向かって進む。もともと湿地帯が多い半島を走る道路は、人家の建設可能なエリアに沿って建設されたために、海沿いといっても、数多くある名もない小さな半島の根元を通って進む。右手に見えていたガルフは一〇分もしないうちに見えなくなり、網の目のように走るクリークがある湿地帯と濃密な葉に覆われた森の光景に一変する。恭介は、その光景を見ながら車を進めた。二〇分ほどさらに走った所に、原始の昔から人の手がほとんど加えられていそうにない半島があった。そこには舗装されていないダートの道路が一本走っているだけで、その先に人家や施設があることの証《あかし》である電柱も見えない。

ここでいいだろう。

恭介は右にウインカーを点滅させると、ルーム・ミラーで後ろに続くグランダムにも、同じサインが点《とも》ったのを確認し、ニューヨーカーをその道に乗り入れた。フロントガラスの向こうに見えていた森が徐々に近くなってくる。その森を少し入ったところで、小さな枝道らしきものがあるのを恭介は見つけた。水分を多分に含んだその道は、かろうじて車が一台通れるほどの雑木の切れ目といったもので、長い間、誰にも侵入されていないことは明らかだった。

恭介はゆっくりと車を停めた。

ドアを開け路上に降り出た恭介は、背後に停車したギャレットの車のほうにゆっくりと歩いていく。

「ここでいいだろう」

サイド・ウインドウを開けたギャレットに向かって、恭介はその枝道のほうを顎《あご》で差した。

「O.K.」

ギャレットはギアをバックに入れると、後ろからグランダムをその枝道に入れにかかった。わずかばかりの空間を覆った雑木が折れる音。グリップが悪い路面のせいで、アクセルを強く踏み込まれたエンジンの音が森の中に響く。

道から三メートルほど枝道に入ると、そこに車があることなどちょっと見には分からないほど、森の木々がその姿を見事に飲み込んだ。

「いいだろう。もう十分だ」

恭介の言葉に、グランダムのエンジンが止まった。猛烈な湿度と熱を帯びた大気の中に、森の匂いがする。しきりに聞こえてくる鳥の鳴き声、それが静寂を微《かす》かに破るただ一つの音だった。

「誰か来ても、これなら分かりゃしないな」

グランダムから降りてきたギャレットが、恭介の傍らに来るなり言った。

「どうせ今夜までだ。それに発見されたところで、どうもしやしないさ」

「ああ」

「さて」

恭介の言葉にギャレットが反応する。二人の視線が合った。

「最後の準備にかかるか」

二人の顔に不敵な笑いが広がっていった。

＊

夕方近くから雨になった。天が降りてきたように空が低くなると、昼の間に熱せられ昇華した湿気を一気に吐き出すかのような猛烈な豪雨が降り注ぎ始めた。

「俺で最後だ。もう中にはだれもいない。じゃあな、マイク、よい週末を」

従業員が守衛室にいる中年の男に声をかけると、降り注ぐ雨の中に背を丸くして駆け出していった。雨がそう長く続くものではないことは、西の空がすぐに明るくなってきていることから明らかだった。

守衛室には粗末な事務机に椅子がひとつずつ。デリバリー・シートや梱包《こんぽう》素材が乱雑に散らばり、古ぼけたテレビ、それにカウチ・ソファーと小さなテーブルが置いてあった。雨の音に混じって、車のエンジンがスタートする音がし、それはすぐに聞こえなくなった。男はその音が聞こえなくなるとすぐに、椅子から立ち上がり、カウチ・ソファーの上に身を投げだした。

気楽な商売には違いなかった。『ガルフ・インヴェントリー・ロケーター・サーヴィス』と名づけられたこの会社の倉庫には、軍の放出品が山となって保管され、それに寄せ集めの部品で造られたコブラが二機格納されていることは承知していたが、それでも農薬散布や木材の搬出作業、それにせいぜいがエア・ショウに使用されるもの――その程度の知識しかなかった。それがある種の人間にとってどれほどの価値を持つものか、そして危険なものか、男には何の知識もなければ興味もなかった。

リモコンを手にしてテレビのスイッチを入れた。時間は七時を五分ほど回ったところだった。

テレビの画面に、ニュースを伝えるキャスターの姿が大写しになった。

まったくこいつらときたら、ニュースを諳《そら》んじているかのようにカメラから視線を逸《そ》らさずに喋《しゃべ》りやがる。いったいどういう仕組みになっているのかな。

男はニュースを聞きながら、ふとそんな気持ちに駆られた。テーブルの上には、ここに来る道すがらコンビニエンス・ストアで買ったポテト・チップスとソフト・ドリンクが置いてある。セブン・ナップのボトルを取り、一口飲んだ。炭酸に刺激された男の手がポテト・チップスの袋に伸びた。

おっと、こいつは止めておこう。今日は八時からタンパ・ベイの試合がある。ゲームを見に行けないのは残念だが、こいつを食うのはその時まで取っておこう。フット・ボールの試合を見ながらゆっくりと週末の夜を過ごす。それがこの男にとって最高の時間だった。

家族とともにタンパの試合を見られないのは残念だが、考えてみれば一人でゆっくりこうしてたのしむのも悪くない、家にはまだフット・ボールのたのしさも分からないガキがいて、煩《うるさ》くてしょうがないからな。あの時間に邪魔が入るのは、いくら自分の子供だといっても許せるもんじゃない。そうだ、見回りの時間は八時半だが、少し早めにやっておこう。鍵《かぎ》がかかっていることだけでも確認しておけば、後はどうということはない。

そう考えた男は、カウチ・ソファーから立ち上がると、壁のフックにかかっていた鍵の束を手に、守衛室のドアを開け、そこを出ようとした。

「フリーズ……」

瞬間、男の背中に硬い物が強く押しつけられた。背中の面積からすれば、ほんの小さな部分にかかる強い圧力。それが何であるかを理解するのに、何の説明もいらなかった。男の動きが止まった。

銃を押しつけたのは恭介だった。湿地を後にした二人は、インターステイト七五をタンパに向かって北上し、そこから東に走るインターステイト四を東に一時間ばかり走った郊外にあるこの場所にやってきたのだ。通信販売で軍の放出品を扱う商売は、その性質上、場所のよし悪しは関係ない。電話、あるいはメール一つで顧客の望むものを発送するだけだ。ましてや寄せ集めで造ったとはいえコブラを持つとなれば、それなりのスペースが必要となる。人の目の届かないロケーション。それはコブラを奪取するのには最適で、同時にここへの侵入も極めて容易なものにしていた。

敷地の中に置かれた車が、一台になったところを見計らった二人は、早々に行動を開始した。週末に会社に長く留《とど》まる物好きなど、アメリカにそういるものではない。早いものは三時あたりからオフィスを後にするのが習慣だ。駐車場に残った最後の車。それが誰のものであるかは明らかだった。降りしきる豪雨が気配を消す役割をした。足早に忍び寄った二人は守衛室に一人の男しかいないことを確認すると、ずっとその機会を窺《うかが》っていたのだ。

「後ろを向くな」

恭介の言葉に、男はさらに身を堅くした。

「撃つな！　何でも言うことは聞く……俺には家族がいるんだ……子供もまだ小さい……」

続けざまに上ずった声が男の口をついて出る。

「言うことを聞くなら殺しはしない」

「ああ……約束する……目的は何だ……金か」

「その口をまず閉じろ」

男は喘《あえ》ぐような息を口から洩《も》らしながら沈黙した。恭介がすかさず後ろに控えたギャレットに向かって頭を短く振って合図した。手袋をしたギャレットが手にしたガムテープで男の目を塞《ふさ》ぎ、そして後ろに回した両の手を手首で確実に固定した。

「倉庫の鍵はこいつか」

男の手に握られていた鍵の束を手にした恭介の問いかけに、男の首が激しく上下する。

「全部なんだな」

再びその首が激しく同じ動作を繰り返す。

「倉庫の中に警報装置の類《たぐい》は？」

「まさか、そんなもんはありゃしねえです。見た通りのボロい倉庫だ」

「変なことになったら命を落とすぞ」

「嘘じゃねえです」

どうやら男の言葉に嘘はないようだった。恭介は黙ってギャレットに向かって頷《うなず》いた。

再びガムテープが引き出され、男の口を塞いだ。直後に男は何か言いかけたが、もはや言葉にはならず、こもった音と激しく鼻で息をする音が洩れるだけだった。

「こっちだ」

恭介は後ろ手に固定された腕を取ると、守衛室の中に男を引き込んだ。カウチ・ソファーの上に座らせる。すかさずギャレットがその足をガムテープで固定する。

これでいい。

恭介は目でギャレットに合図を送った。後はコブラをいただくだけだ。分からないことがあったらこいつに聞けばいい。

二人は守衛室を出ると、そこから少し離れた所にある倉庫へと向かった。すでに辺りは闇に包まれつつあり、西の空がわずかに夕暮れの名残をとどめているだけだった。

「大丈夫か。見られちゃいねえだろうな」

ギャレットが不安気な声を上げた。

「大丈夫だ。それは心配ない。それより早く仕事にかかろう」

倉庫はさすがにヘリコプターを格納するだけあって大きなものだったが、古い木造りで内部に入るドアには、古いシリンダー錠が一つ取り付けてあるだけだった。

三つ目の鍵でドアが開いた。闇に包まれた巨大な空間が目の前に小さな口を開けた。まるで愛《いと》しい恋人のもとに駆けつけたかのように、ギャレットが恭介を押し退《の》け、その空間に入ると傍らの壁面を探り、照明のスイッチを探す。

カチリという小さな音とともに、天井にぶら下げられた照明に灯が点《とも》った。瞬きする間もなく二人の目の前にまごうかたなきコブラの雄姿が飛び込んできた。

「ホーリー・シット……」

ギャレットの目が異様な輝きを放つ。

「こいつぁ、ぶったまげたな。いったいどうなってるんだ」

ギャレットは、機体に駆け寄ると、ジュラルミンの肌を撫《な》でながら呆《あき》れた声で言った。

「どうなってるって、それはアル、君が一番よく知っているはずじゃないか」

「見ろ、こいつを……呆れたな……この倉庫の上から下まで、全部コブラの部品と装備だぞ……」

ギャレットは恭介の言葉など耳に入らないかのように、今度は壁面を天井の高さまで覆ったラックに保管されたパーツを見渡しながら絶句した。

「冗談じゃねえぞ、こいつぁM―200A1ロケット・ランチャーの発射筒じゃねえか……おっ、こっちはM―168……なんてこった、XM―227もある」

情報として知っているのと、現実にそれを目にするのでは、身に迫る危機感に違いがあるのは当然だ。上流のダムに穴が開いて流れをつくり、それが下流のダムで再び堰《せ》き止められ大きな湖をつくる。膨大な量の軍の機密技術が流失する現場に身を置いているギャレットにしても、彼がいたのはいわば上流のダムに開いた穴の一つに他ならず、それが再び形になったものを見るのは初めてのことだった。国防に費やした税金を回収する。その名目は美しいが、内容が伴わない杜撰《ずさん》なオペレーションの下で行なわれた結果がここにあった。

「アル。感心するのは、あとだ」

「ああ……そうだな」

ギャレットは、それでも手品を見せられた子供のように納得のいかない表情を浮かべていたが、再びコブラに戻ると、搭乗前の手順に従ってその一番最初の外周チェックを始めた。まず機首の状態を確認し、そしてノーズの下部に取り付けられた二〇ミリM197機関砲を手で摑《つか》み、取り付けの具合をたしかめる。それらに異常がないのを見てとると、ゆっくりとガナー《射撃手》とパイロットが前後に座るタンデム・タイプのコックピットの外板に手を押しつけながら、同時に視線を上下に走らせてスキッドの状態も確認した。胴体の左右に張り出したスタブ・ウイングにはロケット・ランチャーやTOWミサイルの取り付けが可能だが、今夜のオペレーションにはそれらの武器は必要なかった。それでもその部分を慎重に確認したギャレットは、その後部ボディに収納されたエンジンを確認すべく慣れた手つきで外板をスライドさせ、中の様子を窺い始めた。一八〇〇馬力という巨大なパワーを生むエンジン、T五三―L―七〇三の上を、血管のように覆った大小無数の合金パイプが走っているのが分かる。

「こいつぁ最低でも三機、いや、ことによるとそれ以上の機体を寄せ集めてつくった代物だな」

ギャレットは、ひとしきり中の状態を確認すると肩をすくめた。

「もっとも、使ったパーツということになりゃ、どれだけのものを寄せ集めたか、わかりゃしねえがな」

「飛べるのか」

「それは問題ないだろう。空中戦をするわけじゃないからな。それに、もともとパーツなんてもんは、一定の期間がくれば取り替えられちまうもんさ。何年か経てばフレーム以外はすべて別のものになっちまうんだ。寄せ集めと言えば聞こえが悪いが、新品だろうと中古だろうと、要は正確に稼働すれば同じことさ。移植手術みたいなもんだ。ただありがたいことに人間の体と違って機械には拒絶反応ってもんはないがな」

ギャレットはプロの言葉でこともなげに言い放つと、テイル部分のチェックに向かった。

「なるほど」

その言葉に安堵《あんど》した恭介は、

「それじゃ、俺は機関砲の銃弾を持ってこよう。その間にあんたはチェックを終わらせておいてくれ」

ギャレットは、その言葉に無言のまま手を上げて答えた。

恭介は倉庫から外に出た。すでに雨が上がった夜空は、文字通りのトゥインクル・スターが満天に煌《きら》めく星空に変わっていた。守衛室のガラス越しに中を見ると、守衛の男が寸分たがわぬ姿勢を維持しながらカウチ・ソファーに座っていた。こちらの計画が予定通りに進めば、彼は、まず間違いなく休日出勤を余儀なくされてここにやってくる人間たちによって、明日の朝にでも解放されるに違いない。

少し離れた所に停車させておいたニューヨーカーをピックアップし、それを倉庫のドアに後ろ向きにつけた頃には、ギャレットはすでにコブラの後部座席――ここが操縦席になる――に座っていた。

「銃弾を持ってきたぞ。手伝ってくれるか」

恭介は操縦席に座るギャレットに向かって言った。窮屈なスペースを出たギャレットは、ステップに足をかけ、ゆっくりと後ろ向きの姿勢でコブラを降りた。

「どうだ」

「エンジンを回してみないことには分からないが。多分問題ないだろう。実際に何度も飛んでいるようだ。ガスもフルに入っている」

「それはいい」

「さあ、銃弾を装塡《そうてん》にかかろう」

恭介よりもギャレットが率先して動き始めた。これですべての準備が整う。二人の男の間に共通した感情が流れた。自信と確信。無言のまま作業に入る二人の姿がその何よりの証《あかし》だった。

＊

コジモは落ち着かない夜を過ごしていた。すでに一一時半。もうすぐ日付が変わろうというのに、まだアレサンドロから何の連絡もなかった。昼すぎに処分屋のところに向かった男からは夕刻に報告があった。しかしそれはコジモを納得させるにはほど遠いものだった。

「全員ニューヨークへ戻ったということです」

「ニューヨークへ戻っただと」

「ええ、処分屋の話によればですが……もともとが普通じゃないやつですからね。言ってることがどうもはっきりとしないんですが……」

男は困惑の声を上げた。

「で、処分屋は何人処理したと言ってるんだ」

「二人です。ラティーノとチンクスと言ってましたが」

チンクスだと？……それは恭介のことか……そうに違いない。外見からはジャップもチンクスも区別はつきはしないからな。するとアレサンドロは恭介を始末したってわけだな。

「はっきりと、そう言ったのか」

「ええ……ひどいもんです……まったく狂ってますよ、あいつは……」男は思い出すのもおぞましいといった、うんざりした口調で言うと、さらに続けた。

「ミンチにしやがったんですよ。跡形もなくってのはあのことです……。そのせいで確認はできませんでしたけどね……塊だけは見ましたよ……いやそれは酷《ひど》い臭いで……」

「それは、いい……」

コジモにしても、狂気のはての結末は聞きたくもなければ何の興味もなかった。始末されるべき人間が一人、それにできることなら手に入れたいと、もくろんだ男が一人、処分された。それがたしかならば、アレサンドロが一切の消息を断ったのはいったいどういうわけだろう。いやアレサンドロだけじゃない。他の四人の男たちもどこへ行ってしまったのだろう。

「もう一度聞くが、本当にアレサンドロはニューヨークに戻ったと言ったのだな」

「ええ、間違いありません」

それならば、ニューヨークに戻ってから何かがあったということか……。チャンを殺《や》ったことを察知したチンクスの連中か。それともアゴーニを殺ったことがどこからか発覚し、カルーソの野郎が何か手を打ち始めたのか……しかし、あのカルーソの野郎に何ができるというのだ……。

「おい……」

コジモはドスの利いた声で低く言った。

「とにかくアレサンドロを探し出すんだ。それにチャイナ・タウンのチンクスどもに何か動きがあるか探れ。それからカルーソの野郎のところもな。いいか、静かにやるんだぞ。気づかれないように、だ。分かったな」

コジモは電話の向こうの男に指示を出すと、受話器を叩《たた》きつけた。

そしてあれから六時間……まだ何の連絡も入らなかった。

いったいどうしたってんだ。

コジモは、拭《ぬぐ》いきれない胸騒ぎをかき消そうと、テーブルの上に置いたグラスになみなみとつがれたボンベイ・サファイアのマティーニ・オン・ザ・ロックスを一口呷《あお》った。もうこれが何杯目になるのだろう。冷えた液体が喉《のど》を通る間に暖められ、胃に落ちたところで一気に爆発する。口を歪《ゆが》めるようにしてその感覚が過ぎ去るのを待ち、ゆっくりと鼻から息を抜いてやる。松の香りにも似たドライ・ジンの香りが、鼻孔に広がって駆け抜けていく。

「もう、よしたら。フランク。あとでできなくなっても知らないわよ」

長いソファーの肘《ひじ》かけに、上半身をわずかに起こす形で肢体を横たえた女が、やはりマティーニのオン・ザ・ロックスを手にして妖艶《ようえん》な微笑みを浮かべた。はおっただけのバスローブから、陶器のように白い胸元が大きくはだけ、張りのある乳房が半分ほど覗《のぞ》いている。

「うるせえ！　この程度の酒で駄目になるかどうか、あとで思い知らせてやる。先にベッドルームに行っていろ」

思いもかけないきつい語調に、女は少し肩をすくめると、グラスを片手に立ち上がった。バスローブの胸元がさらに大きくはだけ、水蜜《すいみつ》のような乳房の全容が一瞬明らかになった。ピンクの乳輪、そしてその中央に、それよりも少し色の濃い小さな突起が目に入った。フロリダの組織が用意してくれたこの女を相手にしてまだ三日。十分に味わうのはこれからだったが、今夜ばかりはそんな気になれそうもなかった。

コジモは、ベッドルームに消えていく女を目で追いながら、再びボンベイ・サファイアを胃の中に送り込んだ。

何をいらついているのだ。恐怖？　この俺が？　馬鹿な。いまや俺に敵対する人間など、いやしない。バグも、恭介も始末された。もしもアゴーニの一件がばれたのなら、組織は俺を放ってはおかないだろうが、バグが死んでしまった以上、そう簡単に事が発覚するわけもない。それならばなぜ……。

考えが頭の中で再び堂々巡りを始めようとしたその時、電話が鳴った。指示を出しておいた男からだった。

「遅かったな」

コジモは、内心のいらつく感情をおくびにも出さず、静かな口調で言った。

「申しわけありません」

「それでどうだ、何か分かったか」

「それが、アレサンドロの親分の居所が、どうしても分からないのです」

「どこに消えやがったんだ」

「分かりません。あの始末屋のところを出た後、まるでプッツリと消息が消えてしまっているんです。他の四人もです」

やはり何かあったのだ。あいつが理由なしにこれほど長く連絡を断つことなどありえない。長い年月を片腕として自分に仕えてきたアレサンドロの性格をよく知っているだけに、コジモの中に、事態の容易ならざる展開が現実となって見え始めた。

「で、チンクスの連中やカルーソの野郎に、何か動きはあるか」

「チャンが殺されたことで、チンクスのやつらは大分動き回っているようです。どうやらバグが臭いと睨《にら》んでサウス・ブロンクスの連中に探りを入れているようですが。バグが襲《か》撃され、拉致《らち》されたらしいと知ると、今度はその拉致した人間の正体を突き止めようと嗅ぎ回っています」

「そうか」

嗅ぎ回ったところで、それが即座に俺たちの仕業だということに繋《つな》がるものでもないだろう。あの町の力関係は、俺たちの世界よりもはるかに複雑だ。同じラティーノの中にもチカノ、プエルトリカンといくつかの組織があり、それらが勢力を競い合っているだけでなく、ブラックの組織とも対立関係にある。

「カルーソの野郎はどうだ」

「目立った動きはありません。今日も一度、ファルージオの所には出かけましたが、それ以外は誰と会っているわけでもありません」

「すると、アレサンドロが消えた以外は、何も変わったことはないというのだな」

「その通りです」

コジモはその言葉を聞くと、そのままの姿勢でしばらく考えた。

何かが起こりつつある。大きな動きが起きている。それが何かは分からないが、少なくとも自分にとっていいものでないことはたしかだ。それはいったい何だろう。

「分かった……。そのままチンクスの連中と、カルーソからは目を離すんじゃない。何かあったらすぐに連絡をよこすんだ」

答を見出《みいだ》すことができないままに、コジモは受話器を置いた。

予感は正しかった。

15

窓から漏れる明かり、そして庭の三か所に設けられた水銀灯の明かりが、庭にたたずむ男の姿を黒いシルエットにして浮かび上がらせた。三メートルほどの鉄柵《てっさく》でできたゲートに一人。玄関の前に一人。運河に近い庭の隅、そしてその反対側の庭の植え込みに一人ずつ、全部で四人の男たちが別荘の警備に当たっているのが分かった。

恭介はもう一度それぞれの姿を順番に追い、装備を確認すると双眼鏡から目を離した。黒い上下のバトル・スーツに身を包み、ノーメックスのフェイス・マスクをかぶった恭介の姿は、闇に包まれた濃密な熱帯の森の中に完全に溶け込んでいた。背中には軍で使用される携帯無線機が背負われ、そこから伸びるアンテナの端は、半弧を描いて無線機の本体に固定されている。そこから伸びた一本のケーブルは、頭部のヘッド・セットに繋がれていた。腰に巻いた弾倉帯にはAR—15のマガジンが左側に二つ、そして肩に背負ったイングラム用のマガジンがやはり二つ収められていた。

男たちの装備には、夜に入ってから、昼のそれと明らかな違いが見受けられた。それぞれが手にしているのは、一見したところ拳銃《けんじゅう》のようにも見えたが、そこに潜む危険な匂いを恭介は見逃さなかった。ヘッケラー《H》&コッホ《K》MP—5。なりこそ一回りほどしか違わないが、能力には雲泥の差がある。一分間に八〇〇発の連射速度を持つ、サブ・マシンガンとしては最高の銃で、各国の要人警備や特殊部隊で使用される折り紙つきの逸品だ。しかし、それも正面、しかも至近距離で撃ち合った場合の話で、いまの恭介にとって差し迫っての問題は目標と自分を隔てる距離だけだった。恭介から男たちの間には直線距離で優に二〇〇メートルほどの距離があった。AR—15の能力からすれば、問題になる距離ではなかったが、確実に目標を一発ずつで倒すとなれば、やはり距離は近いにこしたことはない。それに距離が離れれば、いかに銃声をサイレンサーで消そうとも、空気を切り裂いて飛んでいく銃弾の唸《うな》りは、否応なく耳につく。効率と時間。それがこれからの事の成否の大きなキーになる。すでに最初のマガジンが装填されたAR—15を手にすると、恭介はゆっくりと、慎重に密生する低木を掻《か》き分けながら丘を下り始めた。

夜になって少し涼しくなってきたとはいえ、スチーム・バスの中にいるような湿気とむせ返るような森の匂いの中を、恭介は足元をたしかめるようにしながら一歩ずつ進んだ。踏み締められた落ち葉が足元で音をたて、そこにある小枝が爆《は》ぜる甲高い音がそれに混じる。熱帯の森を覆った低木は、葉の密度が高く、木々の枝もまた驚くほど強靭《きょうじん》だった。その木々の隙間を縫うように恭介は進んだが、それは獲物を追い求めて密林の中を進む、野獣の姿そのものだった。時折り、葉が擦《こす》れる音に混じって枝が折れる音が闇の中に高く鳴った。しかしそれも、まだかなり距離のある男たちの耳に届くはずがない。

一〇〇メートルほど進んだ所に森の切れ目があった。恭介はそこで立ち止まると、腕に巻いた時計を見た。タグ・ホイヤーのダイヴァーズ・ウォッチの文字盤と針に塗られた蛍光塗料がかすかに光り、午前一時を少し回った所を差している。

予定の時刻までまだ少しの間があった。まもなくギャレットの乗ったコブラが飛び立つ時間だった。

恭介は再び双眼鏡を取り出し、別荘の敷地内を窺《うかが》った。さらに男たちの姿が鮮明に、そして近くに見えた。四人の男たちの配置に変化はなかった。手にしているのはやはりMP—5に間違いない。退屈なのだろう、片手にMP—5をぶら下げたまま煙草を吸っているのも二人ばかりいる。先端に点《とも》る赤い小さな火が、時折り明るさを増すと、少しの間煙草をくわえた男の顔が闇の中に浮かび上がった。

これがお前が口にする最後の煙草になる。せいぜいたのしむことだな。

恭介は薄い笑いを浮かべると、AR—15をゆっくりと構えた。倍率が最大の九倍にセットされたスコープの中に、最初の一人の男の上半身が浮かび上がる。運河沿いにいる男だった。十字に切られたクロス・ヘアの中央でそれを捉えた恭介は、銃を左にスライドさせ、反対側の庭の端にある植え込みの男に狙いを定めた。次に玄関の前の男、そして門の傍らに立つ男と次々に狙いを変えた。倒す順番とその感覚を覚えておくのだ。

恭介は、今度は一回目よりも早く、同じ動作を三度ばかり繰り返した。

引き金を引く、その時がすべてが始まる時だ。

細くなった恭介の目に獰猛《どうもう》な光が走ると、瞳《ひとみ》が別荘の建物の一点に注がれた。闇に潜む猛禽《もうきん》が、確実に目標を捉《とら》え、そしてそれを屠《ほふ》ることを確信した瞬間だった。

＊

時間だ。

コブラのコックピットに身を埋《うず》め、その時を待っていたギャレットは、ショルダー・ハーネスを左右の肩から回すと、それを腹の位置で固定した。

恭介が立ち去る前に、トラクターで倉庫から引き出されたコブラは、オリーブ・ドラヴに塗られた機体を闇の中に溶け込ませ、雑草が生い茂る地面の上で、飛び立つ瞬間を待っていた。

「……かわいいやつ……またこいつで飛べる時がくるとはな……」

ハーネスを固定する金属が嚙《か》み合う音がコックピットの静寂を破った瞬間、ギャレットは甘い言葉を洩《も》らした。喜びと興奮が腹の底から込み上げてくると、暖かい血潮が背筋から脳天に向けてじわりと広がっていく。窮屈な空間は不愉快などころか、むしろマシーンと自分の体が一体と化すような気分にさせる。限られた空間に漂う独特な匂いも、キャノピーを通して見える世界も、何もかも昔と寸分違《たが》わぬものだった。

ここに座る時に覚える興奮、そして至福の一時。それをギャレットは、いま現実のものとしてはっきりと感じていた。しかし今日ばかりはその度合いが違っているのもまた事実だった。ギャレットの脳裏に、これまでにこのマシーンとともに過ごした日々の記憶が鮮明な輝きをもって蘇《よみがえ》った。軍に入隊し、座学を終えて初めて空を飛んだ日。誰の手も借りず、初めてソロで飛んだ日。あの日、空は自分のためにあり、そして世界もまた自分のためにあるような錯覚に陥ったものだった……。記憶はさらに部隊へ配属されてからのものへと続く。厳しい戦闘訓練に明け暮れた日々、そして初めての実戦……。飛行隊長として従軍した湾岸戦争では、ハイテク兵器がすべてを片づけ、およそ実戦と呼べるものは経験しなかったが、それでも死はいつも自分の隣にあり、国家への重責との狭間で、緊張を強いられたものだった。

しかしいま自分の身に湧き上がる感情は、それまでのどれとも違っていた。再び空を駆けるよろこび。それはかつてギャレットが経験したことのない類《たぐい》のものだった。

行くぞ！

手が自然に動きだす。コントロール・パネルにある高度計のつまみを回し、数字をゼロにセットする。メインの電源を入れる。微かな唸《うな》りを上げながらコントロール・パネルの計器が一斉にオレンジ色の光に包まれ、白く塗られた数字が浮かび上がる。スターターのスイッチを入れると、後部のエンジンが低い金属音を上げ始め、回転しだした証《あかし》として、タービンが膨大な量の空気をエンジンに送り込み始める。マシーンが命を吹き返した。ギャレットの全神経を刺激する。気絶しそうなほどの快感を覚える振動が、シートを通してギャレットの全神経を刺激する。

鋭い目が、燃料流量計、筒機温度計、回転計へと注がれ、エンジン系統が正常に作動していることを確認していく。すべてが正常に作動していることを確認したギャレットは、左手でコレクティヴ・スティックをゆっくりと引いた。

頭部を覆ったヘルメットのレシーバーを通してエンジンの咆哮《ほうこう》が高まり、凄《すさ》まじい振動と騒音にコックピットが包まれるのが分かる。頭上で回りだしたローターが唸りを上げ、たちまちのうちに透明な円を描き、猛烈なダウン・フォースを地面に叩《たた》きつける。ギャレットはさらにコレクティヴ・レバーを引きながら、両足の間にあるサイクリック・レバーを引いた。

わずかなGがギャレットの体にかかると、コブラは宙に浮いた。キャノピーの周囲の風景が色を増し、瞬間毎に空間が広がっていく。遠くを走るインターステイトに沿って、見事なラインを描く街路灯のオレンジ色の光、そして膨大な光の渦となったタンパの街の光がさらに遠くに見える。夢のような光景だった。何物にも代えがたい空間がそこにあった。

ギャレットはその至福の瞬間に酔った。しかしそれも一瞬のことで、次の瞬間、彼の顔は核兵器をのぞけば最強の兵器と言われる戦闘ヘリ『コブラ』のパイロットの顔になった。

高度は高く取れない。ここからそう遠くないタンパ・ベイにはマクデール空軍基地がある。フライト・プランが出ていない飛行物体をレーダーが捉えれば、空軍が出てこないまでも、厄介なことになるのは間違いない。高度は六〇フィート、地表の突起物や障害を回避しながら地形に沿って飛ぶ地形追随飛行と呼ばれる方式だ。夜間にこんな飛び方をするのは狂気の沙汰《さた》だが、山や高い建物がないこの地域ならば、速度を押さえればなんとかなる。もっとも燃費は悪くなるが、作戦終了まで一時間もかからない。

ギャレットは、飛び立つ前までの時間を利用して頭に叩き込んだ地形図を思い出しながら高度を落とし、機首を南西に向けた。目的地はオレンジ色の光のラインとなって伸びるインターステイトを南に沿って飛べばいい。そこからは少しばかり派手なことになるが、仕事自体はこのヘリの能力をもってすれば、そうむずかしくないことだった。

公園を散歩するようなもんさ――機体が安定したところで、いつか恭介に向かって言った自分の言葉が、ギャレットの脳裏をかすめた。

それまでは、せいぜいこの時間をたのしむことにするか。

一五分……。それがフライトをたのしむギャレットに与えられた時間だった。

それでも夜間、しかも目視での低空飛行ともなれば、極限の緊張と集中力を要求される。ギャレットの目は、コントロール・パネル上の高度計と機の姿勢を示すフライト・ディレクター、そして前方の三点を激しく行き来する。右手のはるか先には遠くタンパの明かりが見える。足元に広がる微妙に濃さが違う黒い色の連続と、横に伸びるインターステイトのオレンジ色の光のラインが、地上との距離をかろうじて判読できるすべてだった。

計器と前方を見る視線のリズムが変わり、ギャレットは腕時計を見て時間を確認した。

時間だ……。

ギャレットは無線のスイッチを入れた。周波数はあらかじめ恭介の持つ無線機の周波数に合わせてセットしてあった。

「スネーク……聞こえるか」

　ギャレットは打ち合わせたコールサインを使い、一度低い声で恭介を呼び出した。

「ラプター……予定通りか」

　短い空電音の後、驚くほど明瞭《めいりょう》な恭介の声がヘッド・セットを通して聞こえてきた。

「スネーク、あと一〇分だ」

「了解。始めるぞ」

「テン・フォー《了解》」

　再び激しく三点を行き来し始めたギャレットの目が、その時、右上空に点滅する光を捉えた。断続的に瞬くストロボ・ライトの閃光《せんこう》、そして明滅を繰り返す赤い光。それが何を意味するかは明白だった。他のヘリコプターがそこにいるのだ。

「シーット……」

　ギャレットの口から罵《ののし》りの言葉が洩れた。

　ヘリコプターは右上空一時の方角からまっすぐこちらに向かってくる。

　飛行灯を消して飛び続けるヘリ、それもオリーブ・ドラヴに塗られた機体のコブラを発見するのはそう簡単ではないが、それも相手の飛行目的次第だ。タンパには夜景観光のための遊覧飛行を商売にする会社がないわけではないだろうが、それにしては街からはずいぶんと離れすぎている。

　前方に見えていたインターステイトの光が、すぐそこまで来ている。

嫌な予感がした。

下方からの光に照らしだされた物体は、シルエットになって、一瞬だがその所在を示さざるを得ない。

この上を通過してしまえば、絶対大丈夫だ。

ギャレットは祈るような気持ちで、そこを横切ることにした。通過する刹那《せつな》、オレンジ色に照らされたインターステイトの路面がはっきりと見えた。ギャレットの視線が、瞬間的に右上空に注がれる。点滅光のコースが変わった。わずかに左に旋回すると、それはまっすぐこちらに向かい、追尾するコースに入る。その瞬間、眩《まばゆ》いばかりの白色の光にギャレットの乗るコブラは捉えられた。

「ガッデーム！　発見された！」

ギャレットは叫んだ。

ランディング・ライトとは違う強烈な白色光。それが意味するところは明白だった。

警察だ。


いつまでこんなことをしているんだ、フランク。

いらつく感情を癒《いや》そうとするかのようにグラスに入ったボンベイ・サファイアを一気に飲み干すと、コジモは、自分自身にそう問いかけた。三日後には全米の組織のボスが集まる会議がある。明日になれば、かなりのメンバーがタンパ入りすることになっている。最大規模を誇るニューヨークの新しいボスが、初めて顔を見せるという時に、二日酔いの酷《ひど》い顔で現われたら、何と思われるか分かったもんじゃない。

いい加減にするんだ……。

コジモはソファーから立ち上がると、寝室に向かうべく立ち上がった。酔いのせいで、足元が覚束《おぼつか》ない。

畜生め。こうなったのも、あのアレサンドロのやつがどこかに消えやがったからだ。

泥酔の後悔の念が、再び思考の回路を元に戻しにかかる。それは丸一日の間考え、何の答も見出《みいだ》せずにいたことだったが、今度は違った。再びループし始めようとした思考が、一つの言葉で止まった。

アレサンドロが消えた……。考えれば考えるほど奇妙だと思った。あいつが消える理由など何一つありはしない。ニューヨークの状況は、自分があの街を出てから何一つとして変わったわけでもなく、異常なのは、アレサンドロが消えた、その事実だけだった。

アレサンドロが消えた……。

俺は何かとんでもない勘違いをしているんじゃないのか。消えた……そうだ、あの始末屋に処分されたのが、どうしてバグと恭介だと断定できるのだ。様子を見に行った連中はミンチにされたのを確認したと言った。しかし跡形もなく処分された死体が、どうしてバグと恭介のものだと言えるんだ。

堅く閉ざされた分厚い扉が微《かす》かに開き、胸にわだかまっていた重い塊が瞬時にして去った。しかしそれはもっと悪い予感の始まりだった。いや、もはや予感ではなく確信だった。

「……デム……」

コジモは罵りの言葉を吐くと、電話に向かって大股《おおまた》で歩み寄った。

畜生。どうしてそれに気がつかなかった！

コジモは受話器を摑《つか》むのももどかしく、それを乱暴に取り上げると番号をプッシュし始めた。


「テン・フォー……」

その言葉を発すると同時に、恭介はAR―15を構えた。肘《ひじ》を脇腹に固定し銃身を支える。バック・ストックを右の肩にあて、右の頰を強くそこに押しつける。すでに五・五六MM×四五の被甲弾は薬室に送り込まれ、射撃モードはセミ・オートにしてあった。銃把《じゅうは》を握り締めた右の親指をわずかにずらし安全装置を解除する。ふたたび銃把を握り締めた右手の人差し指がトリガーにかかる。

スコープの中に仄暗《ほのぐら》いシルエットとなって浮かび上がった最初の男の頭部を、クロス・ヘアの中心に当てる。運河沿いに立つ男だ。庭の水銀灯の光におぼろげに男の顔が見える。まるで義理でそこに立っているかのように、緊張の欠片《かけら》もない表情をしている。これから自分が見舞われる運命など、まったく予想だにしていない、退屈しきった男の顔だった。

その顔の中心に合わせたクロス・ヘアが呼吸のリズムに合わせて上下する。呼吸を止める。上下動が止まった。

恭介は、静かにトリガーを絞った。バック・ストックに軽い反動が走ると同時に、銃身がわずかに跳ねる。サイレンサーは完璧《かんぺき》に機能し、銃身から噴出する銃声を鈍いガスの一瞬の噴出音に変え、稼働部が擦れ合いながら、薬莢《やっきょう》を排出する金属音がそれをすぐにかき消した。一〇〇メートルほどの距離にいる恭介には聞こえなかったが、スコープの中の男の頭部が、凄《すさ》まじい反動に後ろに揺れ、そのままの勢いで後方に倒れるのを見た瞬間、骨と肉が砕け散る音をたしかに耳にしたような気がした。

その惨劇の余韻に浸る間もなく、恭介の体がわずかに左に動く。かねての予定通り、今度は庭の反対側にいる男が目標だった。まったく襲撃の気配に気がついていない目標を倒すのは、いとも容易《たやす》いことだった。そして三人目……。

「スネーク！　まずい。警察のヘリに発見された」

その時頭部に装着したヘッド・セットから、急を告げるギャレットの声が聞こえてきた。

なに！

まったく想定していない展開だった。しかしもう戦いの火蓋《ひぶた》は切って落とされたのだ。ここで止めるわけにはいかない。

ギャレットの声を無視して、再び神経をスコープの中に集中し、あらためて三人目の男の頭部をクロス・ヘアの中央で捉《とら》えると、トリガーを引いた。

眉間《みけん》を貫かれた玄関前の男は、白い大理石の床にもんどりうって倒れた。さすがに最後の標的である門に立つ男がそれに気づき、玄関のほうを振り向いた。

ヘリの爆音が遠く聞こえ始めた。

「スネーク……このままじゃ駄目だ。こいつを片づけないことには、そちらに向かえない」

ヘッド・セットを通して再びギャレットの声が聞こえてくる。

門の内側に立つ男が、いまはっきりと玄関の方向を向いた。その素振りから、仲間の異常を確認したことが分かった。

背後の別荘に向かって、男が何事かを叫ぶのが見える。こうなれば、とにかく運を天に任せて行けるところまで行くしかない。

後ろ向きになった四人目の男の後頭部に狙いを定め、そこに全神経を集中する。呼吸をしているのかいないのか、意識はなかった。もはや精密な機械と化した恭介の体は、それがあらかじめプログラムされた動きであるかのように、照準をピタリと合わせ、目標の部分に固定する。ほぼ同時に発射音。後ろから強烈な打撃を食らったように目標の髪が逆立つと、そこから飛沫《ひまつ》が上がった。男の体が宙を舞い、ヘッド・スライディングをするような勢いで、前のめりになって地面に叩《たた》きつけられる。

四人の男たちが瞬時にして人生の終焉《しゅうえん》を迎えたことは間違いなかった。

「ラプター、了解した。前庭の四人は片づけた。大丈夫か」

「任しておけ。ちょいと時間はかかるかもしれんが。片がつき次第、そちらに向かう」

力強いギャレットの声がそう告げるのを聞くが早いか、恭介はAR—15を持ったまま、密生する低木の間隙《かんげき》を縫って丘を駆け降り始めた。地面を覆った落ち葉が音を立てようが、枝が弾《はじ》ける音がしようが、もう構いはしなかった。しなやかな野獣のように疾走する恭介……。

おそらくは四人目の男の叫び声を聞きつけ、中にいるボディガードが、備えに入るだろう。ギャレットが来るまでにその何人を倒せるかは分からないが、とにかく一人でも多く片づけることだ。それがその後の仕事をやりやすくする。

湿気をたっぷりと含んだ地面が滑り、張り出した木の枝がノーメックスのフェイス・マスクで覆われた恭介の顔を、そして体を打つ。マスクで覆われたせいで呼吸が思うようにならず、熱をおびた息が中にこもる。しかしそれも長い時間のことではなかった。

低木の密林の向こうに、空間の広がりが見えた。別荘と丘を隔てる道路がすぐ目の前にあった。

攻撃を決断したギャレットは、ピッチを変え、高度を右上方に向けて急激に上げた。コブラは光源に向かって獰猛《どうもう》な咆哮《ほうこう》を上げながら突き進んでいく。高度を上げることでレーダーに発見される可能性は否めないが、目前に迫った障害を取り除くのは、何よりも優先されなければならない。それが戦場の掟《おきて》というものだ。

サーチライトの眩《まばゆ》い光が、ほぼ正面上空からコブラに降り注ぎ、思わずギャレットは目を細めた。視線を落とした目がコントロール・パネルの左下方にあるウエポン・コントロール・スイッチに向けられる。

二人乗りのコブラは、本来タンデム・シートの前席に座るガナー《射撃手》が火器のコントロールを行ない、パイロットは操縦に専念すればいいことになっていたが、今夜ばかりはギャレットが一人二役をこなさねばならない。しかし搭載している武器は二〇ミリ機関砲だけだ。ロケットやミサイルを使用するのでなければ、一人で双方の役割をこなすことに何の問題もなかった。

モードは間違いなく、ガナーからパイロットに変わっている。火器がすべて——といっても使用する火器はたった一つだが——自分のコントロール下にあることを確認したギャレットの顔に残虐な笑みが浮かんだ。再び視線をヘッド・アップ・ディスプレイの世界に集中した。ヘリの空中戦は、海兵隊のコブラ・パイロットにとって訓練メニューの一つだが、実戦でそうしたバトルが行なわれた例はない。つまりこれが史上初めてのヘリ同士のバトルとなるわけだ。その記念すべき最初のページに自分の名前を記載することを永遠に封印しなければならないのは何とも残念だったが、かつての血のにじむような訓練の成果を発揮できる喜びに、ギャレットは震えた。

旋回が終わったコブラの左上空を、擦れ違う形でサーチライトの光が通過していく。夜空をバックにして、相手のヘリのシルエットがはっきりと確認できた。卵形のボディ……ベルのスーパー・エッグ。間違いなくタンパ警察のヘリだ。運動性能は抜群で、すばしっこいやつには違いないが、撃墜はそうむずかしいことではない。だいいち、やつらにしたところで、飛行灯をつけないで飛行するコブラが何の目的で飛んでいるのか、その目的など考えも及ばないに違いない。

ギャレットは、ウイング・オーバー・アタックと呼ばれる攻撃態勢に入るべくコレクティブ・レバーを引き、サイクリック・スティックを引いてブレードのピッチを上げた。攻撃時の運動エネルギーを確保するため上昇、加速に入るのだ。トルクが増加し、首を振ろうとするコブラの姿勢を安定させるべくフット・ペダルを踏んでやる。急激な上昇が始まり、コブラは二〇度の角度でベルの後方上空に向けて高度を上げていく。機体が垂直に立ったような錯覚に陥るほどの急激な上昇だ。スーパー・エッグを追うギャレットの頭部が後方左斜め上方から下方へと動いていく。

ここだ！

ギャレットの両手が別の機械で操られているかのような動きをする。機首を下げ、横転に入るべくピッチとスティックを操作したのだ。

ほぼ九〇度の角度でバンクを取ったコブラは、次の瞬間スーパー・エッグの後方上空にピタリとついた。本来ならば、後ろにつかれたスーパー・エッグは、ここでコブラに向かって急旋回を始め、不利なポジションからの離脱に入るところだ。しかし、目標を見失ったと見えて、そのままの飛行を続けている。

昼間なら、死角となる後方を探るのに、地上に映る影に注意を傾けなければならないところだが、光のない夜間となればそれも適《かな》わない。

「いただきだ……」

ギャレットはつぶやくと、緑色に輝くヘッド・アップ・ディスプレイに表示された照準の中央に目標が来るように、慎重にコブラを操った。

背後から密《ひそ》かに忍び寄るコブラ。それは優雅な飛行をつづける鳩の背後から密かに忍びよる猛禽《もうきん》の姿そのものだった。

「！」

ギャレットはトリガーを握った。足元で痺《しび》れるような振動が起こり、曳光弾《えいこうだん》が夜目にも鮮やかなオレンジ色の線を描いて、スーパー・エッグに吸い込まれていく。

命中した瞬間、エンジン部分を覆っていた外壁が吹き飛び、大小無数の破片が飛び散るのが見えた。ローターの回転が不規則になり、スーパー・エッグのテイルが前につんのめるように持ち上がる。もはや回復の手立てなどあるはずもなかった。

次の瞬間エンジン部分からオレンジ色の炎が立ち上ると、それは機全体を包み込む塊となり、急速に速度を失ったスーパー・エッグは、そのまま黒い闇にすいこまれるように地上へと落下していった。

それを確認すると、ギャレットはコブラを急降下させ、再び元のコースに戻すべく操作を行なった。機が降下、旋回し始めた瞬間、下方で大きな爆発が起きた。スーパー・エッグが地上に激突したのだ。

ギャレットは歓声を上げた。しかしそれは一瞬のことで、その余韻に浸っている暇はなかった。

目の前の厄介ごとは片づいたが、事態が好転したわけではない。ヘリの墜落を知れば警察が駆けつけてくる。いや、飛行灯を消したまま飛ぶコブラの存在は、すでに報告されていることだろう。そうなれば軍が出てくることだってあり得る。想定していた時間に制約が生じ、それに反して事を片づけるのに要する時間は確実に延びた。

事態が悪化したことだけは間違いなかった。


玄関の方角から聞こえてきたただならぬ絶叫を耳にした時、コジモは番号をプッシュし始めた手を止めた。

中の男の名前を叫ぶ声に続いて、「襲撃だ！」という短い悲鳴が上がった。

襲撃？　それはどこか遠い響きを持つ言葉だった。

襲撃……。コジモは再びその言葉を酔いの回った頭の中で反芻《はんすう》した。

いったい誰が俺を襲撃するというんだ。

それまで静まり返っていた二階がにわかに騒々しくなり、床を踏み鳴らしながら慌ただしく駆け抜ける音が響いてくる。その音はまたたく間に頭上を移動し、玄関ホールに敷き詰められたマーブルの床を踏み鳴らす音へと変わった。

ドアが開き、男が一人血相を変えてリビングに飛び込んできた。

「ボス！」

そう叫ぶ男の手にはMP—5が握られている。

「何事だ！」

そう問いかけたコジモに、玄関のほうから、

「外の四人が殺《や》られてる！」

男の絶叫が聞こえてきた。

「何だと！」

そう叫ぶなり、リビングを飛び出ようとしたコジモを、目の前に立った男がすかさず押しとどめた。

「駄目です！　ボスはここにいて下さい」

コジモは、一瞬動きを止めると身を翻《ひるがえ》し、すぐ近くにあったサイド・テーブルの引き出しを開け、そこにあった四五口径のコルト・ガバメントを手にした。

慌ただしい仕草でマガジンを取り出し、弾丸が間違いなく装填してあることを確認すると、遊底をスライドさせ、初弾をチャンバーに送り込む。

酔った目に獰猛な光とともに、憤怒《ふんぬ》の色が宿った。

「いったい誰だ！　こんなことをしやがるのは！」

コジモは雄叫《おたけ》びのような声で吠《ほ》えた。

その時遠くで、腹の底に響く、何かが爆発したような衝撃音が聞こえた。普通では決し

て耳にすることのない嫌な音だった。まるで不吉な影が忍び寄る足音のような音だった。

なんだ……!?

それが警察のヘリが撃墜されて地上に激突した音だとは知るよしもない二人は、無言のまま顔を見合わせた。

その一瞬の静寂を破るかのように、玄関のほうで新たな悲鳴が聞こえた。


勢いよく丘を下った恭介は、一段高くなった別荘前の道路の手前で止まると、わずかばかりの高さの土手に身を伏せた。襲撃を知った別荘の中に、慌ただしい動きがあるのが気配で分かった。道路の路肩に肘《ひじ》を付け、AR―15を構え、スコープを覗《のぞ》く。

半開きになった玄関のドアから外を窺《うかが》う人影が見えた。まだ部屋の明かりは消されておらず、そのお陰でシルエットは鮮明だった。

さすがに荒くなった呼吸を整えながら、クロス・ヘアをその目標に定める。呼吸を一瞬停止させ、すかさずトリガーを引いた。

軽やかな反動を恭介が肩に覚えたのとほぼ同時に、壮絶な悲鳴が上がり、影が後方に吹き飛び、視界から消え去った。

その刹那《せつな》、別荘の二階の窓の三箇所が開かれたかと思うと、自動小銃の猛烈な掃射が始まった。異変を知ったボディガードたちが、わずかに窓を開け、こちらの気配を窺っていたに違いなかった。サイレンサーは弾丸の発射音を消しはするが、薬莢《やっきょう》を排出し、次の弾丸をチャンバーに送り込む際に発する金属音を消しはしない。サイレンサーを使用せずに射撃を行なった際には、まったく気がつかないこの音も、静まり返った中では驚くほど大きなもので、正確とはいえないまでも、恭介が潜むおおよその位置を相手に知らせるには十分だった。

耳を聾《ろう》する轟音《ごうおん》が、静寂を破壊した。とても正確といえるものではなかったが、フルオートで、闇雲に自動小銃を振り回せば、当然のごとく至近に着弾するものも少なくなかった。

弾丸が空気を切り裂き飛んでくる音。背後の樹木に弾丸が当たり、そこにめり込む鈍い音。その衝撃に耐えられずに、生木が裂け、吹き飛ばされる音。そしてアスファルトの路面に当たり、跳弾となって不気味な唸《うな》りを上げる弾丸の音。それらが渾然《こんぜん》一体となって、恭介の周りに充満した。

しかし、恐怖にかられた乱射は、皮肉なことに、彼らにとって恭介の存在を知るただ一つの手立てであるＡＲ―15の作動音を消音する働きをした。

恭介は土手に身を伏せながら慎重に、銃弾の飛ぶ方向のリズムと、その息の合間を計った。その間隙をつくように、素早く身を起こすと、片膝立《ひざだ》ちの姿勢でＡＲ―15を構えると、狙いを定めて、一つの窓に覗く影を狙って、トリガーを三度引き絞った。狙い撃ちとはいかないまでも、着弾は正確で窓の縁から飛沫《ひまつ》が上がり、押し潰《つぶ》されたような悲鳴が上がるのが聞こえた。

しかし、新たな死の到来は、残った二つの窓からの射撃を一層激化させる働きをした。着弾は相変らず不正確なものだったが、それでも土手の土を吹き飛ばし、そこに伏せた恭介の上に無数の欠片《かけら》となって降り注がせた。

「……スネーク。遅くなった。間もなくそちらに着く」

その時ヘッド・セットを通じてギャレットの声が聞こえてきた。

「ラプター。パーティタイムだ。遠慮なくやってくれ」

「O.K.いまどこにいる」

「丘の下だ」

「分かった。海側からやる。伏せていてくれ」

遅れて来た宴《うたげ》の演出者が、弾《はず》む声で答えた。

凄《すさ》まじい銃声に室内は包まれた。

コジモをしっかりとガードするように、ドアの前に立ちふさがった男は、すかさずリビングの明かりを消すと、MP―5を構え、片膝立ちの姿勢で壁に身を寄せ、銃声のする方向を窺った。絶え間なく響く轟音に混じって、押し潰されたような男の声が、二階から聞こえた。

「ボス、下がってください!」

鋭い男の声に、コジモは銃を構えたまま、二歩、三歩と後ずさりした。

その顔には初めて直面する恐怖に脅《おび》えの色が走り、カーテンから漏れてくる庭の外灯の光に、べっとりと浮いた脂汗がぬめりを帯びた光を放った。

充満する銃声にかぶさるように、突如ヘリコプターの爆音が聞こえてきた。爆音は、上空から海側に駆け抜けたかと思うと、ほんの少しの間同じ波長の音を響かせたあと、再びこちらに向かって迫ってきた。

何事だ……。

その動きから、上空を舞うヘリの目標がこの建物であることは間違いなかった。

瞬間、窓を覆ったカーテンの隙間から明るい光が漏れた。車のヘッドライトよりももっと明るい光。爆音の方向から、それがヘリのランディング・ライトのものであることはすぐに推測がついた。

何だ……。今度は何事だ……。誰が来た。

新たな来訪者の到来が何を意味するのか、答は見出《みいだ》せなかったが、コジモは身に迫る危機の匂いをはっきりと悟った。

コブラは一度低空で別荘の上を飛び去ると、いったん海に出て、そこで右旋回を始めた。ギャレットは頭を捻《ひね》り、急激に右後方から前方に動く別荘から目を離さずに、右前に倒していたサイクリック・コントロール・スティックとフット・ペダルを同調させ、中央前のポジションに戻しながら、機を安定させた。一〇〇〇メートルほどの距離でコブラは別荘と一二時の方向で相対する形になった。ヘッド・アップ・ディスプレイには緑色に光る照準が目標を捉《とら》えた。

　コブラは別荘に向かってまっすぐに突き進んでいく。

　黒い海面に、別荘の庭の水銀灯の光が反射し、そこにできた幾筋かの光の帯が水面のありかを示す。その帯に導かれるようにコブラは急激に別荘との距離を詰めていく。ランディング・ライトを点灯させた所で、ギャレットはコブラを空中で停止させ、その位置でホバーリングさせた。距離はもう二〇〇メートルもないだろう。

　海側の崖《がけ》に面した庭の様子が強烈なランディング・ライトの光の中に浮かび上がった。別荘の建物の脇から三人の男たちが、飛び出してくるのが分かった。おそらく前庭で繰り広げられている銃撃戦を支援すべく、駆けつけたのを引き返してきたのだろう。眩《まぶし》い光から目を守るべく、腕をかざしてこちらを見上げているのがはっきりと分かった。

　ギャレットはヘッド・アップ・ディスプレイの緑色に光る照準を集まりつつある男たちの中央に合わせた。サイクリック・コントロール・スティックに取り付けられたトリガーにかかった指にわずかに力を込める。

　機首下部のユニバーサル・ターレットに取り付けられた、最大毎分七八〇発の発射能力を持つM197・二〇ミリ機関砲が火を吹いた。それは銃声というよりも、獰猛《どうもう》な野獣の息吹にも似た音で、それと同時にギャレットの足元から、痺れるような振動が断続的に起きた。

破壊は一瞬にして起きた。わずかにフット・ペダルを左右に振りながら、トリガーを引き続けたギャレットの視線に、ヘッド・アップ・ディスプレイの中に曳光弾《えいこうだん》のオレンジ色の光の線が浮かぶと、その先にいた男に向かって吸い込まれるように消えていく。

殺傷能力という点ではもちろんのこと、破壊力という点においても普通の銃弾と二〇ミリの機関砲弾では格段の違いがある。頭部に命中弾を食らえば、まず間違いなく上半身は消し飛んでしまう。体の中央なら、文字通り跡形も残らない。最初の掃射が終了した時点で、別荘の庭は殺戮《さつりく》の巷《ちまた》と化し、三人の男たちの姿は無残な肉片となり、芝を赤く染めた。

庭の男たちが片づいたのを確認したギャレットは、コブラの姿勢を整え、再び別荘に正対する位置に持っていった。狙いを別荘の二階に定め、トリガーに力を込める。

再び痺れるような振動が足元に起こり、オレンジ色の曳光弾が別荘に吸い込まれていく。人体に与える破壊は、いかに凄まじくともコブラのコックピットからははっきりと確認できるものではなかったが、目標がでかい分だけ、今度の破壊は二〇ミリ機関砲の威力をあらためてギャレットに印象づけるものだった。

窓硝子《ガラス》が瞬時にして砕け散り、軽く踏んだフット・ペダルの動きに合わせ、破壊が水平に移動していく。白く塗られた壁の漆喰《しっくい》が、砕け散った硝子とともに、猛烈な勢いで宙に舞う。ずたずたに切り裂かれた豪華なカーテンが、まるで激しい波に翻弄《ほんろう》される生き物のように不気味な動きを見せる。

今度は一階だ。

ギャレットは、わずかに機首を下げ、再び同じ掃射を繰り返した。三度目の掃射が終わった時、点《とも》り続ける庭の水銀灯の光の中に、一瞬にして廃墟《はいきょ》と化した別荘が、コブラの爆音の中にたたずむだけとなった。

「スネーク、クリアだ。うまくいった」

ギャレットは、それでも用心深い視線を別荘に注ぎながら、静かに言った。

衝撃は突然に訪れた。

その刹那、ヘリの方向から爆音に混じった死の咆哮《ほうこう》が聞こえた。それが何か、考えるより先に、コジモはソファーの長椅子を盾にしてその陰に飛び込むように身を伏せた。庭で断末魔の悲鳴が上がり、跳弾がリビングの窓硝子を粉々に破壊し、漆喰の飛沫や、砕かれた大理石の建材が雨となってコジモの頭上から降り注ぐ。

「…………」

コジモは拳銃《けんじゅう》を手にしたまま床に頭を、そして体をめり込ませんばかりに押しつけ、地獄の時間が過ぎ去るのを待った。破壊が一瞬止み、ヘリの爆音が少し変わるのが分かった。様子を探ろうとわずかに頭を上げたコジモの頭上で、再び破壊の轟音が起きた。今度は、この建物の二階を目がけて、攻撃を仕かけてきたのだ。ヘリの目標が何であるのか、そんなことは聞くまでもなかった。

顔を上げると、全身に降り注いだものの中に、妙に生温く、そして濡《ぬ》れた塊があることにコジモは気がついた。それがたったいままで傍らにいたボディガードの部分だということを知った時、にわかにコジモの中で死が現実のものとなった。

目標は、この俺だ！　俺を殺すために来たのだ！　しかしいったい誰が……。

コジモは生まれて初めて身に迫る恐怖に侵されながら、混乱する頭で考えた。

畜生！　そんなことは後だ！　とにかくここから逃げなければ……！

足が、恐怖で痺《しび》れたように自由が利かない。動作は常に感情に遅れ、もどかしさに拍車をかける。四つん這《ば》いになった格好で、膝《ひざ》を使って床を這い、リビングのドアを出ようとしたその時、今度は自分がいる一階部分に向けて、三度目の掃射が始まった。

コジモがかろうじて、ドアを出たのと同時に銃弾がリビングに飛び込んできた。

一回目よりも、はるかに凄まじい破壊が襲った。まともに飛び込んできた銃弾は、凶暴な鉄の嵐となって、室内のあらゆるものを破壊し尽くした。テレビ、家具……そこにあった物はすべて、見えない凶暴なハンマーでぶち倒されたように、瞬間的に砕け散り、そして跡形もなく吹き飛んだ。建材に埋め込まれていた地雷が爆発したかのような破壊が、一斉に起きた。この空間に存在するありとあらゆる物が、砕け、そして物凄《ものすご》い速度でコジモの回りを飛び交う。

「止めろ！　止めてくれ！」

音と破壊の洪水の中でコジモは叫んだ。それは生命に対する執着の言葉であると同時に、まだ自分が生きていることを無意識のうちに自覚させるものでもあった。

機関砲の激しい掃射。それは時間にしてほんのわずかなものであったが、コジモにとってはまさに永遠ともいえる時間だった。

ふと、嵐が止んだ。

コジモは顔を上げると、再び四つん這いの姿勢で廊下を進み、玄関へと向かおうとした。

爆音はまだ同じ所に留《とど》まり、攻撃の機会を窺《うかが》っている。

このまま外に出ればやられる！　俺はどうしたらいいんだ……。

もはや判断のすべてをなくしたコジモの口から、絶望的な声が上がった。

「誰かいねえのか！　あのヘリを何とかしろ！」

「……ラプター、テン・フォー」

銃声は完全に沈黙した。

恭介は、ギャレットの声に答えるが早いか、伏せていた身を起こすと、一気に道路を横切り門を開けた。庭に入ってすぐの所には、先ほど狙撃《そげき》して倒した男が転がっていた。後頭部を射《う》ち抜かれた男は、腹這いの姿勢で芝生の上に転がっており、横向けになった顔は額の半分ほどが吹き飛び、パックリと暗い口を開けている。血溜《ちだ》まりとなった地面には、ブルーベリー・ジャムをぶちまけたような黒い血の海の中に、カッテージ・チーズのように砕けた白い脳漿《のうしょう》が散乱している。

絶命していることが分かれば、用はない。恭介はその傍らを、全速力で駆け抜ける。視線は、正面に迫る廃墟と化した別荘に向けられている。その全景を捉えられるように、視界をなるべく広く持つよう意識する。手には新しいマガジンを装填《そうてん》したAR―15が握られており、初弾はすでに薬室に送り込んである。

別荘の内部に、動きはないように思えた。恭介の耳に聞こえるものは、建物の向こうで断続的に響くコブラの爆音だけだった。

玄関の前にたどり着くと、白い大理石が敷きつめられた玄関のアプローチに、二人目の男が倒れていた。こちらもまた眉間《みけん》から後頭部を撃ち抜かれ、水銀灯の光を反射する白い大理石の上に、ぬめりを帯びた赤黒い血液が大きな血溜まりをつくっていた。

悪くない腕だ……。

玄関に身を寄せ、そこで息を整えながらその結果に満足した恭介は、AR―15を肩に背負い、今度は逆の肩にかけていたイングラムに持ち替えた。

室内のような限られた空間では、乱射に近い銃撃戦になる。圧倒的な速射能力を持つサブ・マシンガン以上に威力を発揮する武器はありえない。一分間に一〇〇〇発。速射という点だけに限って言えば、コブラに搭載された機関砲M197よりもはるかに優れた能力を、この銃は秘めているのだ。

恭介は玄関のドアから室内の様子を窺いながら、イングラム本体上部にあるコッキング・レバーを引き、安全装置を外した。グリップを握り、トリガーに指をかける。ドアのノブにかけた手をゆっくりと捻《ひね》る。ガードの男たちによって守られていた家の鍵《かぎ》は、かけられてはいなかった。

体がかろうじて入るほどの隙間ができたところで、恭介はその身を静かに、そして慎重にそのわずかな空間に滑り込ませた。左の手で、合成樹脂で覆われたサイレンサーを握ったその時、玄関ホールに続く廊下のすぐ奥から、聞き覚えのある声が聞こえてきた。

「誰かいねえのか！　あのヘリを何とかしろ！」

吹き抜けとなった玄関ホールの高い天井と大理石の冷たい床にコジモの声が反響する。

室内の照明は消えたままだったが、コブラが照射する強烈なランディング・ライトの残光が仄暗《ほのぐら》く空間を照らし出していた。

吹き抜けの二階部分は、デコレートされた白い手摺《てす》りがついたキャット・ウォークになっていた。おそらくはその奥に伸びた廊下は、二階にあるゲスト・ルームに通じているのだろう。突如その暗がりから、一人の男が飛び出してくるのを、恭介の視線が捉《とら》えた。まだ生き残りがいたのだ。

黒いバトル・スーツと同色のノーメックスでできたフェイス・マスクで全身をくまなく覆った恭介の姿は、闇の密林の中でこそその姿を隠す役割をしたが、白い大理石の床の上にあっては、逆にその姿をくっきりと浮き上がらせることになった。

二階に飛び出た男がその恭介の姿を認め、何事か言葉にならない叫び声を上げた。

動く者はすべて敵という認識で行動する男と、攻撃前に味方と敵の区別をしなければならない男との差が明暗を分けた。

恭介はためらうことなく、イングラムを腹の前に突き出した状態でトリガーを引いた。

ファイアリング・ピンが薬莢《やっきょう》の底を痛打する音がホールにこだまし、手の中の鋼鉄の工作物が生き物のように跳ね上がる。

キャット・ウォークの上に立つ男を中心とした周囲の壁面から、銃弾によって吹き飛ばされた建材の破片が煙のように立ち上る。デコレートされた手摺りがささくれ立ち、無秩序な造形が施されていく。肉体に加えられた凄《すさ》まじい衝撃に、へたくそなブレーク・ダンスを踊るかのように男の全身が震える。

悲鳴は破壊の音にかき消され、恭介の攻撃が終了すると同時に、後ろの壁に叩《たた》きつけられた男は、背中から流れ出した血の跡を白い壁面に引きながらその場に崩れ落ちた。

空になったイングラムのマガジンを外し、素早く腰の弾倉帯に入れておいた新しいものと交換する。その間も恭介は周囲に対して払う注意を怠らなかった。

新たな敵の出現の気配はなかった。あとは目標を始末するだけだ。

恭介は、ついさっき声がしたリビングの方向に、静かに一歩を踏み出すと、コッキング・レバーを引いた。鉄の擦《こす》れ合う音が、断続的に聞こえてくるコブラの爆音をバックに一瞬のアクセントをつけた。

それがサイレンサーによって消された銃声だということを、コジモは即座に悟った。玄関ホールで誰かがマシンガンをぶっ放したのだ。激しい破壊の音が短い時間上がると、再びホバーリングを続ける単調なヘリの爆音が聞こえるだけとなった。

玄関ロビーから聞こえた銃声は、襲撃が空からだけではないことの何よりの証《あかし》だった。

別荘の外には、前庭とバックヤードに合わせて八人。その交替要員として二階のゲスト・ルームにさらに七人の男たちがいたはずだった。バックヤード、それに二階の男たちがコブラの掃射によって倒されたとしても、玄関から侵入してきたやつらがいるとすれば、前庭で警備に当たっていた四人も倒されたに違いない。

いったい誰がこんなことを。どこの連中がこんな戦いを仕かけてきたってんだ。

想像を絶する攻撃の規模。そして手際のよさから、コジモは攻撃の背後に巨大な組織の力が働いているに違いないと確信した。

こんな攻撃を仕かけるやつ。まさか、ボブ・ファルージオ……そんなはずはない。これほど大がかりな派手なやり方はあいつのやり方ではない……ならば誰が……。

しかしその推測も長くは続かなかった。目標は間違いなくこの自分であることは分かっていた。その最終目標である自分が、たったいま助けを呼ぶべく大声を出してしまったのだ。銃声の起きた玄関ロビーと、いま自分がいるリビングは、距離とも呼べない間隔しかない。敵は確実に自分の居場所を掴《つか》み、いまこうしている間にも忍び寄って来ているのは間違いない。

コジモはすでに自分が絶望的な状況に置かれていることを認知しつつも、反撃に向けて態勢を立て直すべく行動を起こした。もはや自分の身は自分で守るしかないのだ。

長いソファーの陰にさらに身を寄せ、その陰に隠れるように体を伸ばして伏せ撃ちの姿勢を取った。コルト・ガバメントを握った手を伸ばし、その狙いを玄関ホールに続くリビングのドアへと定める。断続的に唸《うな》るヘリの爆音が、頭の中を駆け巡り、それに合わせるように額からぬめりを帯びた脂汗が吹き出してくる。銃口のすぐ上にある照星に塗られた夜光塗料がおぼろ気な光を放つ。

その時、マスター・ベッドルームに続く背後の扉が、微《かす》かな軋《きし》み音を上げた。

それはまったく予期しない動きだった。敵は目の前の玄関ロビーに続くドアから来るものとばかり思っていたコジモは、虚をつかれた形となり、即座に身を翻すと上体を起こした膝立《ひざた》ちの姿勢を取りながら狙いを定める暇もなくコルト・ガバメントのトリガーを続けざまに引いた。

轟音《ごうおん》とともに、銃口から激しい火花が飛び散り、ストロボ・ライトを点滅させたようにリビングの中に閃光《せんこう》が走る。オーク材でできたドア、そして周囲の壁の何箇所かに、銃弾が命中した穴が開き、建材が飛び散るのがはっきりと分かった。

「ドン・シュー！……プリーズ……」

悲鳴とともに、泣き叫ぶ女の声がその中から聞こえてきた。

「……お願いよ……腕に当たったの……もう駄目よ……お願いだから……止めて止めて止めて……助けて……」

半狂乱になって女は泣き叫ぶ。しまった！

半身になった姿勢を捻り、再び玄関ロビーに続くドアを振り向こうとしたその瞬間、

「それまでだ……」

背後からくぐもった男の声が聞こえた。

「フランク・コジモ……」

「誰だ、てめえ……」

瞬時にして凍りついたように動きを止めたコジモは、肩で息をしながら喘《あえ》ぐように聞いた。その間にわずかに首を捻り、背後を肩越しに窺《うかが》った視界に、黒いシルエットになった男が立っているのが飛び込んでくる。

「手に持ったものをそこに落とせ。変な動きをすれば即座に、撃つ！」

その声にコジモの視線が、ゆっくりと影の手元に注がれる。差し込んでくるヘリのランディング・ライトに長いサイレンサーが鈍い光を発し、その先に開いた黒い穴がピタリとこちらを向いているのが分かった。

イングラム！

それを察知したコジモの手が開き、そこに握られていたコルト・ガバメントがゴトリと鈍い音をたてて床に転がった。

ヘリの爆音と、泣き叫ぶ女のヒステリックな声の二重奏が二人を包む。

「誰だおめえ！　こんなことをしてただで済むと思っているのか！」

コジモは、絶望的な状況にあることを知りながらも虚勢を張った。影の手が動き、フェ

イス・マスクが取り去られた。

陰翳《いんえい》を帯びた彫りの深い顔が、薄明かりの中に浮かび上がった。

「……キョウスケ……」

たった一度しか会ったことのない男の名前がコジモの口から洩《も》れた。

「何でお前が、こんなことを……俺がいったいお前に何をしたってんだ……」

コジモは完全に恭介に向き直ると、驚愕《きょうがく》で見開かれた目を向けながら言った。

「それはお前が一番よく知っているはずだ」

「何を俺が知っているってんだ。お前何か勘違いしてねえか……」

「黙れ！」

恭介の一喝にコジモは沈黙した。

「ファルージオを襲ったバグとかいうチンピラを裏で操り、アゴーニを殺《や》ったのはお前だな」

「それがおめえに何の関係がある！　これは組織の問題だ！　まさかファルージオの指示でここに来たんじゃねえだろうな」

恭介はゆっくりと首を振った。

「ファルージオは俺にしてみれば親も同然だ。そしてビジネスの上では最高のパートナーだ。俺が敬意を払うのと同じ敬意を彼もまた俺に払う。その大事なパートナーの組織をお前は乗っ取ろうとした。しかも俺を意のままに動かす手下にしようとしてな……」

「分かった。お前は好きにしていい。だから……」

慌てて言いかけるコジモを無視して、恭介は続けた。

「残念なことにお前は力を手にしてしまい、俺に目をつけた。もうお互い、ただでは済まないということだ」

「待て！　お前に手出しはしない！」

その言葉が終わらない内に恭介はイングラムを素早く構え直すと、トリガーにかかった右の人差し指に力を込めた。

イングラムが両の手の中で生き物のように躍った。三発ほどの銃弾が、肉の弾ける音をたてながら膝立ちになった大腿《だいたい》を破壊した。その衝撃にコジモの体が後方に吹き飛んだ。排出された薬莢が宙を舞うと床の絨毯《じゅうたん》の上に落ち、ぶつかり合うと乾いた金属音を上げる。絶望的な悲鳴と嗚咽《おえつ》がコジモの口から洩れた。

「頼む……止めてくれ……お願いだ……」

恭介はその言葉を無視すると、

「それから、これはナンシーの分だ」

「ナンシー？　誰のことだ」とコジモは聞いた。それに答える代わりに、すぐに二度目の銃撃がコジモの体を、今度は確実に命を奪うべく見舞った。手の中で跳ねるイングラムが、ほんの一呼吸ばかりの死の息吹を投げかけ、その機能を停止した時、三三発の弾丸を浴びた体はボロ布のように切り裂かれ、コジモは絶命した。

惨劇の気配を察したのだろう。マスター・ベッドルームの中から、再び女の悲鳴が聞こえた。

終わった……。

恭介はその叫び声を無視し、空になったマガジンを新しいものに代えると、砕け散った窓からバックヤードに続くテラスに出た。正面の上空、二〇〇メートルほど先に停止している火の玉のような眩《まばゆ》い光の塊がある。強い光量のせいで、機体は見えなかったが恭介はそこに向かって片手を上げ、それを素早く一度振った。

エンジン音が一段高く微妙に変化し、光がゆらりと動くと、コブラはバックヤード目がけて高度を下げながら急速に近づき、芝生からわずか二〇センチばかりのところでホバーリングを始めた。

頭上から強烈なダウンフォースが吹きつけ、砕け散った窓硝子《ガラス》から吹き込んだ烈風に、室内の装飾物が吹き飛ばされ、転げ回る派手な音がする。

恭介は身を屈めながらコブラに駆け寄ると、スキッドに足を乗せ、予《あらかじ》め用意していたベルトとカラビナを使って体をしっかりとそこに固定した。コブラの前席にあるガナーのシートは空いたままで、そこに乗り込むことができれば申し分ないが、ローターが回転している中ではそれも叶《かな》わない。それにこれだけ派手な破壊を行なえば、すでに付近の住民が警察に通報していないわけがない。もはや一刻の猶予もならない。

固定したベルトとカラビナの具合を確認した恭介は、

「O.K.完了だ! 行ってくれ!」

すぐ頭上で鳴り響く爆音に負けない大声を無線器に向かって叩《たた》きつけた。

「しっかりつかまってろ! 一〇分間の我慢だ!」

ヘッド・セットを通じてギャレットの声が叫ぶと、コブラはピッチを上げ、ゆっくりと上昇を始める。左側のスキッドに恭介が乗っているせいで、わずかにバランスを崩したが、ギャレットはそれをすぐに修正すると、ぐいと右にバンクを取り、上昇を続けながら海の方向にコブラを向けた。洋上から二〇メートルほどの高度を取ったところで、機首を南南西に向けると、海岸沿いに加速しながら水平飛行を始める。

頭上で轟音を上げるエンジン、前方から吹きつける猛烈な風に恭介の体は包まれた。たまらず下を向いたすぐ下を、黒い海面が猛烈な勢いで後方に流れていく。左の腕でスキッドをしっかりと摑《つか》み、肩にかけていたAR—15とイングラムを次々に捨てた。もう銃に用はない。少し身軽になった恭介は、両の腕でさらに力を込めて、しっかりとスキッドの上で体を固定した。

機首が左にバンクすると、コブラは湿地帯を網の目のように走るクリークに沿って内陸に入る。人家の上空を避け、人気のない所を縫うように目的地に向かうのだ。少々時間はかかるがこの地を立ち去るまでに、もしものことがあってはならない。念には念を入れるのだ。

「ひでえな。腕がいいのは認めるが、もうちょっと運転は丁寧にやってくれ」

ヘッド・セットを通して、恭介の叫ぶ声が聞こえた。

「申しわけありませんな、お客さん。深夜の白タクはキャデラック・リムジンのようにはいかないもんでね」

ギャレットは、恭介の有様を想像しながら会心の笑みを浮かべて言った。

「お客さん、もう大丈夫。あと五分だ……」

コブラは、前日の昼に二人がグランダムを隠すべくやってきた湿地帯の草むらにゆっくりと着陸した。その寸前、腰に巻いたベルトを外した恭介が地上に降り立った。機体が接地するとすぐに、エンジンが切られ、ローターが回転を止めたところでキャノピーが開き、ギャレットが操縦席から降りてくる。

「いい腕だ。バディ《相棒》……」

恭介は爽《さわ》やかな笑みを浮かべると、右の手を差し出した。ギャレットの手がそれを握り返す。

「お前さんもな」

ギャレットはニヤリと笑うと、

「世界のどこを捜しても、あんなローラー・コースターなんてありゃしないぞ。ましてやあんな素晴らしいアトラクションつきのやつなんて、ディズニーだって思いつかねえさ」

「ああ、まったくだ。ただしもう二度とご免だがな」

手を握り合ったままの二人の間に笑い声が起きた。

「さあ、始末にかかろう。長居は無用だ」

すぐに真顔に戻った恭介が言うなり、

「よし」

ギャレットは再びコブラのステップに足をかけると、今度はガナー席に半身を乗り込ませ、その足元に置いてあった時限発火装置をセットしにかかった。

その間に恭介はダートの道路を走り、森の枝道に隠したグランダムをピックアップすべく行動を開始した。深い森は闇に覆われていたが、それでも車を隠した枝道の在りかはすぐに分かった。

木々の枝を掻《か》き分け、枝道に入る。グランダムは隠した時と同じ状態でそこにあった。静寂に包まれた森に、エンジンの音がこだまする。ヘッドライトを点灯したところで、恭介は足場の悪い地面を考慮しながら慎重にアクセルを踏んだ。

ダートの道路に出て、コブラの傍らに来た時には、すでにその路肩にギャレットが待機していた。停止するとすぐにギャレットが助手席に乗り込む。

「何分だ」

「二〇分だ」

グランダムが走り始めてすぐの恭介の問いに、ギャレットは発火までの時間を答えた。

しばしの沈黙が二人の間に流れた。目的を達した満足感、そして極度の緊張から解放された心地よい疲労感が、二人の男を寡黙にさせた。

「どうやら君は信頼できる男のようだ」

沈黙を破ったのはギャレットだった。その腕が胸のポケットに伸び、ゆっくりと恭介のほうに差し出された。その手には一枚のディスクが握られていた。

「報酬は純益の半分でいいか」

恭介はニヤリと笑うと、それを手に取った。

「もちろんだ、バディ」

まるで正対する鏡を見るようにギャレットの顔にも同じ笑いが広がっていった。

＊

「そうか……キョウスケがやったか……」

ファルージオはカルーソの報告で、事の一部始終を聞くなり、静かに言った。

「まったく、いつものことながら、あの男には驚かされます。コブラを使ったとはいえ、たった二人でコジモともどもあれだけの人間を始末してしまうんですからね」

カルーソは半ば呆《あき》れた声で言った。

「そうだ。力を振るう時には徹底的に振るう……闇雲に使うより、それは絶大な効果を生むものだ。……で、会議はどうなった」

「中止です。それはそうでしょう。タンパはあの事件以来厳戒態勢ですからね。コジモが襲われたところに、全米の組織の人間が集まってくればどんなことになるか……アパラチンの二の舞ですよ」

ファルージオは、目でそれに同意した。

「幸い、ボス連中がタンパに入る直前に事が起きたのが幸いしました」

「コップの連中は何か摑んだのか」

カルーソは静かに首を横に二度振った。

「いいえ、何も。といっても、恭介に繋がるようなものは、という意味ですが……。恭介がコジモの別荘に行くまでに使用した車、それに襲撃に使用したコブラの双方は時限式の発火装置によって炎上し、手がかりになるようなものは何も発見できなかったようです。その車の他にもう一台、逃走用に使った車はオーランドの空港で二人が乗り捨てたのを、処分しました。車から足がつくことはありません」

「武器や車の調達を依頼したのは、テキサスのヴィアンキとタンパのフェラーリオだったな。彼らには事の次第は話したのか」

「ええ、すぐに……」

「あの二人なら大丈夫だろう……」

「もともと信頼できる人間に頼みましたからね。彼らはあらためて我々……というよりボスの力の凄《すご》さに驚いているようです」

「ヴィンス……あれは私の力ではない。お前も知っての通り、キョウスケの力だ」

その言葉にカルーソは一瞬戸惑いの表情を浮かべながらも、黙って頷《うなず》いた。

「かえすがえすも惜しい男だ……血の掟《おきて》か……不自由なものだな……いかに頂点に立つ最高の資質を備えていようとも、それに相応《ふさわ》しい地位を与えられないとはな……」

「たとえ与えられたとしても、彼はそれを望まない……それはあなたが一番よく知っているはずじゃありませんか……」

「そうだったな……」

ファルージオはつぶやくようにそう言うと、どこか寂しげな目を窓の外に向けた。

「もう発《た》ったのか」

「ええ、いまごろは空港でしょう。ボスに会いたがっていましたが、それは止めさせました。まだここには連中の監視の目がありますからね」

「それでいい……何もこれで最後というわけではないからな」

雲間から出た秋の日差しが窓を覆ったブラインド越しにファルージオの顔にかかる。その眩《まぶ》しさから老いた目を守るかのように、ファルージオの瞼《まぶた》が静かに閉じられた。

16

事態は深刻だった。週末だというのに、ロナルド・ベーカーの心は、まるで鉛でも飲み込んだかのように重く沈んでいた。

ガレージに入れた車の中で、ベーカーは大きな溜息《ためいき》をつき、髪を一度掻き上げた。

いったいこの国で何が起きているのだ……。

ベーカーはこの一か月間に起きた一連の事件に思いを馳《は》せた。

ニューヨークで起きた中国製のヘビー・ウエポンによる襲撃事件。ロス・アンゼルスで摘発されたAK—74の大量摘発。そしてつい数日前にタンパで起きた、コブラによる襲撃事件……。

当面、国内の捜査にあたっているのはFBIだが、中国製の武器の密輸ルートなど、その背後関係を洗うのはCIAの仕事だった。また、実戦に使用される状態のコブラが民間に存在するならば、軍の機密情報が海外にも流出していることは明白で、こうした武器、あるいはデータの流出先を突き止めるのもCIAの仕事だった。

やらなければならないことは山ほどあり、そして対策を講じるための時間はあまりに短かった。特に気にかかるのは、後者の情報流出の問題だった。DRMOから流出した機密情報の行先は、主に中国というのがこの数年の傾向なのだが、長い間仮想敵国としてきたソ連関係の工作員の充実の度合いに比べると、中国へのCIA工作員ということでは、質、量ともに十分とは言いがたかった。特に情報源としてだけでなく、実行力を持った工作員となれば、なおさらのことだった。優れた工作員の養成には時間と、そしてそれに見合った費用もかかるものなのだ。

何とかしなければ……。

ベーカーは両手で軽くハンドルを叩《たた》くと、助手席のシートの上に放り出しておいたアタッシェ・ケースを手に車を降りた。ガレージの奥のドアは、そのままキッチンへと繋がっている。そこを開けた瞬間、肉の焼ける香ばしい匂いが鼻を刺激した。新鮮な野菜の匂い、そしてスパイスの匂いが、それに続いた。

ベーカーは胸につかえていた重い塊を放出するかのように、大袈裟《おおげさ》な動作で一度大きく鼻から息を吸い込み、そしてそれを吐き出した。

リビングには妻と、二人の子供たちがいた。

「お帰りなさい」

妻のクリスティーヌが、腕を広げベーカーに抱きつくとキスをした。

「やあ、帰ってたのか、スティーヴ」

ベーカーはリビングのソファーに腰を下ろすと、いまはニューヨークのコロンビア大学に行っている息子に声をかけた。

「お帰りなさい、ダディ」

高校生の娘のジェニーが、お帰りのキスをする。

「当たり前じゃないかダッド。今日は大切な日じゃないか」

「大切な日……？　はて……何だったかな」

ベーカーはネクタイを弛《ゆる》めながら、考える仕草をした。

「ほうら言っただろう、きっと忘れてるって。CIAの上級アナリストは国家の情報管理には長《た》けてはいても、家庭の情報管理に関しては、からっきしだって」

スティーヴがニヤニヤ笑いを浮かべながら、戯《ふざ》けた口調で父親をからかうように言った。

「ダディ。不幸な娘をつくらないでね。これだけでも立派な離婚の材料よ」

ジェニーの言葉にベーカーが戸惑いの色をみせた。

「まだ思い出さないの。今日は結婚記念日じゃないの。二五回目の」

ジェニーが、呆れた口調で言った。

「しまった！　すっかり忘れていた」

「いつものことよ。この人の頭の中には仕事のことしかないの」

「いやあ、すまない……そうだったよ。しまったなあ、プレゼントを買うのをすっかり忘れていたよ」

妻の言葉にベーカーは恐縮の色を浮かべ、頭に手をやった。

「プレゼントは子供がするもんさ。これはお二人に僕から……」

スティーヴはそう言うと、大きな、しかしそれほど厚くない紙包みを手渡した。

「開けてもいいかな」

スティーヴは目で頷くと、丁寧に包みを開けていく両親の手元を見つめた。

「いやぁ……これは」

「コロンビア・スペクテーター……学生新聞の、この二五年間の結婚記念日のスクラップさ。報告するよ……。今度、編集長に就任したんだ」

「何だって！　そいつぁ素晴らしい！」

「本当なの、スティーヴ！」

「クール！」

家族の祝福が今度はスティーヴに集まった。

自慢の息子にまた一つ勲章が増えた。厳しい仕事に耐え、そして結婚記念日を忘れてしまうほど没頭できるのも、本当にこの家族があってこそだ。

たのしい夕食がすんだあと、久しぶりに満ち足りた気分でベーカーとクリスティーヌは手にしたスクラップをゆっくりと捲《めく》っていった。

同じ学生新聞でも、日本のそれとアメリカのそれとでは質と規模の両面において雲泥の差がある。アメリカの大学の学生新聞は、毎日発行され、記事の内容も政治、経済、文化、そしてスポーツと、まさに一般紙の紙面構成と変わりなく、内容もまた、逆に一般紙にまで影響を及ぼすほど質が高い。

そこには、まさに二五年の夫婦が過ごした時間があった。二人はこの素晴らしいプレゼントに感謝と、なつかしさのこもった声を上げながら、次々にページを捲っていった。

一〇年前の紙面に目を走らせたところで、ベーカーの手が止まり、顔の表情が一変した。優しい父の顔が、一瞬にしてラングレーの自分のブースで情報評価をする時に見せる、厳しく、そして鋭いものに変わった。

フロント・ページのトップには大きなゴシックで『ブラウン大生を襲った悲劇』の見出しがあった。

――おいおい……こいつは何だ……日本人でありながら中国語、韓国語のエキスパートだって？　武道の達人？　それで正当防衛とはいえ人を殺した？――

ブラウンの学生なら頭は切れる。これまで中国人しか考えていなかったが……人種的には中国人も日本人も同じモンゴロイド……もしかして、こいつは使えるかもしれない……こいつは、いまどうしているんだろう。調べてみる価値はありそうだ……名前は……キョウスケ・アサクラ……二二歳……いまは三二か……。

ベーカーの頭の中で煌《きら》めいた光は、たち込めていた霧の中に差し込む一筋の光のように、胸につかえていた重い塊を晴らす役割をした。それは、長年に亘《わた》って世界最大といってもいい情報機関の最前線に身を置いてきた者のみが身につけた、特異な嗅覚《きゅうかく》が働いた瞬間だった。そしてこの嗅覚が働いたことを自覚する瞬間はそう多くないことを、ベーカーは知った。

っていた。この嗅覚が働く時には、絶対にそれが外れないことも……。
こいつは使える……それはベーカーの中でもはや確信以外の何物でもなかった。

＊

J．F．K．のスポットからプッシュ・バックされた全日空ボーイング747―400のファースト・クラスの席で、恭介はキャビン・アテンダントが配ったニューヨーク・タイムズに目を走らせた。
新聞はこの二日間というもの、タンパであったコジモ襲撃の記事に大きなスペースを割いて報じ続けていた。しかし襲撃の具体的犯人像に関しては、捗々《はかばか》しい進展がないと伝えるだけで、襲撃を受けたのがニューヨーク・マフィアの大物という点から、組織間の抗争と考えられると、ありきたりな推測を述べるだけに留《とど》まっていた。欲求不満に陥ったマスコミの視点は、襲撃に使用されたコブラの出所となったDRMOに向けられ、先を競ってオペレーションを管轄する国防総省への批判を展開していた。
何ページめかの紙面に視線を走らせた恭介の視線が止まった。
――『エドワード・ゲインの再来か。墓荒らし逮捕される』
ニューヨーク州×××カウンティ警察は、死体を凌辱する目的で、墓荒らしの行為を働こうとした三二歳の男ミカエル・シャーウッドを現行犯逮捕した。シャーウッドが住む×××近郊の農場の納屋には、エドワード・ゲインの写真を飾った祭壇が設けられ、ミンチ・マシーンを始め大量の刃物が発見され、五〇年代後半に全米を恐怖のどん底に陥れたゲインの再来かと近隣の住人を震え上がらせている――

さらに読み進む恭介の目が、最後のフレーズで釘付《くぎづ》けになった。

――逮捕のきっかけは匿名の電話によるもので、通報を受けた警察が駆けつけ、今回の逮捕へと繋《つな》がった。警察では、この男がすでに何度か同じ行為を働いた可能性があるとして、さらに調査を進めている――

ナンシーだ……。

恭介の脳裏に、あの日ラグァーディアで別れたナンシーの姿がはっきりと蘇《よみがえ》った。精神に異常をきたした兄を救うべく、警察への通報という手段を取ったのだ。新たな重荷を背負ったには違いないが、今回のものは自ら選択して背負った重荷であり、少なくともこれまで背負ってきたものとは明らかに質が違う。未来に向けて彼女もまた、新しい一歩を踏み出したのだ。

機はタキシングを始め、やがて離陸の態勢に入った。これですべてのことに一応の片がついた。ファルージオには、入院以来、最後まで会えずじまいだったが、これで終わりというわけではない。日本でのコカイン・オペレーションも当面はこれまで通り続けるつもりだ。

足元に置いたアタッシェ・ケースには、ギャレットから預かったディスクがある。解析は再び段取りが完全に整ってから行なえばいい。ギャレットはしばらくサン・アントニオのＤＲＭＯで働いた後、南米へ旅立つことになるだろう。約束の五〇万ドルは、ケイマンに口座を開いて、そこに振り込んでやることになっている。

シートベルト着用の確認を促すチャイムの柔らかい音色が二度鳴り、離陸を告げるアナウンスが始まる。エンジン音が急激に高まり、心地よいＧによって体が椅子に押しつけられる。機首がぐいと上を向くと次の瞬間振動が途切れ、機は滑るように上昇を始める。左に旋回が始まると、窓から差し込む秋の陽光がキャビンの中をゆっくりと移動していく。

窓の外に見えるジャマイカ・ベイに点在する湿地帯が急激に小さくなって、後方に遠ざかっていく。ノー・スモーキング・サインが消え、しばらくの後シートベルト・サインも消える。

水平飛行に移ったところで恭介は、胸のポケットに入れておいたゴロワーズのパッケージを取り出すと、その一本を口にくわえ、火をつけた。

芳香を漂わせながらゆっくりと立ち上った煙は、壁面の上部に設置されたエアコンの吹出口から流れてくるエアにかき乱され、拡散していく。

キャビン・アテンダントが背後から、恭しい言葉で聞く。

「朝倉様。食前のお飲み物は何にいたしましょうか」

恭介は、優雅な笑いとともに答えた。

「シャンペンをもらおうか……」

〈参考文献・資料〉
この作品を執筆するにあたって、次の書籍、雑誌、映像(TV、VIDEO)を参考にさせていただきました。ここに書き記し、お礼申し上げます。

最新軍用銃事典……………………………………………………床井雅美/並木書房
異常快楽殺人……………………………………………………平山夢明/角川書店
最新兵器戦闘マニュアル………………………………………グリーンアロー出版社
世界の傑作機No.34　AH—1コブラ、AH—64アパッチ…………文林堂
実録マフィア……………………………………………………東芝EMI
Hunting Wild Turkeys in the West……………………………John Higley
"SNAF""North of the Border""The Pill"……………………CBS"60 minutes"
All-Stars of Spring III……………………………………Spartan Realtree Products, Inc.

本作品はフィクションであり、実在の人物・団体・国家とは一切関係がありません。

解説

福井健太

楡周平の第三長編『猛禽の宴』は一九九七年十二月に宝島社から刊行され、一九九九年九月に同社で文庫化された。二〇〇五年八月の文庫新装版を含めて言えば、この角川文庫版は四度目のリリースにあたる。出版のサイクルが早い時代ではあるにせよ、再刊が繰り返されるのはその安定した人気ゆえに違いない。本書を含む〈朝倉恭介・川瀬雅彦〉シリーズは、日本のミステリ界を揺り動かした道標的な存在なのである。

シリーズ第一作『Cの福音』は宝島社初の文芸単行本にして、宝島社文庫の第一回配本でもあった。この（持ち込み原稿による）デビューがなければ、同社が新人の発掘を目的とした『このミステリーがすごい！』大賞を設立することはなく、当然『四日間の奇蹟』や『チーム・バチスタの栄光』などのベストセラーも生まれなかった。しかし――著者の残した影響は商業レベルに留《とど》まらない。大藪春彦の創造した〝悪のヒーロー〟伊達邦彦を思わせる主人公・朝倉恭介の活躍を通じて、善悪の彼岸を超えるエンタテインメントを復権させたことは、多くの読者に毒の味を教える役割を果たしたはずだ。

楡周平は米国企業の日本法人に在職中の一九九六年にデビューを果たし、現在は専業作家として活動を続けている。デビュー作に朝倉恭介を登場させた著者は、続く『クーデター』では報道カメラマン・川瀬雅彦の死闘を描き、本作を上梓《じょうし》した直後に『このミステリーがすごい！'98年版』のインタビューで六部作の構想を明かしている。一、三、五作目には〝悪のヒーロー〟朝倉恭介、二、四作目には〝善のヒーロー〟川瀬雅彦、そして最終作には両者が登場する――という全体像が当初からの狙いだったのだ。

ただし誤解のないように断っておくと、恭介は善悪の二元論で割り切れるような人間ではない。「恭介の中では一般社会で犯罪と呼ばれるもの自体が極めて曖昧なものでしかなかった」「反社会的なもの、人間に害を及ぼす活動はすべて犯罪だと？　笑わせるな」という一節にも見て取れるように、恭介の中ではいわゆる正義が無効化されている。そんな鎖を解かれた存在である恭介と雅彦を対比させることで、著者は善悪そのものを幾重にも相対化してみせたというわけだ。

ニューヨークの裏社会――そこでは様々な犯罪組織が勢力拡大を図っていた。マフィアのボスであるロバート・ファルージオは抗争を避けようとするが、ブロンクスを縄張りとする部下のフランク・コジモが新興勢力の排除を強行し、その報復としてファルージオが襲撃されてしまう。機に乗じて後継者のジョセフ・アゴーニを殺害し、ニューヨークのボスの座を勝ち取ったコジモは、恭介のコカインビジネスを手中に収めようとする。真相を知った恭介はファルージオの仇討《あだう》ちを決意するのだった……。

一種の「顔見せの場」にあたるデビュー作において、恭介は知的な犯罪者としてのみ描かれていた。両親を飛行機事故で失い、社会の対応を通じて〝正義〟に疑問を抱き、二人組の強盗を殺したことで世間からドロップアウトし、内なる〝野獣〟に従って生きるべくコカインビジネスに手を染めた――そんな来歴は示されるものの、要はビジネスのために行動していたに過ぎない。しかし本作では（恐らくは意図的に）怒りに身を委《ゆだ》ねるという人間的な側面が強調されている。恭介にとって「ファルージオの存在だけは特別なもの」であり、同時に「ファルージオにとっても、恭介は事故で急逝した息子の友人」だった。マリオ・プーヅォの名作『ゴッドファーザー』がそうだったように、本作もまたマフィアに〝父親〟を襲われた〝息子〟の復讐譚《ふくしゅうたん》に違いないのだ。

あるいはこんな見方もできるだろう。『Cの福音』が〝悪のヒーロー〟の犯罪を描くクライムノヴェルだったのに対し、本作ではマフィア小説の定型が踏まえられている。『ゴッドファーザー』のような正統派からトニーノ・ブナキスタ『隣りのマフィア』のような異色作まで、マフィアを題材にした小説は無数に書かれているが、本書がその系譜に属することは誰の目にも明らかだ。ここで話を広げていえば、そんな変わり身こそが本シリーズの最大の魅力にほかならない。クライムノヴェル、宗教団体によるクーデター、マフィアの報復譚、サイバーテロ、北朝鮮を舞台にした諜報《ちょうほう》戦という具合に、本シリーズでは一作ごとに物語のスタイルが切り替わっていく。そのことが多彩なエンタテインメント性の源泉になっているのである。

　この角川文庫版は毎月一冊ずつ刊行されているので、連続ドラマのように楽しんでいる人も多いに違いない。そこで簡単に予告編を記しておくと、次巻『クラッシュ』では雅彦がテロリストに立ち向かい、さらに『ターゲット』では恭介がＣＩＡの工作員として北朝鮮に潜入する。本書の最終章はそのプロローグなのだ。そして『朝倉恭介』ではコカイン密輸のシステムが発覚し、警察とＣＩＡに追われる恭介は雅彦との直接対決を迎えることになる。クライマックスまで目が離せない展開が続くことは請け合いなのである。

　そう聞いて「あと三冊しかない」と嘆く人もいそうだが、著者は本シリーズ以外にも野心的な作品をいくつも手掛けている。日本語を話す巨人をめぐる騒動を描く『ガリバー・パニック』、外資系企業の内幕を暴く『外資な人たち』、田舎町の財政再建をユーモラスに綴《つづ》った『プラチナタウン』など、著者の作風は——犯罪小説のみならず——極めて多岐に渡っている。最後に著作リストを付しておくので、楡ワールドを開拓する際の参考にしていただきたい。

『Ｃの福音』宝島社（九六）→宝島社文庫（九八）→宝島社文庫・新装版（〇五）→角川文庫（〇八）
『クーデター』宝島社（九七）→宝島社文庫（九八）→宝島社文庫・新装版（〇五）→角川文庫（〇八）

『猛禽の宴』宝島社（九七）↓宝島社文庫（九九）↓宝島社文庫・新装版（〇五）↓角川文庫（〇八）※本書
『ガリバー・パニック』講談社（九八）↓講談社文庫（〇一）
『クラッシュ』宝島社（九八）↓宝島社文庫（〇〇）↓宝島社文庫・新装版（〇五）
『外資な人たち』中央公論新社（九九）↓講談社文庫（〇二）
『ターゲット』宝島社（九九）↓宝島社文庫（〇一）↓宝島社文庫・新装版（〇五）
『青狼記』講談社（〇〇）↓講談社文庫（〇三）※文庫のみ上下巻
『朝倉恭介』宝島社（〇一）↓宝島社文庫（〇二）↓宝島社文庫・新装版（〇五）
『マリア・プロジェクト』角川書店（〇一）↓角川文庫（〇四）
『無限連鎖』文藝春秋（〇二）↓文春文庫（〇四）
『フェイク』角川書店（〇四）↓角川文庫（〇六）
『再生巨流』新潮社（〇五）↓新潮文庫（〇七）
『異端の大義（上下）』毎日新聞社（〇六）
『ラストワンマイル』新潮社（〇六）
『陪審法廷』講談社（〇七）
『クレイジーボーイズ』角川書店（〇七）
『ワンス・アポン・ア・タイム・イン・東京（上下）』講談社（〇八）
『プラチナタウン』祥伝社（〇八）

本作品は二〇〇五年八月に宝島社文庫より
刊行されました。

猛禽《もうきん》の宴《うたげ》

楡《にれ》 周平《しゅうへい》

平成20年 12月25日　初版発行
令和6年 11月25日　13版発行

発行者●山下直久

発行●株式会社KADOKAWA
〒102-8177　東京都千代田区富士見2-13-3
電話　0570-002-301（ナビダイヤル）

角川文庫 15471

印刷所●株式会社KADOKAWA
製本所●株式会社KADOKAWA

表紙画●和田三造

●お問い合わせ
https://www.kadokawa.co.jp/（「お問い合わせ」へお進みください）
※内容によっては、お答えできない場合があります。
※サポートは日本国内のみとさせていただきます。
※Japanese text only

ISBN978-4-04-376505-8　C0193

角川文庫発刊に際して

角川源義

第二次世界大戦の敗北は、軍事力の敗北であった以上に、私たちの若い文化力の敗退であった。私たちの文化が戦争に対して如何に無力であり、単なるあだ花に過ぎなかったかを、私たちは身を以て体験し痛感した。西洋近代文化の摂取にとって、明治以後八十年の歳月は決して短かすぎたとは言えない。にもかかわらず、近代文化の伝統を確立し、自由な批判と柔軟な良識に富む文化層として自らを形成することに私たちは失敗して来た。そしてこれは、各層への文化の普及滲透を任務とする出版人の責任でもあった。

一九四五年以来、私たちは再び振出しに戻り、第一歩から踏み出すことを余儀なくされた。これは大きな不幸ではあるが、反面、これまでの混沌・未熟・歪曲の中にあった我が国の文化に秩序と確たる基礎を齎らすためには絶好の機会でもある。角川書店は、このような祖国の文化的危機にあたり、微力をも顧みず再建の礎石たるべき抱負と決意とをもって出発したが、ここに創立以来の念願を果すべく角川文庫を発刊する。これまで刊行されたあらゆる全集叢書文庫類の長所と短所とを検討し、古今東西の不朽の典籍を、良心的編集のもとに、廉価に、そして書架にふさわしい美本として、多くのひとびとに提供しようとする。しかし私たちは徒らに百科全書的な知識のジレッタントを作ることを目的とせず、あくまで祖国の文化に秩序と再建への道を示し、この文庫を角川書店の栄ある事業として、今後永久に継続発展せしめ、学芸と教養との殿堂として大成せんことを期したい。多くの読書子の愛情ある忠言と支持とによって、この希望と抱負とを完遂せしめられんことを願う。

一九四九年五月三日

角川文庫ベストセラー

天佑なり (上)(下)
高橋是清・百年前の日本国債
幸田真音

足軽の家の養子となった少年、のちの高橋是清は、英語を学び、渡米。奴隷として売られる体験もしつつ、帰国後は官・民を問わず様々な職に就く。不世出の財政家になった生涯とは。第33回新田次郎文学賞受賞作。

この日のために (上)(下)
池田勇人・東京五輪への軌跡
幸田真音

新聞記者で水泳指導者としても活動する田畑政治は、幻となったオリンピックを再び東京で開催しようと動き始める。時を同じくして、池田勇人は大蔵省を経て、政治の世界へと身を投じていく——。

あきんど
絹屋半兵衛
幸田真音

幕末の近江で古着を商う絹屋半兵衛は、妻留津とともに染付磁器に挑む。最初の窯での失敗、販売ルート開拓の困難など、様々な壁にぶつかりながら、何とか良質な「湖東焼」を作り出すことに成功するが……。

小説 日本銀行
城山三郎

エリート集団、日本銀行の中でも出世コースを歩む秘書室の津上。保身と出世のことしか考えない日銀マンの虚々実々の中で、先輩の失脚を見ながら津上はあえて困難な道を選んだ。

価格破壊
城山三郎

戦中派の矢口は激しい生命の燃焼を求めてサラリーマンを廃業、安売りの薬局を始めた。メーカーは安売りをやめさせようと執拗に圧力を加えるが……大手スーパー創業者をモデルに話題を呼んだ傑作長編。

角川文庫ベストセラー

危険な椅子　城山三郎

化繊会社社員乗村は、ようやく渉外課長の椅子をつかむ。仕事は外人バイヤーに女を抱かせ、闇ドルを扱うことだ。やがて彼は、外為法違反で逮捕される。ロッキード事件を彷彿させる話題作！

辛酸《しんさん》　田中正造と足尾鉱毒事件　新装版　城山三郎

足尾銅山をめぐる国と県の陰謀により、谷中村は廃村の危機に。家屋破壊、重税、そして鉱毒の健康被害と、追い詰められる村民たち。元国会議員の田中正造は地位も生活も顧みず反対運動に奔走するが……。

百戦百勝　働き一両・考え五両　城山三郎

春山豆二は生まれついての利発さと大きな福耳から得た耳学問から徐々に財をなしてゆく。株世界に規則性を見出し、新情報を得て百戦百勝。〝相場の神様〟といわれた人物をモデルにした痛快小説。

大義の末　新装版　城山三郎

太平洋戦争末期、理想に燃える軍国少年・柿見。激動の時代に翻弄される少年の行く末は……社会の価値観・思想が目まぐるしく変化する中で生きた少年の青春と葛藤を描く、城山三郎の最重要作品。

仕事と人生　城山三郎

「仕事を追い、猟犬のように生き、いつかはくたびれた猟犬のように果てる。それが私の人生」。日々の思いをあるがままに綴った著者最晩年、珠玉のエッセイ集。

角川文庫ベストセラー

重役養成計画　城山三郎

うまい話あり　城山三郎

マグマ　真山仁

ダブルギアリング　連鎖破綻　真山仁　香住究

トリガー（上）（下）　真山仁

平凡な一社員の大木泰三は、ある日重役候補生の1人に選ばれた。派閥に属さず立身出世とは無関係の彼に、虚々実々の毎日が始まる――。現代のサラリーマンへの痛烈な批判を含みながらユーモラスに描く快作。

出世コースから外された太平製鉄不動産の津秋に、うまい話がころがりこんだ。アメリカ系資本の石油会社がガソリン・スタンドの経営者を集めているというのだ。脱サラを目指す男の奮闘記。

地熱発電の研究に命をかける研究者、原発廃止を提唱する政治家。様々な思惑が交錯する中、新ビジネスに成功の道はあるのか？　今まさに注目される次世代エネルギーの可能性を探る、大型経済情報小説。

真山仁が『ハゲタカ』の前年に大手生保社員と合作で発表した幻の第1作、ついに文庫化！　破綻の危機に瀕した大手生保を舞台に人びとの欲望が渦巻く大型ビジネス小説。真山仁の全てがここにある！

東京五輪の開幕前、馬術競技韓国代表のセリョンは凶漢に3度も襲われた。一方、在日米軍女性将校と北朝鮮潜伏工作員の変死事件が相次ぎ発生。事件の裏には、在日在韓米軍に関する謀略が蠢いていた――。